HEYNE
BÜCHER

Das Buch

Prag im Jahre 1620: Das Heer der katholischen Liga hält die Stadt besetzt. Raub und Hinrichtungen sind an der Tagesordnung. Ganz Böhmen ist verwüstet. Durch diese apokalyptische Landschaft zieht eine viel größere Gefahr – ein geisterhafter Mörder, der den Menschen ihre Schatten stiehlt.

Die junge Sarai wird zum Ziel seiner Wut, als sie dem rätselhaften Tod ihres Vaters nachspürt. Eine aufregende Jagd durch das historische Prag beginnt. Aus finsteren Gassen und Hinterhöfen treten bizarre Gestalten ans Licht. Sarai trifft Kaspar, die lebende Kanonenkugel, und den unsterblichen Leander Nadeltanz, den Herrn des Schattentheaters. Der Golem, die sagenhafte Lehmgestalt des Rabbi Löw, erwacht in seinem lichten Grab. Ein verrückter Papiermacher schafft Knochenfrauen aus Pappmaché, und durch die Ruinen Böhmens reitet die mystische Baba Jaga in ihrem Hexenhaus auf Hühnerbeinen.

Doch als Sarai die Wahrheit über den Schattenesser erfährt, begreift sie, daß ihr der wahre Blick in den Abgrund von Wahn und Wirklichkeit, von Liebe und Vernichtung noch bevorsteht.

Der Autor

Kai Meyer, Jahrgang 1969, hat zahlreiche historische Romane veröffentlicht. Mit *Die Geistseher* gelang ihm der große Durchbruch. Die *Neue-Ruhr-Zeitung* schrieb: ›So fabulieren wie Kai Meyer kann in Deutschland kaum ein anderer.‹ Kai Meyer lebt als freier Autor in der Nähe von Köln. Ebenso im Wilhelm Heyne Verlag erschienen sind: *Der Rattenzauber* (01/10524), *Das Gelübde* (01/10654) und *Die Alchimistin* (43/81).

KAI MEYER

DER SCHATTENESSER

Roman

WILHELM HEYNE VERLAG
MÜNCHEN

HEYNE ALLGEMEINE REIHE
Nr. 01/10780

Besuchen Sie uns im Internet:
http://www.heyne.de

Umwelthinweis:
Das Buch wurde auf
chlor- und säurefreiem Papier gedruckt.

Wilhelm Heyne Verlag GmbH & Co. KG, München
Printed in Germany 1998
Umschlagillustration: Christie's Artothek, Peißenberg
Umschlaggestaltung: Atelier Ingrid Schütz, München,
unter Verwendung des Gemäldes ›Prag, Karlsbrücke,
Moldau und Hradschin‹ von C. F. Kessler, 1845
Satz: Pinkuin Satz- und Datentechnik, Berlin
Druck und Bindung: Ebner Ulm

ISBN 3-453-14700-6

PROLOG

Prag, im November 1620

Der Mann Josef blickte aus der Dachluke der Altneu-Synagoge über die Giebel der Judenstadt und wartete, daß der Vogel Koreh zu ihm sprach. Der Mann Josef lauschte oft auf seine Stimme. Es war die einzige, die er zu hören vermochte.

Der Mann Josef trauerte. Er wünschte sich, es wäre nicht an ihm, die Stimme des Vogels Koreh zu vernehmen. Kaum ein anderer besaß diese Gabe, erlitt diesen Fluch.

Er versuchte, sich abzulenken, und gab den Zahlen Farben. Wenn er die Augen schloß und sich die Ziffer Eins vorstellte, dann sah er sie in grellem, makellosem Weiß. Die Zwei war gelb, die Drei orange. Die Vier dagegen schwieriger: Mal war sie grün, mal dunkelblau. Nicht so die Fünf, ein Kinderspiel: Er sah sie rot, ganz blutig rot. Die Sechs war blau, die Sieben grün. Die Acht war braun, die Neun pechschwarz, die Zehn mal weiß, mal nebliggrau. Alle höheren Zahlen hatten keine Farben, sie waren nur fahle Schemen wie Morgendunst, ganz unbedeutend.

Der Vogel Koreh – da, jetzt kam er. Er hörte ihn.

Einst lebte der Vogel Koreh an den Ufern der fernen Judenländer, und er legte viele Eier. Doch bei aller Fruchtbarkeit war er ein ängstliches Tier, denn er fürchtete nichts mehr, als daß eines Tages jemand sein Nest und all seine Eier zerstören könnte. Deshalb erhob er sich hoch in die Luft und kreiste über den Bergen und Ebenen, bis er viele Nester anderer Vögel entdeckt hatte, in denen er seine eigenen Eier verstecken konnte – glaubte er doch, seine Kinder seien so sicher und geschützt, denn niemand würde alle Vogelnester der Welt zerschlagen. So wartete der Vogel Koreh eine günstige Gelegenheit ab, bis die Bewohner der anderen Nester für kurze Zeit unachtsam waren; dann schoß er geschwind heran und legte je eines seiner Eier unter die der fremden Vögel. So kam es, daß bald schon in jedem Nest der Welt ein Ei des Vogels Koreh reifte, ohne daß Tier oder Mensch es bemerkten. Schließlich schlüpften seine Kinder aus, wuchsen heran und wurden klug und kräftig wie er selbst. Des Nachts, wenn alle anderen schliefen, schwebte der Vogel Koreh über den weiten Ländern einher und rief seine Kinder herbei. Sie hörten ihn, spreizten ihre Schwingen und folgten ihm gen Himmel. Die anderen Vögel aber konnten seine Stimme nicht hören, sie schliefen ruhig und ungestört.

So war es bis zum heutigen Tag. Der Vogel Koreh schwebte über der Welt, und er sah und hörte vieles auf seinen Wegen, doch nur wenige konnten seine Botschaft verstehen.

Der Mann Josef aber wußte, wie er den Erzählungen des Vogels zu lauschen hatte, und so horchte er geduldig, und er erfuhr, was unter ihm in der Judenstadt vorging.

Was er hörte, machte ihm angst.

Es war wieder geschehen. Der Schattenesser war unter den Menschen, und er hatte neue Opfer gefunden.

Der Mann Josef war hilflos. Dabei wäre es seine Aufgabe gewesen, zu helfen. Zum Helfen hatte man ihn gemacht.

Er schloß die Dachluke über seinem Kopf und stieg die Leiter hinab. Er spürte den Schattenesser in den Gassen, hörte das Trauerlied des Vogels Koreh und schlug die Hände vor die Ohren. Es brachte keine Linderung. Er hätte gerne geweint, aber das vermochte er nicht.

So fiel er auf die Knie, beklagte lautlos sein Schicksal und wand sich ob seiner Machtlosigkeit am Boden.

Die Schatten waren in Aufruhr, und sie hatten allen Grund dazu.

KAPITEL 1

Als die beiden Schatten der Gepfählten zu einem einzigen verschmolzen, beschleunigte Sarai noch einmal ihre Schritte. Die Männer steckten aufrecht auf hölzernen Spießen, aufgepflanzt wie ein Paar sonderbarer Bäume rechts und links der Karlsbrücke, kurz vor den westlichen Brückentürmen. Sarai mußte schneller gehen, wenn sie die Stelle, an der sich die Schatten der Toten kreuzten, rechtzeitig erreichen wollte. Die Schwierigkeit dabei: Sobald sie schneller ging, würde sie sterben.

Sie hatte rund zwei Drittel der Brücke überquert, aber noch immer lagen zwischen ihr und den Gepfählten hundertfünfzig Schritte. Mindestens. Die vier Wachtposten der Liga standen am Fuß der Spieße und starrten ihr entgegen. Die Söldner trugen das übliche Geckenkostüm der Landsknechte: federgeschmückte Barette über bärtigen Gesichtern, farbig gestreifte Pluderhosen und bunte Wämser mit geschlitzten Ärmeln. Jeder besaß einen Hosenlatz aus hartem Leder, eingenäht und ausgebeult, mit dem er sich den Anschein größerer Männlichkeit verleihen wollte.

Sarai wußte, daß der alberne Anblick der Ligasöldner trog. Die vier würden sie auf der Stelle töten, falls sie die Brücke zu schnell oder auch zu langsam überquerte. Laufschritt war auf der Karlsbrücke seit Beginn der Besatzung verboten, ebenso Stehenbleiben. Jeder, der von einer Seite der Moldau auf die andere wechseln wollte, mußte dies unter zügigem Gehen tun – auf alles andere stand die Todesstrafe. Sarai wußte nicht, welchen Sinn diese Auflage haben sollte, außer jenem, die geknechtete Bevölkerung Prags noch tiefer zu erniedrigen. Als sei das Plündern und Morden, das Brandschatzen und Vergewaltigen nicht schlimm genug.

Doch das neue Gesetz der Brücke, dem einzigen Flußübergang weit und breit, war nur eine von hunderten Schikanen. Die Machthaber der Katholischen Liga und des Kaisers schienen sich einen Spaß daraus zu machen, täglich neue Strafen und Vergehen zu ersinnen. Daheim im jüdischen Viertel hatte Sarai flüstern hören, Ligasöldner hätten erst gestern, einen Tag nach der verlorenen Schlacht am Weißen Berg, zwei Dutzend Prager Würdenträger entsetzlich gefoltert: Erst mußten die Unglücklichen ihre Arme in kochendes Wasser tauchen, dann in die Eisfluten der Moldau; danach war ihnen das tote Fleisch von den Knochen geglitten wie Handschuhe, die ihnen plötzlich zu groß waren.

Der Novemberwind wehte kalt vom Fluß herauf, strich zischend über die Brüstung und schnitt durch Sarais Wams und Hose wie tausend winzige Glassplitter. Sie fror entsetzlich, trotz des Umhangs, den Cassius ihr mitgegeben hatte.

Noch achtzig Schritte.

Ohne innezuhalten schaute Sarai sich um. Die Morgensonne erhob sich im Osten knapp über dem Altstädter Brückenturm und spiegelte sich vielfach auf dem Gold der Dächer. Um jene Zeit des Tages und bei klarem Himmel sah es aus, als sei ganz Prag zu Bernstein erstarrt. Das goldene Funkeln und Glitzern der Giebel machte selbst die Rauchfahnen der gebrandschatzten Häuser für einen Augenblick unsichtbar. Kein Schrekken, der diesen Zauber zu zerstören vermochte.

Einer Spiegelung auf einem der goldenen Turmdächer war es zu verdanken, daß sich die Schatten der Gepfählten berührten. Das Sonnenlicht und die Goldspiegelung – Sarai hatte noch immer nicht ausmachen können, von welchem Dach sie kam – schenkten jedem der Toten zwei Schatten, deren innere sich überschnitten. Dort, wo sie sich kreuzten, so hatte Cassius ihr aufgetragen, sollte Sarai sich bücken und eine Handvoll Staub aufheben. Unauffällig, damit die Wächter es nicht bemerkten. Denn der Staub aus dem Schatten eines Toten besaß, laut Cassius, magische Kräfte.

Nun, dachte Sarai verbittert, der Alchimist hatte gut reden. Er saß oben im Mihulka-Turm auf dem Hradschin und erwartete ihre Ankunft. Cassius lebte seit Jahrzehnten auf der Prager Burg, schon zu Regierungszeiten des alten Kaisers Rudolf. Nicht einmal die Truppen der Katholischen Liga hatten daran etwas ändern können. Vielleicht hatten sie schlichtweg anderes zu tun, als einen greisen Mystiker aus einem abgelegenen Turm des Hradschin zu vertreiben. Sie waren vollauf damit beschäftigt, die Judenstadt und die anderen Viertel Prags zu plündern und alle Aufrührer dingfest zu machen.

Die Herren der Liga hatten alle äußeren Tore Prags verriegeln lassen, hatten sich und ihre Söldnerhorden mit in der siechenden Stadt eingeschlossen. Ohne Passierschein kam niemand herein und heraus. Ausnahmen gab es nicht. Mindestens eine Woche lang, so die düsteren Vorhersagen jener, die es wissen mochten, würden die Tore verschlossen bleiben. So lange war man den Ligasöldnern auf Gedeih und Verderb ausgeliefert.

Noch fünfzig Schritte.

Sarai kniff die Augen zusammen, um besser erkennen zu können, ob sich die Schatten der Gepfählten noch berührten. Ja, es sah ganz so aus. Fraglich war, wie lange noch.

Sollte der Versuch fehlschlagen, würde Cassius auf seinen Staub verzichten müssen. Nur am Sabbat entfalten die Toten ihre volle Macht, hatte der Alte gesagt. Sabbat war heute, und wer konnte wissen, ob die Gepfählten in einer Woche noch an diesem Platz stehen würden.

Die beiden Hingerichteten waren Heerführer des gestürzten Gegenkönigs Friedrich gewesen. Ligasöldner hatten sie gleich nach der Schlacht vor zwei Tagen lebendig auf Holzspieße gesteckt und auf der Karlsbrücke aufgepflanzt. Die ganze Nacht hindurch hatten ihre gequälten Schreie die Bewohner der Kleineren Stadt um den Schlaf gebracht. Erst am Morgen waren sie endlich verstummt.

Noch zwanzig Schritte.

Der Drang, schneller zu gehen, war unerbittlich. Sarai hatte alle Mühe, ihre Beine ruhig zu halten. Sie durfte nicht laufen.

Die meisten Einwohner Prags mieden es in diesen Tagen, den Fluß zu überqueren. Auf der Brücke gab es keine Möglichkeit zur Flucht, beide Seiten wurden bewacht. Sollten es die Söldner auf ihr Vergnügen abgesehen haben, war es ohnehin um Sarai geschehen: Sie war sechzehn, und selbst der Schmutz auf ihren Zügen konnte nicht verbergen, wie hübsch sie war. Hübsch genug, daß die Männer es als Einladung verstehen mochten, trotz der alten Lumpen, die sie trug.

Zehn Schritte.

Die beiden westlichen Brückentürme, gotische Monumente aus grauem Stein, nahmen jetzt ihr gesamtes Blickfeld ein. Dahinter verschwand selbst der Hradschin, die Prager Burg auf ihrem alles überschauenden Bergrücken.

Die Soldaten starrten sie eingehend an, musterten sie von oben bis unten. Der Ausdruck auf ihren Gesichtern stand in finsterem Widerspruch zu der fröhlichen Farbenpracht ihrer Kleidung. Alle vier waren mit schmalen Schwertern bewaffnet, zwei von ihnen hatten blankgezogen. Die anderen legten ihre Hände drohend auf armlange Hakenbüchsen. Beide Schußwaffen waren wegen ihres Gewichts und des starken Rückstoßes auf hölzernen Böcken verankert.

Sarai spürte, wie der Schweiß über ihre Stirn lief, trotz der Kälte. Er brannte in ihren Augen, aber sie wagte nicht, die Hand zu heben, um ihn fortzuwischen, aus Angst, die Männer könnten die Bewegung mißverstehen. Sie spürte ihre Füße kaum noch. Irgendwann war ihr, als schwebe sie, als sei der Boden gänzlich unter ihr verschwunden. Mühsam hielt sie ihren Blick auf die gekreuzten Schatten gerichtet.

Einer der Männer flüsterte einem anderen etwas zu, doch sie verstand keines seiner Worte. Sie konnte jetzt die beiden Toten riechen, einen schweren, fauligen Odem, der wie Nebel durch die klare Herbstluft trieb.

Sarai hatte das Abzeichen der böhmischen Juden, ein gelber aufgenähter Kreis, wohlweislich von ihrem Wams entfernt. Unter anderen Umständen hätte dieses Vergehen eine schwere Strafe nach sich gezogen, doch sie glaubte nicht, daß es in diesen Tagen irgendwem auffallen würde.

Nur noch zwei Schritte, dann hatte sie die gekreuzten Schatten erreicht. Sarai schloß die Augen und taumelte. Sie gab vor zu stolpern, ihr rechtes Bein knickte ein, dann das linke. Mit einem Keuchen schlug sie auf den Boden, stützte sich auf, krallte ihre Hand in den Schmutz und sprang noch in derselben Bewegung wieder auf. Dann ging sie benommen weiter, ganz so, als sei nichts geschehen. In ihrer rechten Faust hielt sie den Staub aus dem Schatten der Toten.

Aus den Augenwinkeln sah sie noch, wie die beiden Schwertträger vortraten, dann war sie an ihnen vorüber. Sarai ging einfach weiter und verlor die Söldner aus ihrem Blick. Die Männer waren jetzt hinter ihr, und doch wagte sie nicht, sich umzuschauen. Sie konnte nicht mehr sehen, was sie taten, und doch spürte sie ihre Gegenwart in ihrem Rücken wie etwas, das von hinten gegen ihre Schultern drückte und sie vorwärtstrieb. Das Schlimmste war, daß sie laufen wollte, rennen, so schnell sie nur konnte, doch das war unmöglich. Noch war sie nicht am Ende der Brücke. Erst mußte sie durch das Tor zwischen den Türmen hindurch, dann erst verlor das Verbot seine Geltung. Sie spürte förmlich, wie die Söldner darauf warteten, daß sie losrannte. Das Stolpern mochte als Mißgeschick gelten, nicht als vorsätzliches Stehenbleiben. Würde sie aber laufen, war es um sie geschehen.

Sarai hörte Schritte hinter sich. Die beiden Söldner folgten ihr. Die harten Sohlen ihrer Stulpenstiefel dröhnten über das schmutzige Pflaster. Sie konnten nicht mehr weit von ihr sein, höchstens eine Mannslänge. Aber noch riefen die Kerle sie nicht an, noch verlangten sie nicht, daß sie stehenblieb.

Sarai trat durch das Brückentor. Es war breit, fast ein Tunnel. Ihre Schritte und die ihrer Verfolger hallten hohl unter der Gewölbedecke wider. Am anderen Ende führte die Straße seicht bergab zum Mittelpunkt der Kleineren Stadt – so nannten die Bewohner diesen Teil Prags. Im Schatten einer düsteren Kirche erhob sich dort eine Handvoll Herrschaftshäuser, umgeben von einem Gewirr aus Gassen, drei- und vierstöckigen Wohnhäusern und einem Labyrinth miteinander verbundener Hinterhöfe. Vom Platz an der Kirche aus mußte Sarai den Weg zur Neuen Schloßstiege einschlagen, einer schier endlosen, steilen Treppe, die hinauf zum Hradschin führte. Sie ahnte, daß sie soweit nicht mehr kommen würde.

Mit bebenden Fingern zog sie ein kleines Ledersäckchen aus ihrem Hosenbund. Zitternd und ohne anzuhalten füllte sie den Staub hinein, den ihre feuchte Hand zu Klumpen gepreßt hatte. Fast die Hälfte ging dabei verloren. Gleichgültig. Cassius sollte zufrieden sein, wenn sie überhaupt lebend zurückkehrte, mit viel oder wenig oder gar keinem Staub.

Sie verschloß das Säckchen und stopfte es zurück in ihre Hose. Noch immer wagte sie nicht, sich umzuschauen. Sie wünschte sich, daß ihre Verfolger sie ansprechen oder miteinander flüstern würden, doch statt dessen schwiegen sie nur. Die stumme Bedrohung verunsicherte Sarai viel stärker als jeder Zuruf, jede Zote.

Aus dem Schatten des Torbogens trat sie ans Licht. Damit hatte sie die Brücke verlassen.

Sarai stürmte los. Die Anspannung fiel keineswegs von ihr ab, und doch verspürte sie eine gewisse Befreiung, als sie endlich wieder laufen konnte, so schnell sie wollte. Und so schnell sie *konnte* – denn die Söldner waren direkt hinter ihr.

Sie rannte die Mostecká hinab, die Straße zum Ring. Eine Handvoll Männer und Frauen, die sich trotz der plündernden Söldnerhorden hinaus auf die Straße gewagt hatten, sprangen ängstlich auseinander. Von ihnen konnte Sarai keine Hilfe erwarten. In einer geschlagenen Stadt wie Prag rettete ein jeder nur die eigene Haut. Sarai dankte dem Herrn, daß er ihr eingegeben hatte, wenigstens das Judenzeichen abzunehmen. Hätten die Menschen sie als Jüdin erkannt, wer weiß, der eine oder andere hätte sie vielleicht sogar aufgehalten und den Söldnern ausgeliefert.

So aber erreichte sie ungehindert den Platz, in dessen Mitte sich der spitze Turm einer Kirche erhob. Rundherum standen eng gedrängt ein paar schmuckvolle Häuser, manche älter, andere erst vor wenigen Jahren errichtet. Sie hielten keinem Vergleich mit den Prachtbauten am anderen Ufer stand, doch auch in der Kleineren Stadt gab es eine Reihe reicher Kaufleute, die sich aufwendige Quartiere leisten konnten.

Sarai war klar, daß sie die beiden Söldner abhängen mußte, ehe sie hinauf zum Hradschin stieg. Um zum Mihulka-Turm und zu Cassius zu gelangen, mußte sie sich unauffällig durch die Schloßgärten schlagen, denn eigentlich war ihr der Eintritt zur Burg verwehrt. Sie hatte gewußt, worauf sie sich einließ, als sie sich bereit erklärte, Cassius hin und wieder einen Dienst zu erweisen, im Austausch gegen Nahrung für sie und ihren Vater. Zuletzt aber hatte Cassius selbst kaum noch etwas gehabt, denn die Alchimie war seit der Abdankung Kaiser Rudolfs auf der Burg in Verruf geraten. Alle anderen Mystiker und Alchimisten hatten den Turm und die Stadt verlassen, nur Cassius blieb allein zurück. Statt mit Essen mußte Sarai sich nun immer öfter mit Wissen zufriedengeben, denn der alte Alchimist hatte sie zu seiner Schülerin erkoren, auch wenn er dergleichen nie aussprach. Sarai war das recht, sie hatte ohnehin nichts Besseres zu tun und war froh, tagsüber von ihrem Vater loszukommen. Seit ihre Mutter getötet worden war, hatte er sich verändert.

Sarai wandte im Laufen den Kopf und schaute nach hinten. Die beiden Söldner waren dicht hinter ihr, schienen aber nicht schneller laufen zu können als sie selbst. Gut, dann gab es vielleicht doch noch eine Möglichkeit, am Leben zu bleiben. Zumal sie sich besser in der Kleineren Stadt auskannte als die fremden Soldaten, die aus Bayern oder von noch weiter her nach Böhmen gekommen waren.

Rund um die Kirche hatten einige Händler gewagt, ihre Stände aufzuschlagen. Der Anblick der Kaufleute inmitten einer Stadt, die an zahllosen Stellen in Flammen stand und bis aufs letzte ausgeraubt wurde, schien Sarai so unwirklich, daß sie beinahe stehengeblieben wäre.

Natürlich tat sie es nicht. Atemlos bog sie in einen schmalen Einschnitt zwischen zwei Häusern, übersät mit Schmutz und Unrat. Erst nach einigen Schritten sah sie, daß die rechte Hauswand mit zahlreichen Balken abgestützt war, die schrägstehend ihren Weg versperrten. Soviel zu ihrer Vertrautheit mit der Kleineren Stadt! Sarai wollte fluchen, doch kein Laut drang aus ihrer Kehle. Sie wußte nicht, ob es Furcht oder Erschöpfung war, die ihr die Stimme nahm.

Gehetzt blieb sie stehen und sah sich um. Sie erkannte sogleich, daß es keinen Sinn hatte, zurückzulaufen. Die beiden Söldner hatten die schmale Gasse längst betreten. Die Kluft zwischen den Häuserwänden war so eng, daß die Männer nicht nebeneinander gehen konnten. Die beiden hatten bemerkt, daß die Balken Sarai am Fortlaufen hinderten.

Der Abstand zwischen ihr und dem vorderen der Söldner mochte noch vier Mannslängen betragen, kaum mehr. Die beiden rannten jetzt nicht mehr, sondern kamen gemäßigten Schrittes auf sie zu. Der erste machte sich bereits an seinem Hosenlatz zu schaffen.

Sarai wirbelte herum und besah sich die Balken genauer. Unten am Boden standen sie schräg und verwinkelt. Da aber die gesamte Hauswand vom Einsturz bedroht war, hatte man auch weiter oben Balken angebracht, diese jedoch waagerecht, so daß sich zwischen den beiden Mauern ein enges Netz aus hölzernen Bohlen entspann. Sarai wußte jetzt, was sie zu tun hatte. Sie hatte keine andere Wahl.

Sie packte mit beiden Händen einen der Querbalken auf Höhe ihres Gesichts und zog sich strampelnd daran empor. Es fiel ihr schwerer, als sie erwartet hatte. Sie war nie gerne geklettert, auch nicht als Kind. Zudem verabscheute sie große Höhen. Cassius war einmal mit ihr hinauf aufs Dach des Mihulka-Turmes gestiegen. Danach war ihr zwei Tage lang sterbenselend und schwindelig gewesen.

Hinter ihr fluchten die Söldner und trampelten vorwärts, doch ihre ausgestreckten Arme griffen ins Leere. Sarai zog sich bereits am nächsten Balken nach oben, kletterte von dort aus tiefer ins Gewirr der Stützbohlen. Die Abstände zwischen den einzelnen Hölzern waren nicht groß, doch manche ächzten gefährlich unter der plötzlichen Belastung. Splitter bohrten sich in Sarais Handflächen und Knie, und nach vier, fünf weiteren Balken schmerzten ihre Hände so sehr, daß sie nur noch halb so schnell klettern konnte. Sie befand sich jetzt gute drei Mannslängen über dem Boden und etwa ebenso tief im Inneren des Balkengitters.

Einen Augenblick lang verharrte sie und blickte angstvoll zurück. Einer der beiden Männer folgte ihr. Und, so stellte sie zu ihrem Entsetzen fest, er war weit wendiger, als sein ungeschlachtes Äußeres vermuten ließ.

Trotz der Schmerzen in ihren Händen kletterte sie weiter. Der Söldner trug Handschuhe, was ihm einen Vorteil verschaffte. Sarai allerdings war schmaler und geschmeidiger, und trotz seines Geschicks war sie die Flinkere von beiden. So hangelte sie sich eilig von Balken zu Balken und behauptete unter Mühen und einem empfindlichen Brennen in den Fingern ihren Vorsprung – bis die Gasse plötzlich ein Ende hatte. Sarai bemerkte die Wand erst, als sie direkt davor hockte. Eine grünschwarze Mauer, an der glitzerndes Wasser herabrann.

Verzweifelt schaute sie nach hinten. Der Söldner kam näher, und auch er erkannte jetzt, daß Sarai in der Falle saß. Keuchend kletterte er auf sie zu.

Sarai blieb nur die Flucht nach oben, weiter in die schwindelnde Höhe des Balkengitters. Die beiden angrenzenden Gebäude mochten vier Stockwerke hoch sein. Die Stützbohlen reichten hinauf bis zum Dach. Es gab keine Fenster und Türen, die hinaus in den schmalen Spalt führten, nur glattes, feuchtes Mauerwerk.

Einen Moment lang überlegte Sarai, ob es ihr gelingen mochte, den Verfolger im Wirrwarr der Balken zu umklettern und zum Anfang der Gasse zurückzukehren. Dort aber wartete gewiß noch immer der zweite Söldner. Nein, sie mußte nach oben, mochte sie die Höhe noch so sehr fürchten.

Das angestrengte Stöhnen des Soldaten kam näher, während sie sich selbst unter Aufbietung aller Kräfte weiter hochzog und aufwärtsstemmte. Zwischen den Balken sah sie jetzt immer größere Splitter des stahlblauen Morgenhimmels. Sarai wagte nicht mehr, nach unten zu blicken.

Schließlich erreichte sie die obere Ebene und bemerkte sogleich, daß sie sich erneut getäuscht hatte: Die Balken reichten nicht hinauf bis zum Dach. Tatsächlich endete das Gitterwerk fast zwei Mannslängen unterhalb der Schindelkante. Sie mochte sich noch so sehr strecken, sie würde nicht danach greifen können. Erschüttert und beinahe ungläubig erkannte sie, daß sie den Wettlauf verloren hatte. Sie konnte von hier aus nirgendwo hin als wieder nach unten. Dorthin, wo die beiden Schänder sie erwarteten.

Sarai klammerte sich verzweifelt an eine der Querstreben, als ihr Blick zum erstenmal zurück in die Richtung des Gassenausgangs fiel.

Dort saß, auf dem äußersten Balken am Abgrund zur Straße hin, ein menschliches Huhn.

Oder besser: Eine Frau, die sich größte Mühe gab, wie ein Huhn zu erscheinen. Sie hockte mit angezogenen Knien auf dem Balken, starr und steif wie ausgestopft, und berührte das Holz nur mit den Zehenspitzen. Beide Hände hatte sie hinter dem vorgebeugten Rücken verschränkt. Sie trug einen Mantel oder Umhang, der lükkenlos mit hellbraunen Hühnerfedern besetzt war. Ihr Haar war kurzgeschoren bis auf einen rotgefärbten Kamm, der von der Stirn bis hinab in den Nacken reichte. Die Frau hatte ein hageres, ausgezehrtes Gesicht und dunkle Augen, die tief in den Höhlen lagen. Ihr Blick war starr auf Sarai gerichtet. Sie sagte kein Wort. Nur ihre Federn sträubten sich raschelnd im Wind.

Sarai hörte unter sich wieder das Keuchen des Söldners, doch sie hatte nur Augen für das groteske Hühnerweib. Nie zuvor hatte sie dergleichen gesehen. Sie vermochte den Gesichtsausdruck der unheimlichen Frau nicht zu deuten. Blickte sie bedrohlich oder teilnahmslos? Gleichgültig oder verärgert?

Sarai fürchtete, daß sie es bald erfahren würde, denn jetzt machte die Gestalt einen Schritt in ihre Richtung. Sie streckte eines der angewinkelten Beine nach vorne, bis es den nächstliegenden Balken berührte, schien sich mit den nackten Zehen daran zu verkrallen und zog sich allein kraft ihres Fußes hinüber. Dabei blieb sie in ihrer hockenden Haltung. So fremdartig die Bewegung auch wirkte, die Frau behielt dabei mühelos ihr Gleichgewicht.

Als sie zu einem zweiten bizarren Schritt ansetzte, schob sich vor Sarai der Kopf des Söldners aus dem Balkengewirr. Zwischen den Zähnen hielt er einen Dolch. Sarai schrak zurück.

Der Soldat hatte die fremde Frau noch nicht entdeckt. Sie befand sich in einigem Abstand hinter ihm, während er Sarai siegessicher entgegenstarrte. Er war am Ziel seiner Jagd.

Einen Augenblick lang glaubte Sarai, die Hühnerfrau käme ihr zur Hilfe. Etwas an ihr ließ sie weniger seltsam als bedrohlich erscheinen. Vielleicht war es die Weise, in der sie sich bewegte; die Frau mußte lange geübt haben, bis sie derart leichtfüßig über die Balken schreiten konnte.

Doch Sarais Hoffnung auf Hilfe wurde enttäuscht.

Gleich nachdem der Söldner aus dem Bohlengitter auftauchte, zog die Frau ihren ausgestreckten Fuß zurück – *und ließ sich hinterrücks in die Tiefe fallen!*

Sarai wartete auf einen Aufschlag auf den Balken, auf das Splittern und Bersten des Holzes. Statt dessen aber war da nur ein leises Trippeln und Rauschen, dann Stille. Das Hühnerweib war verschwunden.

Der Söldner hatte nichts von alldem bemerkt. Wohl aber sah er das Grauen auf Sarais Zügen und bezog es auf sich selbst. Dabei war sie vor Schrecken wie gelähmt

– vor Schrecken über den geisterhaften Abgang der Frau.

Der Soldat grinste und zog sich am Balken nach oben. Schließlich war er auf einer Höhe mit Sarai. Sie schüttelte ihr Entsetzen über das Hühnerweib ab, widmete ihre Furcht nun gänzlich dem Söldner. Der Mann nahm sein Messer in die Hand und richtete es langsam auf Sarai.

Sie tat das einzig richtige und trat zu. Wegen des Balkens, auf den er sich stützte, bemerkte er die Bewegung zu spät. Sarais Fuß traf ihn mit voller Wucht am Knie. Sein Stiefel rutschte von der Bohle ab. Erstaunen über die unerwartete Gegenwehr erschien auf seinen Zügen, dann sauste sein Gesicht plötzlich nach unten weg. Mit einer Hand hielt er sich am oberen Balken fest, die andere tastete panisch nach einer zweiten Stütze.

Sarai hämmerte ihre Faust mit aller Kraft auf seine Finger. Seine Hand schnappte auf, er stürzte. Allerdings nicht tief, dann verhakte er sich mit den Achseln an einem weiteren Rundholz. Fluchend versuchte er sich hochzurappeln, fand Widerstand unter seinen Füßen und war sogleich wieder Herr über sein Gleichgewicht.

Er befand sich nun unter Sarai. Mit hastigen, zitternden Bewegungen riß sie Cassius' Lederbeutel aus dem Hosenbund und öffnete ihn mit fliegenden Fingern. Dann kippte sie den Staub aus dem Schatten der Gepfählten direkt in das Gesicht des Söldners.

Es gab keinen magischen Blitz, nicht einmal ein fernes Donnern. Statt dessen stach der Schmutz schmerzhaft in den Augen des Mannes und behinderte seine Sicht.

Cassius hätte diese fade Wirkung vielleicht enttäuscht, doch für Sarais Zwecke reichte sie aus. Das Mädchen löste beide Füße vom Balken, hielt sich zugleich mit den Händen an einem anderen fest und ließ sich in die Tiefe gleiten. Ihre Fersen trafen die blinden Augen des Soldaten. Er schrie auf und stürzte. Stürzte tiefer, immer tiefer und schlug dabei unzählige Male auf den Holzstreben auf. Sein Rückgrat knirschte, als es auf einen Balken knallte und zerbrach. Sarai sah dem leblosen Mann nach, als er im Dunkel zwischen den Bohlen entschwand.

Sie baumelte mit den Händen an einer der oberen Streben und strampelte mit beiden Beinen, bis ihre Füße Halt fanden. Dann ließ sie sich rittlings auf einem Balken nieder und lehnte sich gegen die Hauswand. Ihr Atem raste. Vor Erschöpfung kreisten bunte Feuerräder vor ihren Augen, und sie fühlte plötzlich den heftigen Drang, einfach einzuschlafen. Immer wieder blickte sie nach unten, um zu sehen, ob sich am Grund des Schachtes etwas rührte, doch da war nichts. Nachdem sich ihre Augen an die Dunkelheit gewöhnt hatten, glaubte sie gar, den reglosen Körper des Söldners zu erkennen. Ja, dachte sie, da lag er. Ohnmächtig oder, besser noch, tot. Es erschreckte sie nicht, daß sie diesen Gedanken faßte – der Kerl hatte sich jeden gebrochenen Knochen redlich verdient. Auch ein gebrochenes Genick.

Nach einer ganzen Weile, in der Sarai kein Lebenszeichen des zweiten Soldaten bemerkte, machte sie sich an den Abstieg. Sie kletterte langsam, fast behäbig. Ihre Hände brannten noch immer von zahllosen Splittern, und in ihrem Kopf drehten sich die Gedanken vor Aufregung. Sie hangelte sich in einem weiten Bogen über den Toten hinweg und ließ sich schließlich zum Boden hinab.

Der zweite Söldner war fort. Das wunderte sie. Irgend etwas mußte ihn derart erschreckt haben, daß er die Flucht ergriffen und seinen Kameraden zurückgelassen hatte. Sicher hatte er sich nicht vor Sarai gefürchtet, ganz gleich, was mit dem anderen Mann geschehen war. Am Boden wäre sie ihm unterlegen gewesen. Sie hatte Glück gehabt.

Das Mädchen trat aus der Gasse ins Freie. Dabei entdeckte es etwas im Schmutz und machte einen Schritt zurück ins Zwielicht des engen Schachtes, um ihren Fund genauer zu betrachten. Sie bückte sich und streckte vorsichtig die Finger danach aus.

Auf einem winzigen Bett aus Federn lag ein Ei.

Sarai hob es auf und wog es nachdenklich in der Hand. Größe und Gewicht waren fraglos die eines gewöhnlichen Hühnereis. Die Schale war weiß und spröde.

Einen Augenblick lang erwog sie, es aufzuschlagen, um zu sehen, was darin war. Dann aber stand sie auf, schützte das Ei mit beiden Händen und ging.

Der Mihulka-Turm erhob sich aus der schnurgeraden Burgmauer im Norden des Hradschin und überschaute die Haine und Gewächshäuser des Královská Zahrada, des großen Königsgartens. Der runde, nur mit wenigen Fensterschächten versehene Bau war unter Wladislaw II. als Geschützturm errichtet worden. Nach dem Burgbrand im Jahre 1541 hatte der Glockengießer Tomás Jaros dort Werkstatt und Quartier bezogen. Als Kaiser Rudolf II., Herrscher des Heiligen Römischen Reiches, Prag zu seiner Hauptstadt erkor und sich in den Sälen und Kammern des Hradschin niederließ, hielt mit ihm auch seine Vorliebe für okkulte Studien Einzug in die Burg. Eine Handvoll Alchimisten richtete sich in des Kaisers Auftrag im Mihulka-Turm ein und betrieb dort geheime Forschungen. 1611 wurde Rudolf von seinem Bruder Matthias zur Abdankung gezwungen und der Kaisersitz nach Wien verlegt; damit verließen auch die Alchimisten die Burg – alle bis auf einen.

Seither lebte Cassius allein im Turm, geduldet von den böhmischen Statthaltern des Kaisers, vor allem wohl, weil er sich niemals außerhalb des entlegenen Bauwerks sehen ließ. Über die Jahre hinweg vergaß man ihn, und Cassius genoß im Inneren seines steinernen Zuhauses Narrenfreiheit. Niemand, nicht einmal Sarai, wußte, was er wirklich dort tat, welches Ziel er verfolgte. Er brodelte und brutzelte in seinen Schalen und Tiegeln, wie es wohl Art der Alchimisten war, doch das Warum blieb Sarai ein Rätsel.

Sicher wäre es mit der stillen Duldung des alten Kauzes vorbei gewesen, hätte man bemerkt, daß er schon vor Jahren ein Loch in den Stein am Fuß des Turmes geschlagen hatte, einen schmalen, unauffälligen Aus- und Einstieg, durch den er regelmäßig die Burg verließ, um durch die Gärten zu streifen und dabei seinen düsteren Gedanken nachzuhängen.

Durch diese geheime Öffnung, verborgen hinter dichtem Buschwerk, betrat Sarai den Mihulka-Turm. Die Gärten des Hradschin lagen in der Form eines Hufeisens um die Burganlage. Die Mauer, die sie umfaßte, war hoch und ungemein schwer zu erklimmen, und sie war so lang, daß es beinahe unmöglich schien, sie gänzlich gegen Eindringlinge abzuschirmen. Daher beschränkten sich die Wachen darauf, jeden unwillkommenen Besucher an den Toren der Burg abzufangen. Daran hatte sich auch nach der Besatzung durch die Liga nichts geändert. Freilich ahnten die neuen Machthaber nichts vom versteckten Zugang des Alchimisten, und das kam Sarai nun zugute.

Im Garten war sie mehr Wachen als üblich begegnet, doch die Söldner gaben sich keine Mühe, ihre Unlust zu verbergen. Sie zogen es vor, sich in kleinen Gruppen unter Bäumen zu treffen und dem Würfelspiel zu frönen. Viel lieber wären sie mit ihren Kameraden plündernd durch die Stadt gezogen, als hier oben die Tulpen in ihren Gewächshäusern zu bewachen.

Für Sarai waren die Soldaten kein Hindernis gewesen, obgleich ihr Herz noch immer schneller schlug als üblich, und die Aufregung sie zu Leichtsinn verleiten wollte. Schwierig war es vor allem, das Ei unbeschädigt über die Mauer und durch die Gärten zu tragen, doch selbst das gelang ihr unter Mühen.

So betrat sie schließlich den Turm durch den verborgenen Einstieg und eilte die Treppe hinauf ins oberste Stockwerk. Als sie die letzten Stufen erklomm, schallte ihr das Krächzen von Cassius altem Papagei entgegen:

»Cassius! Cassius! Der Teufel kommt, dich zu holen!«

Diese Worte kreischte der Vogel bei jedem der seltenen Besucher, egal, um wen es sich handelte. Sein Name war Saxonius, benannt nach einem Vorfahren oder auch Vorbild des Alchimisten – Sarai wußte es nicht so genau.

»Ah ja«, sagte Cassius lächelnd, als er das Mädchen erkannte, »ein prächtiger Teufel, in der Tat. Mit einem wahrlich bezaubernden Näschen.«

Cassius sagte oft solche Dinge, und sie nahm sie nicht ernst.

»Sieh her, was ich habe«, rief sie und stürmte auf ihn zu.

»Ist es dir gelungen?« fragte er aufgeregt. Dann sah er das Ei in Sarais Händen. »Wo hast du ihn? Sag mir, wo ist er?«

Sie blieb dicht vor ihm stehen. »Der Staub? Nun …«, stammelte sie verlegen, »… ich hatte ihn, wirklich, aber er ging mir verloren.«

Die Enttäuschung des Alten war nicht zu übersehen. Die Falten in seinem Gesicht sahen aus wie mit scharfer Klinge gezogen, das Werk eines Schnitzers, der die rauhe Rinde seines Holzes zum Wesen seines Kunstwerks machte, ihr grobes Muster gar vertiefte. Wenn Cassius lächelte, wanderten die Klüfte in seinen Zügen bis hinauf zur Stirn, ein stetiger Akt der Veränderung, dem allein seine grauen Augen widerstanden. Sie bildeten die ruhenden Pole in seinem aufgewühlten Antlitz und blitzten wach, beinahe jugendlich zwischen den Falten und dem schlohweißen Haarwust hervor. Die dünnen

Strähnen fielen ihm oft ins Gesicht, als schämten sie sich dafür, ein wallender Vorhang aus Spinnengarn.

Cassius trug ein weites, vielfarbiges Gewand, wie es einem wahren Mystiker anstand. Sarai machte oft die eine oder andere spitze Bemerkung über seine Art, sich zu kleiden, doch Cassius bestand darauf, daß es nur aus Bequemlichkeit geschah, nicht weil er den Traditionen bunter Jahrmarktsträume nachhing. Sie war trotzdem nicht sicher, ob er ganz frei war von solcherlei Eitelkeiten. Gewiß jedoch war es an der Zeit, das Gewand zu erneuern; die Farben verblaßten allmählich unter der Last der Jahre.

Die Enttäuschung des Alchimisten wandelte sich schlagartig in ungläubiges Staunen. »Du hattest den Staub und hast ihn verloren? Das ist nicht dein Ernst, mein liebes Kind.«

Oh, oh, dachte sie. *Liebes Kind* nannte er sie nur, wenn er unzufrieden mit ihr war. Tatsächlich hatte er ja allen Grund dazu.

Sie setzte zu einer Entschuldigung an – hatte sie das überhaupt nötig? –, doch Cassius kam ihr zuvor:

»Du verlierst den Totenstaub und bringst mir statt dessen ein … Ei?« Er schlug beide Hände vors Gesicht und ging jammervoll in der Turmkammer auf und ab.

Saxonius kreischte vergnügt: »Der Teufel kommt, dich zu holen. Er kommt, er kommt! Der Teufel kommt!«

»Schweig still!« rief Cassius erregt, und der Vogel verstummte tatsächlich. Im allgemeinen war es ein behäbiges Tier, das nur den eigenen Lärm genoß. Jeder andere Laut brachte Saxonius augenblicklich zur Ruhe. Er war ebenso alt wie Cassius, wenn nicht gar älter, und er hatte sie alle kommen und gehen sehen: die mächtigen Alchimisten und Magier, die Scharlatane und wahren Weisen, sie alle, die Kaiser Rudolf einst im Mihulka-Turm versammelt hatte.

Cassius hielt schließlich inne und stützte sich müde

auf einen Tisch voll mit Büchern und Glaskolben. Viele der Gefäße waren leer, andere mit bunten Mixturen gefüllt. Auf einem zweiten Tisch – es gab mehr als ein halbes Dutzend davon, kreisförmig an den Wänden aufgestellt – loderte eine Flamme und erhitzte ein köchelndes Gebräu. Eine Vielzahl tropfender Kerzen spendete sanftgelbes Licht.

»Erzähle mir, was geschehen ist«, bat er seufzend.

Sarai ließ sich im Schneidersitz auf einem riesigen Stuhl nieder, dessen hohe Lehne mit aufwendiger Schnitzerei verziert war. Cassius hatte einmal behauptet, er selbst hätte dieses Kunstwerk vollbracht, doch Sarai zweifelte daran. Trotzdem gefiel ihr der Stuhl, er war schwer und beinah schwarz vom Alter, und er stand gleich neben einem der winzigen Fenster. Sie hatte lieber Tageslicht um sich, ganz gleich wie spärlich; das zitternde Flackern der Kerzen beunruhigte sie. Die Flammen erinnerten sie an den Tag, als ihre Mutter auf dem jüdischen Friedhof beerdigt worden war. Ihr Vater hatte daheim Dutzende Kerzen entzündet und drei Tage ohne Unterbrechung gebetet. Sie hatte damals große Angst um seine Gesundheit gehabt. Sie hatte sie heute noch.

Sie begann ihren Bericht mit dem Gang über die Brükke, erzählte von der Verfolgung durch die Söldner und ihrer Flucht in die Balkengasse. Als sie zur Schilderung des Hühnerweibes kam, weiteten sich die Augen des Alchimisten vor Erstaunen.

»Du hast eine von ihnen gesehen?« fragte er aufgeregt und kam eilig auf Sarai zu, als wollte er ihre Erinnerung festhalten, sollte sie sich unerwartet verflüchtigen.

Sarai nickte – obgleich sie die Worte ›eine von ihnen‹ verwirrten. Gab es denn mehrere davon?

Sie beschrieb dem Alten die seltsame Erscheinung bis ins kleinste. Dabei stellte sie fest, daß sie vieles in ihrer Aufregung gar nicht beachtet hatte, etwa, ob die Frau jung oder alt gewesen war. So sehr sie auch in ihrem Gedächtnis danach suchte, sie konnte sich nicht erinnern. Wohl aber standen ihr Kleidung und Haartracht deutlich vor Augen, und beides schien Cassius aufs höchste zu erregen. Ruhelos ging er von neuem auf und ab.

Zuletzt schilderte Sarai ihm, wie sie den Staub in die Augen des Söldners geschüttet und ihn so überwunden hatte. Doch dafür brachte der Alte kaum noch Geduld auf. Sarai war ein wenig beleidigt, daß er keine Sorge um ihr Wohlergehen zeigte. Aber so war er: Sobald ihn etwas beschäftigte, verlor alles andere an Bedeutung.

»Und dieses Ei«, vergewisserte er sich schließlich, »lag erst am Boden, nachdem die Frau verschwunden war?«

Sarai hob die Schultern und erwiderte schnippisch: »Verzeih, daß ich vorher um mein Leben lief und keine Zeit hatte, nach Eiern zu suchen.«

Er winkte mit einer fahrigen Handbewegung ab. »Das läßt sich kaum mehr ändern.«

Empört wollte sie auffahren, ließ es dann aber bleiben. Es hatte keinen Sinn, mit ihm zu streiten. Cassius meinte es nicht böse.

Der Alte nahm vorsichtig das Ei in die Hand, das Sarai auf einem der Tische abgelegt hatte. Er betrachtete es von allen Seiten, trat sogar vors Fenster, um es gegen das Licht zu halten.

»Ein gewöhnliches Hühnerei«, erkannte er schließlich.

Sarai zog eine Grimasse. »Sieh an, sieh an.«

»Zumindest von außen.«

»Was glaubst du denn, was darin ist? Ein Basilisk? Ein Kind vielleicht?«

»Wir sollten versuchen, es herauszufinden.«

»Willst du dich drauf setzen und brüten?«

Erstmals schien er Sarais Spott zu bemerken, denn er schenkte ihr einen vorwurfsvollen Blick. »Du könntest es essen, und wir warten ab, was geschieht«, schlug er vor, halb ernst, halb im Scherz.

»Du hast mir lange kein Essen mehr mitgegeben, nicht einmal Brot«, beklagte sie sich.

»Weil ich selbst kaum etwas habe – und das wenige habe ich stets mit dir geteilt, mein Kind.«

Das stimmte wohl, und nun, da die Stadt in Feindeshand war, mochte sich die Lage noch verschlimmern. Ihr selbst reichte das aus, was Cassius ihr gab. Ihr Vater aber mußte bei Nachbarn um Brot und Milch betteln. Seit dem Tod ihrer Mutter ging er nicht mehr zur Arbeit in die Ställe.

»Was also hast du vor?« fragte sie und deutete auf das Ei.

Er atmete tief durch. »Ich bin nicht sicher.«

»Was hat es denn mit dieser Hühnerfrau auf sich? Du weißt doch etwas, oder?«

Cassius schüttelte den Kopf. »Nicht wirklich. Ich hörte, daß sie vor einigen Wochen zum erstenmal in der Stadt gesehen wurden. Eine soll sogar hier oben auf dem Hradschin gewesen sein, auf den Dächern des Doms. Doch das mag Gerede sein. Ich hörte, wie die Diener darüber sprachen. Fest steht aber offenbar, daß die Weiber in einigen Winkeln der Stadt aufgetaucht sind, auch mehrere zur gleichen Zeit. Niemand weiß, wer sie sind, was sie tun und was sie wollen.«

»Aber du hast doch eine Ahnung.«

Er hielt ihrem fordernden Blick nicht stand und sah zu Boden. »Nein«, erwiderte er knapp, »auch ich weiß nichts über sie.«

Sie glaubte ihm kein Wort, sah aber ein, daß es wenig Sinn hatte, weiter in ihn zu dringen. Er würde ihr die Wahrheit sagen, wenn er die rechte Zeit für gekommen sah. Vielleicht.

»Du machst es einem schwer«, sagte sie leise.

Er kurzes Lächeln flackerte über sein Gesicht. »Ein schlauer Mann hat einmal gesagt, es gäbe keinen wirklichen Unterschied zwischen einem Mystiker und einem

Wahnsinnigen. Beide begeben sich auf Reisen in ihr Inneres, verlassen dabei die Grenzen des Ich und tauchen ein in die Erfahrungswelt jenseits der menschlichen Sinne. Während der Wahnsinnige allerdings darin verhaftet bleibt und den Weg zurück nicht mehr finden kann, hat der Mystiker die Möglichkeit, in die Wirklichkeit zurückzukehren.« Cassius schmunzelte. »Ehrlich gesagt, ich habe nie allzuviel von dieser These gehalten. In all den Jahren habe ich nicht einen erlebt, den die Begegnung mit der anderen Welt nicht gewandelt hätte. Unsere Reisen verändern uns. Es ist wie mit den Krankheiten, welche die Seefahrer von jenseits der Meere mit in die Heimat bringen. Uns Mystikern ergeht es ebenso. Unser Fieber ist ein Fieber des Geistes. Und, gib acht, Sarai, es kann ansteckend sein.«

Sie dachte an ihren Vater, dachte daran, was die Begegnung mit dem Tod ihm angetan hatte. Er hatte Zuflucht im Gebet gesucht, im Gespräch mit dem Herrn. Erst heute war er wieder außer sich gewesen, daß sie ihn am Sabbat verlassen wollte. Aber er war oft außer sich. Manchmal hoffte sie, der Zorn auf andere möge ihn vor sich selber schützen.

Cassius, der alles über ihren Vater wußte, schien zu erraten, was in ihr vorging. »Mystik ist nicht gleich Religion«, sagte er. »Und auch was dein Vater tut, hat nichts mit Religion zu tun. Er wird keine göttliche und keine mystische Erfahrung machen, denn Religion ist eine Sache vieler, während die Mystik zwar dem einzelnen vorbehalten ist, aber keinen Trost in der Trauer bringt.«

Eigentlich war ihr nicht nach derlei Gesprächen zumute, und doch war sie dankbar für die Ablenkung. »Was aber ist dann die Mystik für dich?«

Es war seltsam, aber in all den Monaten, da sie ihn kannte, hatte sie diese Frage nicht ein einziges Mal gestellt. Sie war ihr gar nicht in den Sinn gekommen. Er war eben Mystiker; bislang war das Erklärung genug gewesen.

Ab heute aber würde das anders sein. Von nun an wollte Sarai Fragen stellen. Sie war sich nicht im klaren darüber, was die Veränderung hervorgerufen hatte – vielleicht die Todesangst vor den Söldnern, vielleicht der Anblick der unheimlichen Frau –, aber ihr war plötzlich, als würde das Wissen vor ihr davonlaufen, wenn sie nicht schnell die Hand danach ausstreckte.

Cassius ließ sich schwer auf einen gepolsterten Stuhl fallen. »Mystik ist eine Sache des Sehens, Sarai. Der Mystiker weiß nicht nur, er *sieht*, was er weiß.«

»Das verstehe ich nicht.«

»Und wer könnte dir deshalb einen Vorwurf machen? Der Mystiker sammelt Erfahrungen. Ich will nicht sagen, er leidet darunter – er sammelt sie einfach. In bestimmten Zuständen sehen wir Dinge, wir schauen Bilder, die anderen verborgen bleiben. Wir wenden uns von den äußeren Sinneseindrücken ab und tauchen in unser eigenes Bewußtsein. Manchmal sehen wir uns dort selbst, manchmal andere. Dabei erfahren wir neues Wissen, oder auch die neue Sicht auf ein altes Wissen. Stell dir zwei Lehrer vor: Der eine vermittelt seine Lehre durch bloße Worte, der andere aber illustriert sie durch Bilder, die er auf eine Tafel malt. Der Mystiker ist der Schüler dieses zweiten Lehrers: Er erfährt all sein Wissen allein durch seine Augen, die er nach innen richtet, während der Schüler des ersten Lehrers, der gemeine Mensch also, dieses Wissen nur durch Worte erfährt, die ihn das Gehörte schnell vergessen lassen.«

»Demnach kann jeder ein Mystiker sein, er braucht nur den richtigen Lehrer«, stellte Sarai nachdenklich fest.

»Und die richtigen Augen«, fügte Cassius hinzu. »Ohne die Bereitschaft und das Talent, diese Erfahrungen im eigenen Inneren nicht nur zu suchen, sondern auch zu finden, wird aus keinem ein wahrer Mystiker.«

»Habe ich die richtigen Augen, Meister Cassius?« fragte sie scheu.

»Nein«, sagte er und schüttelte den Kopf, »ich glaube, du hast sie nicht.«

Sie blieb den Tag über bei Cassius und dachte über den Sinn seiner Worte nach. Der Alte entfernte die Splitter aus ihren Händen und verzichtete ihr zuliebe auf die Lektüre seiner dickleibigen Bücher, die er sich für diesen Tag vorgenommen hatte. Statt dessen bat er sie, ihm bei einigen Versuchen behilflich zu sein. Versuche – das bedeutete meist, daß er allerlei Tinkturen und Flüssigkeiten miteinander vermischte, das Ganze über heißer Flamme erhitzte und abwartete, was geschah. Die Ergebnisse waren in der Vergangenheit vielgestaltig gewesen. Es hatte brodelnde Feuerbälle gegeben, die ihnen die Brauen versengten; manchmal waren Cassius' Mischungen in alle Richtungen gespritzt und hatten sie mit stinkendem Sud überzogen, dessen Geruch tagelang haften blieb; und gelegentlich war schlichtweg überhaupt nichts geschehen, was den Alchimisten zu grollendem Zorn oder brütendem Schweigen veranlaßt hatte.

Die Versuche, die er an diesem Sabbat vollführte, ähnelten jenen an früheren Tagen, wenngleich er und Sarai von üblem Gestank und feurigen Eruptionen verschont blieben. Zwischendurch erklärte Cassius ihr immer wieder das eine oder andere über seine Mixturen, Versuchsanordnungen und erhofften Ergebnisse, und sie gab sich Mühe, jede Einzelheit im Kopf zu behalten. Mochte der Himmel wissen, welchen Nutzen es einmal haben mochte.

Das Ei des Hühnerweibs blieb während des Tages achtlos auf einem der Tische liegen, und schließlich vergaß Sarai völlig, daß es überhaupt da war.

Am frühen Abend verließ sie den Turm durch die geheime Öffnung, schlich durch die Gärten zur Südseite der Burg und kletterte über die Mauer hinweg. Sie lief die Neue Schloßstiege hinunter, rannte quer durch die Kleinere Stadt und erschrak vor jedem Schatten und jedem Soldaten, den sie aus der Ferne sah. Sarai wußte, daß auf der Karlsbrücke andere Männer als am Morgen stehen würden, die Gefahr war also nicht größer als sonst. Sie fragte sich, ob man den toten Söldner schon entdeckt hatte.

Als sie sich den Brückentürmen näherte, spürte sie schon, wie sich ihr Körper verkrampfte. Obgleich sie sich einredete, keine Angst vor den Wachtposten haben zu müssen, spürte sie doch, wie ihre Furcht immer größer wurde.

Doch die Ligasöldner ließen sie anstandslos passieren. Kurz nachdem Sarai das östliche Ufer erreicht hatte, ging die Sonne hinter den Dächern des Hradschin unter, und die Wächter kreuzten ihre Spieße. Nach Anbruch der Dunkelheit wurde der Übergang über die Moldau gesperrt. Sarai war eine der letzten, die es noch rechtzeitig schafften.

Sie eilte durch das enge, verwinkelte Labyrinth der alten Straßenzüge und schlich in den frühen Abendschatten am Rathaus vorbei über den Altstädter Ring. Überall waren Söldner, die meisten betrunken und randalierend. Immer wieder wich sie in Hauseingänge und Durchfahrten zurück, um Patrouillen und einzelnen Soldaten aus dem Wege zu gehen. Ihr war klar, daß sich die Ereignisse vom Morgen jederzeit wiederholen konnten, und diesmal würde sie fraglos weniger Glück haben. Tatsächlich war es in der Dämmerung weit gefährlicher, wenn die meisten Söldner reichlich Bier und Wein zugesprochen hatten. Sie verfluchte sich selbst dafür, daß sie Cassius nicht früher verlassen hatte. Es war einfach zu gewagt, in dieser Zeit durch die Straßen zu laufen.

Am Eingang zur Judenstadt, einem düsteren, engbebauten Viertel im Herzen Prags, blieb sie einen Augenblick stehen. Es gab mehrere Tore, die hineinführten, und zu Friedenszeiten hatte man sie zeitweise bewacht. Seit der Besatzung aber standen die Tore offen, und die freiwilligen Wächter waren bei ihren Familien. Die Vorstellung, wie einfach es jetzt für die Christen der umliegenden Viertel wäre, in die Judenstadt einzufallen, erschreckte Sarai. Aber natürlich hatten auch sie andere Sorgen, als ausgerechnet in diesen Tagen ein neuerliches Pogrom anzuzetteln. Jeder Einwohner Prags lebte nur noch in stetiger Furcht vor den neuen Machthabern der Liga, ganz gleich ob Jude oder Christ. Die alte Fehde und der Blutzoll, den sie über die Jahrhunderte gefordert hatte, waren vorerst – nein, nicht vergessen, aber verdrängt.

Sarai lief durchs Tor, während der Himmel immer dunkler wurde. Die Nacht stand kurz bevor. Die schmale Straße, in der Sarai mit ihrem Vater lebte, lag dunkel im dräuenden Massiv übervölkerter Wohnhäuser. Das Pflaster war voller Schlamm und Unrat, unter den Fenstern verfaulten die Inhalte ausgeleerter Nachttöpfe. Nirgends in Prag sah es besser aus, der Unterschied lag nur zwischen Armut und Elend. Obgleich viele der Juden, die hier lebten, einträgliche Geschäfte als Händler und Geldleiher geführt hatten, waren die Bedingungen, unter denen sie lebten, erbärmlich. Es gab niemanden, der die Straßen und Gassen säuberte, keinen, der Abfall und Schmutz beiseite kehrte. Sicher, es hatte Bestrebungen des Ältestenrates gegeben, mit Hilfe von Freiwilligen dem Ersticken im Schmutz entgegenzutreten, doch alle Mühen waren schon nach kurzem im Nichts verebbt. Prag war nur aus der Ferne jene Goldene Stadt, die von den Dichtern besungen wurde. In ihren Höfen und Klüften aber regierten Abschaum und Krankheit.

Der Einfall der Liga hatte die Dinge nicht eben zum

Besseren gekehrt. Zum Gestank überall in der Stadt gesellte sich nun der Rauch brennender Häuser, der Pesthauch verwesender Leichen und das Schreien der Witwen und Kinder, der Kranken und Hinterbliebenen. Seit zwei Tagen kümmerte sich ein jeder nur noch um sich selbst, sogar in der Judenstadt, wo der Zusammenhalt traditionsgemäß weit größer als in anderen Vierteln gewesen war.

Sarai lief die Geistgasse hinunter und bog von dort in einen schmalen Weg zur Rechten. Dort wiederum trat sie durch einen Torbogen und überquerte einen Hof, der deutliche Spuren der Plünderer trug: Zerschlagene Möbel, die kurzerhand aus den Fenstern geworfen worden waren, Glasscherben und zerrissene Kleidungsstücke bedeckten den Boden. Zahllose Höfe waren von Verwüstungen wie dieser betroffen, in den meisten Quartieren sah es noch schlimmer aus. Sarai fragte sich nicht zum erstenmal, ob alles jemals wieder so sein würde wie vor dem Krieg mit der Liga.

Neben der Tür zum Hinterhaus, in dessen zweitem Stock sie mit ihrem Vater wohnte, hatte man ein Schmähplakat des gestürzten Gegenkönigs Friedrich angebracht. Seit der Schlacht am Weißen Berg befand er sich mit seiner Familie auf der Flucht, und so sprach die Schrift des Plakats vom ›treulosen Fritz‹ und war überschrieben mit ›Gesucht wird der Herzkönig‹. Herzkönig, weil dies der wertloseste König des Kartenspiels war.

Friedrich hatte sich gegen den Willen des deutschen Kaisers Ferdinand auf Böhmens Thron geschwungen, obgleich Ferdinand selbst doch Anspruch auf diese Krone hatte. Der Kaiser wiegelte daraufhin die Mitglieder der katholischen Liga, ein Bund der Fürstentümer Bayern, Mainz, Köln und Trier, außerdem aller Fürstbischöfe Oberdeutschlands, zum Krieg gegen Böhmen und den jungen Gegenkönig auf. Friedrich, der sich zu Anfang noch von protestantischen Kurfürsten gestärkt sah, stand zuletzt allein mit seinen spärlichen Truppen da. Seine einzigen Verbündeten, Siebenbürgens grausamer Fürst Bethlen Gabor und der Söldnerführer Ernst von Mansfeld, waren anderswo beschäftigt: Mansfeld wartete mit seinem käuflichen Heer in Pilsen darauf, wer ihm ein höheres Angebot machte, während Bethlen Gabors Leute es vorzogen, die umliegenden Ländereien zu plündern, statt sie zu beschützen. Die Schlacht am Weißen Berg hatte schließlich den Untergang Friedrichs und mit ihm ganz Böhmens besiegelt.

Sarai schenkte dem Plakat des geschmähten Herzkönigs keine weitere Beachtung. Sie hatte ihn von Anfang an verachtet, wenngleich auch aus anderem und sehr viel persönlicherem Grund: Ihre Mutter war während seiner Krönungsfeierlichkeiten im August 1619, vor fünfzehn Monaten, ermordet worden. Im Trubel der Festlichkeiten hatten Betrunkene sie in eine Seitengasse gezerrt, ihr Gewalt angetan und sie danach erdrosselt. Sarais Vater gab alle Schuld dafür dem König, und sie selbst hatte seinen heißblütigen Anklagen gegen den Herrscher nichts entgegenzusetzen. Natürlich wußte sie, daß Friedrich selbst am Tod ihrer Mutter keine Schuld traf, doch die Gewißheit, daß ohne ihn alles anders gekommen wäre, nistete tückisch in ihrem Hinterkopf. Als die Kunde von der verlorenen Schlacht in die Judenstadt drang, hatten Sarai und ihr Vater den Untergang Friedrichs bejubelt, ohne zu ahnen, welches Grauen damit über Prag kommen sollte.

Sarai stieg die Treppe hinauf. Zahlreiche Eingänge zu Unterkünften waren nur notdürftig versperrt; die plündernden Söldner hatten die meisten Türen einfach aus den Angeln getreten. Auch im Treppenhaus und auf den Gängen lagen zerstörte Möbel, gesplitterte Vasen und Tonkrüge. Die Soldaten waren am Morgen des Vortages ins Viertel eingefallen und hatten alles mitgenommen, das ihnen wertvoll erschien. Selbst vor den Synagogen hatten sie nicht haltgemacht. Zwei Rabbiner waren öffentlich vor ihren Gotteshäusern erschlagen, die Leichen verbrannt worden.

Im zweiten Stock sah es ebenso aus wie im ersten und weiter unten im Hof. Beinahe angewidert stieg sie über das zerschlagene Gerümpel hinweg. Aus einigen Quartieren drangen leise Stimmen an ihre Ohren, aber sie hörte nicht auf das, was sie sagten. Seit dem Überfall der Söldner waren alle Gespräche im Viertel zu bangem Flüstern abgeklungen. Die Menschen wagten nicht mehr, ihre Stimmen zu heben. Wer sprechen mußte, der tat es leise und mit Vorsicht. Sarai konnte es nachvollziehen und verachtete zugleich die Mutlosigkeit der Menschen. Ihre eigene eingeschlossen.

Sie wollte nur noch nach Hause, schnurstracks ins Bett. Schlafen bis weit in den nächsten Tag hinein.

Da spürte sie es.

Das Gefühl war ganz plötzlich da, ohne Ankündigung. Erst war es nur etwas in ihrem Kopf, dann empfand sie es auch körperlich. Von einem Moment auf den anderen wollten ihre Beine ihr nicht mehr gehorchen. Es fühlte sich an, als wate sie durch unsichtbaren Schlamm. Jeder Schritt fiel ihr schwerer und schwerer. Etwas wollte sie zurückhalten. Wovor?

Ihre Unterkunft befand sich am Ende des düsteren Korridors. Die geschlossene Tür wurde von einem langen Riß geteilt, war aber nicht zerbrochen. Durch den schmalen Spalt im Holz fiel kein Licht, kein Kerzenflakkern.

Ihr war, als würde sie die letzten Schritte nicht mehr vollenden können. Sie würde hier draußen stehen bleiben und auf die Tür starren. Sich ausmalen, was dahinter war.

Dein Vater. Nur dein Vater.

Wirklich?

Ja, ja. Sicher.

Mühsam schleppte sie sich weiter auf das Quartier zu. Niemand war auf dem Flur, der sie dabei hätte beobachten können. Falls doch, hätte es für ihn keinen Unterschied gemacht – nach außen hin sah es aus, als ginge sie einfach den Gang hinunter. Das Schleppen fand nur in ihrem Geiste statt.

Sarai begann, mit sich selbst zu streiten. Es gab keinen Grund für ihr Zögern. Die Gefahren lagen hinter ihr. Sobald sie die Tür hinter sich verriegelt hatte, war sie in Sicherheit. Keine Söldner mehr, keine geisterhaften Hühnerfrauen.

Ihr Vater würde wie immer in seinem Lehnstuhl sitzen und durch das offene Fenster auf den Hof und zum Himmel starren. Es war Sabbat, er würde beten.

Sie begann, die Gegenstände, die auf dem Gang lagen, genauer zu betrachten. Ein Tischbein, eine Stuhllehne, zerschlagenes Geschirr. Noch mehr zerrissene Kleidung. Ihr selbst war klar, daß sie nur Zeit schinden wollte.

Die Türklinke war groß und klobig, ihre Oberfläche schwarz angelaufen. Sarai legte zögernd die Hand darauf, drückte sie hinunter. Die Kälte des Metalls kroch durch ihren Arm bis hinauf zur Brust. Sie sah, daß ihre Finger zitterten. Herrgott, wovor fürchtete sie sich überhaupt? Alles sah aus wie immer. Nichts hatte sich verändert.

Sie blickte an sich herab und sah zu ihren Füßen ein hölzernes Spielzeugpferd liegen. Ein Bein war abgebrochen. Ihr Großvater hatte es ihr einst geschnitzt. Die Plünderer hatten es, wie so vieles andere, zerschlagen und auf den Gang geworfen. Die aufgemalten Augen des Tieres erschienen ihr unendlich traurig. Sarai konnte den Anblick nicht länger ertragen und drückte gegen die Tür.

Sie war verriegelt. Das war sie sonst nie. Nicht einmal, nachdem die Ligasöldner dagewesen waren. »Die haben alles mitgenommen, was sie wollten«, hatte ihr Vater gesagt, »die kommen nicht wieder.« Die Männer hatten kaum etwas von Wert gefunden, nur ein paar Schmuckstücke ihrer Mutter. Insgeheim war Sarai froh gewesen, daß die Ringe und Broschen nun fort waren, denn mit ihnen ging auch ein weiteres Stück schmerzhafter Erinnerung.

»Vater?« rief sie durch die Tür und klopfte leise.

Niemand antwortete. Die Tür blieb verriegelt.

Sie rief ihn noch einmal, diesmal lauter. Auch ihr Klopfen wurde heftiger.

Vergeblich. Hinter dem Holz herrschte völlige Stille.

Sarai preßte ein Auge an den Riß. Sie sah nichts außer Dunkelheit und ein mattes Schimmern, das von den Fenstern rühren mochte. Die Nacht hatte die Dämmerung verdrängt, aber eine schmale Mondsichel stand fahl am schwarzen Himmel. Gut möglich, daß ihr Schein auf Möbeln und Wänden glänzte. Der Riß in der Tür war nicht groß genug, um Genaueres zu erkennen. Zudem stand der Lehnstuhl ihres Vaters im Hinterzimmer, mit der Rückseite zum Eingang. Sie hätte ohnehin nicht sehen können, ob er darin saß oder nicht.

Wo sonst aber sollte er schon sein? Er ging nicht mehr aus. Und wie hätte er den Riegel von außen vorschieben sollen? Das Vorhängeschloß, mit dem sie die Tür früher gesichert hatten, wenn sie alle fortgehen wollten, hing nicht an der Flurseite. Es konnte also nur der Riegel sein, der den Zugang versperrte. Demnach mußte jemand im Inneren sein.

Sie rief ihn noch einmal, aber es klang halbherzig. Sie wußte jetzt, daß er nicht öffnen würde.

Nicht öffnen konnte.

Unsinn. Was sollte schon passiert sein?

Menschen sterben manchmal. Einfach so, ganz unerwartet.

Und vorher verriegeln sie die Tür? Niemals.

Sarai ertappte sich jetzt dabei, wie sie sich immer heftiger gegen das Holz preßte. Vielleicht war er eingeschlafen. Oder er war betrunken, das war er oft.

Nein, nicht am Sabbat. Auf keinen Fall.

Hör auf nachzudenken! Es hilft dir nicht. Dir nicht und ihm nicht. Tritt einfach die verdammte Tür ein und sieh nach.

Genau das tat sie. Es war schwerer, als sie erwartet hatte. Sie mußte fünf- oder sechsmal zutreten, bis der Riegel zersplitterte, und danach hatte sie einen Krampf im Fuß. Es tat höllisch weh, und einen Moment lang konnte sie kaum stehen, geschweige denn durch die offene Tür gehen. Aus einer der anderen Unterkünfte reckte sich zögernd ein Kopf auf den Flur, zog sich aber wieder zurück, als er Sarai erkannte.

Das Quartier, das Sarai mit ihrem Vater bewohnte, bestand aus drei Zimmern. Ungewöhnlich genug für nur zwei Menschen. Selbst als ihre Mutter noch lebte, war die Unterkunft im Vergleich zu jenen vieler anderer Familien geräumig gewesen. Es hatte viele Neider gegeben, denn die meisten Menschen in der Judenstadt lebten auf engstem Raum. Acht, manchmal auch zehn Menschen teilten sich oft zwei Zimmer. Die Bedingungen waren entsetzlich.

Sarais Großvater hatte die drei Räume einst gekauft. Vor Jahrzehnten war das noch üblich gewesen. Jeder erwarb seine eigene Unterkunft, was die Besitzverhältnisse einzelner Häuser vielfach aufsplitterte. Auch deshalb war es unmöglich, einige der baufälligen Gebäude abzureißen und neu zu errichten; es gab immer einzelne Besitzer im Haus, die sich gegen solche Pläne sträubten und sie damit zunichte machten.

Die drei Zimmer ihres Quartiers lagen nebeneinander. Es gab keinen Flur, man mußte jeden Raum durchqueren, um in den hinteren zu gelangen. Alle drei besaßen je ein Fenster zum Hof.

Im vorderen Zimmer standen ein Tisch und drei Stühle. Die Sitzfläche eines davon war eingetreten. Neben einer Wasserschüssel stand schmutziges Geschirr aus Ton, jene Teile, die übriggeblieben waren. Sarais Füße ließen die Holzbohlen knirschen. Sie zuckte zusammen und fühlte sich schuldig, als gelte es, jemanden nicht beim Schlafen zu stören.

Die Tür zur zweiten Kammer war offen. Sarais Bett stand in einer Ecke. Bis zur Plünderung hatten sie den restlichen freien Raum benutzt, um allerlei Gerümpel aufzustapeln, das im Augenblick niemand benötigte, irgendwann aber wieder von Nutzen sein mochte. Die Soldaten hatten das meiste davon aus dem Fenster geworfen, ohne es zu öffnen. Durch die zerschlagene Scheibe wehte ein eisiger Luftzug herein.

Überhaupt war es ungewöhnlich kalt. Der Ofen stand im dritten Zimmer, dort, wo ihr Vater schlief und sich auch den Tag über aufhielt. Für gewöhnlich reichte die Wärme des Feuers aus, um auch die übrigen Räume zu heizen. Trotz des zersplitterten Fensters hätte davon etwas zu spüren sein müssen. Aber da war nichts, nur beißende Kälte. Die Glut mußte schon am Morgen erloschen sein.

Die Tür zum Hinterzimmer war angelehnt. Vorsichtig streckte Sarai eine Fingerspitze aus und legte sie sanft an das Holz.

»Vater?« fragte sie noch einmal, diesmal flüsternd. Ihre Stimme klang merkwürdig, fast fremd. Es tat ihr leid, daß sie überhaupt gesprochen hatte. Der ungewohnte Klang vertiefte nur ihre Unruhe.

Als erneut keine Antwort kam, drückte sie die Tür auf. Das Holz schlug gegen irgend etwas, das dahinter am Boden lag, und drückte es beiseite. Es war ganz still im Zimmer. Keine Kerze brannte.

Sarais erster Blick glitt hinauf zur Decke. Sie wunderte sich über sich selbst. Vielleicht war es die Angst, er könnte sich in seiner Trauer erhängt haben. Aber ihr Vater war strenggläubiger Jude, wenngleich er seit langem keine Synagoge mehr besucht hatte. Freitod war für ihn undenkbar. Sarai faßte diese Gedanken mit völliger Klarheit, beinahe unbeteiligt. Und es hing auch niemand an der Decke.

Als nächstes schaute sie auf den Boden. Da lagen Gegenstände, doch es waren keine Spuren der Plünderung. Sie hatten noch in der letzten Nacht alles, was ihnen geblieben war, aufgeräumt und an seinen Platz gestellt. Was jetzt dort lag, war erst heute zu Boden geworfen worden. Das, wogegen die Tür geschlagen hatte, war ein siebenarmiger Leuchter. Er war aus billigem Kupfer und hatte für die Söldner keinen Wert besessen, deshalb hatten sie ihn hiergelassen.

Mehrere Kerzen, die meisten halb heruntergebrannt, lagen über den Boden verstreut. Wachstropfen waren auf dem Parkett geronnen, die Kerzen mußten also gebrannt haben, als sie von der Kommode gefegt worden waren. Ein zersplitterter Weinkrug lag wie ein zertretener Riesenkäfer unter dem Fenster. Der Inhalt des bauchigen Gefäßes hatte sich über den Boden ergossen und war in den Fugen zwischen den Brettern versickert. Der schwere Geruch von Wein hing in der Luft. All das waren die Utensilien der einsamen Sabbatfeier, die ihr Vater für sich allein abgehalten hatte. Auf der Kommode stand noch eine Tasse mit Wasser für das rituelle Händewaschen, außerdem lagen da zwei winzige Brote. Eines war zur Hälfte verzehrt. Sarais Vater mußte den Kiddusch, den Sabbatsegen, darüber gesprochen haben. Allein auf die drei festlichen Mahlzeiten, die eigentlich vorgeschrieben waren, hatte er aus Armut verzichten müssen.

Trauer schnürte Sarai die Kehle zu. All die Dinge, auf die ihr Vater stets soviel Wert legte, lagen nun achtlos am Boden verstreut. Sie hätte ihn an diesem Tag nicht verlassen dürfen, nicht am Sabbat. Die Feier bedeutete ihm soviel.

Sie machte einen weiteren Schritt in das Zwielicht des Zimmers hinein. Der hohe Lehnstuhl stand mit dem Rücken zur Tür.

Sie spürte plötzlich, daß da jemand war.

Nicht im Sessel.

Hinter ihr!

Sarai wirbelte herum, hielt dabei abwehrend beide Arme vor den Körper. Ein erschrockenes Keuchen drang aus ihrer Kehle.

Aber da war nichts. Die Schatten waren dunkel, fast schwarz, doch es gab niemanden, der sich in ihnen verbarg. Trotzdem glaubte sie einen Herzschlag lang die Anwesenheit eines weiteren Menschen zu spüren.

Sie mahnte sich selbst zur Ruhe. Sie war völlig überreizt. Der Schrecken, den ihr die Söldner eingejagt hatten, steckte ihr noch immer tief in den Knochen.

Und doch blieb ihre Unsicherheit. Sie hätte schwören können, daß da jemand im Zimmer hinter ihr gewesen war. Sie hatte nichts gehört, nichts gesehen. Es war vielmehr das Gefühl, als hätte sich ihr ein anderer von hinten genähert und sich gleich darauf in Luft aufgelöst.

Sie atmete tief durch und ging langsam auf den Lehnstuhl zu. Sie konnte noch immer nicht sehen, ob jemand darin saß.

War das etwa leises Atmen, das sie jetzt hörte? Eher ein rasselndes Keuchen.

Mit einem schnellen Satz sprang sie um den Stuhl herum.

Ihr Vater saß aufrecht da und preßte mit beiden Armen ein großes Kissen vor seinen Oberkörper, eine liebevolle Umarmung, als wollte er es sanft hin- und herwiegen wie ein Kind.

Er trug das Lieblingskleid ihrer Mutter. Der Saum

reichte ihm gerade bis zu den Waden. Er war barfuß, wahrscheinlich nackt unter dem Kleid. Sarai beugte sich zu ihm hinunter, aber er blickte durch sie hindurch zum Fenster. Sein Atem klang mühsam und krank.

»Vater, was ist mit dir?« fragte sie mit bebender Stimme.

Das Kissen, das er an seinen Oberkörper preßte, war einst von ihrer Mutter mit einem aufwendigen Muster bestickt worden. Das Messer eines Plünderers hatte es aufgerissen, die Füllung aus Lumpen hing heraus wie bunte Eingeweide.

Tränen schossen in Sarais Augen. Ihr Vater regte sich nicht, nur sein Atem rasselte leise. Das schwarze Haar klebte ihm strähnig an der Stirn, seine Wangen waren unrasiert und eingefallen. Ihre Mutter hatte erzählt, er sei einst ein schöner Mann gewesen. Das war lange her.

»Vater? Warum sagst du nichts?« Sarai begann leise zu weinen, aber die Tränen brachten keine Erleichterung. Es gab ja keinen Grund zu weinen. Ihr Vater war doch hier. Er lebte. Sie mußte nicht um ihn trauern.

Doch tief im Inneren kannte sie die Wahrheit. Sie kannte sie, bevor sie das Kissen aus seiner Umarmung löste und den Messergriff entdeckte, der aus seiner Brust ragte.

Es war ein gewöhnliches Küchenmesser. Sie zweifelte nicht mehr, daß er selbst es sich in den Leib gestoßen hatte.

Plötzlich öffnete ihr Vater zitternd den Mund. »Zieh ... zieh es heraus ...«, kroch es spröde über seine Lippen.

Sarai blinzelte und sah vor lauter Tränen nur noch verschwommene Umrisse. Sie griff mit beiden Händen nach dem Messer – und erstarrte. Sie wollte tun, was er sagte, wollte es wirklich, doch die Berührung des kalten Messergriffs war mehr als sie ertragen konnte. Sie dachte nur immer wieder daran, daß die andere Seite mitten im Körper ihres Vaters steckte, so tief in der Wärme seiner

Brust. Er würde Schmerzen haben, wenn sie es hervorzog, und sie wollte ihm nicht weh tun. Niemals wieder wollte sie ihm weh tun.

»Zieh es ... heraus«, stöhnte er erneut.

Und diesmal gehorchte sie. Sie schloß die Augen, umfaßte den Messergriff und riß ihn hervor. Eine heiße Flüssigkeit schoß ihr ins Gesicht, über den Körper, auf die Hände. Sein Blut.

Ein fingerdicker Strahl spritzte aus der Wunde, als hätte sie einen Pfropfen aus einem Weinschlauch gezogen. Die Erstarrung ihres Vaters löste sich, als sei er erleichtert, daß es so gekommen war, und er sank im Stuhl in sich zusammen. Der Blutstrahl aber spritzte noch einige Augenblicke länger aus der Wunde, dann ebbte er langsam ab und lief als träger Strom über das Kleid ihrer Mutter.

Sarai heulte und wollte um Hilfe rufen, aber ihre Stimme versagte ihr den Dienst. Sie wußte, daß es für ihn keine Hilfe mehr gab. Verzweifelt strich sie mit den Fingern auf der Wunde umher, aber der Strom versiegte nicht. Sie begriff, daß ihr Vater verbluten würde.

Und sie verstand noch etwas: Daß er genau gewußt hatte, was er von ihr verlangte.

Das Messer mußte so unglücklich in seinen Brustkorb gefahren sein, daß es ihn nicht tötete. Zumindest nicht so schnell, wie er es sich gewünscht hatte. Es mußte wieder heraus, damit das Blut ungehindert aus seinem Körper strömen konnte. Er hatte das gewußt, als er sie bat, die Klinge herauszuziehen. Er wollte, daß sie ihn tötete, weil er selbst es nicht vermochte.

Die Erkenntnis ging unter in dem Wirbelsturm des Entsetzens, der durch ihren Schädel raste. Immer noch versuchte sie vergeblich, die Blutung zu stillen. Doch sie konnte nichts als zusehen, wie er starb.

Sarai fiel auf die Knie. Weinend, schluchzend, geschüttelt von einer Trauer, die sie zuletzt beim Tod ihrer

Mutter verspürt hatte. Doch diesmal trug sie selbst die Schuld. Sie hätte das Messer nicht berühren dürfen.

Schließlich schloß ihr Vater in einer letzten Gnade die Augen. Sein Atem stockte, stand dann still. Das Blut lief weiter. Er aber war tot.

Sarai klammerte sich an ihn, ganz fest, erfüllt von einer verzweifelten Zuneigung, die sie lange nicht mehr gespürt hatte. Jetzt, da er nicht mehr war, kehrte die Liebe zu ihr zurück und verlachte ihre vergebenen Mühen.

Sie rannte durch die Nacht, und die Kälte krallte sich in ihre blutdurchtränkte Kleidung. Die Finsternis schützte sie vor fremden Blicken, als sie durch die Judenstadt in Richtung des Flusses lief.

Am Palais Siebensilben lagerten zwei Dutzend Söldner, doch ehe Sarai den Platz vor dem Gebäude umgehen konnte, tauchten auch hinter ihr Soldaten auf. Sie hatten sie noch nicht bemerkt, doch der Rückweg war ihr abgeschnitten. Getrieben allein von ihren Instinkten zog Sarai sich in den Schatten einer Nische zwischen zwei Häusern zurück, dorthin, wo das Licht der drei Feuer sie nicht erreichen konnte.

Die Söldner hatten gleich vor dem verlassenen Palais Holz und alte Möbel aufgestapelt und sie wie Scheiterhaufen in Brand gesteckt. Jetzt wärmten sie sich an den Flammen, brieten Schweinehälften und Hundefleisch. Weinkrüge machten die Runde. Bier schäumte durch grölende Kehlen. Manche der Männer waren bereits eingeschlafen, doch ein Großteil war wach, feierte schreiend und jubelnd den Sieg und die reichhaltige Beute. Sarai sah zu und spürte nicht die geringste Angst.

Ihr war klar, was geschehen würde, wenn die Kerle sie entdeckten. Sie versteckte sich vor ihnen, aber sie fürchtete sie nicht wirklich. Es war der Trieb zur Selbsterhaltung, der sie lenkte, keine wirklich empfundene Sorge. Sie war verzweifelt, geschunden, am Boden zerstört, aber es war nicht der Tod, den sie suchte. Alles, was sie wollte, war, hinauf zum Hradschin zu laufen, zu Cassius.

Sie würde durch den Fluß schwimmen müssen, aber das hatte sie schon früher getan. Damals war es ein Kinderspiel gewesen, eine Mutprobe. Heute hing ihr Leben davon ab. Und ihr Seelenheil.

Der zweite Söldnertrupp passierte ihr Versteck, ohne das blutüberströmte, zusammengekauerte Mädchen wahrzunehmen. Die Männer gesellten sich zu ihren Kameraden, fielen mit in ihre Gesänge ein und ergötzten sich an Trunk und gebratenem Fleisch. Der Schein der drei Feuer tanzte über die Fassade des Palais Siebensilben, doch keine Flamme vermochte die schwarzen Fensterhöhlen zu erhellen. Im Inneren war das Haus unfertig und leer; der Krieg hatte verhindert, daß es vollendet wurde.

Sarai hatte schon früher vom Palais Siebensilben gehört, ohne ihn je wirklich wahrzunehmen. Es gab Gerüchte über den Bau und die Arbeiten daran. Man erzählte sich, der unbekannte Herr, der ihn errichten ließ, hause bereits tief im Inneren des Palais, in einer unzugänglichen Kammer, ganz allein. Die Tagelöhner hatten nicht an das Gerede geglaubt, aber eine Handvoll der Ihren hatte sich auf die Suche nach dem geheimnisvollen Bauherrn begeben. Sie verliefen sich in den labyrinthischen Fluren und Kammern und erkannten selbst nicht wieder, was sie doch mit eigener Hand errichtet hatten. Es schien ihnen, als hätte sich das Gefüge des ganzen Hauses verschoben, und sie irrten drei volle Tage durch das Palais, ehe sie wieder zum Ausgang gelangten. Niemand war in der Lage, den geheimnisvollen Meister aufzuspüren. Trotzdem fanden die Gerüchte, er wohne bereits in der Tiefe des Bauwerks, neue Nahrung. Noch während der Arbeiten begannen die Menschen, das Palais Siebensilben zu meiden. Man machte einen Bogen darum und ging auf der anderen Straßenseite. Man wollte nicht stören, was vielleicht nur schlief.

Sarai hatte keinen Sinn für Legenden wie diese, früher nicht, und ganz bestimmt nicht in dieser eisigen Nacht. Das Blut begann zu trocknen und bildete eine brüchige Kruste auf ihrem Körper. Sie weinte wieder, aber sie tat es leise, damit niemand sie hörte.

Erst viel später, nachdem die berauschten Soldaten sich schlafen gelegt hatten, wagte sie, ihren Weg fortzusetzen. Sie erreichte das Ufer und sprang in die Fluten. Die Kälte hätte sie töten können, doch daran dachte sie nicht. Sie glitt lautlos durch die schwarzen Wellen, zur anderen Seite und dem dunklen Buckel des Hradschin entgegen.

KAPITEL 2

Das Skelett schwebte ihnen entgegen, als sie um die Wegkehre kamen. Erst, als nur noch wenige Schritte sie davon trennten, erkannte Michal, daß es aus Papier war. Ein Westwind trug es mühelos vor sich her, denn es war federleicht, obgleich es doch die volle Größe eines Menschen besaß. Von nahem war es beinahe lächerlich. Jemand hatte es mit großem Geschick einem echten Gerippe nachgebildet, und doch war es so deutlich eine Fälschung, daß ihr erster Schreck nun in erleichtertes Lachen umschlug.

Vor Michals Füßen fiel das Papierskelett zu Boden und blieb mit verworrenen Gliedern liegen. Nicht einmal der Wind mochte ihm jetzt noch Leben einhauchen, so verrenkt waren die hauchdünnen Arme und Beine. Nadjeschda, Michals Frau, hob das Kind vom rechten auf den linken Arm, ging vorsichtig in die Hokke und berührte die falschen Knochen mit den Fingerspitzen. Die kleine Modja beobachtete das Ding am Boden mit großen Unschuldsaugen. Sie war noch kein Jahr alt, und der Anblick konnte sie schwerlich erschrecken.

»Was ist das?« fragte Nadjeschda, stand wieder auf und hob das Papiergerippe dabei mit spitzen Fingern in die Höhe.

Michal sah sich mißtrauisch um. Der Waldrand zu beiden Seiten des Pfades schien verlassen. »Lieber wüßte ich, woher es kommt«, sagte er finster.

Der Weg machte etwa fünfzehn Schritte vor ihnen eine sanfte Biegung nach rechts. Das seltsame Skelett war von dort herangetrieben, und nur der Zufall hatte verhindert, daß es sich nicht schon früher im Unterholz verfangen hatte.

Die Wälder waren dicht, zu dicht, als daß man hätte hindurchgehen können. Michal hätte es vorgezogen, mit seiner Frau und der Kleinen im Verborgenen zu bleiben und die Pfade zu meiden, aber er wollte weder Nadjeschda noch Modja den Weg durch das dornige Gesträuch zumuten. Sie waren auch so geschwächt genug, alle drei, und ein Ende ihrer Flucht war noch immer nicht abzusehen. Überall konnten die Barbaren Bethlen Gabors lauern.

»Vielleicht ist es ein böses Omen«, sagte Nadjeschda mit schwacher Stimme und ließ das Gerippe angewidert fallen.

»Mach uns nur Hoffnung«, entgegnete Michal ärgerlich, »genau das, was wir brauchen.«

Sie sah ihn an und verzog den Mund zu einem Schmollen. Nicht einmal der Krieg hatte das Mädchenhafte aus ihren Zügen vertreiben können. »Du weißt, daß ich das so nicht gemeint habe.«

»Ja, ich weiß.« Er ergriff ihre Hand und drückte sie sanft. »Tut mir leid. Komm, ich nehme die Kleine.«

Nadjeschda schüttelte heftig den Kopf. Ihr langes Haar wirbelte umher und verfing sich kraus im Pelzkragen ihres Mantels. »Falls uns irgendeine Gefahr droht, solltest du beide Hände freihaben.« Sie lächelte, und für einen Augenblick verschwanden all die Sorgen und die Angst von ihrem Gesicht. Sie war wieder die süße, unbeschwerte Nadja, die er im letzten Winter zur Frau genommen hatte. »Irgendwer muß auf uns achtgeben, oder?«

»Ich bin kein Kämpfer«, sagte er müde.

»Der beste, den wir haben.«

Seit Tagen waren sie keiner Menschenseele begegnet, und das war gut so. Zu dritt – nur er, Nadjeschda und die Kleine – konnten sie es bis Prag schaffen. Die Ländereien Ostböhmens lagen ebenso tot da wie die Menschen, die sie einst bewohnt hatten. Dörfer und Gutshöfe waren verwüstet, die Männer niedergemetzelt, die Frauen geschändet und ermordet. Die Horden des Fürsten Bethlen Gabor waren aus Siebenbürgen nach Böhmen gekommen, um König Friedrich in seinem Kampf gegen die Liga beizustehen. Statt dessen aber zogen sie schon seit Wochen umher, töteten alles, was ihnen vor die Klingen kam, plünderten, brandschatzten, kannten weder Mitleid noch Gnade. Seit der Pest war keine erbarmungslosere Plage über das Land gekommen, keine, die grausamer war. Alles Leben ertrank im eigenen Blut.

Bis nach Prag waren es noch mehrere Tagesmärsche. Sie hatten das Pferdegespann, mit dem sie vom brennenden Hof seiner Familie aufgebrochen waren, längst zurücklassen müssen. Einmal hatten einige der Schlächter aus Transsylvanien sie auf der Straße bemerkt. Mit letzter Kraft war ihnen die Flucht gelungen – zu Fuß durch den Wald. Seither zogen sie es vor, unauffälliger zu reisen. Eine Kutsche war zu laut und zu sperrig. Ihnen blieb nur der Fußmarsch.

Michal betrachtete noch einmal das Papierskelett, dann gingen sie weiter. Langsam, sehr vorsichtig. Aus der Richtung der Wegkehre war kein Laut zu hören, nur der Wind fauchte geisterhaft in der Tiefe der Wälder.

Angespannt blieb er stehen. »Versteck dich mit Modja im Unterholz«, sagte er. »Ich will erst nachsehen, was uns dort vorne erwartet.«

Nadjeschda folgte seinem Wunsch, vor allem um des Kindes willen. Sie hatte Angst, entsetzliche Angst, aber sie wollte nicht tatenlos zusehen, wie Michal etwas zustieß. Doch mit der Kleinen im Arm blieb ihr keine Wahl.

Michal wartete, bis die beiden hinter den vorderen Büschen verschwunden waren, dann ging er langsam weiter. Das Schwert mit dem prachtvollen venezianischen Gitterkorb, das er aus dem brennenden Gutshaus hatte retten können, war längst verloren. Als einzige Waffe blieb ihm ein fester Knüppel. Ihm war klar, daß er Bethlen Gabors Truppen nichts entgegenzusetzen hatte. Falls wirklich sie es waren, die ihn hinter der Biegung erwarteten, blieb nur die Flucht. Andererseits bezweifelte er, daß die Soldaten ihre Zeit mit dem Ausschneiden von Papiergerippen vertaten, wo sie doch auf jedem ihrer Wege Hunderte echte zurückließen.

Er schloß seine Faust fester um den Stock und machte langsam Schritt um Schritt. Jetzt hatte er den Beginn der Biegung erreicht. Noch immer konnte er nicht sehen, was dahinter lag. Er horchte angestrengt auf Stimmen, auf Pferdestampfen oder das Klirren von Rüstzeug, doch da war nichts dergleichen. Nur das Säuseln des Windes und ein trockenes Flügelschlagen, als sich eine Krähe in einer blattlosen Baumkrone niederließ.

Der Pfad verbreiterte sich zu einer Schneise und führte schließlich hinaus auf eine Lichtung. Sie war mit niedrigem Gras bewachsen und nicht allzu groß. Der Weg schien hier zu enden, denn jenseits der Wiese war der Waldrand dicht und lückenlos, ein Einschnitt war nirgends zu sehen.

Die Lichtung schien verlassen, weder Mensch noch Tier waren zu sehen. Michal umrundete sie zögernd, warf wachsame Blicke auch zwischen die Bäume. Doch da war nichts. Nicht einmal ein Hinweis, der verraten hätte, woher das Skelett so unverhofft gekommen war. Vielleicht war es tatsächlich irgendwann von einer Kutsche gefallen oder sonstwie durch Zufall hierhergeraten. Mochte der Himmel wissen, wie weit der Wind es getragen hatte. Doch hätte es dann nicht im Regen der vergangenen Tage aufweichen müssen?

Erleichtert, wenn auch nicht vollkommen sorglos, ging er zurück zu Nadjeschda und Modja. Die Kleine hatte zu weinen begonnen, als er fortgegangen war, und sie beruhigte sich erst, als er ihr sanfte Koseworte ins Ohr flüsterte. Nadjeschda beobachtete die beiden liebevoll. Der Krieg war die eine Sache, der Zusammenhalt ihrer kleinen Familie eine andere. Sie mußten es nur bis Prag schaffen, dort erwartete sie die Sicherheit der königlichen Truppen.

Seit einer Woche war kein Bote aus der Hauptstadt mehr bis zum Gutshof vorgestoßen. Bethlen Gabors Männer mußten sie abgefangen haben. Vielleicht legte König Friedrich auch schlichtweg keinen Wert auf die Benachrichtigung der böhmischen Landadeligen, zumal, wenn sie wie Michal und Nadjeschda russischer Abstammung waren und ihre Güter fern im Osten lagen.

In Michals Augen bedeutete Prag ihre Rettung, Schutz und Geborgenheit vor Gabors Mordbrennern. Wenigstens Nadjeschda und das Kind mußten durchkommen, ganz gleich, was mit ihm selbst geschah. Das hatte er sich geschworen.

Gemeinsam gingen sie zur Lichtung. Der Abend dämmerte, und dies war ein guter Ort zum Übernachten. Es gab sogar einen schmalen Bach, eigentlich nur ein Rinnsal, der am Waldrand durch ein Kiesbett plätscherte. Es war längst an der Zeit, Modjas Windel zu säubern.

Später, als die Sonne längst untergegangen war und die Kleine schlief, nahm Michal Nadjeschda in den Arm. Sie hatten ihre Mäntel abgelegt und daraus ein Lager für Modja geformt. Das Bündel mit ihren spärlichen Vorräten – Beeren, trockenes Brot und ein halbvoller Lederschlauch mit Milch für das Kind – lag nahebei. Ihre einzige Decke mußte für alle drei ausreichen, doch sie wagten nicht, ein Feuer zu entfachen. Michal und Nadjeschda froren erbärmlich; zumindest Modja aber hatte es zwischen den Mänteln leidlich warm. Der November hatte ein Einsehen und verzichtete auf Regen.

»In Prag will ich es warm haben«, sagte Nadjeschda hoffnungsvoll und blickte zu den Sternen am Himmel empor. »Ich will heißen Tee trinken, ein ganzes Faß davon, und ich will Fleisch und Gemüse essen.»

»Das wirst du«, erwiderte er, »soviel du nur willst.«

»Glaubst du das wirklich?«

»Natürlich.«

»Bethlen Gabors Männer sind überall. Sie könnten ganz in der Nähe sein.«

Er zuckte mit den Schultern. »Dann werden wir uns weiter vor ihnen verstecken.«

»Modja ist zu klein für eine lange Reise«, sagte sie traurig. »Wir müssen uns beeilen, sonst wird sie sterben.«

Sie sagte das ganz sachlich, beinahe ohne Gefühl. Aber er wußte, welche Ängste sie im Innern ausstand. Ihre Tochter war alles, was ihnen geblieben war. Ihre eigenen Eltern waren tot, der gesamte Besitz verbrannt. Michal hatte mitansehen müssen, wie Soldaten den Kopf seines Vaters auf eine Lanze steckten, seine Haare anzündeten und die grausame Trophäe wie eine Fackel durch die Nacht schwenkten.

»In Prag sind die Dächer aus Gold«, flüsterte er.

Sie lächelte. »Nicht wirklich, Dummkopf. Sie sehen nur so aus.«

»Macht das einen Unterschied?«

»Nein, nicht wirklich.«

Sie waren beide noch nicht in der Stadt gewesen, kannten ihre Straßen und Türme nur aus Erzählungen. Es war fraglos ein Ort, um glücklich zu sein.

Michal zählte dreißig Jahre, Nadjeschda dreiundzwanzig. Sie waren einander versprochen gewesen, seit sie Kinder waren, doch ihre Väter hatten ein ganzes Jahrzehnt um die Mitgift gefeilscht. So lange hatten sie warten müssen.

»Ich werde ein Geschäft eröffnen«, sagte Nadjeschda entschlossen. Ihre Fingerspitzen trommelten sanft auf seiner Brust. »Ich werde Stoffe und Kleider verkaufen, und du kannst im Lager die Ware stapeln.«

»Das denkst du dir so. Für mich die schwere Arbeit, was?«

»Du bist der Mann.«

»Eben deshalb. Ich züchte Pferde, und du sorgst dich um den Haushalt.«

Nadjeschda tat empört. »Ich bin ein Mädchen von Adel.«

»Höchste Zeit, daß du anpacken lernst.« Er versuchte vergeblich, ernst zu bleiben.

Sie kicherte und hämmerte verspielt mit den Fäusten auf ihn ein.

»Du weckst die Kleine«, warnte er lachend und verstand zugleich die Welt nicht mehr. Um sie herum versank das Land in Blut und Asche, und sie lagen hier und tollten wie zwei unbeschwerte Kinder im Gras, trotz der Kälte, trotz der Gefahr.

Nadjeschda warf einen Blick auf Modja. Das Mädchen schlief friedlich zwischen den Mänteln.

»Was meinst du?« wisperte sie sanft in Michals Ohr. »Wenn unsere Worte sie nicht wecken, wird es dann etwas anderes tun?«

Als Michal erwachte, ruhte die Sonne noch hinter den Bäumen, aber erste Helligkeit floß träge über den Himmel. Sie mußten weiterziehen, jetzt gleich. Nadjeschda lag eng an ihn geschmiegt und regte sich müde. Modja machte gurrende Laute. Sie wartete auf ihre Milch. Michal wollte aufstehen, als sein Blick auf einen nahen Baum fiel.

Zwischen den Wurzeln saß ein Skelett aus Papier.

Jemand hatte es so ausgerichtet, daß es aussah, als schaue es zu ihnen herüber. Die Papierhände lagen auf zwei Wurzelsträngen wie auf Armlehnen, der dünne Rücken lehnte am Stamm. Die Winkel des Gebisses waren mit Tinte nachgezogen, so daß der Schädel hämisch grinste. Michal spürte, wie ein eisiger Schauder über seinen Rücken kroch.

Nadjeschda hatte es ebenfalls entdeckt. Der Schrecken verschlug ihr die Sprache.

Michal schaute sich angestrengt um, aber nirgends war ein Mensch zu sehen. Er stopfte das schmutzige Hemd in den Hosenbund und ging auf das Skelett zu. Jeden Augenblick erwartete er, daß jemand aus dem Unterholz auf ihn zuspringen würde, eine oder mehrere Gestalten. Hinter ihm begann Modja zu weinen. Nadjeschda nahm sie in den Arm und preßte sie schützend an ihre Brust.

Michal erreichte den Baum und hob das Papiergerippe vom Boden. Es hatte nahezu kein Gewicht. Irgendwer trieb seine Scherze mit ihnen.

Mit einem Ruck fuhr er herum, ließ das Skelett ins Gras fallen und eilte zurück zu den anderen.

»Los, kommt«, sagte er, »wir müssen hier weg.«

»Aber die Milch ...«, begann Nadjeschda.

»... muß warten«, entgegnete er. »Ich weiß nicht, was hier vorgeht, aber wir sollten so schnell wie möglich verschwinden.«

Modjas Weinen schwoll zu einem lauten Jammern an. Nadjeschda versuchte vergeblich, sie zu beruhigen, während Michal ihre Sachen ins Bündel schnürte.

»Ihre Wickel ...«, sagte Nadjeschda, verstummte aber, als ihr klar wurde, wie ernst es ihm war. Dafür war später Zeit. Sie kam sich unsagbar dumm vor: Michals Sorge galt ihrem Leben, ihre nur einer schmutzigen Windel.

Die drei waren im Begriff aufzubrechen, als hinter ihnen eine Stimme sagte: »Schaudert und fürchtet und sucht. Dabei braucht das doch nicht länger, nicht schaudern, nicht fürchten, nicht suchen. Gehört nicht zu *jenen*, nicht wahr? Liebe nicht die, die zu *jenen* gehören.«

Michal raste herum und hob den Knüppel. Nadjeschda warf schützend den Mantel um das Kind in ihrem

Arm. Beide starrten kreidebleich über die Lichtung nach Osten.

Da stand ein kleiner, dünner Mann am dunklen Waldrand und betrachtete sie neugierig. Weder sein Blick noch seine Haltung verrieten Feindseligkeit. Er stand hinter einem Baumstamm, hatte Kopf und Oberkörper hervorgeschoben und wirkte scheu, fast furchtsam.

»Gehört doch wirklich nicht zu jenen, oder?« fragte er noch einmal.

Michals Blick streifte die umliegenden Baumreihen, suchte nach weiteren Menschen, doch da war niemand. Der kleine Mann war offenbar allein. Michal aber hatte zuviel Hinterlist und Tücke erlebt, um dem friedlichen Anschein zu trauen.

Der Mann bemerkte seine Sorge. »Name ist Zdenek«, sagte er versöhnlich. »Zdenek, der Papiermacher.«

»Hast du dieses ... Ding dorthin gesetzt?« fragte Michal und deutete auf das Gerippe am Fuß des Baumes.

Der alte Mann nickte stolz. »O ja«, erwiderte er. »Zdenek, der Papiermacher, hat es gemacht. Ausgeschnitten und geleimt. Hingesetzt, beim Schlaf.«

Seine merkwürdige Art zu sprechen verwirrte Michal. Sicher meinte der Alte, als sie geschlafen hatten, nicht er selbst. Zdenek war Tscheche, das hörte man an seiner Betonung der Worte, doch die Weise, wie er sie anordnete oder ganz unterschlug, schien Michal eher Marotte als Akzent.

»Gehört nicht zu jenen, ja?« fragte der Alte nunmehr zum drittenmal.

Michal schüttelte endlich den Kopf. »Wenn du die Soldaten aus Siebenbürgen meinst, nein, zu denen gehören wir wohl kaum.«

Das Mißtrauen des Papiermachers schwand sofort; er trat vollends hinter dem Baumstamm hervor, kam auf sie zu und blieb in fünf Schritten Abstand stehen. Hinter ihm, über den östlichen Wipfeln, schob sich die Sonne empor. Zdeneks Schatten stach spitz wie eine schwarze Messerklinge über die Lichtung und fiel auf Nadjeschda und die Kleine. Michal sah es mit einem sonderbaren Gefühl im Magen, doch Nadjeschda schien es nicht zu bemerken. Einen Herzschlag lang fühlte er den heftigen Drang, sie zu warnen, wollte, daß sie beiseite und aus Zdeneks Schatten trat, dann aber fand er die Regung albern.

»Seid Ihr allein, Herr Zdenek?« fragte er.

»Allein bis auf meine Gerippe«, entgegnete der Papiermacher lächelnd. »Haus gleich hinter den Bäumen.«

»Ihr habt ein Haus?« Michal spürte plötzlich neue Hoffnung. Wo ein Haus war, da mochte es auch Nahrung geben und – zumindest für den Augenblick – auch Sicherheit. Sein Mißtrauen schwand endgültig. Dem Kind würde es guttun, sich wieder an einem Feuer zu wärmen.

»Seid eingeladen«, sagte Zdenek, als hätte er Michals Gedanken erraten. »Haus warm und groß genug.«

Michal sah Nadjeschda an. Sie nickte, obgleich sich ihr Vertrauen in den merkwürdigen Alten sichtlich in Grenzen hielt. Aber auch sie dachte wohl an das Kind und wie sehr es Wärme und Behaglichkeit brauchte.

»Wir nehmen Eure Einladung gerne an«, sagte Michal schließlich.

Das Lächeln des Papiermachers wurde breiter. »Sehr schön, sehr schön. Müßt berichten, müßt erzählen. Essen sollt.«

Mit diesen Worten wandte er sich um und sprang zurück ins Unterholz. »Folgen sollt, folgen sollt!« Sein Schatten zog sich von Nadjeschda zurück und verschwand mit seinem Besitzer zwischen den Bäumen.

»Er ist verrückt«, sagte sie, als Michal neben ihr stand und sie dem Alten nachschauten.

»Verrückt wie ›gefährlich‹ oder verrückt wie ›kauzig‹?« fragte er zweifelnd.

»Der Krieg tut den Menschen seltsame Dinge an«, entgegnete sie düster. »Wir sollten achtgeben.«

»Mit ihm nehme ich es dreimal auf«, sagte Michal, aber er meinte es keineswegs protzig. Der dünne Zdenek mochte kaum mehr Gewicht besitzen als eines seiner Papiergerippe.

Sie folgten dem Alten ins Unterholz. Es war nur ein schmaler Waldstreifen, wie sie nun erkannten, kaum zwanzig Schritte breit, wohl aber dicht und verwoben. Bald schon sahen sie das Licht der anderen Seite und standen schließlich am rückwärtigen Teil von Zdeneks Haus.

Das Anwesen des Papiermachers – und ein Anwesen war es in der Tat – überraschte sie durch seine Größe und die Zahl seiner Anbauten. Bis zum Einfall der Horden Bethlen Gabors mußten hier viele Menschen gearbeitet haben. Stapel von Baumstämmen flankierten die Rückwand und einen Großteil der Wiese zwischen Haus und Waldrand.

»Holz zum Papiermachen«, erklärte der Alte, der ein ganzes Stück vor ihnen ging. »Verrottet jetzt. Mache kein Papier mehr. Tot die Helfer. Tot oder fort oder beides.«

Michal zählte drei Anbauten, die vom zweigeschossigen Haupthaus abzweigten. Sicher die Papiermühlen. Eines der Nebengebäude war abgebrannt, die übrigen jedoch schienen unversehrt. Irgendwo rauschte Wasser.

Vor einigen der Holzstapel saßen Papiergerippe, ein gutes Dutzend. Zdenek hatte je einen ihrer Arme hocherhoben an die Stämme genagelt. Die Hände flatterten im Wind. Es sah aus, als winkten sie ihnen zu.

Michal nahm Nadjeschda bei der Hand, sagte aber nichts. Er wußte nicht, was er von dem Alten und seinen sonderbaren Skeletten halten sollte.

Modja hatte aufgehört zu weinen. Aus ihrem kleinen Mund drang ein gleichförmiger Singsang aus dunklen, tiefklingenden Silben. Ihr Blick hing gebannt am Haus des Papiermachers.

Sie betraten das Gebäude durch eine zweiflügelige Hintertür, ohne einen Blick auf die Vorderseite werfen zu können. Gleich dahinter lag ein großer Raum, dessen gesamte Einrichtung zertrümmert am Boden lag: Stuhlbeine und Lehnen, zerbrochene Tische, ausgerissene Schranktüren und Truhendeckel, Berge von zersplitterten Holzplatten. Einst mußte dies ein Wohnraum gewesen sein, dann waren offenbar die Plünderer eingefallen.

Auf den Trümmern saßen fünfzig oder sechzig Papiergerippe. Zwei Dutzend weitere hingen wie Marionetten an Fäden von der Balkendecke. Manche sahen aus wie erstarrt in einem geheimnisvollen Tanz, Arme und Beine zu seltsamen Gesten verrenkt.

Zdenek war stehengeblieben und sah seine Gäste erwartungsvoll an.

»Hab' alle allein gemacht, ganz allein«, sagte er. »Viel Arbeit, aber Mühe wert. Viel Gesellschaft, jetzt.«

»Habt Ihr keine Familie mehr?« fragte Nadjeschda stockend. Modja wollte sich aus ihrem Griff freistrampeln, doch es gelang ihr nicht. Nadjeschda preßte sie schützend an sich.

Zdenek schüttelte traurig den Kopf. »Hab' keine Familie mehr. Frau und Tochter tot. Von Soldaten verbrannt. Vorne, vor dem Haus.«

Michal fühlte Mitleid mit dem alten Mann. Zdenek war ebenso ein Opfer des Krieges wie sie selbst, wie Tausende anderer auch. Seine Familie, wahrscheinlich auch seine Arbeiter, waren allesamt niedergemacht worden. Kein Wunder, daß soviel Leid seinen Geist verwirrt hatte. Aber so irre der Papiermacher auch sein mochte, er hatte die Tugenden der Gastfreundschaft nicht verlernt.

»Kommt mit«, bat er. »Ins Kaminzimmer. Warm dort. Werde derweil Essen holen, nicht viel, aber kräftig.«

Sie folgten ihm erneut, diesmal in ein Nebenzimmer. Überall zertrümmerte Stühle und Schränke. Auf einem Tisch, der wundersamerweise heilgeblieben war, lagen gewaltige Papierbögen, darauf eine Unzahl kleiner, scharfer Messer. Mit ihnen mußte Zdenek seine Gerippe aus dem Papier schneiden. Als sie näher herantraten, erkannte Michal, daß ein weiteres Skelett bereits zur Hälfte vollendet war. Seine Form war nicht vorgezeichnet, Zdenek schnitt sie freihändig aus dem Bogen.

Auch dieser Raum war angefüllt mit zahllosen Papier-Skeletten, stehend und sitzend, liegend und hängend. Eine merkwürdige Gesellschaft, in die sie da geraten waren.

»Ihr benutzt all Euer Papier, um diese … Figuren zu gestalten?« fragte Michal fassungslos.

»Wozu sonst?« entgegnete der Alte. »Buchdrucker in Prag bestellen keins mehr. Viele, viele Rollen, drüben im Schuppen. Wohin damit, wenn nicht unters Messer? Noch genug für zehntausend Knochenfrauen.«

Michal brauchte einen Augenblick, ehe ihm klarwurde, was so merkwürdig an Zdeneks letzten Worten war. Knochen*frauen* hatte er gesagt. Dabei sah doch ein Gerippe aus wie das andere, und keines war der Natur so ähnlich, daß man zwischen Mann oder Weib hätte unterscheiden können. Trotzdem sprach der Alte von Frauen.

Vielleicht, so sagte sich Michal, zog er einfach die weibliche Gesellschaft der männlichen vor, ja, das mochte Erklärung genug sein.

»Wartet hier«, wies Zdenek sie an. »Hole Essen.«

Im Kamin des Zimmers brannte ein mageres Feuer. Der Alte hatte nur drei Holzscheite aufeinandergelegt, als müsse er sparsam damit umgehen, trotz der vielen Stämme, die hinter dem Haus lagerten. Michal war versucht, eines oder zwei der Gerippe in die Flammen zu werfen, um sie weiter zu schüren, doch er fürchtete, daß Zdenek der Verlust trotz der Vielzahl seiner Skelette auffallen würde. Michal schämte sich plötzlich für den Gedanken: Es konnte wohl kaum an ihm sein, den verbliebenen Besitz des alten Mannes, so merkwürdig er sein mochte, zu verbrennen.

So ließen er und Nadjeschda sich nah am Feuer nieder und genossen die knisternde Wärme. Selbst Modja verstummte mit ihrem Kindergelalle und streckte neugierig die Ärmchen nach den Flammen aus.

Nach einer Weile kehrte Zdenek mit einem großen Korb zurück. Darin lag eingekochtes Obst, zwei harte Brotlaibe, ein paar Äpfel und Maiskolben. Dazu gab es zwei Krüge mit Bier, leicht abgestanden, das ihnen trotzdem herrlich schmeckte, außerdem einen weiteren Krug mit Milch. Nadjeschda nippte vorsichtshalber daran, doch sie schien einigermaßen frisch.

Sie aßen und tranken voller Dankbarkeit für die unverhoffte Wohltat, doch immer wenn einer von ihnen ein Gespräch beginnen wollte, schüttelte der Alte den Kopf. »Erst essen«, sagte er knapp.

Das taten sie, Nadjeschda flößte Modja Milch ein, dann machten sie es sich vor dem Feuer auf ihren Mänteln gemütlich. Michal rollte die Decke aus, auf der auch Zdenek Platz fand. Als sie nun so beieinandersaßen, fragte Michal:

»Wann waren die Soldaten bei Euch?«

»Drei Wochen her«, gab der alte Mann zur Antwort. »Vielleicht vier. Machten alles kaputt, außer Haus und Papier. Regen löschte Feuer, bevor Flammen übergreifen konnten, deshalb nur ein Schuppen verbrannt. Viele Tote. Viele auch geflohen und wahrscheinlich später getötet.«

»Habt Ihr seither Nachricht aus Prag oder anderen Teilen des Landes erhalten?«

»Zweimal, ja. Nicht aus Stadt, aber aus Osten und Süden. Flüchtlinge, die herkamen. Alle wollten weiter nach Prag.«

»So wie wir«, bemerkte Nadjeschda.

Der Papiermacher hob die Schultern. »Traurig. Hier

sicher, weil Soldaten weitergezogen. Kommen bestimmt nicht wieder.«

»Aber Gabors Männer sind überall«, widersprach Michal.

»Kommen aber nicht zweimal zu selbem Ort.«

»Was macht Euch da so sicher?«

»Männer haben Angst, wollen weiter nach Westen und Norden, nach Prag und weiter weg. Furcht sehr stark in Köpfen.«

Verwundert runzelte Michal die Stirn. Vielleicht war der Alte doch verrückter, als sie angenommen hatten. »Wovor sollten sie sich fürchten? Der König hat genug mit der Verteidigung Prags zu tun, er kümmert sich nicht um das Landvolk. Hier gibt es niemanden, der den Soldaten Gabors angst machen könnte, das kann ich Euch versichern.«

»Doch«, beharrte Zdenek, »o doch. Jemand gibt es.«

»Wer sollte das wohl sein?«

»Die alte Hex.«

Michal und Nadjeschda wechselten einen verstohlenen Blick. Es hatte offenbar wenig Sinn, weiter mit Zdenek über diese Dinge zu sprechen. Trotzdem konnte Michal sich eine weitere Frage nicht verkneifen:

»Von welcher Hexe sprecht Ihr?«

»Nicht Hex-e!« widersprach der Mann. »Nur Hex. Die alte Hex.«

»Lebt sie hier im Wald?« fragte Nadjeschda beunruhigt, aber ihre Sorge galt eher dem Alten als der Gefahr, die er in seinen wirren Worten heraufbeschwor.

»Lebt nicht, stirbt nicht«, erwiderte er überzeugt. »Ist die Baba Jaga, die alte Hex in ihrem Haus auf Hühnerbeinen. Reitet darin auf Schweif von Tod. Sagt man sich, sie folgt dem Morden und Brennen durch die Wälder. Hat sie gesehen, drüben, an Grenzen.«

»Ihr habt die Baba Jaga gesehen?« fragte Michal.

»Nicht Zdenek, ist nur alter Papiermacher. Aber

Flüchtlinge, die vor Euch kamen. Sahen Baba Jaga in Haus auf Hühnerbeinen, wie es über Schlachtfeld trampelt. Alte Hex steht in Tür und fegt alle Toten in Kessel rein. Kocht feine Suppe, Baba Jaga, ganz gewiß.« Er kicherte.

Michal wußte um die Legende von der Baba Jaga, so, wie ein jeder in den östlichen Ländern sie kannte. Einst war sie eine Todesgöttin, doch ein Zauber bannte sie im Körper einer alten Frau. Sie lebte, so hieß es, in einer hölzernen Hütte, die auf einem Paar baumhoher Hühnerbeine durch die Wälder galoppierte. Auch vermochte sie in ihrem eisernen Kessel durch die Lüfte zu fliegen, während darunter die Erde verdorrte und die Menschen starben. Doch die Sage von der Baba Jaga war nur ein Märchen wie all die anderen, überliefert, um Kindern angst zu machen. Wäre alles anders gekommen, hätte er die Geschichte in einigen Jahren vielleicht Modja erzählt: *Sei artig, sonst holt dich die Baba Jaga in ihr Hühnerhaus!*

»Eure Gäste wollen die Baba Jaga also gesehen haben?« vergewisserte er sich noch einmal, obgleich Zdenek es doch längst bestätigt hatte.

»Ja, ja, ja«, rief der Papiermacher aufgebracht. »Alte Hex wurde an der Grenze gesehen. Kam aus dem Ungarischen rübergeritten.« Er formte mit Mittel- und Zeigefinger ein paar Beine und ließ sie über den Boden springen. »Auf Hühnerbeinen kommt sie daher und zerstampft alle Lebenden und Leichen.«

Nadjeschda legte eine Hand auf Michals Unterarm. »Sollten wir nicht bald aufbrechen?« fragte sie mit Nachdruck. »Es ist noch so weit bis nach Prag.«

Bevor Michal antworten konnte, rief der Alte: »Besser bleibt hier! Wartet mit Zdenek auf Baba Jaga. Hex erlöst alle von Schrecken des Krieges. Keine Angst mehr, weil dann eins mit Baba Jaga. Eins mit Göttin im Hühnerhaus.«

»Du hast recht«, sagte Michal an Nadjeschda gewandt. »Wir müssen weiter.«

Sie erhoben sich, bemüht, daß es nicht zu übereilt wirkte. »Habt Dank, Herr Zdenek«, sagte er mit betonter Höflichkeit.

»Halt!« schrie der Alte schrill. »Bleiben hier, bis Baba Jaga kommt. Bleiben bei Zdenek.«

Erstaunlich behende sprang er auf die Füße und vertrat ihnen den Weg zur Tür. »Wißt ja nicht, was tut. Soldaten dort draußen, Tod überall. Nicht sicher im Wald. Sicher nur bei Zdenek.«

»Wir wollen so schnell wie möglich nach Prag«, sagte Michal sanft, doch im Grunde war er erschrocken über die Vehemenz, mit der Zdenek sie vom Gehen abhalten wollte. Noch immer glaubte er nicht, daß der Alte eine Bedrohung bedeutete – trotz der Papiergerippe und trotz des Gefasels über die Hex. Der Papiermacher war nur ein alter, verbitterter Mann, dem die Trauer den Verstand raubte.

»Nicht gehen!« beharrte der Mann ohne zur Seite zu weichen. Statt dessen trat er zurück, bis er vollends den Türrahmen versperrte. Die hastige Bewegung schuf einen Luftstoß, der einige der Skelette mit scheinbarem Leben erfüllte. Ihre Glieder wehten gespenstisch, eines erhob sich gar für einen Moment von seinem Platz, brach aber wieder zusammen. Vor allem jene, die an Fäden von der Decke hingen, begannen zu schaukeln und zu beben, als stemmten sie sich gegen ihre Fesseln.

Michal bemerkte die Sorge auf Nadjeschdas Gesicht. Was sollte er jetzt tun? Den Alten beiseite stoßen? Das wäre angesichts seiner Gastfreundschaft nicht nur unhöflich, sondern geradezu gefährlich für das gebrechliche Männlein gewesen.

»Wir danken Euch für Eure Sorge, braver Herr, aber wir wollen es trotz allem versuchen«, sagte er mit betonter Ruhe, von der er hoffte, sie würde sich auf Nadjeschda übertragen.

Der Alte verlegte sich aufs Bitten, was Michal wie ein Schritt zum Sieg erschien. »Vernünftig sein, bitte«, sagte Zdenek. »Lauft in Verderben.«

Michal beschloß, ihn mit den eigenen Waffen zu schlagen. »Aber spracht Ihr nicht selbst von der Baba Jaga, und daß sie alles vernichten wird? Wie könnt Ihr ausharren und auf sie warten wollen?«

»Baba Jaga folgt dem Tod, bringt ihn nicht. Großer Unterschied.« Der Alte senkte seine Stimme zu einem vertraulichen Flüstern. »Baba Jaga spricht zu mir, nachts in Schlaf und Traum. Sagt, werden alle Soldaten bestrafen, Hex und Zdenek gemeinsam – und Mann, Frau, Kind, wenn bleiben. Werden eins mit Baba Jaga. Zermalmen Soldaten, zermalmen Mörder von Zdeneks Familie.«

Michal schüttelte den Kopf und streckte eine Hand nach dem irren Papiermacher aus. Er wollte ihn sanft beiseite schieben, doch der Alte schrie plötzlich gellend auf.

»Greift mich an?« kreischte er mit wilder Grimasse. *»Greift Zdenek an?«*

Michal warf einen Blick auf Nadjeschda. Sie verfolgte das Geschehen ungläubig, fast fassungslos. Aus ihren Augen sprach die Angst, die Lage könne ihm entgleiten. Das aber würde er nicht zulassen.

Er packte Zdenek nun endgültig am Arm und zog ihn aus dem Türrahmen. Es schmerzte ihn, soweit gehen zu müssen, mehr noch, als er den zerbrechlichen Knochen des Alten in seinen Fingern spürte. Er wollte ihm nicht weh tun. Warum ließ der Papiermacher sie nicht einfach gehen?

Zdenek kreischte neuerlich auf. Grelle, hohe Laute drangen von seinen Lippen, als er an seinen Gästen vorüber stürzte und zum Tisch lief.

Michal drängte Nadjeschda mit dem Kind nach draußen, sah sich selbst ein letztesmal um.

Der Papiermacher kam mit einem seiner Messer auf ihn zugerannt. Holte aus. Stach zu.

Die scharfe Klinge fuhr in Michals Oberarm.

Michal holte mit der anderen Hand aus und schlug sie Zdenek ins Gesicht. Der alte Mann keuchte, ließ das Messer fallen und stürzte zu Boden.

»Nicht gehen!« schrie der Papiermacher noch einmal, dann war Michal mit Nadjeschda und der Kleinen bereits an der Tür, die zur Vorderseite des Gebäudes führte.

Sein Arm schmerzte, aber die Wunde war nicht tief. Blut durchnäßte seine Kleidung. Zu wenig, als daß es wirklich eine Gefahr gewesen wäre.

Michal riß die Tür auf, blickte dabei zugleich nach hinten. Zdenek kam auf sie zugestolpert, viel zu langsam, um sie rechtzeitig zu erreichen. Nadjeschda sprang mit Modja im Arm ins Freie.

»Wir wollen nur nach Prag«, rief Michal dem Alten entgegen, immer noch bemüht, einen Kampf zu vermeiden.

Nadjeschdas Aufschrei ließ ihn herumwirbeln.

Sein Blick fiel auf den Platz vor dem Haus.

Was er sah: einen ausgeglühten Scheiterhaufen, darauf zwei Pfähle. An den Pfählen zwei menschliche Gerippe, von schwarz verkohltem Fleisch kaum noch zusammengehalten. Zdeneks Frau und Tochter, gestorben im Feuer der Soldaten. Der Alte hatte sie stets vor Augen gehabt. Er hatte seine Knochenfrauen nach ihrem Bild geschaffen.

Die verbrannten Frauen aber waren nicht der Grund, weshalb Nadjeschda geschrien hatte.

Sie schrie wegen des Dutzends bewaffneter Soldaten, das vor dem Haus auf sie wartete.

Gebrüllte Befehle. Blitzende Waffen. Stiefelschritte.

Grobe Hände rissen Modja aus Nadjeschdas Armen

und warfen sie achtlos beiseite. Andere packten die junge Mutter, zerrten Michal zu Boden.

Er sah noch, wie sie Nadjeschda die Kleider vom Leibe rissen, er brüllte und schrie und kreischte, wehrte sich mit all seiner Kraft.

Ein Gewitter aus Stiefeltritten hagelte in sein Gesicht und brachte ihn zum Schweigen.

Durch die Schwärze hinter seinen Augenlidern galoppierte die Baba Jaga in ihrem Haus auf Hühnerbeinen. Sie kam auf ihn zu, er konnte sie sehen, sah sie in der offenen Tür, wie sie mit verzerrter Fratze das Haus zu schnellerem Lauf antrieb. Ihr zahnloser Mund war aufgerissen, die blutunterlaufenen Augen glühten vor Haß. Die riesigen Krallen der Hühnerbeine rissen Wunden in die Dunkelheit. Mit jedem Schritt ein neuer Schmerz.

»Baba Jaga kommt schon bald. Baba Jaga hilft.«

Die Worte wehten wie ein fremder Sinneseindruck in sein Denken. Michal hätte nicht zu sagen vermocht, ob es ein Geruch war, den er wahrnahm, etwas, das er hörte oder sah. Aber da war etwas, ganz ohne Zweifel. Es sprach zu ihm.

Es dauerte lange, ehe er die Stimme erkannte und die Augen aufschlug.

Zdenek, der Papiermacher, kauerte neben ihm, beugte sich über sein Gesicht. Mit irrem Blick sprach er auf Michal ein, rüttelte zugleich an seiner Schulter.

»Hex schon auf dem Weg hierher. Kann hören. Hühnerschritte spüren. Nicht schlimm, das mit Frau und Kind. Gar nicht schlimm.«

Michal versuchte, einen Arm zu bewegen. Es fiel erstaunlich leicht. Seine Hand tastete nach seinem Gesicht und griff in etwas, das sich anfühlte wie eingedickter Grießbrei. Seine Wangen, feucht und heiß und fettgeschwollen. Als er mit seiner Zunge über die Lippen fuhr, erkannte er sie nicht wieder. Riesige, formlose Wülste. Schmerzen bei jeder Regung, jeder Berührung. Das Blickfeld seiner Augen war so schmal, als blinzelte er, aber er bekam die Lider auch mit Mühe nicht weiter auseinander. Er sah Zdenek durch einen hellroten Schleier, undeutlich, fast verwischt.

»Hab' gesagt: Nicht gehen! Bei Zdenek bleiben, weil sicher hier. Soldaten überall. Aber Mann, Frau, Kind nicht hören. Einfach gehen.«

»Nadja«, stieß Michal mühsam hervor.

»Gar nicht schlimm«, versuchte der Alte ihn zu beruhigen. »Nicht schlimm, was passiert. Frieden jetzt. Wie Zdeneks Frau und Tochter.«

Michal begriff nicht gleich, was die Worte des Alten bedeuten mußten. Er fühlte harten Grund unter seinem Rücken. Er lag wohl noch vor dem Haus am Boden.

»Nadja«, stöhnte er noch einmal.

Über ihm war grauer Himmel. Er spürte den Regen nur, wenn Tropfen in seine Augen fielen. Seine Haut dagegen war unempfindlich. Die Schmerzen am ganzen Körper betäubten jedes andere Gefühl.

In seinem Kopf aber tobten die Gedanken. Was war mit Nadjeschda und Modja geschehen? Das letzte, was er gesehen hatte, war Nadjeschda am Boden, ein Haufen bewaffneter Kerle über ihr. Sie zogen und rissen an ihr, an ihrem Kleid, den Ärmeln, ihrem Haar.

Michal schrie. Schrie, so laut er nur konnte.

»Ruhig«, beschwichtigte ihn der Papiermacher eindringlich. »Müssen ruhig sein. Soldaten immer noch in der Nähe. Irgendwo im Wald. Nicht weit. Müssen ganz ruhig sein, sonst kommen wieder.«

Warum war er noch am Leben? Wenn er selbst nicht tot war, dann mußten auch Nadjeschda und die Kleine noch leben. Weshalb hätten sie ihnen Schlimmeres antun sollen als ihm selbst?

Er sah wieder vor sich, wie die Soldaten Modja aus

dem Arm ihrer Mutter rissen, ein hilfloses, strampelndes Bündel. Wie sie sie fortwarfen, einfach zur Seite, irgendwo zu Boden.

»Gar nicht schlimm«, sagte Zdenek erneut, und zum erstenmal drangen die Worte wirklich bis zu Michal.

Nicht schlimm? *Was* war nicht schlimm?

Kraftlos rollte er sich auf die Seite. Sein ganzer Leib schmerzte höllisch. Er achtete nicht darauf. Sein trüber Blick streifte über den Vorplatz des Hauses. Vor dem dunklen Umriß des Scheiterhaufens lag etwas Helles. Es war ziemlich groß, von unregelmäßiger Form.

Ein Körper. Nackt. Reglos.

»Nadjeschda!«

Er wußte, daß sie es war, ohne daß er sie wirklich erkannte.

Er versuchte, in ihre Richtung zu kriechen, flach auf dem Bauch. Seine Hände krallten sich in den Boden, seine Fingernägel brachen. Unendlich langsam schob er sich vorwärts.

»Nicht schlimm, nicht schlimm!« hörte er Zdenek hinter sich faseln. Der Alte machte keine Anstalten, ihm bei seinem Weg zu helfen. Michal mußte es alleine schaffen.

Eine Ewigkeit später war er bei ihr. Ganz nahe. Seine blutigen Finger tasteten über ihr Gesicht. Ihre Augen waren geschlossen. Ihr Haar war ganz feucht und verklebt. Sie hatten ihr den Schädel eingeschlagen.

Er legte sich neben sie, zog die Knie an wie ein kleines Kind, hielt ihre Hand, sprach mit ihr, betete, sie möge leben, wußte aber, sie war tot, hoffte trotzdem, flüsterte, weinte, bettelte und flehte, wollte sterben und konnte es doch nicht.

Später fragte er Zdenek, weshalb er noch am Leben war. Warum hatten sie Nadjeschda und Modja getötet, ihn selbst aber geschont?

Der Alte stand hinter seinem Tisch und schnitt ein Gerippe aus einem Papierbogen. Michal lag in Decken gehüllt vor dem Kaminfeuer. Er konnte aufstehen, sogar gehen, aber er wollte es nicht. Er glaubte, wenn er liegenblieb, würde er einschlafen, hoffentlich für immer.

»Hatten hier im Haus ihr Lager aufgeschlagen, die Soldaten«, sagte Zdenek, ohne von seinem Papierbogen aufzusehen. Wenn er schwieg, stach seine Zungenspitze rosa zwischen den Lippen hervor. Er sprach kaum, wenn er an einem seiner Skelette arbeitete. Michal störte ihn selten dabei.

Es war sein vierter Tag im Haus des Papiermachers. Die Schwellungen gingen schneller zurück als erwartet, seine Schwäche aber blieb. Jeder Schritt bereitete ihm starke Schmerzen. Der Alte flößte ihm mehrmals am Tag übelriechende Säfte ein. Vielleicht halfen sie, vielleicht nicht. Es war ihm gleichgültig. Michal hatte mit seinem Dasein abgeschlossen. Sein Körper mochte sich erholen, aber sein Geist blieb leblos. Er verspürte kein Gefühl mehr, das über körperliche Pein hinausging. Keine Trauer, keinen Haß. Als hätte er all das abgelegt wie ein Paar alter Stiefel und zöge es vor, fortan barfuß zu gehen.

Er stellte die Frage nach seinem Überleben nicht zum ersten Mal. Zdeneks Antwort war immer dieselbe: Die Soldaten hätten hier im Haus gelagert. Danach schwieg er.

Heute aber glaubte Michal zum erstenmal, den Sinn hinter den Worten des Alten zu verstehen. Und erstmals seit vier Tagen war da wieder eine Empfindung in seinem Schädel, erst Unglauben, dann Fassungslosigkeit.

»Du warst auf ihrer Seite?« fragte er ungläubig und schlug seine Decken zurück. »Du hast gewußt, daß sie hier waren?«

Zdenek sah ihn nicht an, führte weiter die Klinge über

das Papier. »Habe gesagt, gehen nicht raus. Gesagt, Soldaten überall. Aber Mann und Frau nicht hören, was Zdenek ihnen sagt. Wollte helfen, aber machtlos gegen eisernen Willen. Nicht mal Messer hat geholfen. Konnte doch nicht zugeben, daß Soldaten hier im Haus. Hättet schlecht über Zdenek denken können, wo sie doch Zdeneks Frau und Kind verbrannt.«

Michal richtete seinen Oberkörper auf, zog die Beine an.

»Habe versucht zu verhandeln mit Soldaten«, fuhr der Alte fort. »Habe gesagt, laßt sie am Leben. Da war Kind von Mann und Frau schon tot: Hat nicht mehr geschrien, gar nicht mehr. Frau aber geschrien, immer weiter. Soldaten Dinge mit ihr getan. Zdenek gesagt: Laßt Frau in Ruhe. Aber Frau geschrien, immer lauter. Da haben Soldaten zugeschlagen, fest, auf ihren Kopf. Danach nicht mehr geschrien. Zdenek sagt: Laßt Mann am Leben. Soldaten sagen: Warum? Zdenek sagt: Mann kann Zdenek helfen, bei Knochenfrauen und bei allem. Soldaten lachen, sagen, ist egal, ob Mann stirbt oder lebt. Sagen, lassen ihn einfach liegen und ziehen weiter nach Prag. Brauchen Zdenek nicht mehr. Glaubten, Zdenek sei verrückt, deshalb harmlos. Haben viel gelacht über Zdenek, viel Spaß gehabt. Deshalb Zdenek nicht tot. Deshalb Mann nicht tot.«

Michal stemmte sich auf die Beine. Er trug immer noch dieselbe blut- und schmutzverschmierte Kleidung. Der Stoff war hart und verkrustet.

»Du hast uns in dein Haus geholt, obwohl du wußtest, daß die Soldaten im Schuppen schliefen?« fragte er leise. »So war es doch, oder?«

»Wollte nur helfen«, erwiderte Zdenek. »Wollte Wärme, wollte Essen geben. Mann, Frau, Kind hier im Haus sicherer als in Wäldern, weil hier keiner sucht. Schon alles ausgeplündert, jedes Versteck durchwühlt. Deshalb keine Gefahr. Gefahr nur draußen und in Wäldern. Deshalb gewarnt: Nicht hinausgehen, hierbleiben. Warten, bis Baba Jaga kommt und Soldaten bestraft.«

Michal stieß mit dem Ellbogen gegen ein Papiergerippe. Es wehte zur Seite, brachte weitere in Aufruhr. Einen Augenblick später war der ganze Raum von Bewegung erfüllt. Überall wellten sich Skelette und winkten mit flatternden Händen.

»Sieh nur, sieh doch nur!« rief Zdenek aus und lachte fröhlich. »Alle leben, alle aufgewacht. Lustig, was?«

»Ja, lustig«, sagte Michal. Er griff nach einem der Papiermesser und stieß es dem Alten in den Hals.

Zdeneks Lachen erstarb. Trauer verdunkelte seinen Blick, nicht Schmerz. Er röchelte, sein Oberkörper fiel nach vorn. Ein roter Stern spritzte unter ihm über den Papierbogen. Dann sackte der alte Mann zu Boden, zuckte, krampfte, starb.

Michal schleppte sich aus dem Haus ins Freie. Es war später Abend, draußen tobte ein Herbststurm. Michal ließ die Tür offenstehen. Der Wind erweckte die Gerippe zum Leben, sie trieben zitternd in die Nacht hinaus. Wenige Augenblicke später war er umwirbelt von Dutzenden der weißen Gestalten. Sie feierten einen grotesken Geisterball, eine lautlose Walpurgisnacht.

Die Leichen lagen immer noch dort, wo die Soldaten sie hatten liegen lassen. Michal zog Nadjeschda zwischen die verkohlten Reste des Scheiterhaufens, schmiegte Modja in ihre kalte Umarmung. Die Tage im Freien hatten Spuren hinterlassen.

Schließlich entfachte er die Glut des Scheiterhaufens erneut, speiste die Flammen mit Papiergerippen, bis auch die Holzreste Feuer fingen.

Die Lohen leckten immer höher in den schwarzen Himmel, überragten selbst das Dach des Hauses. Nicht einmal der Sturm vermochte den Flammen etwas anzuhaben, vielmehr trieb er die Funken zum Haus hinüber und setzte es in Brand.

Michal beobachtete vom Waldrand aus die Skelette beim Totentanz im Inferno, wie Motten an einem Lagerfeuer. Brannten, glühten, zerfielen zu Asche.

Zuletzt schrie er lachend seinen Gruß an die Baba Jaga hinaus in die Nacht, doch der Sturm riß ihm die Worte von den Lippen, das Tosen und Brüllen betäubte seine Ohren, und als Michal endlich den dunklen Weg Richtung Prag einschlug, da glaubte er ein Bersten und Toben in den Wäldern zu hören, als wälze sich etwas Riesiges zwischen den Bäumen hervor und springe stampfend um das Feuer.

KAPITEL 3

Am Morgen passierten Sarai und Cassius die Brücke. Nicht zu langsam, nicht zu schnell, ganz wie es das Gesetz der Liga verlangte. Eilig gingen sie durch die Gassen der Judenstadt. Sarai erschienen die dichtgedrängten Häuser wie Bühnenkulissen aus Holz und Papier, flach, dünn, seltsam tiefenlos und schief. Die meisten beugten sich krumm vornüber, reckten ihre Giebel über die Gassen und Straßen, als wollten sie alles in ihren Schatten ertränken. Winzige schwarze Fenster blinzelten auf sie herab, Fassaden wie mürrische Gesichter alter Weiber, erstarrt in maskenhafter Übellaunigkeit. Die Menschen huschten schweigend und düster von Tür zu Tür, mieden es wenn möglich ganz, auf die Straße zu treten, denn zu groß war die Furcht vor den Söldnern der Liga.

Cassius trug seinen bunten Mantel, was ihn wie einen Farbklecks von den grauen Gestalten in den Gassen abhob. Sein Haar war unter einem breitkrempigen Hut verborgen, sein Gesicht lag im Dunkeln. Sarais Kleidung war immer noch feucht, obgleich nicht so sehr, daß es aufgefallen wäre. Das war auch nicht nötig: Cassius zog in seinem Aufzug ohnehin alle Blicke auf das ungleiche Paar.

Wann immer sie auf Soldaten trafen – es waren nicht viele –, ließ man sie anstandslos passieren. Sarais Verwirrung und Trauer waren immer noch zu groß, als daß sie sich allzu viele Gedanken darüber gemacht hätte. Erst im nachhinein fiel ihr auf, wie mühelos sie durch die besetzte Stadt gewandert waren.

Der alte Mystiker hatte darauf bestanden, erst am

Morgen mit ihr in die Judenstadt zu gehen, und ihm war anzumerken, mit welchem Widerwillen ihn die Vorstellung erfüllte. Er tat es aus Zuneigung zu Sarai, und sie hatte ihn nicht mehr als einmal darum bitten müssen. Doch daß es ihm mißfiel, den Mihulka-Turm zu verlassen, war offensichtlich. Zumal er nicht den Weg durch die Burg und die Schloßstiege hinab gehen konnte (er wollte seine Anwesenheit auf dem Hradschin in niemandes Erinnerung rufen), sondern mit Sarai über die Mauer steigen mußte. In seinem Alter eine beträchtliche Leistung, die mit allerlei Knurren und Ächzen einherging.

Sarai hatte ihm alles geschildert, was in der Nacht geschehen war, und Cassius war Freund genug, um ihr bereitwillig Hilfe anzubieten. Die Umstände von ihres Vaters Tod schienen auch ihm höchst seltsam, wenngleich er wußte, mit welcher Trauer der Mann zu kämpfen hatte, seit Sarais Mutter tot war. Er sprach nicht über das, was er dachte, doch auf seiner Stirn erschienen tiefe Falten, als seine Gedanken allerlei Fäden miteinander verknüpften, wieder lösten und andere neu zusammenführten.

So eilten sie die Geistgasse hinab, bogen in den Seitenweg und betraten das Hinterhaus, in dem Sarais Quartier lag. Sie hatte vorher noch nicht darüber nachgedacht, und die Erkenntnis bedeutete ihr weniger als nichts, doch die drei Zimmer im zweiten Stock gehörten nun ihr allein. Es gab keine Verwandten, keine anderen Erben, wahrscheinlich nicht einmal ein Testament. Als einzige Tochter fiel ihr der gesamte Familienbesitz zu, und der bestand allein aus diesen Zimmern. Sarai war es gleichgültig, es widerstrebte ihr jetzt schon, zurückzukehren. Sie hätte keine Träne vergossen, hätten die Ligasöldner den Häuserblock, ja, die gesamte Judenstadt dem Erdboden gleichgemacht. Sie wollte hier nicht mehr leben, hatte sogar schon eine Vorstellung, wo sie fortan wohnen wollte, doch noch verschwieg sie Cassius wohlweislich diesen Plan. Er hätte ihn zweifellos, nun … überrascht.

Die Tür ihrer Unterkunft war nur angelehnt, genauso, wie Sarai sie zurückgelassen hatte. Es sah nicht aus, als hätte jemand in der Nacht das Quartier betreten. Aus den anliegenden Eingängen drangen die Laute des Alltags – Kinderstimmen, Flüche, Tellerscheppern. Selbst die Geräusche hatten seit dem Einfall der Liga eine andere Qualität bekommen: Die Kinder spielten leiser, die Flüche tönten derber, und Teller klirrten immer seltener, denn das Essen wurde knapp.

Sarai drückte die Tür hinter ihnen zu und wollte gedankenlos den Riegel vorschieben, ehe ihr einfiel, daß sie selbst ihn zerbrochen hatte. Die Tür blieb angelehnt.

Sie führte Cassius durch die beiden vorderen Räume und entschuldigte sich für die Unordnung, als gäbe es nichts anderes, das ihr Sorgen machen müßte. Es war, als drängte etwas die Ereignisse in einen abgelegenen Teil ihres Denkens, alles schien ihr wie im Traum. Sie trieb durch das Schicksal einer Fremden, nahm Dinge ohne Bedeutung wahr, als hinge ihr Leben davon ab.

Ihr Vater saß noch ebenso zusammengesunken in seinem Lehnstuhl wie in der Nacht zuvor. Sarai brachte es nicht über sich, einen längeren Blick auf den Leichnam zu werfen. Ihre eigene Trauer widerstrebte ihr zutiefst, und sie wollte auf gar keinen Fall weinen, wenn Cassius zusah.

Der Alte in seinem bunten Mantel beugte sich nachdenklich über den Toten. Sarai beobachtete ihn von einem Platz hinter der Lehne aus. Das Stirnrunzeln des Alchimisten vertiefte sich, er hob einen steifen Arm des Leichnams und blickte darunter. Schließlich streckte er sich, murmelte etwas und nickte, als er einen Gedanken faßte. Dann sagte er:

»Dein Vater hat keinen Schatten mehr, Sarai.«

Verwirrt starrte sie ihn über den Stuhl hinweg an. »Wie meinst du das?«

Er holte tief Atem und stieß ihn ebenso lautstark wieder aus. »So, wie ich es sage, mein Kind. Der Leichnam deines Vaters wirft keinen Schatten. Nicht den geringsten.«

»Ich weiß nicht, was ihr Mystiker unter Keinen-Schatten-Werfen versteht, Cassius.«

Seine Antwort klang ungeduldig, fast ein wenig zornig. »Himmel Herrgott, Sarai – es geht hier nicht um Mystizismus. Komm her und sieh ihn dir an. Er hat keinen Schatten mehr!«

Die Erkenntnis, daß er das wortwörtlich meinte, traf sie mit schrecklicher Wucht. Cassius drückte sich gelegentlich gern in Bildern und Symbolen aus. Aber diesmal meinte er es tatsächlich ernst.

Kein Schatten!

Sie sprang aufgeregt um den Stuhl herum. Der Anblick ihres toten Vaters hatte nichts an Grauen verloren, und sogleich krallte sich der Kummer um ihr Herz. Im Tageslicht sah er noch verzweifelter, noch verletzlicher aus. Dabei gab es doch nichts mehr, das ihm jetzt noch weh tun konnte. Er war all dem entkommen. Durch seine eigene – und durch Sarais – Hand.

Obgleich sie spürte, daß Tränen in ihre Augen traten, zwang sie sich, den Leichnam genauer zu betrachten. Es hatte keinen Sinn, sich länger zu verstellen, und so ließ Sarai ihrem Leiden freien Lauf. Sie verschwendete keinen Gedanken mehr daran, sich vor Cassius schämen zu müssen.

Ihr Vater war mit getrocknetem Blut bedeckt. Das Kleid ihrer Mutter, das er trug, war zerknittert, der Stoff lag in Wellen. Trotzdem wirkte die Oberfläche seltsam gleichförmig, fast faltenlos. Irgend etwas war anders als sonst, doch wenn Cassius ihr zuvor nicht gesagt hätte, was es war, sie hätte es niemals bemerkt. Alles um ihn herum war hell, wie ausgeleuchtet. Dabei ging von ihm selbst kein Licht aus, nicht wie von Geistern oder anderen überirdischen Erscheinungen. Merkwürdig war vielmehr das Fehlen von Dunkelheit. Cassius hatte recht: Ihr Vater warf keinen Schatten, nicht in den Falten des Kleides, nicht dort, wo sein Körper den Stuhl berührte, nirgends.

Sie wußte nicht, was sie stärker verwirrte: Der seltsame Anblick oder der Umstand, daß es ihr von alleine nicht aufgefallen wäre. Sie fragte sich, ob auch andere ihren Schatten längst verloren hatten und es nur nicht bemerkten.

Sie griff nach der Hand ihres Vaters, hob sie hoch. Auch darunter – nichts. Ebenso unter seinem Kinn, in den Kniekehlen, an seinen Füßen.

Sarai wollte einwenden, daß es an einem ungewöhnlichen Spiel des Tageslichts liegen mochte, doch ehe sie noch sprechen konnte, bemerkte sie den Schatten des Stuhls am Boden. Rückenlehne, Armstützen und Stuhlbeine warfen dunkle Umrisse auf das abgetretene Parkett, nur nicht der Tote. Demnach sah es aus, als stünde dort ein leerer Stuhl.

»Wie ist das möglich?« fragte sie tonlos. Vor fassungslosem Erstaunen versiegten sogar ihre Tränen.

Cassius legte eine Hand auf ihre Schulter und führte sie zur Tür des Zimmers. Von dort aus mußte sie den Anblick der Leiche nicht ertragen.

»Ich weiß nicht, woher dieses Phänomen rührt«, entgegnete er leise und überaus sachlich, »aber dein Vater ist nicht der einzige, den es betrifft.« Er sagte das so nüchtern, als ginge es nicht um einen Toten, gar um den Tod von Sarais Vater, sondern allein um eine staunenswerte Entdeckung.

»Aber ... so etwas kann es doch gar nicht geben«, widersprach sie und setzte seiner Sachlichkeit die Kraft des Gefühls entgegen.

»Du hast es selbst gesehen«, sagte er und gab ihr durch seinen Ton zu verstehen, daß alle Zweifel angesichts der Tatsachen sinnlos waren. Der Schatten war fort.

Sie schüttelte stumm den Kopf. Schließlich bat sie ihn: »Erklär es mir.«

»Das kann ich nicht«, gestand er seufzend. »Ich würde es, glaube mir, aber ich weiß nicht, was der Grund ist. Fest steht allein, daß es anderen ähnlich ergangen ist – und daß auch dein Vater schon länger davon betroffen war.«

Damit provozierte er zwei Fragen auf einmal, doch Sarai entschied sich zuerst für jene, die ihr dringlicher erschien. »Du glaubst, sein Schatten sei nicht erst heute nacht verschwunden?«

»Sein Verhalten in den letzten Wochen, so wie du es mir geschildert hast, scheint mir dafür zu sprechen.«

Tatsächlich hatte sich der Zustand ihres Vaters, seine Gleichgültigkeit und Trägheit, seine Unfähigkeit, für sich selbst, geschweige denn für seine Tochter zu sorgen, in der letzten Zeit verschlimmert.

»Aber was hat das mit seinem Schatten zu tun?« wollte sie wissen.

»Komm, laß uns erst gehen«, sagte er. »Willst du die Obrigkeit verständigen?«

»In diesen Tagen?« Häme sprach aus dem Klang ihrer Stimme. »Ganz Prag liegt im Sterben, die Liga mordet an jeder Straßenecke. Glaubst du wirklich, jemandem liege etwas am Schicksal eines Selbstmörders?«

»Was also willst du tun?«

Sie überlegte kurz, dann sagte sie nur: »Hilf mir dabei«, und trat zurück vor den Lehnstuhl. »Wir legen ihn aufs Bett, in seiner eigenen Kleidung. Die Nachbarn werden ihn finden und den Rabbi rufen. Er wird alles in die Wege leiten.«

Cassius sah wohl ein, daß dies eine vernünftige Lösung war und machte sich daran, ihr zur helfen. Eine Weile später lag Sarais Vater ordentlich gekleidet auf seinem Bett. Es sah aus, als schliefe er.

»Man wird sich wundern, warum alles voller Blut ist, außer seiner Kleidung«, gab Cassius zu bedenken.

»Mag sein«, erwiderte sie knapp.

Sarai konnte nicht anders. Sie hatte mit all dem hier abgeschlossen. Ihr Vater, so es für ihn ein weiteres Leben geben mochte, war längst anderswo. Sie fühlte keine Verpflichtung ihm gegenüber. Später sollte sie sich über diese merkwürdige Empfindung wundern. In diesem Augenblick aber stand ihr alles ganz klar vor Augen. Andere würden sich kümmern. Sollten sie von ihr aus auch die Zimmer in Besitz nehmen. Sarai war es gleichgültig. Man würde nicht einmal nach ihr suchen. Es war nicht ungewöhnlich, daß Menschen von einem Tag auf den anderen verschwanden, vor allem junge Mädchen, vor allem in diesen Zeiten.

Sie öffneten alle Fenster, ließen die Tür angelehnt und gingen eilig hinab auf die Straße. Erst nachdem sie eine gehörige Strecke zwischen sich und Sarais einstiges Zuhause gebracht hatten, kam die Sprache wieder auf den verschwundenen Schatten.

»Du wolltest wissen, was das Verhalten deines Vaters mit seinem Schatten zu tun hat, nicht wahr?« sagte Cassius, während sie eine menschenleere Gasse hinabgingen.

»Ja.«

Cassius räusperte sich betont, ein Anzeichen dafür, daß er weit auszuholen gedachte. »Nach altem Volksglauben lebt die Seele eines Menschen in seinem Schatten«, erklärte er. »So ist sie tags an seiner Seite, im Schlaf aber geht sie mit dem Schatten auf Wanderung und verläßt ihren Besitzer. Unsere Ahnen waren von diesen Dingen überzeugt, und auch heute scheint mir wenig dagegenzusprechen. Selbst Luther sagte: Wenn ein Verbrecher zum Henker geführt wird, soll statt seiner sein Schatten getötet werden, den Mann selbst aber möge man des Landes verweisen. Luther war der Ansicht, der Schuldige sei damit schrecklich genug bestraft.«

Sarai unterbrach ihn: »Die Rabbiner lehren uns Juden, daß der Schutzengel eines Menschen in seinem Schatten wohnt.«

»O ja«, bestätigte Cassius, »ein Glaube, der auf der Wurzel dessen fußt, was ich gerade sagte. Seele und Schutzengel sind oftmals ein- und dieselbe Macht.«

»Und mein Vater hat seine Seele verloren?« fragte sie zweifelnd. Zwar schienen ihr Cassius' Worte klangvoll und auf ihre Weise vernünftig, doch mit der Wirklichkeit des Todes hatten sie wenig gemein.

»Nun, weißt du, mein Kind, es war Aristoteles, der die drei Eigenschaften der Seele erkannt und beschrieben hat: Die erste ist der Drang zur Ernährung, wie man ihn bei Pflanzen, Tieren und Menschen antrifft. Er ist für die Selbsterhaltung jedes Lebewesens verantwortlich. Die zweite Eigenschaft ist das Begehrende, das Animalische, und wird somit vor allem den Tieren, aber auch vielen Menschen zuteil. Sie strebt das Wohlergehen des einzelnen an, vermeidet den Schaden und wirkt durch die fünf Körpersinne. Die dritte Eigenschaft der Seele findet man dagegen allein beim Menschen, denn sie ist die Vernunft, die Macht zu denken, sich zu erinnern und Urteil abzugeben.«

Sie näherten sich dem östlichen Brückenturm, und Cassius senkte seine Stimme. »Diese drei Fähigkeiten also – Selbsterhaltung, Streben nach Wohlergehen und die Vernunft –, schenkt uns laut Aristoteles die Seele. Und nun überlege gut, mein Kind: Hat dein Vater während der vergangenen Wochen nur von einem dieser Geschenke Gebrauch gemacht?«

»Nein«, erwiderte sie knapp, denn was Cassius unterstellte, war die volle Wahrheit. Einziges Merkmal ihres

Vaters war zuletzt seine völlige Gleichgültigkeit gewesen. Er hatte sich weder um sein Wohlergehen noch um das eines anderen geschert, und Vernunft schien schon lange mehr kein Teil seines Wesens zu sein. Das Bild, das der Mystiker vor ihren Augen malte, gewann an Vollständigkeit, ja, sie glaubte ihm jetzt jedes Wort.

»Ich schließe daraus«, sagte Cassius, »daß dein Vater seine Seele verloren hatte. Demnach war sein Schatten längst verschwunden oder aber im Verschwinden begriffen.«

Sarai versuchte vergeblich, sich an Einzelheiten im Auftreten ihres Vaters zu erinnern. War da ein Schatten gewesen oder nicht? Sie wußte, sie würde die Antwort nicht finden. Selbst seine Züge verschwammen schon in ihrer Erinnerung. Und sie bezweifelte, daß sie bemerkt hätte, wenn ihr eigener Schatten verschwunden wäre. Nun blickte sie instinktiv zu Boden und bemerkte beinahe erleichtert, daß ihr Schatten artig neben ihr übers Pflaster huschte.

»Dann glaubst du«, fragte sie, »daß ein Mensch, der seinen Schatten und somit Seele und Schutzengel verliert, unweigerlich von eigener Hand sterben muß?«

»Wenn ihn seine Gleichgültigkeit dem eigenen Schicksal gegenüber nicht vorher in ein tödliches Unglück treibt – ja.«

»Aber, um Himmels willen, wie kann man denn etwas wie einen Schatten verlieren? Ich meine, er ist doch kein Schlüssel oder Schnupftuch.«

Cassius lachte. Sie traten jetzt durch das Tor des Brükkenturmes. »Nein, das ist er zweifellos nicht. Und ich glaube auch nicht, daß man den Schatten durch eigene Nachlässigkeit verlieren kann.«

»Wie sonst?« fragte sie erstaunt.

Cassius gebot ihr mit einer versteckten Geste zu schweigen, bis sie die Wachtposten am diesseitigen Ufer passiert hatten. Erst, als sie das vordere Drittel der Brükke hinter sich gelassen hatten, gab er eine Antwort. Seine Stimme klang düster, beinahe unheilschwanger.

»Eine Macht jenseits seiner eigenen Kräfte muß deinem Vater den Schatten genommen haben.«

Sie schnaubte verächtlich. Allmählich gelangte sie an die Grenzen dessen, was sie zu glauben bereit war. »Was für eine ... *Macht* soll das sein?«

»Mir wäre wohler, wüßte ich darauf eine Antwort.«

»Du hast gesagt, andere hätten ein ähnliches Schicksal wie mein Vater erlitten.« Wieder wunderte sie sich über die Nüchternheit, mit der sie über die Ereignisse sprechen konnte. Ihre Gefühle taumelten in einem stetigen Auf und Ab; mal war sie von Trauer erfüllt, einen Herzschlag später von kühler Ruhe.

»Es gab andere«, sagte Cassius, aber ihm war sichtlich unwohl bei dieser Feststellung. »Ich habe sie nicht selbst gesehen, noch weiß ich, wer sie waren. Ich hörte nur, daß es geschehen ist.«

»Du verschweigst mir etwas, Cassius.«

»Ich würde dir mehr sagen, wenn ich könnte. Viele Geschichten von eigenartigen Begebenheiten schwirren durch den Hradschin. Manche höre ich, doch viele dringen zweifellos nie bis zu mir vor. Mein Wissen darüber ist in Wahrheit nur eine Sammlung von Gerüchten, richtigen und falschen.«

»Warum redest du um das herum, was du weißt?« fragte Sarai ungeduldig. In ihrer Lage konnte sie sich diesen Ton herausnehmen, fand sie.

Cassius schenkte ihr ein wohlwollendes Lächeln, doch es vermochte sein Unbehagen nicht zu überspielen. »Es sieht ganz so aus, als sei außer der Liga eine weitere Gefahr über die Stadt gekommen.« Er stockte, dann fuhr er fort: »Irgend etwas schleicht durch die Gassen und raubt den Menschen ihre Schatten, Sarai, und ich habe nicht die mindeste Vorstellung, was es sein könnte.«

Vor Erstaunen wäre sie beinahe mitten auf der Brücke

stehengeblieben. Cassius zog sie im letzten Augenblick mit sich, ehe einem der Wachtposten dieser Gesetzesverstoß auffallen konnte.

»Du meinst das ernst, nicht wahr?« fragte sie unsicher.

»Völlig ernst.«

»Also eine Art Mörder von Schatten.«

»So könnte man es wohl nennen.«

»Und du erwartest, daß irgendwer dir das glaubt?«

»Nein. Das ist auch nicht nötig.«

»Dann willst du einfach abwarten und zuschauen, was passiert?«

Er hob die Schultern. Sein buntes Gewand flatterte in einem eisigen Windstoß. »Ich bin vor allem Alchimist, mein Kind. Ich verstehe mich auf die Natur der Stoffe, auf Substanzen und Mischungen.«

»Du bist Mystiker.«

»Und deshalb blicke ich in mich selbst und nicht nach außen.«

»Cassius«, mahnte Sarai ihn eindringlich, »mein Vater ist tot. Dein Schattenmörder hat das getan.«

»Du wirkst nicht sonderlich niedergeschlagen«, stellte er fest.

Nun blieb sie tatsächlich stehen. »Du ...«, begann sie, dann quollen Tränen aus ihren Augen. »Wie kannst du ...«

»He!« schrie einer der Wachtposten am nahen Westufer. *»Weitergehen!«*

Cassius packte Sarai am Wams und riß sie vorwärts. »Nun komm schon, so habe ich das nicht gemeint.«

Sie schwieg, wußte nicht, was sie sagen sollte. Das schlimmste war: Vielleicht hatte Cassius recht. Was war los mit ihr? Sie weinte, sie war bedrückt, aber reichte das aus, um einen Menschen zu betrauern? Herrgott, er war ihr *Vater* gewesen. Sie fühlte sich undankbar und schlecht, nicht nur ihm gegenüber, sondern auch vor ihrer Mutter – sie hätte nicht gewollt, daß es soweit mit Sarai und ihrem Vater kommen würde. Bis zu ihrem Tod war alles anders gewesen.

Unter den mißtrauischen Blicken der Wachsoldaten verließen sie die Brücke und betraten die Kleinere Stadt. Statt aber den Weg zum Hradschin hinauf einzuschlagen, führte Cassius sie hinunter zum Ufer der Moldau, weit genug von der Brücke entfernt, um unverdächtig zu bleiben. Dort schlenderten sie am Wasser entlang, jeder in seine Gedanken vertieft. Das Flußufer war einer der sichersten Bereiche Prags. Hier gab es nichts, das sich zu plündern lohnte, deshalb verirrten sich kaum Söldner hierher.

»Du mußt etwas tun«, brach Sarai schließlich das Schweigen. Sie blickte über den grauen Fluß hinweg zur anderen Seite. Die Sonne war hinter Wolken verborgen, und die Dächer hatten ihren goldenen Glanz verloren.

Der vielbesungene Zauber Prags war verblaßt oder verbarg sich in den Gassen und Höfen.

»Ich bin ebenso machtlos wie jeder andere«, sagte Cassius.

»In wessen Macht kann es liegen, einen Schatten zu töten?«

Er gab keine Antwort. Er wußte keine.

Sarai gab nicht auf. »Ein Teufel? Ein Dämon? Sicherlich kein Mensch.«

»Du hast eine niedrige Meinung von uns Menschen«, stellte er fest.

»Nicht niedriger als vom Tier.«

»Du hättest deinem Rabbi besser zuhören sollen«, setzte er entgegen. »Der Mensch steht seit seiner Schöpfung zwischen Himmel und Erde, zwischen Engel und Tier. Alle Wesen, die vom Himmel erschaffen wurden, nämlich die Engel, haben ihre Körper und Seelen allein von Gott. Die Wesen aber, die von der Erde geschaffen wurden, also die Tiere, haben Gestalt und Seele von der Erde. Der Mensch aber steht zwischen ihnen: Er hat den Körper von der Erde und die Seele vom Himmel.«

Sie zuckte mit den Achseln. »Dann sollte man meinen, nur der Himmel kann ihm die Seele wieder nehmen.«

Er schenkte ihr einen erstaunten Blick. »Was sagst du da?«

»Heißt es nicht, Gott gibt, und Gott nimmt auch wieder? Wenn er also unsere Seele erschaffen hat, müßte er sie dann nicht auch wieder nehmen können?«

»Das ist das Wesen des Todes«, entgegnete Cassius.

Sarai sah mit Genugtuung, daß sie ihn zum Grübeln gebracht hatte. »Die Bibel lehrt, daß Gott keine Ausnahmen duldet«, fuhr sie fort. »Weshalb also sollte er bei dem, was jetzt geschieht, eine machen? Vielleicht ist wirklich er derjenige, der den Menschen die Schatten raubt.« Sie war erstaunt über ihre eigenen Worte. Ihr war fast, als kämen sie nicht aus ihrem eigenen Mund. Nie zuvor hatte sie sich solcherlei Gedanken gemacht.

Cassius sann einen Augenblick nach, blickte sich dann um und zeigte auf einen schmalen Uferstreifen, der etwa hundert Schritte vor ihnen lag. Der Boden war dort lehmig und ohne einen Grashalm. Die Uferstraße machte einen weiten Bogen um diese Stelle und war hinter dichtem Strauchwerk verborgen. Der ungenutzte Fleck am Fluß wirkte wüst und abstoßend, der Lehmboden war grau und glitschig. Als sie näher kamen, sah Sarai, daß sich in den Pfützen dichte Knäuel aus Würmern suhlten.

»Hier *hat* Gott eine Ausnahme gemacht«, bemerkte Cassius.

»Was meinst du?«

»Es heißt doch, nur er allein könne Leben erschaffen.«

»Und?«

»Nun, an diesem Ort hat ein Mensch Gottes Wort außer Kraft gesetzt.« Cassius klang beinahe triumphierend, als sei dies das höchste aller Ziele. »Hier, mein Kind, erschuf der Rabbi Löw den Golem.«

Sarai lächelte höflich. »Das ist nur eine Legende, jeder weiß das.«

»Lieber Himmel«, entfuhr es Cassius aufgeregt, »so schnell geht das? Kaum zwanzig Jahre sind verstrichen, und schon glaubt niemand mehr an das, was wir doch alle mit eigenen Augen sahen? Eine Schande ist das, in der Tat. *Natürlich* erschuf der Rabbi den Golem, und jedes Wort, das du darüber gehört hast, ist wahr.«

Sie hob gleichgültig die Schultern. »Es wird kaum noch davon gesprochen, und die Rabbiner schweigen völlig darüber.«

»Dann will ich dir erzählen, was passiert ist.«

»Oh, Cassius, muß daß sein? Gibt es nicht Wichtigeres, über das wir …«

»Nein«, unterbrach er sie barsch. »Es gibt nie etwas Wichtigeres als die alten Geschichten, schon gar nicht, wenn sie wahr sind. Es darf nicht sein, daß du sie nicht kennst.« Er senkte geheimnisvoll die Stimme. »Und wie kannst du es mit der einen Ausnahme Gottes aufnehmen wollen, wenn du nichts über die andere weißt?«

Erstaunt starrte sie ihn an. »Wie meinst du das nun wieder?«

»Still jetzt! Unterbrich einen alten Mann nicht, wenn er zu dir spricht. Haben sie dich das nicht in der Synagoge gelehrt?«

Sie zuckte ergeben mit den Achseln und schwieg.

»Also«, begann Cassius, nachdem sie sich im Gras mit Blick auf den öden Lehmstreifen niedergelassen hatten, »ich will dir berichten, was damals geschah. Die Menschen der Prager Judenstadt lebten immer schon in großer Furcht vor ihren christlichen Nachbarn in den umliegenden Vierteln. Oft kam es zu Übergriffen und Erstürmungen einzelner Häuser, ja, sogar zu Massenmord und Verbrennungen. Ich glaube, zumindest das weißt du.«

Sie nickte gedemütigt.

»Gegen Ende des vergangenen Jahrhunderts«, fu fort, »häuften sich die Fälle, in denen Christen die chen Ermordeter in die Judenstadt schmuggelten und später behaupteten, die Juden hätten sie getötet. Immer noch wirft man euch gerne vor, bei euren Riten in der Synagoge Menschen zu opfern.«

»Das ist Unsinn.«

»Natürlich ist das Unsinn, aber manch einer glaubt gerne daran, vor allem jene, die Schulden bei jüdischen Pfandleihern haben. Es war immer schon ein einfacherer Weg, jene, denen man Geld schuldet, zu denunzieren, als ihnen die Summe zurückzuzahlen. Der Vorwurf des Menschenopfers ist seit jeher ein beliebter Weg, deine Brüder und Schwestern beim Kaiser in Mißkredit zu bringen.

Nun, wie gesagt, gegen Ende des vergangenen Jahrhunderts kam es immer öfter vor, daß die Leichen toter Christen in der Judenstadt gefunden wurden, und so wandten sich die Menschen angstvoll an ihren Oberrabbiner, den berühmten Rabbi Löw. Jener hatte Jahrzehnte mit dem Studium der Kabbala verbracht, aber auch die großen Werke der Magie studiert. Und so versprach er den Menschen Hilfe.

Der Rabbi Löw war keiner, dem solche Worte leichtfertig über die Lippen kamen. Er betete bis tief in die Nacht hinein, flehte Jahwe um einen Traum im Schlaf an und um einen Rat im Traum. Erst als der Morgen graute, fielen ihm die Augen zu, und sogleich kroch ein Traumgespinst unter seine Lider und verkündete ihm: ›Schaffe aus Lehm einen Golem, schaffe einen künstlichen Menschen! Er wird euch gegen den Haß eurer Feinde beistehen!‹

Gleich, nachdem der Rabbi erwacht war, rief er den besten seiner Schüler und seinen Schwiegersohn in sein Haus. Er erklärte den beiden, was ihm der Himmel im

Schlaf geraten hatte, und daß es zu diesem Zweck der vier Elemente bedürfe: Erde, Wasser, Feuer und Luft. ›In mir selbst‹, so sprach er, ›spüre ich die Macht der Luft. Du, Schwiegersohn, sollst das Feuer in dir tragen, und du, mein Schüler, wirst das Wasser sein. Nur das vierte Element, die Erde, werden wir an anderer Stelle suchen.‹

Sieben Tage lang bereiteten Sie sich durch Gebete auf ihr großes Vorhaben vor. Zuletzt nahmen sie ein rituelles Bad, zogen weiße Gewänder über und kamen hierher, an diesen Ort.«

Cassius verstummte für einen Augenblick und wies auf den Lehmstreifen am Ufer. »Weit nach Mitternacht, als der Himmel so schwarz war wie vor der Erschaffung unserer Welt, zündeten sie unter weiteren Gebeten eine Fackel an, steckten sie in die Erde und kneteten aus dem Lehm des Bodens die Gestalt eines Menschen. Nichts vergaßen sie, weder Mund noch Nase, weder Finger noch Augen, noch Zehen und Ohren. Alles mußte mit einem echten Menschen übereinstimmen.« Der Alte kicherte. »Nun ja, *eines* ließen sie freilich weg, denn der Golem sollte sich nicht aus eigener Kraft fortpflanzen können.«

Sarai schenkte ihm ein höfliches Lächeln, stützte die Ellbogen auf ihre Knie, legte ihr Kinn in die Hände und hörte weiter zu.

»Schließlich also lag der Golem vor ihnen und sah aus wie ein schlafender Mann. Der Rabbi Löw befahl seinem Schwiegersohn, da dieser das Feuer symbolisierte, siebenmal um den Golem herumzugehen und dabei einen bestimmten Spruch aufzusagen, den der Rabbi ihm vorher eingeschärft hatte. Kaum hatte der junge Mann die Lehmgestalt einmal umrundet, trocknete der Körper aus, beim drittenmal wurden die Glieder des Lehmmannes warm, und nach der siebten Runde glühte er so heiß wie Schmiedeeisen. Daraufhin mußte der Schüler, der die Macht des Wassers in sich führte, ebenfalls sieben Kreise um den heißen Körper gehen und dabei eine andere magische Formel aufsagen. Nach den ersten Runden erkaltete die Gestalt, wurde wieder feucht, und schließlich wuchsen Nägel aus Fingern und Zehen, ein Haarschopf sproß aus dem Schädel und die Oberfläche des Leibes wurde zu menschlicher Haut. Von außen sah der Golem nun aus wie ein Mann in seinem dreißigsten Jahr.

Nun war es am Rabbi selbst, sieben Runden um den Golem zu gehen. Nach der letzten Umkreisung bückte Löw sich zu dem Liegenden herab, öffnete mit den Fingern dessen Lippen und schob ihm ein winziges Pergament mit einem magischen Spruch, ein Sch'ma, unter die Zunge. Die drei Männer verbeugten sich schließlich in alle vier Windrichtungen und sagten dabei: ›Jahwe schuf den Menschen aus einem Erdenkloß und blies ihm lebendigen Odem ins Gesicht.‹

Da fuhren Feuer, Wasser und Luft in den Golem und erweckten ihn zum Leben. Der Rabbi befahl ihm aufzustehen, und er tat es wie einer, der aus langem, schwerem Schlaf erwachte. Sie kleideten ihn in das Gewand eines Synagogendieners, dann kehrten die drei Männer an der Seite des Golems zurück in die Judenstadt, gerade als die Sonne hinter den Dächern aufging.

Unterwegs sprach der Rabbi zu seiner Schöpfung: ›Du sollst nun mein Diener sein, mit mir in meinem Haus leben und meinen Befehlen gehorchen. Du wirst alles tun, was ich dir auftrage, alles, was ich wünsche, ganz gleich, wie groß die Gefahr und wie schrecklich der Schmerz sein werden.‹«

Sarai blickte Cassius mit großen Augen an. »Das war grausam vom Rabbi.«

»O ja«, bestätigte Cassius, »das war es wohl, aber es war auch nötig, denn nur so konnte der Golem als Wächter gegen den Haß der Christen von Nutzen sein. So also kam das Geschöpf ins Haus des Rabbi, und niemand erfuhr, welcher Natur der schweigsame Fremde war, nicht einmal die Frau des Hausherrn. Rabbi Löw gebot ihr, den Golem keinerlei Hausarbeit verrichten zu lassen, denn er wußte, daß einem heiligen Werkzeug keine gemeinen Dienste auferlegt werden durften. Die Frau des Rabbi war einverstanden, wenn auch verwirrt, und so saß der Golem fortan in einem Winkel des Hauses, blickte schweigend ins Leere und wartete darauf, daß er von seinem Schöpfer gerufen wurde.«

»Wenn aber niemand erfahren durfte, daß der Golem ein Golem war, wie kommt es dann, daß man heute so viel über ihn weiß?« fragte Sarai.

»Es war wie mit allen Rätseln, die sich vor den Augen des Pöbels abspielen: Irgendwer plauderte nach dem Tod des Rabbi ein Wort zuviel, vielleicht der Schüler oder auch der Schwiegersohn, und bald schon glaubte jeder sich im Besitz der vollen Wahrheit. Allerlei Geschichten entstanden über den Golem, viele davon dummes Zeug, doch manche dürften wohl der Wirklichkeit nahekommen. Sicher ist, daß der Golem Nacht für Nacht durch die Straßen der Judenstadt zog und Wache hielt. So soll er manchen Anschlag der Christen abgewendet haben. Man sagt, bei einigen dieser Rundgänge habe der Rabbi Löw ihn unsichtbar gemacht, aber ich glaube kein Wort davon. Auch der Rabbi vermochte nur das, wozu der Himmel ihm Macht verlieh, und ich kann mir nicht denken, daß der Herrgott einen Sinn für derlei Gaukelwerk hat.«

Sarai streckte ihre steifgewordenen Glieder. Sie mochte noch immer nicht an das glauben, was Cassius ihr da weismachen wollte. »Was aber ist aus dem Golem geworden?« fragte sie mit leisem Spott. »Streift er noch heute durch die Gassen?«

»Er schläft«, entgegnete Cassius ernsthaft. »Nachdem er die Juden einige Jahre lang beschützt hatte, schloß Rabbi Löw mit Kaiser Rudolf auf dem Hradschin ein Abkommen. Die Beziehungen zwischen Christen und Juden besserten sich, zumindest ein wenig, und die Dienste des Golem waren nicht länger vonnöten. Also befahl der Rabbi ihm, sich auf den Speicher der Altneu-Synagoge zurückzuziehen. Dort senkte er einen magischen Schlaf über sein Geschöpf, und da oben muß er noch immer liegen, in einer verborgenen und fest verschlossenen Kammer. Es heißt, er wache erst wieder auf, wenn der Judenstadt erneute Gefahr droht, so, wie der Rabbi es ihm aufgetragen hat.«

»Der Arme«, sagte Sarai mit gespieltem Mitleid. »Kein echtes Leben, nicht einmal ein Name. Immer nur ›der Golem‹.«

»Nicht ganz«, erwiderte Cassius kopfschüttelnd. »Der Rabbi gab ihm sehr wohl einen Namen: Er nannte ihn Josef.«

Sarai seufzte. »Da hat er sich ja wirklich Mühe gegeben.«

Sie stand auf und blickte übers Wasser hinweg zum anderen Ufer. Menschen gingen dort auf und ab. Sarai konnte nicht erkennen, ob es feindliche Söldner oder Bürger der Stadt waren. Ihre Geschäftigkeit berührte etwas in ihr. Sie hatte genug von den Erzählungen des Alchimisten, und mit einemmal fand sie zurück zu ihrer Trauer. Das Gefühl überkam sie schlagartig, ganz unerwartet, und Tränen traten ihr in die Augen. Wieder starrte sie auf die winzigen Gestalten am fernen Ufer. Zwei von ihnen trafen aufeinander und fielen sich erfreut in die Arme, vielleicht Freunde, die einander nach der Niederlage totgeglaubt hatten. War das etwa Lachen, das über den Fluß herüberdrang?

Sarai verspürte plötzlich Zorn. Zorn auf eine Welt, die trotz ihrer Trauer kein elendes Gesicht machte.

Sie verbrachte die Nacht im Mihulka-Turm, auf dem Boden unter Saxonius' Papageienkäfig. Sie schlief auf einer

Decke, und es war kalt und ungemütlich; trotzdem wollte sie Cassius bitten, fortan bei ihm bleiben zu dürfen. Bis zum Abend hatte sie noch nicht gewagt, ihren Wunsch auszusprechen, doch gleich morgen früh wollte sie ihre Bitte vorbringen. Sie war keineswegs sicher, was Cassius antworten, wie er sich entscheiden würde, und doch hatte sie kein schlechtes Gefühl dabei. Hier oben im Turm, als Schülerin des alten Alchimisten, wäre sie geborgen. Und welchen Unterschied würde es schon zu den vergangenen Wochen machen? Allein den, daß sie zukünftig auch auf dem Hradschin schlafen würde und sich nicht mehr den Gefahren des Heimweges aussetzen mußte.

Saxonius verfiel in ein beruhigendes Gurren, ein merkwürdiger Laut, den sie noch nie von ihm gehört hatte. Vielleicht träumte er. Vermochten Tiere überhaupt zu träumen? Sie würde Cassius danach fragen.

In der Nacht glaubte Sarai zu erwachen. Durch das Schießschartenfenster der runden Turmkammer drangen Lärm und Geschrei herein. Sie kroch unter ihrer Decke hervor und blickte nach draußen.

Der Turm stand jetzt inmitten der Judenstadt, als hätte er sich wie ein steinerner Vogel vom Berg erhoben und ins Gewirr der Gassen herabgesenkt. Von hier aus konnte Sarai in alle Straßen und Höfe blicken, selbst die Dächer mancher Häuser schienen ihr so klar wie Glas. Jede Einzelheit des Geschehens, das sich dort unten abspielte, stand ihr deutlich vor Augen.

Die Christen stürmten die Judenstadt.

Sarai wußte, daß es nicht wirklich geschah, daß ihr der Traum einen Blick auf Vergangenes gewährte. Sie wurde Zeugin eines Massakers, das Rabbi Kara vor Jahrhunderten in die Verse seiner Selicha gekleidet hatte. Die Elegie wurde oft in der Synagoge verlesen:

Wer schildert das Leid, das uns geschah …

Pfaffen in weißen Gewändern auf weißen Pferden, Schaumkronen auf der kreischenden Christenflut, die wogend durch die Gassen strömt. Wellen, die sich an Hausmauern brechen und durch Türen und Fenster ins Innere quellen. Hände, die hilflose Menschen auf die Straßen zerren oder mit Schlingen um den Hälsen von Dächern stürzen. Überall Tote, die vor den Mauern hängen. Frauen mit ausgerissenem Haar, blutüberströmt und nackt, die ziellos durch die Gassen fliehen, fort von dem feindlichen Pöbel, unfähig zu weinen und zu schreien, mit ungläubigen, fassungslosen Blicken. Sensen und Hämmer und schärfe Äxte, niedergeschwungen auf jüdische Kinder. Sterbende Männer, Mistgabeln in den Bäuchen, winselnd im eigenen Blut.

Flammen lecken aus zerborstenen Türen, reißen Dachstühle in die Tiefe. Feuersbrünste braten die Betenden in den Synagogen, fauchen lodernd über die heiligen Schreine. Verzweifelte auf den Plätzen, die sich mit Stöcken und Steinen wehren, niedergerissen vom Haß ihrer Gegner, geprügelt und mit Beilen erschlagen, zertrampelt zu blutigem Totenbrei.

Ganze Fassaden und Häuserblöcke, umlodert von weißgelben Feuerkaskaden, als stoße die Hölle aus der Erde empor.

Und davor die schreienden Christenbälger, die mit Gedärmen Springseil spielen.

Sarai fuhr hoch und stieß mit dem Kopf gegen Saxonius' Käfig.

»Cassius! Cassius!« kreischte der Vogel. »Der Teufel kommt, dich zu holen!«

Sarais Blick raste zum Fenster. Davor nichts als Dunkelheit. Kein lodernder Feuerschein, keine Schreie, kein Morden.

»Der Teufel kommt! Der Teufel kommt!«

Irgend etwas flog quer durch den Raum und prallte scheppernd gegen den Käfig. Cassius' Hausschuh.

»Halt's Maul, alte Krähe!« brummte der Alte unter seiner Decke hervor, irgendwo in der Finsternis auf der anderen Seite der Kammer.

»Der Teufel kommt! Der Teufel kommt!«

Der zweite Hausschuh segelte heran und brachte den Vogel zum Schweigen. Erschrocken steckte er den Kopf unter seinen linken Flügel und rührte sich nicht mehr.

»Es war meine Schuld«, sagte Sarai mit dünner Stimme.

»Schlaf weiter«, knurrte Cassius.

Sie hörte, wie er sich herumwälzte. Schon nach wenigen Augenblicken war sein Atem langsam und regelmäßig. Er war wieder eingeschlafen.

Sarai schob die Decke von ihren nackten Beinen, stand auf und trat ans Fenster. Der Riegel klemmte, aber schließlich bekam sie ihn auf. Kälte drang ihr aus der Novembernacht entgegen. Von hier aus blickte sie hinab in den verlassenen Königsgarten. Mondlicht umrahmte die kahlen Baumkronen. Sarai blickte über die Stadtgrenze hinaus ins weite Land. Da draußen, auf der anderen Seite der verschlossenen Stadttore, war die Freiheit. Sie hätte viel dafür gegeben, Prag verlassen zu können. Aber sie war nicht verträumt genug, um jenseits der Mauern ihr Glück zu erhoffen. In Prag konnte sie immer noch etwas stehlen, wenn der Hunger zu groß wurde – das hatte sie mehr als einmal getan –, aber dort draußen war nichts als Felder und Wald und ein paar einsame Gehöfte. Sie fragte sich, ob der Krieg auch im Umland tobte, glaubte aber nicht daran. König Friedrich war gestürzt, der Kaiser hatte Böhmen zurückerobert; es wäre sinnlos gewesen, hätte er seinen Soldaten gestattet, auch das übrige Land zu verheeren. Nein, dachte Sarai, da draußen mußte Frieden herrschen.

Sollte sie noch leben, wenn die Tore geöffnet wurden,

dann würde sie vielleicht doch fortgehen. Ob sie ihr Essen auf den Prager Märkten stahl oder aus prallen Bauernscheunen, welchen Unterschied machte das? Vielleicht, nur vielleicht, wartete jenseits der Stadttore doch ein wenig Glück auf sie.

Sarai beschloß, Cassius noch nicht zu fragen, ob er sie für immer bei sich aufnehmen würde. Erst einmal nur für einige Tage und Nächte, dann würde sie weitersehen. Die Gewißheit, einen guten Entschluß gefaßt zu haben, gab ihr neuen Mut und vertrieb die Schreckensbilder der nächtlichen Vision.

Sie legte sich zurück auf ihr Lager, kuschelte sich unter die Decke. Ihre Gedanken wehten durchs Fenster in die Weite der Landschaft. Erfüllt von Hoffnung schwelgte sie in den Bildern ihrer Zukunft.

Doch als sie einschlief, träumte sie wieder von Blut und Tod und von kreischenden Kindern im Feuerschein.

Zum Frühstück gab es gebratenes Ei. Sarai hatte schon die Hälfte heruntergeschlungen, viel zu schnell und voller Gier, als Cassius fragte:

»Weißt du, was du da ißt?«

Sie sah erst ihn an und blickte dann auf das übrige Ei vor ihr auf dem Tisch.

»Du meinst… ?« Weiter kam sie nicht. Plötzlich war ihr übel.

Cassius nickte mit mildem Lächeln. »Das Ei der Hühnerfrau, ganz recht.«

Sarai stöhnte und nahm einen tiefen Schluck aus ihrem Wasserkrug. Sie spülte damit ihren Mund aus, lief zum Fenster und spie das Wasser hinaus in den Garten.

»Die Wächter werden sich freuen«, sagte Cassius.

»Wie konntest du das tun?« fragte sie angewidert und empört.

»Was?« erkundigte er sich mit Unschuldsmiene. »Das Ei braten? Nun, ganz einfach: Ich habe es aufgeschlagen, auf die Platte über dem Feuer gegossen und ...«

»Hör auf, mich zu verspotten«, verlangte sie zornig. »Ich will nicht wissen, *wie* du es gemacht hast, sondern warum?«

»Du hast doch nach dem Wie gefragt, oder?«

»Laß das, Cassius, und gib mir eine vernünftige Antwort.«

Das Ganze schien ihn aufs Äußerste zu belustigen, denn er bemühte sich nicht einmal mehr, sein Kichern zu unterdrücken. Schließlich aber sagte er, ernster geworden: »Es ist ein Ei wie jedes andere, Sarai, du brauchst dir keine Sorgen zu machen. Die Hühnerfrau hat es nicht selbst gelegt.«

Sie stemmte sich entrüstet mit beiden Händen auf die Tischkante. »Was macht dich da so verdammt sicher, *Meister* Cassius?«

»Ich habe es untersucht. Es sah aus wie ein gewöhnliches Ei, es roch wie eines und« – er deutete auf ihren Platz – »offenbar schmeckte es auch so.«

Sarai überlegte einen Augenblick, fand mit der Zungenspitze ein Stück Eiweiß zwischen den Zähnen und spuckte es angeekelt zu Boden. »Und was heißt das deiner Meinung nach?« fragte sie.

»Daß auch die Hühnerfrauen nur mit Wasser kochen«, erklärte er. »Es ist wie mit den meisten Erscheinungen, überirdischen Kräften und magischen Vereinigungen: Im Großen und aus der Ferne betrachtet, wirken sie übermäßig beeindruckend und wunderbar, doch untersucht man ihre kleinsten Teile, bemerkt man schnell, daß das meiste nur Illusion ist. Nimm nur die Kirche: Da faselt sie ach-wie-heilig von Christi Leib und Blut, doch in Wirklichkeit macht ihre Hostien nur der Brotbäcker an der Ecke.«

»Du hast diese Frau nicht gesehen, Cassius«, beharrte

sie. Ihr selbst dagegen stand das unheimliche Bild allzu klar im Gedächtnis.

»Nein, allerdings«, stimmte er zu. »Aber wenn sie uns wirklich mit einem gemeinen Hühnerei angst machen will, dann scheint sie mir äußerst erbärmlich.«

»Wer sagt denn, daß sie uns ängstigen will?« gab Sarai zu bedenken.

Er seufzte übertrieben. »Aber, mein Kind, du willst doch nicht abstreiten, daß dieses Ei als Symbol gedacht war, oder? Und was sonst soll ein solches Symbol wohl ausrichten, als uns zu erschrecken?«

Sarai lachte. »Ich kann mich gut genug an dein Gesicht erinnern, um zu wissen, daß ihr das sehr wohl gelungen ist.«

Cassius grummelte etwas Unverständliches, holte dann tief Luft und sagte: »Mag sein. Trotzdem glaube ich, daß die Frau nicht damit gerechnet hat, daß du das Ei mitnehmen würdest. Wahrscheinlich dachte sie, du suchst vor lauter Angst sofort das Weite.«

»Da kennt sie den Hunger der gemeinen Massen schlecht.«

»Eben«, bestätigte Cassius. »Und genau das ist der Punkt, auf den ich hinauswollte.«

Sie blickte ihn verständnislos an.

»Dieses Ei«, erklärte er, »scheint mir ein Hinweis darauf zu sein, wo wir diese Hühnerweiber zu suchen haben. Oder besser: in welchen Kreisen! Niemand aus der armen Bevölkerung Prags könnte ernsthaft annehmen, ein anderer würde ein Ei wie dieses nicht einstecken. In den oberen Schichten aber, in den Häusern der Reichen und Mächtigen, mag man ein Ei für so wertlos halten, daß man durchaus einer solchen Fehleinschätzung erliegen könnte.«

Sarai dachte für einen Augenblick nach, dann schüttelte sie den Kopf. »Und was, bitte, soll uns diese wunderbare Entdeckung nützen?«

Cassius wirkte fast ein wenig beleidigt. Offenbar hatte er größere Begeisterung erwartet. »Nun …«, sagte er zögernd, »irgendwie müssen wir doch beginnen, nicht wahr?«

»*Womit* denn beginnen, um Himmels willen?«

»Mit unseren Nachforschungen. Du willst doch wissen, wer deinen Vater auf dem Gewissen hat.«

Sie schüttelte verständnislos den Kopf. »Erst gestern hast du gesagt, daß du nichts damit zu tun haben willst.«

Sein Blick irrte verlegen durch den Raum und wandte sich schließlich dem Papageienkäfig zu. Saxonius starrte gleichmütig zurück. »Sagen wir einfach, ich hatte heute nacht einen Traum, der mich umgestimmt hat.«

»Was für ein Traum war das?« fragte sie, denn sogleich traten ihr wieder die eigenen Visionen vor Augen.

Cassius zögerte einige Herzschläge lang, dann sagte er: »Ich sah den Untergang der Stadt. Ein Blutbad in den Straßen. Ich sah, wie die Türme wankten und die Dächer zerfielen. Ich sah etwas durch die Straßen stelzen, etwas Gewaltiges, nur ein Schemen auf zwei Krallenbeinen, der alles unter sich zermalmte.«

Konnte es sein, daß ihr eigener Traum ebenfalls die Zukunft und nicht die Vergangenheit gezeigt hatte? Einen Moment lang erwog sie, Cassius davon zu erzählen, dann aber tat sie es als Zufall ab. Außerdem: Den riesigen Schemen, den Cassius gesehen haben wollte, hatte sie nirgends bemerkt. Es konnte sich also nur um zwei ähnliche, nicht aber übereinstimmende Träume handeln.

»Und was hat dieser Traum mit dem Tod meines Vaters zu tun?« fragte sie.

»Ich bin mir nicht sicher«, erwiderte er nachdenklich, »aber mir war, als hätten all die Menschen, die sich da gegenseitig massakrierten, keinen Schatten gehabt. Wenn auf einen Schlag alle Menschen die drei aristotelischen Fähigkeiten der Seele verlieren – Selbsterhaltungstrieb, Streben nach Höherem und Vernunft –, was kann dann anderes daraus entstehen als Krieg und Verwüstung? Wenn keiner sich selbst und den anderen achtet, welches Ende kann das nehmen? Nur die gegenseitige Vernichtung.«

»Aber schau dich doch nur auf den Straßen um«, entgegnete Sarai. »Überall herrschen Mord und Totschlag. Die Söldner der Liga ziehen plündernd und mordend durch Prag – und nicht einer von ihnen hat seinen Schatten verloren. Es ist gar nicht nötig, daß irgendwer ohne Seele ist – nicht einmal die Tugenden des Aristoteles bewahren all die Menschen davor, sich gegenseitig auszulöschen.«

»Der Krieg, den ich im Traum sah, war von anderer Art, Sarai.« Cassius ließ sich schwer in einen Stuhl fallen. »Es war nicht einmal ein wirklicher Krieg. Es ging nicht um Besitz oder Macht oder sonstigen Gewinn. Was ich sah, war Töten um des reinen Tötens willen. Der höchstmögliche Auswuchs der Zerstörung, denn es war eine Zerstörung ohne Grund. Die Menschen hatten kein Ziel, außer jenes, sich gegenseitig niederzumachen und alles zu zerstören, was sie je geschaffen hatten, wie eine Schlange, die den eigenen Schwanz verschlingt, ohne zu wissen, warum.«

Sarai versuchte, sich zu erinnern, ob die Menschen in ihrem Traum Schatten geworfen hatten, aber sie konnte sich nicht entsinnen. Sie sah nicht das eigentliche Geschehen vor sich, wie so oft nach einem Traum, vielmehr vermochte sie nur noch die Gefühle in sich wachzurufen, die sie beim Anblick der Bilder verspürt hatte. Nur noch ein Widerhall, ohne jede Einzelheit.

Schließlich fragte sie: »Du glaubst also, daß der Schattenmörder erst mit seinem Werk begonnen hat?«

»Möglich. Ich weiß es nicht. Aber ich bin jetzt sicher, daß jemand etwas unternehmen muß, um ihn aufzuhalten.«

»Und das sind wir?«

»Ich«, sagte er fest.

»Mit meiner Hilfe.«

»Wenn du dazu bereit bist.«

Sie schüttelte den Kopf so heftig, daß ihr Haar wie ein Derwisch um ihr Gesicht wirbelte. »Bin ich nicht. Aber was bleibt uns anderes zu tun? Was bleibt mir zu tun? Alles, was ich weiß, habe ich von dir gelernt, Cassius. Lesen, schreiben, verstehen. Ich bin deine Schülerin.«

»Wenn du möchtest, entbinde ich dich davon.«

»Nein.« Und insgeheim dachte sie: Wenn ich schon nicht wirklich um meinen Vater trauern kann, dann will ich ihn wenigstens rächen. Lieber Himmel, rächen – was für ein albernes Wort. Sie war noch ein halbes Kind, und niemals war sie sich dessen bewußter gewesen als jetzt. Doch Cassius bot ihr die Möglichkeit, es zu versuchen. Sie war es ihrem Vater und – mehr noch – ihrer Mutter schuldig. Die meisten Menschen, die sie kannte, hatten nicht einmal das *versuchen* gelernt. Sarai schon, und das hatte sie Cassius zu verdanken. Sie stand auch in seiner Schuld.

»Gut«, sagten beide gleichzeitig und mußten unwillkürlich lachen. Doch auch dieser Hauch von Frohsinn vermochte die Schatten eines Traumes ohne Schatten nicht zu vertreiben.

»Weshalb glaubst du, die Hühnerfrauen hätten damit zu tun?« fragte sie, um ihre Gedanken von sich selbst abzulenken.

»Ich weiß nicht, ob wirklich ein Zusammenhang besteht«, gestand Cassius ein, »aber fest steht, daß ich die ersten Berichte über die Hühnerweiber hörte, als auch die ersten Toten ohne Schatten aufgefunden wurden. Aber, wie ich schon sagte, alles, was ich zu Ohren bekam, mögen Gerüchte gewesen sein.«

Sarai dachte zurück an den Anblick der unheimlichen Frau, an den Schädel, kahlgeschoren bis auf einen roten Haarkamm. An das sonderbare Federkleid. Und an ihre

Bewegungen, die alles waren, nur nicht menschlich. Doch der Gedanke daran brachte sie nicht mehr zum Schaudern. Sie hatte in den wenigen Stunden, die seither vergangen waren, Schlimmeres erlebt: das Gefühl des Messergriffs in ihrer Hand, als sie ihn aus der Brust ihres Vaters zog.

Cassius bemerkte ihren aufkeimenden Widerspruch und sagte schnell: »Ich weiß. Vieles ist in den letzten Tagen geschehen, und du wirst mich fragen, weshalb gerade diese Frauen mit dem Schattenmörder zu tun haben sollen, nicht wahr?«

»So ungefähr, ja.«

»Und ich kann nur antworten: mein Gefühl. Nenn es Spürsinn. Oder Verrücktheit. Aber wir müssen irgendwo ansetzen. Und wenn wir einmal die Liga als Ursache des Schattensterbens ausklammern, dann bleibt nicht viel, was für Aufsehen in Prag gesorgt hat – außer den Hühnerweibern.«

»Wenn es aber doch die Truppen des Kaisers sind?«

»Welchen Sinn sollte das haben?«

»Du bist der Weise, nicht ich.«

»Eben. Und deshalb sage ich: Wir müssen erfahren, was es mit diesen Frauen auf sich hat.«

Sie seufzte und zuckte mit den Schultern. »Wie wollen wir beginnen?«

»Mit unserem ersten Hinweis: Die Frauen müssen aus Prags besten Kreisen stammen.«

Sarai stand auf, blickte noch einmal verächtlich auf die Reste des gebratenen Hühnereis und ging dann im Turmzimmer auf und ab. »Wie soll uns dieses Wissen helfen? Willst du die Fürsten und Barone fragen: Welche von Euren Frauen gehören dazu? Cassius, Prag befindet sich mitten im Krieg. Die Palais werden geplündert, die hohen Herren suchen mit ihren Familien das Weite. Alles, was wir finden werden, sind ausgebrannte Ballsäle und verlassene Pferdeställe.«

»Nicht ganz«, hielt Cassius dagegen. »Die meisten von ihnen haben Prag vor der Schlacht verlassen, das ist wahr. Aber alle übrigen sind an den einzigen Ort geflohen, der ihnen Sicherheit versprach: auf den Hradschin. Sie alle sind hier in der Burg, nur durch ein paar Mauern von uns getrennt, Sarai.«

»Aber die Burg ist ebenso in der Hand der Liga wie die Stadt«, widersprach sie, längst nicht überzeugt von seinen Worten.

»Natürlich. Und all die Edlen, die sich hierher zurückzogen, haben sich den neuen Machthabern verpflichtet. Jeder versucht, sein Leben und wenigstens einen Teil seiner früheren Rechte und Besitzungen zu retten. Deshalb sind sie alle mit wehenden Fahnen zum Kaiser und seinem Lakaien Maximilian von Bayern übergelaufen. Kaiser Ferdinand residiert im fernen Wien, aber Maximilian nimmt alle Versöhnungsangebote und Ergebenheitserklärungen persönlich hier auf dem Hradschin entgegen. Die Barone und reichen Händler, die Adeligen und Ratsherrn stehen Schlange, um sich ihm zu unterwerfen. Sie sind alle hier, Sarai, hier oben bei uns auf der Burg. Und mit ihnen ihre Weiber.«

»Du glaubst wirklich, die Baronessen werfen sich insgeheim Federmäntel über, färben sich das Haar rot und klettern wie Hühner auf Balken umher?« Sarais Stimme triefte jetzt nur so von Spott. »Überhaupt, das Haar: Müßte es ihren Gatten nicht auffallen, wenn die edlen Damen plötzlich ihre Schädel kahlscheren, bis auf einen roten Kamm?«

»Nun, in der Tat«, gab Cassius zu. »Aber bist du denn sicher, daß es wirklich ihr Haar war – und ihre Kopfhaut? Vielleicht tragen sie etwas wie Mützen oder Kappen, das ihr echtes Haar verbirgt.«

Sarais Zweifel waren damit keineswegs ausgeräumt. »Aber warum, Cassius? Warum?«

»Siehst du«, erwiderte er und lächelte, als hätte er

endgültig den Sieg davongetragen, »genau das ist es doch, was wir herausfinden müssen: Weshalb verkleiden sich diese Frauen als Hühner?«

»Und wie willst du das anstellen?«

Cassius strahlte. »Du, meine Liebe, wirst sie fragen.«

Die Rauchsäulen, die aus Gassen und Höfen zum Himmel aufstiegen, sahen aus, als stützten sie die schwarzen Gewitterwolken, die brodelnd über den Dächern dräuten. Aber vielleicht, so überlegte Lucius, waren es auch gar keine Gewitterwolken. Vielleicht sammelten sich dort oben nur Asche, Gestank und Seelen (*schwarze* Seelen?), um irgendwann wie ein Schwamm über die Erde zu wischen und Prag von ihrem Antlitz zu tilgen.

Lucius Gerbberg – Stadtgardist Seiner Abgesetzten Majestät Herzkönig Friedrich und demnach im ungewissen, ob er überhaupt noch Stadtgardist war, und falls ja, wem er diente, ob den alten oder den neuen Herrschern – dachte über das nach, was bald seinen Grabstein schmücken sollte. Er wünschte sich eine besondere Inschrift: ›Hier ruht Lucius Gerbberg, ehrenhaft verstorben im Dienste für das Königreich. Er ehrte seine Vorgesetzten – selbst dann noch, als sie längst auf Pfählen neben den Stadttoren steckten, einen Pflock im Hinterteil, in das er sie dereinst so oft zu treten wünschte.‹ Das Grabmal für diesen Spruch würde groß werden, zu groß, dachte er bedauernd, und wer sollte den Steinmetz für seine Arbeit entlohnen? Kürzer also mußte es sein, einprägsamer: ›Lucius Gerbberg, die Pflicht war ihm Bedürfnis.‹ Oder schlicht: ›Gerbberg, L., tot.‹ Aber, so dämmerte es ihm, das war wohl selbstverständlich, und was mit Verstand zu tun hatte, das widersprach der Dienstauffassung eines Stadtgardisten – so es nach seinen Obristen ging. Die aber waren nun tot, und die Spitzen, die früher aus ihren Schandmäulern kamen, um ihn zu verspotten, waren jetzt aus massivem Holz.

Die Ironie, die dieser Beobachtung innewohnte, hätte ihn fast zum Lachen gebracht. Zum Lachen aber war Lucius keineswegs zumute. Er jagte ein Gespenst. Und zu Hause lag seine Frau im Bett und starb.

Was immer Lucius auch denken mochte, er tat es, um sich abzulenken.

Bozena lag im Sterben. Und das gleiche, das sie töten würde, tötete auch ihn. Ihm schwindelte, sein ganzer Körper war von einem entsetzlichen Jucken befallen. Rechts und links seines Halses konnte er leichte Schwellungen ertasten, und unter seinen Achseln hatte er ein halbes Dutzend dunkler Flecken entdeckt. Am Morgen hatte er zum erstenmal Blut gespuckt.

Bei Bozena hatten sich die Merkmale erstmals vor vier Tagen gezeigt. Sie hatte kaum noch gehen können, so sehr drehte sich die Welt vor ihren Augen. Immer wieder wurde sie von Trugbildern genarrt. Lucius war Soldat, sogar zum Stadtgardist berufen, aber er besaß nicht das geringste Wissen über Krankheiten und ihre Anzeichen. Deshalb hatte er Anselma Plécnik, die Frau des Mediziners, gebeten, ihrem Mann auszurichten, er möge dringend ins Quartier der Gerbbergs kommen.

Das war vor drei Tagen gewesen. Der Arzt hatte sich seither nicht sehen lassen. Wie alle Männer seines Standes hatte er genug damit zu tun, die Verletzten der Schlacht zu versorgen, Männer, die für ihr Vaterland gekämpft hatten. Gewöhnliche Kranke mußten warten. Und was, so fragte Frau Plécnik, könne wohl so schlimm sein wie ein abgeschlagener Arm, aufgerissene Bäuche und zerfetzte Gesichter?

Dem hatte Lucius nichts entgegenzusetzen, und Bozenas Behandlung wurde verschoben. Doch ihr Zustand verschlimmerte sich von Tag zu Tag, die dunklen Flekken nahmen zu, jetzt überall am Körper, und das Blut, das sie spuckte, war schwarz wie Pech.

Seit gestern abend war Lucius sicher, daß sie sterben würde. Und auch sie ahnte es längst. Beide wußten nicht, woran, aber daß eine Krankheit wie diese nur mit dem Tod enden konnte, daran gab es keinen Zweifel. Dreimal hatte Lucius in der Nacht bei den Plécniks geklopft, doch die Frau hatte immer nur beteuert, ihr Mann sei unterwegs, um die Opfer der Schlacht zu versorgen, und vor übermorgen werde sie ihn wohl selbst nicht zu sehen bekommen. Dann aber, so versprach sie, wolle sie ihn gleich hinüberschicken.

Zwei andere Mediziner, um die Lucius sich in den angrenzenden Vierteln bemüht hatte, waren gleichfalls nicht zu Hause. Sie leckten die Wunden des Krieges.

Lucius hatte vor ihren Türen geschrien und geheult, doch alles, was man ihm zur Antwort gab, war ein Nachttopf, den man über ihm am Fenster entleerte.

Seitdem wußte er, daß es keine Hilfe geben würde.

Bozena würde sterben. Vielleicht heute noch, oder morgen.

Sie hatte ihn angesteckt, und er war dankbar dafür. Er würde ihr kurze Zeit später folgen, ganz gleich, wohin. Der Gedanke hätte ihn beruhigen sollen, doch das tat er nicht. Lucius klammerte sich ans Leben. Nicht, weil er nach sechsundvierzig Jahren noch allzu große Offenbarungen erwartete. Nein, er wollte seine Jagd zu Ende bringen. Die Jagd nach einem Mörder, den es eigentlich nicht gab. Denn alle Opfer hatten ihrem Leben eigenhändig ein Ende gesetzt. Über ein Dutzend bisher. Dreizehn Männer und Frauen.

Natürlich war es absurd. Die Ligasöldner tobten durch Prag, und Leichen türmten sich an den Straßenekken. Hunderte starben täglich unter katholischen Klingen, und andere töteten sich aus Angst und Verzweiflung selbst. Es sprach wenig dagegen, daß die dreizehn, die Lucius für die Opfer eines Mörders hielt, nicht aus ähnlichen Gründen gehandelt hatten.

Erst nach dem fünften oder sechsten Toten war ihm etwas aufgefallen. Er hatte fast drei Dutzend Gräber von Selbstmördern öffnen lassen, und in einigen war er fündig geworden: Die Leichen warfen keine Schatten.

Und seither wußte er nicht mehr, was schlimmer war: seine Tage, die an Bozenas Sterbebett begannen, oder die Nächte, in denen ihn die Träume heimsuchten. Träume von entsetzlichem Blutvergießen, von Menschenmassen, die sich gegenseitig niedermachten. Schlachtvieh ohne Schatten.

Lucius wußte nicht, was es damit auf sich hatte, und so hatte er als erstes Bozena davon erzählt, vor Tagen schon. Erst, als sie ihn nicht sofort für verrückt erklärte, hatte er auch mit seinen Obristen darüber gesprochen. Sie aber hatten ihn ausgelacht und verspottet. Trotzdem hatte er seine Nachforschungen, bis zur Schlacht am Weißen Berg, auf die übliche Weise vorangetrieben: Befragung von Zeugen und Verdächtigen, Untersuchungen der Räume und Unterkünfte, in denen sich die Opfer getötet hatten, alles, was dazu gehörte. Doch seit Prag in der Hand der Liga war, hatten sich die Schwierigkeiten vervielfacht. Die Stadtgarde war in den ersten Stunden nach der Niederlage aufgelöst worden. Alle hochrangigen Gardisten hatte man hingerichtet oder eingekerkert, die übrigen verkrochen sich in ihren Häusern.

Nur Lucius ging weiter seiner Aufgabe nach. Bevor die Krankheit ihn selbst holen würde, wollte er den Mörder finden, um jeden Preis. Bozena sagte, er sei besessen, aber sie bemühte sich, dabei zu lächeln, trotz ihrer Schmerzen, und er wußte, daß sie ihn verstand. Er mußte wissen, wer den Menschen die Schatten nahm. Und er betete, daß die Träume aufhören würden, wenn er die Wahrheit erkannte.

Daß er von dem dreizehnten Toten erfuhr, war reiner

Zufall. Oder besser: Es sah aus wie Zufall. Doch Lucius war längst überzeugt, daß ein höherer Wille jeden seiner Schritte führte. Der Wille desjenigen, der ihn antrieb, der ihm immer wieder Mut gab, das Quartier zu verlassen, selbst wenn Bozena fast an ihrem Blut erstickte. Derselbe fremde Wille, der ihm geraten hatte, am Morgen in die Judenstadt zu gehen.

In einem Seitenweg der Geistgasse hatte er beobachtet, wie zahlreiche Menschen eine Wohnung ausräumten, wie sie Möbel und andere Dinge in die umliegenden Häuser schleppten. Er war den Plünderern gefolgt – keine Söldner diesmal, sondern ehrenwerte Nachbarn – und war schließlich in einer geräumigen Unterkunft auf die Leiche eines Mannes gestoßen. Der Tote lag auf seinem Bett, während gierige Hände seine Besitztümer fortschleppten. Er brauchte sie nicht mehr, das war auch Lucius' Ansicht, sollte damit geschehen, was wollte. Seine Aufmerksamkeit galt allein dem Leichnam. Einem Leichnam ohne Schatten.

Lucius wunderte sich natürlich, daß der Tote saubere Kleidung trug, obgleich doch sein Körper bedeckt war von getrocknetem Blut. Auch war die tödliche Stichwunde deutlich in seiner Brust zu sehen, das Hemd darüber aber war unversehrt. Jemand hatte den Toten umgekleidet.

Die Kleidertruhen des Mannes waren längst gestohlen, ihren Inhalt hatte man über dem Boden verstreut. Viele Stücke gehörten einer Frau. Der Tote hatte also nicht alleine hier gelebt.

Einige Nachbarn berichteten Lucius nach mancher Drohung mit der Macht des Königs (dabei kam weder ihnen noch Lucius in den Sinn, daß der König längst außer Landes war), daß der Mann mit seiner Tochter in dem Quartier gelebt habe. Früher habe es auch eine Frau gegeben, die Mutter der Kleinen, aber sie sei ermordet worden, damals, während der Krönungsfeier in den Straßen.

Lucius verlangte zu erfahren, wer den Leichnam entdeckt hatte.

Darauf erntete er Schweigen.

Er fragte noch einmal.

Immer noch Stille.

Lucius packte den Mann, dem er gegenüberstand, am Kragen, schrie zugleich dessen Frau und Kinder an, sie sollten sich gefälligst fernhalten, dann prügelte er so lange auf sein Opfer ein, bis es Blut und Zähne spuckte. Die Frau konnte schließlich nicht mehr länger zusehen, wie der fremde Stadtgardist ihren Mann mißhandelte, und so verriet sie alles, was Lucius wissen wollte. Demnach hatte ein Fleischer den Toten entdeckt.

Was für ein Fleischer, wollte er wissen.

Ein ritueller Schlächter, erklärte die Frau, der die Juden mit reinem Fleisch versorge, Fleisch von Wiederkäuern mit gespaltenen Klauen und von Fischen mit Flossen und Schuppen. Alle anderen Tiere seien nicht ›koscher‹, sagte sie. Der Fleischer zerlege die Tiere unter strenger Einhaltung des Rituals und achte darauf, daß kein krankes Fleisch zum Verzehr gelange. Lucius erinnerte sich, daß auch Bozena, obgleich sie Christ war wie er selbst, ihr Fleisch oft in der Judenstadt gekauft hatte, weil es dort, wie sie immer wieder betonte, sauberer zubereitet und sorgfältiger ausgewählt wurde.

Er fragte die Frau, wo er diesen Schlächter finden könne, und sie nannte ihm seinen Namen und vermutlichen Aufenthaltsort. Lucius warf ihr den blutüberströmten Ehemann vor die Füße, bedankte sich und ging.

Ein sechsköpfiger Söldnertrupp der Liga war auf das Treiben nahe der Geistgasse aufmerksam geworden und marschierte gerade in den Seitenweg, als Lucius aus dem Haus kam. Es gelang ihm, sich an ihnen vorbeizudrükken, erhielt jedoch einen Hieb mit dem Lanzenschaft in den Rücken. Keuchend stolperte er vorwärts, schluckte den Fluch, der ihm auf den Lippen lag, und wußte zugleich, daß er sich glücklich schätzen durfte, daß es zu keinem schlimmeren Zusammenstoß gekommen war. Er trug die Uniform der aufgelösten Stadtgarde, und das allein hätte den Söldnern schon Grund genug sein können, ihn auf der Stelle hinzurichten. Doch die Männer hatten bemerkt, daß in dem Haus noch etwas zu holen sein mochte, und so hatte ihre Gier ihren Spaß am Töten überwogen.

Lucius lehnte sich mit geschlossenen Augen an eine Häuserwand und versuchte, seinen Rücken zu straffen. Es tat teuflisch weh, aber er wußte, daß es nur ein kurzlebiger Schmerz war. Als aus der Seitengasse die ersten Schreie ertönten – die Söldner machten sich wohl erneut über den verbliebenen Besitz der Bewohner her –, war es höchste Zeit, weiterzugehen. Er wollte nicht mehr in der Nähe sein, wenn die Soldaten zurück auf die Straße kamen.

Das Schlachthaus lag im Westen der Judenstadt. Lucius kam am Palais Siebensilben vorbei, verschwendete aber keinen Blick an den leerstehenden Prachtbau.

Die Tür des Schlächters war verriegelt, und Lucius geriet in den Zwiespalt, lautstark zu klopfen oder unverrichteter Dinge abzuziehen. Die Entscheidung fiel ihm nicht leicht, denn allzu großer Lärm mochte nahe Söldner auf ihn aufmerksam machen. Wenn er seinem Anliegen aber durch Heftigkeit keinen Nachdruck verlieh, würde der Fleischer ihn nicht einlassen. Notgedrungen hämmerte er mit der Faust an die Tür und hoffte, daß keine Ligasoldaten in der Nähe waren.

Er hatte Glück, denn schon nach wenigen Augenblikken hörte er, wie der Riegel im Inneren beiseite geschoben wurde.

»Wer da?« klang es durch einen dunklen Türspalt.

»Die Stadtgarde!« erwiderte Lucius und gab seiner Stimme die nötige Härte. Aus den Augenwinkeln behielt er die Straße im Blick.

»Was wollt's?«

»Laßt mich ein!« verlangte er barsch.

Die Stimme aus dem Dunkeln ließ sich nicht beeindrucken. »S'gibt sich kei' Stadtgard mehr nich. Glaubt's wohl, mir sinn bleed?«

»Laßt – mich – ein!«

»Na, mir fircht, das iss unmeeglich.«

Hinter einer nahen Ecke wurden Schritte laut. Eisenbeschlagene Stiefelkuppen klirrten über das Pflaster. Lucius wußte, was das zu bedeuten hatte.

»Ich trete die Tür ein, wenn Ihr mich nicht augenblicklich einlaßt!«

Der Mann im Inneren des Hauses zögerte. »No ja, sagt mir, was Ihr wollt, dann laß mir Euch vielleicht ei.«

Das Klappern der Stiefel kam näher. Es waren viele, stellte Lucius mit Schrecken fest. Sicherlich zehn, vielleicht sogar mehr. Dem Rhythmus der Schritte nach gingen die Männer nicht im Marsch, was bedeutete, es war entweder kein Obrist bei ihnen, der sie zügeln würde, oder aber ihr Anführer hielt nicht viel auf Ordnung.

Lucius dachte: Ich bin tot, wenn ich ihnen in die Hände falle.

Das bist du sowieso, versetzte eine Stimme in seinem Kopf. Schon bald.

»Ihr wollt es nicht anders«, zischte er durch den Türspalt, holte aus und trat mit aller Kraft gegen das Holz. Die Tür hielt seinem Tritt stand, auch dem zweiten.

Das hohle Scheppern war laut genug, um auch den Söldnern jenseits der Straßenecke aufzufallen.

Da – beschleunigten sich nicht schon ihre Schritte?

Ja, kein Zweifel. Jetzt rannten sie!

Lucius trat noch einmal, und diesmal spendete ihm die Todesangst zusätzliche Kraft. Ein Riß erschien im Holz, doch die Tür hielt stand.

Die Schatten der Söldner stachen bereits hinter der Häuserecke hervor. Nur noch wenige Schritte, dann würden sie ihn unweigerlich entdecken. Dann war es zu spät, ins Haus zu flüchten, selbst wenn es ihm gelänge, die Tür einzutreten. Sie würden ihm folgen.

Lucius Bein tat weh, und er nahm an, daß er den Rest des Tages humpeln würde. Trotzdem versuchte er es ein letztesmal. Er holte aus – und die Tür ging auf, bevor sein Fuß das Holz berührte.

Sein Schwung trug ihn vorwärts ins Innere, er stolperte und fiel beinahe zu Boden. Hinter ihm wurde die Tür wieder zugeschlagen, genau in jenem Moment, als die Söldner um die Ecke bogen und nur noch eine menschenleere Straße vorfanden.

»Bittschän«, sagte die Stimme hinter ihm, während Lucius sich fing und den Oberkörper straffte. »Mißt mir ja nich gleich die Tir einträten.«

Lucius drehte sich um und sah einen Mann im mittleren Alter, kaum halb so groß wie er selbst, mit riesigem, spärlich behaartem Kopf. Der Zwergenwüchsige musterte ihn von oben bis unten. »Nu denn, was wollt's so Wichtges, daß Ihr hier mit solchem Geteese Einlaß begährt?«

Einen Moment lang erwog Lucius, den Zwerg Gehorsam zu lehren. Er hatte die Faust schon geballt, hielt sich dann aber zurück. Man konnte dem kleinen Mann sein Mißtrauen in solchen Zeiten schwerlich übelnehmen.

»Nu?« fragte der Zwerg noch einmal.

»Bist du der Schlächter?« wollte Lucius wissen und sah sich dabei um. Er stand in einem schmalen Flur, der zum Großteil von einer steilen Holztreppe ins obere Stockwerk eingenommen wurde. Ein seltsamer Geruch hing in der Luft.

Blut, dachte er, es stinkt nach Blut und rohem Fleisch.

»Na, iberhaupt nich«, entgegnete der Mann und schüttelte seinen riesigen Kopf. »Freilich ist's mein Sohn, dän Ihr sucht. Wes hat er'n g'tan?«

»Ich will mit ihm sprechen.«

»Des dirft schwär wärd'n. Aber, bittschän, kommt's mit mir mit.«

Der Zwerg führte Lucius an der Treppe vorbei zu einer schmalen Tür am Ende des Flurs. Dahinter lag ein weiterer Gang, der sich nach einigen Schritten zu einem ausgebauten Schuppen öffnete. An Eisenhaken baumelten Rinderhälften. Blut tropfte auf ausgestreute Asche. Der Gestank war entsetzlich, aber Lucius hatte schon weit Schlimmeres erlebt. Ganz Prag roch seit zwei Tagen nach Tod und Leichenfäule.

Auf der anderen Seite des Raumes stand ein riesiger Kerl und wandte ihnen den Rücken zu. Seine rechte Hand hielt ein langes Schlachtermesser, das er wieder und wieder hob und senkte. Bei jedem Ausholen spritzte ein Blutstropfen auf sein Wams, die rechte Schulter war schon völlig durchnäßt. Stets wenn das Messer herabraste, ertönte ein klatschender Laut.

»Ho, Sohn«, sagte der Zwerg, »ein Gardist is da fir dich!«

Die Klinge zuckte ungerührt hinauf und hinunter. Die Schultern des Schlächters waren nahezu doppelt so breit wie die von Lucius. Ein käferförmiger Schweißfleck prangte riesig auf seinem Rücken. Das schwarze Haar an seinem Hinterkopf glänzte.

Sie gingen näher auf ihn zu.

»Sohn!« rief der kleine Mann noch einmal. »Besuch fir dich.«

Ein letztesmal sauste das Messer herab und krachte lautstark in berstende Knochen. Dann drehte der Schlächter sich um.

Er hatte ein rundes, rosiges Gesicht und war viel jünger, als Lucius erwartet hatte. Seine weichen Züge wirkten beinahe kindlich und wollten keineswegs zu dem gewaltigen Körper passen. Lucius glaubte erst, er sei schwachsinnig, doch ein ernster Blick aus den winzigen Augen belehrte ihn eines Besseren.

»Mißt wissen, Sohn kann nich sprächen«, erklärte der Zwerg. »Sprächt nur mit denen Heenden.« Dabei fuchtelte der Kleine mit seinen eigenen Fingern vor Lucius' Gesicht herum, bis dieser wohlwollend nickte.

»Dann mußt du für mich übersetzen«, gebot er dem Zwerg.

»Werd mir gräßte Miehe gäben.«

Der Schlächter hielt das lange Messer noch immer in der rechten Hand. Die Linke hatte er zur Faust geschlossen. Zwischen Daumen und Zeigefinger schaute ein kleiner Sperlingskopf hervor, der flink hin- und herblickte. Ein aufgeregtes Zwitschern drang aus dem winzigen Schnabel.

»Was tut er mit dem Vogel?« fragte Lucius den Zwerg. »Leßt ihn in seiner Hand wohnen. Veeglein fihlt sich wohl bei ihm. Immer, wenn Sohn arbeitet, nimmt er Veeglein in die Hand, ganz sanft. Er sagt, das gibt ihm's rechte G'fihl firs Fleischhacken. Er schlagt dann nicht so fest zu, als wenn's Veeglein nicht in seiner Hand sitzen tät.«

Seltsam berührt starrte Lucius noch einige Herzschläge länger auf das zarte Tierchen, das sich vertrauensselig in die gewaltige Pranke des Riesen schmiegte. Es zirpte und pfiff und rieb das kleine Köpfchen an den Fingern des Schlächters.

»Es wird eine Weile dauern«, sagte Lucius schließlich.

Der große Kerl nickte.

»Du kannst den Vogel so lange fliegen lassen«, fügte er hinzu. Ihm war selbst nicht klar, warum er sich so sehr um das Tier sorgte. Es gab wahrlich anderes, das ihn kümmern sollte.

Der Riese nickte erneut und öffnete die Hand. Der kleine Sperling blieb sitzen und blickte vorwurfsvoll zum Gesicht seines Herrn empor.

»Säht's?« fragte der Zwerg. »S'Veeglein fihlt sich wohl.«

Da spreizte das Tierchen die Flügel und flatterte munter in die Höhe. Einen Augenblick später ließ es sich auf der linken Schulter des Schlächters nieder, und dort blieb es während des ganzen Gespräches seelenruhig sitzen.

»Was also wollt's vom Sohn?« wollte der Zwerg wissen.

Lucius löste seinen Blick beinahe widerwillig von dem Sperling und erklärte den beiden, um was es ging. Er sagte, man habe ihm zugetragen, daß der Schlächter den Toten entdeckt habe.

Der Riese nickte, und der Zwerg sagte: »Des stimmt wohl.«

»Ist ihm etwas Ungewöhnliches aufgefallen?«

Der Zwerg kicherte. »Kennt ruhig direkt zu ihm sprechen. Tut's einfach, als weren mir nicht anwäsend.«

Der Riese gab seinem Vater merkwürdige Zeichen mit den Händen, ohne das Messer fortzulegen. Weitere Blutstropfen flogen glitzernd umher.

Der Zwerg erklärte: »Er meint, er hätt sich nix Ungewähnliches gesähn. Mann wär halt tot gewäs'n, sagt'r. Nix sonst.«

»Was hat er …«, begann er, verbesserte sich dann aber: »Was hast du überhaupt dort gewollt?«

Der Zwerg gab Antwort, ohne daß der Riese eine Hand gerührt hätte. »Sohn gäht frih morgens von Tir zur Tir, wägen die Leut, die Fleisch ha'm wolln. Tir vom toten Mann war nich richtig zu gewäsen, deshalb is sich Sohn reingegangen. Wollt nachschaun, ob wes passiert wär.«

Lucius nickte. Etwas in seinem Kopf versicherte ihm, daß der Schlächter die Wahrheit sagte. Der Riese schien wirklich nichts über den Tod des Mannes zu wissen. Zudem war die Leiche eiskalt gewesen, als Lucius darauf stieß; der Mann mußte demnach schon am Abend oder in der Nacht gestorben sein, nicht erst am Morgen. Für gewöhnlich hätte Lucius bei Nachbarn überprüfen müssen, ob der Riese wirklich erst morgens im Haus gewesen war, aber er glaubte ihm auch so. Es wäre seine Pflicht gewesen, sich abzusichern, doch Lucius war kein Stadtgardist mehr. Er wollte es nur nicht wahrhaben.

Die Träume mußten aufhören. Er mußte den Mörder finden.

Lucius bedankte sich knapp bei dem Schlächter und ließ sich vom Zwerg hinausführen. Im Fortgehen sah er noch, wie der Sperling wieder in die offene Pranke des Riesen hüpfte. Einen Augenblick später ertönte von neuem das Klatschen des Fleischermessers.

»Häbt ja nich viel gefragt«, stellte der Zwerg fest, als er Lucius die Tür öffnete.

»Ehrliche Bürger haben von der Garde nichts zu befürchten«, erwiderte Lucius steif.

»Wohl wahr, wohl wahr«, nuschelte der Kleine. »Falls weitre Fragen aufträten, fihlt's frei, zurickzukommen.«

Lucius nickte und warf einen prüfenden Blick ins Freie. Die Söldner waren verschwunden. Kein Mensch weit und breit. Das war gut so.

Er grüßte förmlich zum Abschied, dann drückte der Zwerg die Tür hinter ihm zu. Lucius stand alleine vor dem Haus und überlegte, wie er weiter vorgehen sollte. Die Flecken unter seinen Achseln juckten entsetzlich. Er mußte sich eingestehen, daß all seine Nachforschungen erfolglos waren. Er hatte es mit keinem gewöhnlichen Mörder zu tun, und gewöhnliche Methoden brachten kein Ergebnis. Was sonst aber blieb ihm zu tun, als die Befragungen fortzuführen?

Er machte sich auf den Weg zurück zur Geistgasse. Vielleicht hatte einer der Nachbarn, mit denen er noch nicht gesprochen hatte, etwas bemerkt, das ihm weiterhelfen würde.

Im Grunde war ein jeder von ihnen verdächtig, schließlich waren sie Juden, alle miteinander. Lucius mochte die Juden nicht. Hieß es nicht, sie brachten an ihren Festtagen Menschenopfer dar? Lucius war nicht sicher, was er von solchen Gerüchten halten sollte. Spuren hatte er noch keine entdeckt, die den Vorwurf gerechtfertigt hätten. Er hatte auch nie gehört, daß ein anderer seiner Garde auf handfeste Beweise gestoßen wäre. Trotzdem wollte sein Mißtrauen nicht weichen. Er hatte nie Geld bei einem Juden leihen müssen und hatte nie Streit mit einem von ihnen gehabt. Seine Abneigung saß tiefer. Hatte nicht gar sein Großvater gern damit geprahlt, als Kind hätte er einem Rabbi den Bart angezündet?

Herrgott, das Jucken trieb ihn in den Wahnsinn! Jetzt auch noch im Nacken. Er kratzte sich, bis seine Fingernägel blutig waren, doch es brachte kaum Linderung. Zumindest hatte er seit heute morgen kein Blut mehr gehustet.

Zurück in der Geistgasse setzte Lucius seine Befragungen fort. Immer wieder trat ihm Bozena in den Sinn, Bozena im Bett, bedeckt von dunklen Pusteln.

Er kratzte sich erneut. In seinem Schädel drehte sich die Welt. Wie betäubt ging er von Tür zu Tür.

Die Pest ging schweigend neben ihm.

Unter dem Dach der Altneu-Synagoge träumte der Mann Josef einen Wachtraum vom Schlafen. Ihm war, als liege er ganz ruhig da, entspannt und ohne Sorgen, ganz so wie jeder andere Mensch. Um ihn, so stellte er sich vor, war völlige Dunkelheit. Da waren keine Gedanken, die ihn quälten, nur Wärme und Geborgenheit. Keine bösen Gesichter, nur Schlaf.

Doch natürlich schlief er nicht wirklich. Er konnte es nicht, so sehr er sich auch mühte. Er lag da, lang ausgestreckt, und seine Augen waren geschlossen. Mochte er auch noch so sehr versuchen, den Befehl seines Schöpfers zu mißachten, es wollte ihm nicht gelingen.

Erwache, wenn der Judenstadt Gefahr droht!

Der Wunsch, der Zauber, der Fluch.

Und erwacht war er, vor Tagen schon. Oder Wochen? Länger noch? Er hatte kein Gefühl für das Verrinnen der Zeit.

Der Rabbi war schon alt gewesen, als er ihn auf den Dachboden führte. Alt und ein wenig nachlässig. *Erwache!* hatte er befohlen. Aber nicht: *Helfe!* Oder auch nur: *Verlasse den Speicher!*

So war der Mann Josef gefangen. Er spürte, was in der Judenstadt geschah, und doch war er hilflos. Eingekerkert und zum Wachsein verurteilt.

Er setzte sich auf, stemmte sich schwerfällig auf die Beine und stieg die Leiter zur Dachluke empor. Mühelos hob er sie an und reckte den Kopf ins Freie. Drunten, in den Gassen, rührte sich nichts. Es war heller Tag, aber niemand wagte sich aus den Häusern.

Spüren sie es? dachte er. Spüren sie den Schattenesser?

Nein, ihre Ängste sind andere: vor der Willkür der Söldner, vor Krankheit, vor Hunger und Tod. Genug, um sie hinter die Türen zu treiben, in die scheinbare Sicherheit ihrer Mauern. Und hätte man sie gewarnt, was hätten sie erwidern sollen? Sie kannten nicht den Wert ihrer Schatten, und so konnten sie die Bedrohung nicht erkennen. Wie hätten sie den Verlust von etwas fürchten können, um dessen Besitz sie nicht wußten?

Der Mann Josef wünschte sich, hinab in die Gassen zu steigen, sich auf die Suche zu begeben. Doch selbst das war nicht nötig. Er wußte längst, wo der Gegner sich verbarg. Er konnte ihn fühlen, konnte ihn auf eine Weise wahrnehmen, wie es kein anderer vermochte.

Der Schattenesser glaubte sich in Sicherheit. Der Mann Josef streckte seine Gedanken nach ihm aus, tastete mit unsichtbaren Fühlern. Ja, da war er, zufrieden und satt und doch auf der Hut. Hatte er Angst? Wovor? Wen konnte er fürchten?

Er zählt wieder: Weiß die Eins, gelb die Zwei, orange die Drei. Mal grün, mal blau die Vier, und rot die Fünf. Blau die Sechs, die Sieben grün und schmutzig braun die Acht. Die Neun ganz schwarz, die Zehn mal weiß, mal grau.

Doch gelb/zwei und rot/fünf war gleich orange, also drei, und nicht grün wie die Sieben.

Der Mann Josef begriff, daß auch er sich täuschen konnte. Er war nicht vollkommen. Er hatte sich getäuscht. Getäuscht von Anfang an.

Weiß und gelb macht keineswegs orange.

Aber: Blau und gelb macht grün, also acht.

Demnach konnte nicht alles falsch sein. Nur Teile des Ganzen waren verkehrt.

Er machte Fehler. Denkfehler. Für ihn war das eine neue Erfahrung. Und wenn er sich einmal irrte – warum nicht auch mehrfach?

Warum nicht in allem, was den Schattenesser betraf? Er überdachte die Konsequenzen. Der Schattenesser existierte, das stand fest. Aber er hatte Angst, und das paßte nicht in das bisherige Bild. Hier also mußte der Fehler liegen. Er hatte Angst – vor etwas oder jemandem. Etwas, das über die gleiche oder noch mehr Macht verfügen mußte. Bislang aber hatte der Mann Josef angenommen, der Schattenesser sei einzigartig.

Und plötzlich verstand er, wo sein Fehler lag: Einmal eins war eben doch nicht eins, sondern mindestens zwei.

Der Schattenesser war nicht allein.

Es gab mehrere wie ihn.

KAPITEL 4

Das Heerlager der Siebenbürger füllte das Tal aus wie ein See, dessen braune Oberfläche bei tosendem Wellengang erstarrt war. Die spitzen Zelte aus Leder und gefettetem Leinen waren wie hohe Wellenkämme, die Fahnen und Banner ihre Kronen. Das wimmelnde Leben darunter blieb aus der Ferne unsichtbar, so, wie man Fische im Sturm nicht sieht. *Daß* aber dort etwas lebte, daran bestand nicht der geringste Zweifel.

Michals Versteck lag oberhalb des Lagers auf einem Berg, eine Höhlung im dichten Unterholz am Waldrand. Er wußte nicht viel über Kriegsführung, doch daß Bethlen Gabor, der grausame Fürst Siebenbürgens, seine Männer ausgerechnet in diesem Tal lagern ließ, schien ihm sonderbar. Zwar waren sie hier vor den Blicken vorbeiziehender Heere geschützt; doch hatte der Feind sie erst entdeckt, gab es aus dem tiefen Kessel kein Entkommen. Daß der Haufen trotzdem hier seine Zelte aufgeschlagen hatte, konnte nur bedeuten, daß Gabor nicht mit Feinden rechnete. Die Angriffe der Liga würden sich weitestgehend auf Böhmens Hauptstadt beschränken, soweit ins Umland drangen sie nicht vor. Die Soldaten des Königs hatten mit Prags Verteidigung genug zu tun, als daß sie gegen die Plünderer draußen im Land ziehen konnten. Michal stellte voller Abscheu fest, daß die Rechnung Bethlen Gabors aufging: Man hatte ihn zur Hilfe gerufen, und er war mit Tausenden von Soldaten über Ungarn nach Böhmen gekommen. Statt aber in die Kämpfe einzugreifen, nutzte er die Not der Menschen, um die Landgüter und Bauernhöfe zu plündern. Niemand war da, der sich gegen ihn stellte.

Michal sprach oft in Gedanken mit Modja und Nadjeschda. Dann sah er sie neben sich durchs Dickicht eilen. Nadjeschda hielt die Kleine im Arm und flößte ihr warme Milch ein. Sie lachten und scherzten miteinander, bis sie sich plötzlich in Luft auflösten, und Michal wieder alleine war. Danach weinte er oft für Stunden. Die Tränen verschleierten seinen Blick, und der Weg durch die Wälder wurde noch beschwerlicher.

Seit zwei Tagen, seit dem Feuer im Haus des Papiermachers, hatte er nicht nach hinten geblickt. Er wußte, daß er auf seinem Weg nicht alleine war. Auch ohne die Baba Jaga zu sehen, war er doch gewiß, daß sie hinter ihm war. Manchmal, wenn die Wälder um ihn in Stille versanken, glaubte er in weiter Ferne das Brechen von Ästen zu hören, das Bersten von Stämmen, und die Welt schrie auf vor Schmerz, wenn sich die riesigen Krallen ins Erdreich gruben.

Sein Vorsprung war groß, und doch folgte sie ihm. Er legte die Fährte, auf der sie durch die Wälder tobte, aber er wußte nicht, war er Beute oder Wegbereiter. Jagte sie ihn, weil er der Flammenhölle entgangen war, weil er lebte und seine Familie tot war? Oder duldete sie ihn und schonte sein Leben, so lange er ihr den richtigen Weg wies?

Er sah noch einmal hinab auf das Lager Bethlen Gabors, dann machte er sich auf den Weg. Er mußte nur die richtige Fährte legen, dann würde sie ihm folgen, mitten unter die Soldaten, die Modja und Nadjeschda getötet hatten. Der Tod würde ihnen herrlich erscheinen, im Angesicht dessen, was Michal ihnen brachte. Er spürte ein Kribbeln in den Mundwinkeln, ein stetes Ziehen, erst sanft, dann immer heftiger, und schließlich begann er zu lachen, leise, listig, gemein.

Er jauchzte vor Erleichterung, als er endlich ins Tal hinabrannte. Sie sollten ihn hören, sollten ihn sehen. Er mußte sie nur lange genug hinhalten, Zeit gewinnen, bis der Boden dröhnte und das Hühnerhaus sich über dem Bergkamm erhob, schnaubend und schwarz vor den stürmenden Wolken.

Er rannte und lachte, er schrie den Soldaten seine Verachtung entgegen, als trüge er die Fackel der Zerstörung in Händen; doch die Fackel war er selbst, die Flammen brannten in ihm und ließen ihn erglühen vor Haß und vor Wahnsinn.

Die Wachen waren zu verblüfft, um ihn aufzuhalten, eilten statt dessen hinter ihm her, mit klirrenden Waffen und staunenden Augen.

Michal drang tief in ihr Lager vor, ehe sie ihn zu fassen bekamen. Aber er lachte noch immer, lauter und lauter, denn er wartete auf die Ankunft des Hühnerhauses, fröhlich wie ein Kind, fiebernd wie ein Liebender.

Sie töteten ihn nicht auf der Stelle, und das war der größte Gewinn, den er erhoffen konnte. Leben war Zeit, und Zeit war Rache. Ihr Zögern war sein Sieg.

Die Männer, die ihn zu Boden stießen, nach Waffen abklopften und schließlich wieder auf die Füße rissen, wirkten finster und verschlagen. Gut, dachte er, das macht es noch leichter, sie zu hassen. Ihr aller Haar war schwarz, fast mit einem Stich ins Blaue, und schwarz waren auch ihre buschigen Augenbrauen und langen, spitzen Schnurrbärte, die aussahen wie angeklebt. Sie trugen einfache Kleidung, nicht die Geckenkostüme deutscher Söldner, sondern festes Beinzeug, Hemden und Wämser mit Lederbesatz und schmucklose Hüte. Nur die höheren Ränge schmückten sich mit bunten Federn, mit Mänteln und Harnischen.

Michal wurde an den Armen gepackt und nach vorne gestoßen. Der Aufruhr, den sein plötzliches Auftauchen inmitten der Zelte verursacht hatte, legte sich schlagartig. Männer, die durch seine Schreie geweckt worden waren, krochen müde zurück in die Zelte. Andere knieten sich wieder vor die Kochtöpfe über ihren Lagerfeuern und rührten darin mit hölzernen Löffeln. Einer lag sogar im Gras und blätterte in einem schweren Buch, was eine Bildung verriet, die Michal nicht erwartet hatte. Im Vorbeigehen gelang es ihm, einen Blick auf die offenen Seiten zu werfen, und er sah, daß sie mit glänzendem Gold beschrieben waren. Zweifellos hatte der Kerl das Buch beim Plündern eines Klosters oder einer Kirche erbeutet und begutachtete nun sein Diebesgut, ohne nur ein Wort davon zu begreifen.

Ein Soldat redete ununterbrochen auf Michal ein, in einer Sprache, die er nie zuvor vernommen, geschweige denn verstanden hatte. Während sie ihn weiter durchs Lager stießen, offenbar der Mitte entgegen, schwirrten ihm die fremdländischen Worte des Sprechers um die Ohren und klangen dabei seltsam melodisch. Er versuchte, all seine Aufmerksamkeit auf seine Fußsohlen zu lenken. Zitterte der Boden schon? Unmöglich, das festzustellen, so lange man ihn mit Schlägen und Tritten vorwärtstrieb.

Das Lager war straff nach einem durchdachten Plan errichtet, angelegt in einem weiten Rund, das das ganze Tal ausfüllte. Sternförmig liefen breite Wege zu einem mächtigen, vielgiebeligen Zelt im Mittelpunkt, zweifellos die Unterkunft des Fürsten. Die Zahl der übrigen Zelte mußte in die Hunderte gehen, bewohnt von Tausenden von Kriegern.

Während des Weges drangen Michal die unterschiedlichsten Gerüche in die Nase. Roch es bei einem Schritt noch wohlig nach Gebratenem, überkam ihn beim nächsten schon der Gestank menschlicher Ausscheidungen. Solcherlei Wahrnehmungen endeten abrupt, als einer der Soldaten ihm krachend ins Gesicht schlug und seine Nase brach. Plötzlich roch alles nur noch nach heißem Blut.

Sie brachten ihn nicht zu dem großen Zelt in der Mitte – Fürst Bethlen Gabor hätte sie fraglos geköpft, hätten sie es gewagt, ihn wegen eines Wahnsinnigen zu stören –, sondern schleuderten ihn abfällig in den Schmutz vor einer geräumigen Unterkunft aus Stangen und zusammengezurrten Lederflicken. Als Michal sein Gesicht aus dem Schlamm erhob, hustend und mit breitgeschwollener Nase, fiel sein trüber Blick auf einen Mann, der sich sorgenvoll über ihn beugte.

»Sie haben dir übel mitgespielt, was, mein Freund?« Die Stimme klang rauh und hatte einen starken Akzent in der Aussprache, nicht aber in der Stellung der Wörter. Sie mußte einem gebildeten Mann gehören, der Michals Sprache sorgfältig vom Papier erlernt hatte, jedoch wenig Gelegenheit bekam, sie zu sprechen.

Michal gab keine Antwort und ließ statt dessen den Kopf auf den Boden sacken. Sollten sie denken, er sei erschöpft! In Wahrheit preßte er nur sein Ohr an die Erde, um auf fernes Beben zu lauschen. Ja, jubelte er in Gedanken, da war es! Dann bemerkte er, daß er nur das heftige Hämmern seines eigenen Herzens vernahm.

»Du bist stark«, sagte der Mann und legte ihm eine Hand auf die Schulter. »Du mußt viel erlitten haben. Ich glaube, du hast es verdient, noch eine Weile länger zu leben.«

Der Mann stieß ein paar scharfe Sätze in der fremden Sprache aus. Einer der übrigen Soldaten schien zu widersprechen, wurde aber mit wüstem Geschrei zur Ruhe gebracht.

Wieder wurde Michal gepackt, diesmal an Armen und Beinen. Man schleppte ihn in das Zelt und warf ihn unsanft auf einen Stapel aus Fellen und Tuch. Michal blickte starr zur Decke empor, während die Soldaten sich nach draußen zurückzogen. Schließlich beugte sich wieder der Mann über ihn.

»Du mußt starke Schmerzen haben«, stellte er fest

und betastete unsanft Michals gebrochene Nase. »Völlig zertrümmert«, sagte er dann. »Wo tut es noch weh?«

Michal gab keine Antwort.

Der Mann seufzte. »Ich kann nur helfen, wenn du mir sagst, wo es nötig ist.«

Michal schloß die Augen, öffnete sie wieder und atmete tief durch. Du mußt Zeit gewinnen, dachte er, möglichst viel Zeit gewinnen.

Er sah den Mann erstmals direkt an und fragte: »Wer bist du?«

»Balan ist mein Name. Ich will dir helfen.«

»Warum?«

Balan war jünger, als Michal angenommen hatte. Sein vierzigstes Jahr lag weit in der Zukunft. Er war klein, hatte einen krummen Rücken und einen verkümmerten linken Arm. Die Hand ragte dort direkt aus dem Schultergelenk und krallte sich mit allen Fingern fest an den Stumpf, wie eine fleischfarbene Spinne. Statt einer Antwort fragte er: »Kannst du lesen?«

»Ja«, erwiderte Michal wahrheitsgetreu. »Lesen, schreiben, rechnen.«

»Das dachte ich mir. Deshalb lebst du noch.«

»Ich verstehe nicht.«

Balan schüttelte sanft den Kopf. Die Finger seiner verwachsenen Hand zuckten der Reihe nach wie beim Flötenspiel. »Später«, sagte er. »Erst will ich deine Wunden versorgen.«

Er machte sich daran, in einem faustgroßen Tiegel eine Salbe anzurühren. Dabei hielt der gesunde Arm die Schale, während er den Rührstab zwischen die Zähne nahm. Die Schulterhand war offenbar vollkommen nutzlos.

Michal blickte sich im Zelt um. Durch die zahllosen Nähte in der Lederplane fiel helles Tageslicht; es sah aus wie verästelte Blitze. Auch das Leder selbst war an vielen dünnen Stellen durchscheinend, so daß das Innere in ein gedämpftes Zwielicht getaucht war. Das Zelt war fast so hoch wie die Zimmer eines normalen Hauses. Selbst dort, wo die Dachplane durchhing, hätte er mühelos stehen können, ohne mit dem Kopf anzustoßen. Auch wirkte es von innen weit größer, als er erst angenommen hatte. Auf hölzernen Tischen und Bänken standen allerlei Schalen, Flaschen und andere Behältnisse. Sogar eine gläserne Kugel, so groß wie ein Kinderkopf, lag auf einem roten Samtkissen.

Das Lager, auf dem Michal lag, war nicht das einzige im Zelt. Es gab eine weitere, ungleich größere und weichere Schlafstatt.

»Bist du so etwas wie ein Medicus?« fragte er an Balan gewandt, der mit dem Anrühren fertig war.

Der Verkrüppelte nickte. »Ja«, bestätigte er. »Aber nur der Gehilfe.«

Dies war also nicht Balans Zelt. »Wer ist dein Herr?« fragte Michal.

»Kein Herr, eine Herrin«, erwiderte Balan. »Oana Corciova ist meine Meisterin. Du wirst sie bald kennenlernen.«

»Wo ist sie?« fragte Michal. Er spürte, daß seine Stimme schwächer wurde. Balan schien sich vor seinen Augen zu verzerren, mal in die Länge, mal in die Breite.

»Was ist los?« fragte Balan, als er bemerkte, wie sich Michals Blick verklärte.

»Nur ... Schwäche. Es geht schon wieder.«

Balan beugte sich erneut über ihn und bestrich seine zertrümmerte Nase mit einer weißen Salbe. Sie kühlte, aber der Schmerz blieb.

»Es wird weiterhin weh tun«, erklärte er, als hätte er Michals Gedanken gelesen. »Aber es sollte schneller genesen.«

»Deine Herrin ... wird sie bald kommen?« fragte Michal. Er nahm an, daß man ihn bis zur Begegnung mit ihr nicht töten würde. Mehr Zeit für das Hühnerhaus, ihn aufzuspüren.

»Ja, bald«, sagte Balan, »sehr bald schon. Sie ist beim Fürsten, aber schon den ganzen Tag. So lange bleibt sie selten, deshalb wird sie bald kommen.«

»Ist der Fürst krank?« fragte Michal hoffnungsvoll.

Balan zuckte zurück, als hätte er ihn persönlich beleidigt. »Fürst Gabor erfreut sich bester Gesundheit«, sagte er stolz, »und er wird sein Heer zum Sieg führen.«

Michal hätte fast laut aufgelacht, aber alles, was seiner Kehle entstieg, war ein rauhes Krächzen, das in seinem Hals brannte. »Zum Sieg?« fragte er hämisch. »Sieg über wen? Über ein paar niedergebrannte Bauernhöfe? Ein paar ausgeplünderte Adelshäuser? Über ... über tote Frauen und Kinder?« Die letzten Worte hatte er geschrien, laut und hoch, mit einer Stimme, die kaum seine eigene war.

»Hast du Frau und Kinder?« fragte Balan, sichtlich zerrissen zwischen seinem Zorn über Michals Hohn und einem Anflug von ehrlichem Mitgefühl.

Michal zögerte einen Augenblick lang, dann sagte er leise:

»Nein.« Nur dieses eine Wort. Und doch tat es unendlich weh.

Balan nickte wieder, offenbar erleichtert. »Dann hast du keinen Grund, mich zu hassen. Ich diene meiner Heimat so wie du der deinen.«

»Aber ihr habt meine Heimat angegriffen.«

»Ihr habt uns zur Hilfe gerufen.«

»Nennst du das da draußen Hilfe?«

Balan zog ungerührt Michals Hemd hoch und betrachtete die blauen Flecken und Schürfwunden an seinem Oberkörper. »Wir ziehen gen Prag«, erklärte er, während er weitere Salbe auf Michals Haut auftrug. »Dort werden wir uns mit eurem Heer vereinigen und gemeinsam gegen den deutschen Kaiser ziehen.«

Michal schlug Balans einzigen Arm mit einer heftigen Bewegung zur Seite. Der Topf mit der Salbe, den der Mediziner neben ihm abgestellt hatte, rollte über den Boden.

»Ihr mordet meine Brüder und Schwestern. Ihr tötet Kinder, ihr tötet Frauen. Ihr tut ihnen Gewalt an und schlachtet sie wie Schweine. Glaubst du, ein einziger Mann dieses Landes zöge an eurer Seite in einen Krieg?«

Vor seinen Augen verschwamm wieder alles, die Aufregung nahm ihm fast den Atem.

Balan hob geduldig den Salbentiegel auf und wischte ihn an seinem Hosenbein sauber. »Ich versorge Kranke. Ich helfe ihnen, weiterzuleben. Ich weiß nicht, wer in diesem Krieg wen tötet oder wie er es tut. Zu mir kommen die Männer, wenn sie bluten, wenn ihnen die Gedärme aus den offenen Bäuchen hängen und die Augen übers Gesicht auslaufen. Davon verstehe ich etwas, nicht vom Töten. Meinen Arm hier« – er deutete auf die verwachsene Schulterhand – »den hat mir kein Krieg genommen. Gott hat beschlossen, daß ich ihn nicht brauche. Und er hatte recht: Ich weine meinem Arm keine Träne nach. Aber ich glaube, nur Gott sollte die Macht haben, solch eine Entscheidung zu treffen, nicht ein anderer Mensch. Deshalb tue ich mein Bestes, um das zu verhindern. Wenn sie mir einen bringen, dem der Arm in Fetzen hängt, dann versuche ich, ihn zu retten, denn ein Mensch trägt die Schuld daran. Wenn derselbe Mann, der mir seinen Arm verdankt, später eine Frau schändet und verstümmelt, dann tut es mir trotzdem nicht leid, daß ich ihm geholfen habe. Ich würde das gleiche für die Frau tun, der er Gewalt angetan hat. Ich *helfe,* verstehst du? Verachte von mir aus die anderen, aber ich habe deinen Haß nicht verdient, mein Freund.«

Michal starrte ihn einen Augenblick länger wortlos an, dann schüttelte er den Kopf. Er dachte an das, was bald über dieses Lager hereinbrechen würde, und spürte im selben Moment keine Wut mehr. Es gab kein Entrinnen, für niemanden hier. Es lohnte nicht, noch ein Wort darüber zu verlieren. Er fühlte in sich eine grenzenlose Überlegenheit, geboren aus der Gewißheit, längst der Sieger zu sein. Mochte Balan soviel reden, wie er wollte. Mochten die Soldaten ihn, Michal, foltern und töten. Es war alles gleichgültig, wenn erst das Hühnerhaus auf den Hügeln tanzte.

Balan nahm sein Schweigen mit Befriedigung hin und fuhr damit fort, die Wunden zu versorgen. Diesmal stieß er nicht mehr auf Widerstand. Michal ließ es gleichgültig geschehen, weder dankbar noch feindselig.

»Warum läßt du mich am Leben?« fragte Michal schließlich.

Balans Stirn legte sich in Zornesfalten. »Zum letztenmal: Es obliegt mir nicht, über das Leben anderer zu entscheiden, weil ich ebensowenig über ihren Tod entscheide.«

»Warum hast du mich vor den Soldaten gerettet?«

»Weil du klug bist. Klüger als dieser ganze Haufen von Dummköpfen dort draußen. Sie glauben, du bist wahnsinnig, aber ich weiß es besser. Wie ist dein Name?«

»Michal.«

»Bist du Russe?«

»Meine Vorfahren.«

»Um so besser. Oana hat einen Narren an Russen gefressen.«

Michal wollte widersprechen, wollte ihm nochmal erklären, daß nicht er selbst aus Rußland käme, aber dann ließ er es bleiben. Es war ohnehin belanglos.

»Was tut sie beim Fürsten?« fragte er statt dessen.

»Oh, vieles«, erwiderte Balan vage.

»Ist sie seine Mätresse?«

»Oana?« Der Gedanke schien Balan so abwegig, daß er ihn völlig durcheinanderbrachte. Er lachte aufgeregt. »Ganz bestimmt nicht. Nein, sie verheißt ihm die Zukunft, heilt nach der Schlacht seine Wunden und beruhigt ihn, wenn ihn die Wut auf alle Welt packt. Oana hat große Macht über Fürst Gabor und ist allein für ihn da. Ich darf mich derweil mit diesen Schwachköpfen herumschlagen.«

»Deine Herrin kennt die Zukunft?« fragte Michal verblüfft. Er hatte gehört, daß es in den Städten Menschen geben sollte, die dergleichen vermochten, hatte aber selbst nie einen getroffen.

»Natürlich«, behauptete Balan mit sichtlichem Stolz. »Sie kennt unser aller Zukunft. Meine, deine, jedermanns.«

Unsicherheit schlich sich in Michals Denken. Wenn diese Oana wirklich vorhersehen konnte, was geschehen würde, warum hatte sie den Fürsten dann nicht vor der Baba Jaga gewarnt? Zweifellos mußte sie doch wissen, was dem Lager bevorstand.

Hatte er etwa einen Fehler gemacht? Reichte seine Fährte nicht aus, um das Hühnerhaus hierherzuführen? War alles umsonst gewesen?

Er spürte, wie ihn Verzweiflung übermannte. Er durfte jetzt nicht aufgeben. Das war er Nadjeschda und Modja schuldig.

Vielleicht gab es eine andere Antwort. Was, wenn diese Oana eine Schwindlerin war? Wenn sie nur behauptete, sie könne in die Zukunft blicken, obwohl sie es in Wahrheit gar nicht vermochte?

Aber würde der mächtige Herrscher Siebenbürgens einer Lügnerin vertrauen? Zweifellos hatte er mehr als einmal Gelegenheit gehabt, ihr Können zu prüfen. Ihre Fähigkeiten mußten demnach wahrhaftig sein.

Es gab also nur eine Möglichkeit: Das Hühnerhaus würde das Lager schonen, aus welchem Grund auch immer.

Michal schrie auf. Wieder begann er, um sich zu schlagen, und diesmal traf er Balan direkt ins Gesicht.

Der verwachsene Mann zuckte zurück, die Salbe fiel zum zweitenmal in den Schmutz.

Da betrat Oana das Zelt.

Sie fragte etwas mit leiser Mädchenstimme – und Michal erstarrte. Sie war beeindruckend schön. Schwarzhaarig, nicht groß, dabei so zierlich wie ein Kind. Doch das war es nicht, was ihm Atem und Stimme nahm.

Um Oanas zarten Hals hing eine Kette, und an ihr baumelten – schabend, kratzend, zuckend – sieben lebendige Hühnerkrallen.

Er hatte sich keineswegs getäuscht, obgleich er sich doch wünschte, daß es so wäre. Die dürren Krallen lebten. Die vertrockneten Glieder schienen Michal zuzuwinken, ganz so wie verknöcherte Hexenfinger. Komm her! schienen sie ihm zu bedeuten. Hab keine Angst und komm her!

Oanas Hals und Brustausschnitt waren durch eine Art enganliegende Schärpe vor den Krallen geschützt. Michal sah, daß die scharfen Spitzen gekappt und rundgeschliffen waren, so daß sie für die Trägerin keine Gefahr mehr bargen.

Sein Blick hing wie betäubt an der Kette über Oanas Brust, und Balan schien es prompt falsch zu verstehen.

»Zeig gefälligst Respekt!« zischte er ihm zu und sagte dann in seiner Heimatsprache etwas zu Oana, wohl als Antwort auf ihre Frage. Michal hörte, daß sein Name fiel, verstand jedoch nichts von dem übrigen.

Die junge Frau – Michal war sicher, daß sie kaum zwanzig Lenze zählte – nickte, erwiderte etwas auf Balans Bericht und wandte sich dann an Michal.

»Du bist Russe?« fragte sie.

Michal konnte nur starr auf die Kette aus Hühnerkrallen schauen. Alles andere verlor an Bedeutung. Als Oana einige Schritte auf ihn zu machte, wurden die Bewegungen der Klauen noch hastiger, beinah aufgeregt, als könnten sie es kaum mehr erwarten, ihn zu berühren. Jetzt streckten sie sich ihm entgegen.

Ein Zeichen? fragte er sich. Eine Prüfung?

»Bist du Russe?« fragte der feine Mund über den Krallen noch einmal.

»Meine … meine Vorfahren waren Russen«, erwiderte er stockend.

Oana stand nun ganz nahe vor ihm. Sie betrachtete die blutigen Trümmer in seinem Gesicht. »Hattest du eine schöne Nase?«

»Schön?« wiederholte er verwirrt. »Ich weiß nicht.«

Sie hob die Augenbrauen und wandte sich an Balan.

Die Krallen schienen zu protestieren, als sie sich wieder von Michal entfernte. Kraftlos zupften und zerrten sie an der Kette, die sie hielt – vergeblich. Die winzigen Metallglieder schnitten nicht einmal in Oanas Hals.

Balan und seine Herrin unterhielten sich kurz, während Michal nur Augen für die Kette hatte. Als Oana ihn wieder ansah, bemerkte sie, daß er zitternd mit dem Zeigefinger auf sie wies.

»Was ist?« fragte sie. »Hast du große Schmerzen?«

»Die Krallen«, brachte er mühevoll hervor.

»Was ist damit?«

»Sie leben!«

Oanas Augen weiteten sich in maßlosem Erstaunen. »Was sagst du da?«

»Die Krallen an deiner Kette …«, keuchte Michal, »… sie bewegen sich!«

Balan schüttelte den Kopf. »Du redest wirr, Michal. Der Schmerz, die Anstrengung …«

Michal schnitt ihm das Wort ab. »Nein, sieh doch! Die Krallen leben!«

Balan blickte auf Oanas Kette, offenbar ohne etwas Ungewöhnliches zu bemerken. »Es ist nur ein Halsschmuck.«

Oana musterte Michal einen Augenblick länger, dann raunte sie Balan etwas in ihrer Heimatsprache zu. Das Gesicht ihres Gehilfen zeigte Erstaunen, plötzlich aber tat er, was sie ihm befohlen hatte: Er verließ das Zelt.

Als Oana mit Michal allein war, fragte sie leise: »Du siehst, daß sie sich bewegen?«

»Ja«, erwiderte er und zuckte zugleich zurück, als die Krallen wieder in seine Richtung stießen.

Oana beugte sich noch näher an ihn heran, bis nur noch eine Handbreit ihre Gesichter voneinander trennte. Michal versuchte, weiter vor den Klauen zurückzuweichen, aber es ging nicht. Die Furcht in seinen Augen verriet, daß es ihm ernst war. Offenbar zufrieden mit dieser Feststellung zog Oana sich wieder zurück.

»Du sprichst tatsächlich die Wahrheit«, sagte sie und ließ ihn dabei nicht aus den Augen. Sie hob eine Hand an ihre Kette. Zwei der Krallen schlossen sich beinahe zärtlich um ihren ausgestreckten Zeigefinger.

Michal schauderte.

»Niemand sonst kann es sehen«, erklärte sie. »Kein gewöhnlicher Mensch sieht das Leben in diesen Krallen. Du mußt mir mehr über dich erzählen, Michal-mit-russischen-Ahnen.« Nun lächelte sie fast zärtlich.

Er wußte nicht, ob der Schwindel, der ihn wieder befiel, immer noch von seiner Erschöpfung herrührte. *Kein gewöhnlicher Mensch,* hatte sie gesagt. »Ich weiß nicht, was du hören willst.«

»Erzähle mir, wo du herkommst. Was du hier tust. Sprich über deine Familie. Alles will ich wissen.«

Er holte Luft, um ihrem Willen ergeben zu folgen, dann aber kam ihm schlagartig ins Gedächtnis, weshalb er ins siebenbürgische Lager gekommen war. Er sah die auf- und zuschnappenden Hühnerkrallen vor sich und fragte sich zum erstenmal seit Nadjeschdas Tod, ob er den Verstand verloren hatte. Nun, falls dem so war, so war er doch nicht verrückt genug, dem Feind alles über sich zu verraten. Und Oana war sein Feind. Schlimmer noch: Sie war die persönliche Vertraute des feindlichen Herrschers.

Statt einer Antwort schüttelte er deshalb nur den Kopf und preßte die Lippen aufeinander, als fürchtete er, Oana könne ihn auch gegen seinen Willen zum Sprechen bringen.

Aber natürlich vermochte sie nichts dergleichen. Zumindest sein Wille blieb unangetastet.

Oana sah, daß er sich gegen sie sträubte, und erlaubte sich einen bedauernden Seufzer. Ganz unvermittelt zog sie sich die Kette über den Kopf. Ehe Michal sich wehren konnte, hatte sie ihm das Gehänge auf den Oberkörper geworfen. Die Klauenkette verkrallte sich in seinem Fleisch – und kroch wie ein Lebewesen an ihm empor!

Er kreischte auf und versuchte, die lebende Kette mit beiden Händen von sich zu reißen, aber die Krallen gruben sich nur noch tiefer in seine Haut.

»Laß sie los!« befahl ihm Oana. »Dann werden sie dir keinen Schmerz zufügen.«

Er hörte kaum, was sie sagte, solches Grauen flößte ihm das Gekratze und Geschabe der sieben Hühnerfüße auf seinem Körper ein.

»Hör auf, dich zu wehren!« gebot ihm Oana noch einmal, jetzt in deutlich schärferem Ton. »Sieh zu, was sie tun!«

Diesmal drangen die Worte bis zu ihm vor. Unter Aufbietung all seines Willens ließ er von der zuckenden Kette ab und krallte die Hände zu beiden Seiten seines Körpers in die weichen Felle. Stocksteif und mit aufgerissenen Augen sah er zu, wie die Hühnerklauen über seine Brust eilten und sich seinem Gesicht näherten. In panischer Angst wollte er den Kopf abwenden, doch Oana schrie ihn an:

»Nein, nicht! Warte ab, was sie wollen!«

Erfüllt von unbeschreiblichem Ekel ließ er zu, daß drei der sieben Klauen über sein Gesicht krabbelten. Die übrigen vier verharrten an seiner Kehle.

»Sie legen dir die Kette um«, sagte Oana gebannt. »Sie wollen, daß du sie am Hals trägst.«

Und tatsächlich spürte er schon Herzschläge später, wie die Kette von den drei oberen Klauen über seinen Hinterkopf gezogen wurde und in seinen Nacken rutschte. Nachdem sie um seinen Hals lag, sammelten sich die Hühnerfüße im Halbkreis oberhalb seines Brustbeins. Dort erschlafften sie und regten sich nicht mehr.

Er versuchte zu sprechen, brachte aber nichts als ein hohes Krächzen hervor.

Oana, die selbst kaum zu fassen schien, wessen sie eben Zeuge geworden war, trat einen Schritt zurück. Einen Augenblick lang erwartete er fast, sie würde demütig vor ihm niederfallen, doch – ganz gleich ob Wunschtraum oder Eingebung – sie tat nichts dergleichen. Statt dessen sagte sie nur:

»Die Kette gehört jetzt dir, Michal.«

Zu seinem Erstaunen sprach ehrliche Erleichterung aus ihrer Stimme, als hätte sie nach langer Zeit eine schwere Bürde ablegen dürfen.

Mühsam suchte er nach Worten. »Ich … ich will das nicht«, sagte er. Er wußte selbst nicht, weshalb er *das* statt *sie* sagte, aber ihm war, als stünde die Kette in Wahrheit für etwas Größeres, Mächtiges, das eine Gefahr bedeutete.

»Du bist nun der Herr des Hühnerhauses«, sagte Oana.

Er machte den schwachen Versuch, sich lustig zu machen. »Der Hahn?«

Sie verzog nicht einmal die Mundwinkel. »Wenn du so willst, vielleicht.« Oana wandte sich um und nahm ein gläsernes Gefäß zur Hand. »Du mußt jetzt schlafen.«

Und ehe er sich versah, preßte sie den Rand des Glases an seine Lippen, und eine kühle Flüssigkeit drang in seinen Mund.

»Schlafen«, hörte er sie noch einmal sagen, dann sah und hörte er nichts mehr.

Als er erwachte, lag er im Schlamm, und um ihn war fahle Dämmerung. Es war Abend, der letzte Streifen Tageslicht verging im Westen hinter den Baumwipfeln. Das bedeutete, er hatte mindestens einen ganzen Tag verschlafen, denn als er in Oanas Zelt gebracht wurde, war es noch früh am Morgen gewesen.

Er blickte sich um und stellte fest, daß er sich noch immer im Tal befand. Ringsherum stiegen die bewaldeten Hänge der Berge empor.

Das Lager der Siebenbürger war verschwunden.

Es hatte sich keineswegs in Luft aufgelöst. Der ebene Grund des Talkessels war zertrampelt und von tiefen Furchen durchzogen, wie Wagenräder sie unter schwerer Belastung in die Erde schneiden. Bis zum Waldrand war der Boden in allen Richtungen mit erloschenen Feuerstellen gesprenkelt, verkohlte schwarze Flecken wie Pocken im Erdreich. Aus manchen kräuselten sich noch hauchdünne Rauchfahnen gen Himmel. Ganz in Michals Nähe lag ein Haufen Tierkadaver, Pferde, Schweine, sogar Rinder, wie sie der Troß eines Heerzuges mit sich führt. Manche waren zerlegt und ausgeweidet, andere gänzlich unversehrt. Die unteren waren teilweise angebrannt; offenbar hatte man versucht, die toten Tiere anzuzünden, doch das Feuer war erloschen. Hier und da ragten noch vereinzelte Zeltstangen aus dem Boden, zerbrochen oder sonstwie unnütz. Die Soldaten hatten sie ebenso zurückgelassen wie unzählige Gruben voller stinkender Ausscheidungen. Vereinzelt lag auch noch Gerümpel umher, das niemand mehr gebrauchen konnte: Töpfe, zersplitterte Tonkrüge, Kleidungsstücke, mit denen der Wind spielte, und sogar ein verlorener Hut, der wie eine Krähe über die vernarbte Wiese trieb.

Es war eine Landschaft wie aus einem Alptraum, wie ein Schlachtfeld ohne Leichen. Michal fühlte sich unendlich verloren inmitten all dieser trostlosen Leere. Über ihm kreisten Vögel in der anbrechenden Nacht, und hungriges Getier huschte lautlos zwischen den Resten des Lagers einher.

Sie hatten ihn zurückgelassen, aber nicht getötet. Er wußte nicht, was er davon halten sollte.

Da erinnerte er sich an die letzten Augenblicke, bevor ihm Oanas Trunk das Bewußtsein geraubt hatte. Seine Hand fuhr zum Hals hinauf und umfaßte dürre Hühnerkrallen. Angewidert zog er die Finger zurück und blickte an sich hinunter. Kette und Klauen lagen locker um seine Kehle. In den Hühnerfüßen war keine Spur von Leben.

Herr des Hühnerhauses, dachte er verwirrt.

Nicht länger der Fährtenleger. Nicht mehr Beute, nicht Gejagter.

Herr des Hühnerhauses. Das klang merkwürdig, fast albern, hätte er nicht das wahre Gewicht dieser Worte erahnt. Michal spürte, wie die Angst ihm den Magen verkrampfte. Sie kam nicht plötzlich, nicht unerwartet, sondern war schon da, als er erwachte, als hätte er seinen Schlaf mit Nachtmahren zugebracht. Er konnte sich nicht daran erinnern, aber genauso mußte es gewesen sein. Die Angst, das begriff er mit einemmal, war jetzt ein fester Teil seiner selbst.

Er befühlte seine Nase. Schon die leichteste Berührung setzte sein Gesicht in Flammen. Der Schmerz war grauenvoll. Er war froh, daß er sein Spiegelbild nicht sehen mußte. Von seiner Nase konnte nicht allzuviel übriggeblieben sein.

Auch seine Arme und Beine taten weh, aber nicht schlimm genug, um ihn am Aufstehen zu hindern. Mühsam schleppte er sich in Richtung des Sonnenuntergangs. Irgendwo jenseits der Wälder mußte Prag liegen, immer noch mehrere Tagesmärsche entfernt. Zu seinem eigenen Erstaunen gewann er mit jedem Schritt an Kraft, und aus dem Vorwärtsschleppen wurde allmählich aufrechtes Gehen.

Michal versuchte nachzudenken, aber in seinem Kopf herrschte immer noch ein schreckliches Wirrwarr aus Bildern und Eindrücken, die sich überlappten, auseinanderbrachen oder ganz verblaßten. Er hatte Schwierigkeiten, einen Gedanken klar zu erfassen und beizubehalten, und so hangelte sich sein Denken mühevoll an dem Gesicht Oanas entlang. Woher hatte sie die merkwürdige Kette? Was bedeuteten die lebenden Hühnerfüße? Und hatten sie überhaupt je gelebt, oder hatte ihm die eigene Einbildungskraft einen Streich gespielt?

Er war versucht, das scheußliche Ding einfach abzustreifen und fortzuwerfen, doch irgend etwas hinderte ihn daran.

Herr des Hühnerhauses.

Machte ihn allein die Kette dazu? Unmöglich. Er schaute sich um, in die Richtung, aus der er am Morgen gekommen war, doch der Wald lag in der dunklen Ferne schwarz und reglos da. Auch als er in die Hocke ging und beide Handflächen prüfend auf den Boden legte, spürte er keinerlei Erschütterungen. War das Haus überhaupt noch hinter ihm, oder hatte es ihn längst auf dem Weg zur Stadt überholt? Er selbst hatte einen ganzen Tag verloren, gut möglich, daß die Baba Jaga bereits weiter war als er.

Die Baba Jaga – plötzlich wunderte ihn selbst, mit welcher Selbstverständlichkeit er an sie dachte. Er hatte sie nie gesehen, hatte lediglich geglaubt, ihr Stampfen und Kreischen hinter sich zu hören, als das Anwesen des Papiermachers niederbrannte.

Trotzdem glaubte er noch immer, sie spüren zu können, beinahe stärker als zuvor. Er zweifelte nicht einen Augenblick daran, daß eine Verbindung zwischen Kette und Haus bestand, doch wie würde sie sich äußern? Würde die Baba Jaga ihm fortan gehorchen – falls sie überhaupt existierte? Oder war all das etwas, das nur in seinem Kopf geschah?

Dagegen sprach freilich der verlassene Lagerplatz und die Tatsache, daß die Kette hier und jetzt um seinen Hals hing. Prüfend berührte er noch einmal eine der Krallen, wurde mutiger, als sie sich nicht rührte, und bog sogar daran herum. Nein, kein Zweifel, der Hühnerfuß war tot. So er sich jemals bewegt hatte, war es damit offenbar vorbei.

Und Oana? Wer war sie wirklich, daß sie von Dingen wußte, von denen niemand sonst je gehört hatte? Wie er es in Erinnerung hatte, hatte er ihr die Kette – und damit deren Bedeutung oder Macht oder Was-auch-immer – streitig gemacht. Mußte sie deshalb nicht wütend auf ihn sein? Aber sie hätte ihn töten können, wenn ihr daran gelegen hätte, doch das hatte sie nicht getan. Sie hatte ihn einfach hier liegen lassen, ja, sie mußte seinen reglosen Körper gar beschützt haben, denn er vermochte sich durchaus vorzustellen, welchen Trubel ein Abmarsch von mehreren tausend Soldaten verursachte. Wie schnell hätte ein Wagen ihn überrollen, ein Pferd ihn unter sich zerstampfen können! Oana – oder Balan – mußte bis zum Ende bei ihm ausgeharrt haben.

Das Heer Bethlen Gabors zog nach Prag, und das war auch sein Ziel. Daß sie ihn nicht einfach mitgenommen hatten, konnte nur zweierlei bedeuten: Entweder fürchteten sie ihn, wagten aber nicht, ihn zu töten – oder aber sie wollten, daß er jemandem begegnete.

Als hätte das Schicksal seine Gedanken gelesen, geriet plötzlich die schwarze Masse des Waldes am fernen Rand des Tales in Aufruhr. Vielleicht war es nur ein Wind, der in die Baumkronen fuhr, aber es hätte schon ein Sturm sein müssen, um solches Rauschen und Brechen zu gebären – und wenn es ein Sturm war, warum spürte er dann hier, nur dreihundert Schritte entfernt, nichts davon?

Etwas kam mit der anbrechenden Nacht von Osten über das Land, etwas wütete zwischen den Bäumen. Er hörte das Splittern der Äste und das Bersten entwurzelter Stämme, spürte jetzt auch, wie der Boden unter ihm erbebte, wellenförmig, wie ein aufgewühltes Gewässer. Der Lärm wurde lauter, kam auf ihn zu, etwas kämpfte sich durch den Wald den Hang herab, tiefer ins Tal, näher und näher und immer näher.

Und dann verstummte es.

Die Finsternis war längst zu dicht, als daß er noch irgend etwas hätte erkennen können. Der Wald war nur ein wucherndes Dunkel ohne Form und Tiefe, und alles, was sich darin bewegte, wurde zwangsläufig von der Finsternis verschluckt. Vielleicht stand da jemand am Waldrand und beobachtete ihn. Ihm war, als wären stechende Augen auf ihn gerichtet, er konnte die Blicke fast körperlich fühlen, so eiskalt wie ein Lufthauch im Winter. Ja, sie beobachtete ihn aus ihren tückischen, gemeinen Augen, zwei schwarze Punkte im Schwarz der Nacht, unsichtbar und doch spürbar mit jeder Faser seines Leibes.

Die Angst war wie ein Tier in ihm, sie zerrte und biß, sie kämpfte um ihre Freiheit, und dann gab er nach. Michal warf sich herum und stürmte los, fort von dem fernen Waldrand im Osten, fort von allem, was er verbergen mochte. Nach Prag mußte er, so schnell er nur konnte, und vielleicht war der glühende Lichthauch im Westen gar kein Sonnenuntergang, sondern das Leuchten der goldenen Dächer und Türme. Vielleicht war es näher, als er dachte, wenn er nur rannte, wenn er eilte, mit all seiner Kraft.

Er lief durch den Schlamm des Lagerplatzes, taumelte, stürzte, sprang auf und lief weiter. Die Kette tanzte vor seiner Brust, die Hühnerkrallen schlugen ihm ins Gesicht, er schrie vor Ekel und Schmerz und rannte doch weiter.

Unter den Bäumen kam er kurz zur Besinnung.

Warum fürchtete er sich vor ihr? War er nicht der Herr des Hühnerhauses? Hatte sie ihre Macht über ihn nicht längst verloren?

Die Bruchstücke verschmolzen zu einem umfassenden Bild. Die Baba Jaga hatte das Lager des Bethlen Gabor verschont, weil Oana die Kette besessen hatte. Nur deshalb war sein Plan nicht aufgegangen. Jetzt aber war er selbst der Meister, er war der Gebieter und Herr des Hauses. Oana besaß die Kette nicht mehr, sie gehörte nun ihm. Er hatte nichts mehr zu befürchten.

Er hätte Erleichterung spüren müssen, doch nichts dergleichen stellte sich ein. Statt dessen rannte er nun weiter, tauchte in das Dunkel des Waldes, kletterte den Hang hinauf. Die Baba Jaga würde hinter ihm bleiben, jetzt erst recht. Wo er ging, da war auch bald sie. Er stellte sich vor, wie ihr Haus durch das Tal preschte, springend, tänzelnd, alles zerquetschend.

Mit der Erkenntnis kam auch der Irrsinn wieder, die Träume, die Bilder. Er wußte längst nicht mehr, was Wirklichkeit war, er irrte jenseits davon durch die Welt, und mit ihm kam das Haus.

Sein Schweif der Vernichtung

Sein Gefährte, sein Schatten.

KAPITEL 5

In jenem Jahr trugen die Damen Käfer.

Käfer aus Holz und Ton, aus Messing und Kupfer, aus geschliffenem Stein und grellem Kristall. Man trug sie als Gehänge und Brosche, auf Kleidern, am Hals oder gar im Haar, bunt oder blaß. Mal getreu der Wirklichkeit, mal kunstvoll verfremdet. Ob mit langen oder kurzen Beinen, angelegten oder gespreizten Flügeln: Käfer, so befand man in den Hallen der Reichen, waren für jedes Fräulein eine Zier. Als größtes Glück aber galt den Damen ein echtes, totes Tier, das sie sich mit Hilfe langer Nadeln an den Ausschnitt steckten.

Sarai hatte sich in einem Hauseingang untergestellt und beobachtete die Parade der Käfer, die sich vor ihr über den Inneren Hof des Hradschin schob. Die Edeldamen entströmten dem Hauptportal des Veitsdoms, mit erhobenen Nasen und gemäßigtem Schritt. Trotz des strömenden Regens hatten sie ihr Käfergeschmeide weithin sichtbar an Kleider und Hüte geheftet. Die Nässe peitschte in ihre Gesichter und ließ die meisten von ihnen blinzeln, auf daß sie wie blinde Glucken aneinanderstießen, sich beschimpften und die Nasen nur noch höher rümpften. Freilich, sie hätten ihre Kapuzen überwerfen oder zumindest schneller gehen können, doch solche Blößen wollten sie sich nicht geben. Der Krieg gegen den Kaiser mochte verloren sein, doch vom Wetter ließ sich keine unterkriegen.

Der prächtige Veitsdom überragte die übrigen Bauten der Burg bei weitem, allein der Glockenturm stand noch unvollendet und ohne Dach da; die Kriegswirren hatten verhindert, daß er fertiggestellt wurde. Die Messen, die hier gelesen wurden, waren den hohen Damen eine Pflicht, auf die keine von ihnen verzichten wollte. Der Priester nämlich war jung und hübsch und – so behaupteten einige erfahren zu haben – ganz verrückt auf Käfer. Er habe, so wurde getuschelt, eine große Sammlung präparierter Exemplare in seiner Unterkunft, Käfer in allen Größen und Farben, und es galt als höchste Gunst, ihn in seinen Räumen zu besuchen. Allein, natürlich, und in einer lauschigen Abendstunde, zum Austausch gegenseitiger Erfahrungen – über Käfer und andere Leidenschaften.

Manche der Edeldamen hatten ihre Gatten auf dem Schlachtfeld verloren, und – Trauer hin oder her – man wollte nicht im heimischen Palais verstauben. Mochte es unschicklich sein, das schwarze Kummerkleid für einen anderen Mann zu heben, so war es doch mit dem Priester etwas anderes. Schließlich, so beruhigte man das Gewissen, war er ein Mann der Kirche, einst vielleicht ein Heiliger, und was stand einer vom Schicksal Geschlagenen eher zu als ein wenig göttliche Anteilnahme? Hatte man nicht stets den Klingelbeutel mit Münzen gefüttert, hatte man nicht Großmut wie Demut bewiesen? Jetzt, so befand man, war es an der Kirche, ihre Gaben zu erwidern.

Und der Priester gab gerne, mit Verlaub und mit Vergnügen.

Sarai stellte voller Erstaunen fest, daß der Krieg vor den Burgtoren haltgemacht hatte. Sicher, die Königsfamilie war geflohen, ihr Besitz geplündert und fortgeschleppt, doch seither herrschte Ruhe auf dem Hradschin. Maximilian von Bayern, des Kaisers Statthalter, residierte im Königspalast, und seine Soldaten patrouillierten auf den Zinnen. Doch im Gegensatz zu den Gassen der Stadt gab es hier oben keine Übergriffe auf böhmische Frauen, keine Morde, keinen Raub. Jeder, der dem Kaiser im Wege stand, war noch am Tage der

Schlacht beseitigt worden, alle anderen hatten mit ihm Frieden geschlossen. Jene Kaufleute und Edelmänner, die ihre Anwesen in der Stadt verlassen hatten, mochten zwar um ihre Besitztümer trauern, doch das Wohnen auf der Burg hatte durchaus seine guten Seiten. Nur die Höchsten der Hochgestellten hatten Aufnahme gefunden, zwei oder drei Dutzend Familien, was Standeszwistigkeiten untereinander ein für allemal entschied. Ja, man fühlte sich eins mit den Herrschenden.

Die meisten hatten die Gästequartiere im Nordosten des Hradschin bezogen, und dorthin folgte Sarai den Damen nun in einigem Abstand. Cassius hatte in einer Plunderkiste im Turm ein altes Kleid für sie gefunden; Sarai hatte versäumt, ihre eigene Kleidung mit auf die Burg zu bringen. Wollte sie sich frei auf dem Hradschin bewegen, mußte sie in die Rolle eines Burgfräuleins schlüpfen, was ihr zutiefst widerstrebte. Sie fühlte sich unwohl in dem langen Kleid, obgleich Cassius ihr immer wieder halbherzig versichert hatte, wie wunderbar sie darin ausehe. Es hatte ihr Befinden keineswegs gebessert, daß Saxonius bei ihrem Anblick schrie: »Der Teufel kommt! Der Teufel kommt!«

Das Kleid war aus dunkelrotem Stoff und hatte die Jahre in der Kiste leidlich gut überstanden. Sarai fühlte sich darin unbeweglich und allen Blicken ausgeliefert, auf dem grauen Burghof war sie so auffällig wie der Weinfleck auf der Soutane eines Pfaffen.

Die Damen stolzierten in ihren prachtvollen Gewändern durch den Regen, an Dom und Königspalast vorüber, ließen die Sankt Georgs Basilika zur Linken liegen und betraten dann die Gebäudezeile zu ihrer Rechten. Sarai hatte nicht gewußt, wie groß der Hradschin wirklich war, sie hatte ihn bis dahin nur von außen gekannt. Jetzt entdeckte sie staunend, daß eine ganze Stadt in den Burgmauern untergebracht war, mit mehreren Kirchen, einem Kloster, riesigen Häusern und verwinkelten Gassen. Gegen ihren Willen war sie von der mächtigen Anlage beeindruckt.

Der Eingang, durch den die rund zwei Dutzend Edeldamen verschwunden waren, gehörte zu einem langgestreckten Häuserblock, der sich eng an die Burgmauer schmiegte. Die Fenster blickten zur einen Seite auf den steil abfallenden Wallgarten, zur anderen hinab in die schmale Georgsgasse und auf die Basilika. Sarai wartete, bis auch die letzte der Frauen ins Haus getreten war, dann folgte sie ihnen unauffällig.

Das Ganze war natürlich Cassius' Plan, und sie bereute schon jetzt, sich darauf eingelassen zu haben. Noch immer war sie nicht von einem Zusammenhang zwischen dem Schattenmörder und den Hühnerweibern überzeugt. Zwar sah sie die Notwendigkeit ein, auch der kleinsten Spur nachzugehen, doch die Vorstellung, daß ihr eines dieser überzuckerten Weibsstücke in der Kleineren Stadt als gespenstische Hühnerfrau begegnet sein sollte, hielt sie für völlig abwegig. Sie hatte dem Vorhaben des Alchimisten zugestimmt, weil es die einzige Möglichkeit war, überhaupt irgend etwas zu tun, doch als sie nun hinter den Frauen her in das Gebäude schlich, bekam sie es doch mit der Angst zu tun.

Hinter der Tür lag eine kleine Eingangshalle, von der aus eine breite Treppe in die oberen Stockwerke führte. Zwei angrenzende Zimmer lagen hinter geschlossenen Türen. Ein offener Durchgang gewährte den Blick in einen dunklen Flur. Sarai schaute sich vorsichtig um und sah gerade noch die letzten Kleiderzipfel auf den oberen Stufen verschwinden. Auch jenseits des düsteren Durchgangs entfernten sich Schritte.

Sarai überlegte gerade, wohin sie sich wenden sollte, und spielte bereits mit dem Gedanken, einfach umzukehren, als sie oberhalb der Treppe Stimmen vernahm, dann Schritte. Jemand kam wieder ins Erdgeschoß herunter.

Lautlos huschte Sarai durch eine der Türen – sie war nicht verriegelt – und beobachtete durch einen Spalt, wie ein junges Mädchen, nicht älter als sie selbst, an die Haustür trat und sie mit einem handgroßen Schlüssel zusperrte. Einen Augenblick lang tobte in Sarai die Befürchtung, man hätte ihr Eindringen bemerkt und wollte sie nun gefangenhalten. Dann aber wurde ihr klar, daß die Vorsicht der Frauen nicht ihr galt: Wahrscheinlich fürchtete man trotz allem Frieden auf der Burg die Söldner der Katholischen Liga.

Das Mädchen mit dem Schlüssel stieg wieder die Treppe hinauf, sprach mit einer anderen Frau, die Sarai nicht sehen konnte, ein paar undeutliche Worte, dann gingen sie gemeinsam davon. Wenige Herzschläge später waren ihre Schritte verklungen.

Sarai atmete auf, obgleich ihr doch klar war, daß die Gefahren erst begonnen hatten. Sie wußte, daß man sie ohne Zögern der Palastwache ausliefern würde, falls man sie hier ertappte. Die Adels- und Kaufmannsfamilien, die hier Zuflucht gesucht hatten, mußten einander sicherlich kennen, eine Fremde würde jedem gleich auffallen. Man würde sie für eine Einbrecherin halten, die sich an den verbliebenen Gütern der Flüchtlinge gütlich tun wollte. Mitleid oder gar Gnade hatte sie nicht zu erwarten.

Anders lagen die Dinge freilich, falls Cassius recht behielt. Sein Plan war denkbar einfach: Sarai sollte die Frauen beobachten und sich, falls die Hühnerweiber tatsächlich aus ihren Reihen kamen, um Aufnahme in ihren Zirkel bemühen. Sie konnte noch immer nicht fassen, wie leichtfertig sie dem zugestimmt hatte. »Ich würde es selbst versuchen«, hatte Cassius gesagt, als er ihr Zögern bemerkte, »aber außer meiner Altmännerbrust besitze ich wenig, das mich für diese Aufgabe taugen läßt.« Damit hatte er wohl recht. Spätestens in jenem Augenblick hätten sie den Plan verwerfen müssen.

Sarai blickte sich um. Der Raum, in dem sie sich befand, war niedrig und nicht allzu groß, höchstens sechs mal sechs Schritte. Er war angefüllt mit Kisten und Säkken, aus denen Stoffe, Gemälde, kleine Statuen und andere Gegenstände quollen, welche die Besitzer vor der Flucht aus ihrem Stadtpalais zusammengerafft hatten. An einer Wand standen zwei Betten.

Neugierig durchquerte sie den Raum und trat an eine zweite Tür. Sie drückte die Klinke vorsichtig herunter und blickte ins nächste Zimmer. Dort entdeckte sie ein breites Himmelbett inmitten eines prachtvollen Gemachs. Im vorderen Raum waren demnach die Bediensteten untergebracht, während Herr und Herrin nicht auf ihren gewohnten Prunk verzichten mußten. Ungewöhnlich genug für eine Stadt, die sich inmitten eines Krieges befand. Sarai dachte an das Elend in den Gassen, an die vielen Toten und Gezeichneten, blickte dabei in das Schlafgemach der geflohenen Edelleute und hätte am liebsten auf ihr verschnörkeltes Bett gespuckt. Sie wünschte allen Schloßbewohnern, Cassius ausgenommen, daß sie an ihrer prunkvollen Gleichgültigkeit erstickten. Sie feierten Feste auf dem Hradschin, während hundert Schritte tiefer auf den Straßen die Kinder verreckten.

Aber wer war Sarai, darüber zu urteilen? Hatte sie selbst es nicht vorgezogen, mit Cassius in den Mihulka-Turm zu gehen, statt unten in der ärmlichen Judenstadt zu bleiben? War nicht auch sie in die Sicherheit der Burg geflohen, als sich die Möglichkeit dazu bot?

Sie drückte die Tür zu, verließ auch das Vorzimmer und trat zurück in die leere Eingangshalle. Sie hatte nur zwei Möglichkeiten: Entweder sie folgte der einen Gruppe von Frauen nach oben, oder aber sie ging den dunklen Flur hinunter. Die ungewisse Finsternis am Ende des Korridors gab den Ausschlag, und so stieg Sarai langsam die Treppe hinauf. Sie trug Schuhe mit weichen Ledersohlen, die auf den Marmorstufen keinen Laut verursachten. Gegenüber den Edeldamen war sie dadurch im Vorteil, denn deren teures Schuhwerk klapperte vernehmlich auf den Steinböden und verriet schon von weitem ihr Kommen.

Jetzt aber herrschte Stille. Das Haus war wie ausgestorben. Zum erstenmal fragte sich Sarai, wo eigentlich die Männer und Kinder der Frauen waren. Hatte man sie getrennt voneinander untergebracht? Dem widersprach das Schlafgemach, das sie gesehen hatte. Was aber sprach dagegen, daß dort zwei Frauen lebten, etwa Mutter und Tochter? Vielleicht traute Maximilian von Bayern dem Prager Adel doch weniger, als sie bislang vermutet hatte. Möglicherweise benutzte er Männer und Frauen als gegenseitiges Faustpfand. Die einen würden sich ohne die anderen nicht gegen ihn stellen, er behielt sie unter Kontrolle, ohne härtere Maßnahmen zu ergreifen.

Demnach hatte Sarai es vorerst nur mit Frauen zu tun. Sie war nicht sicher, ob ihr dieser Gedanke gefiel. Erleichterung verspürte sie keine.

Die Treppe führte im ersten Stockwerk auf einen Flur, an den mehrere Zimmer grenzten. Alle Türen waren geschlossen. Sarai entschied sich, weiter nach oben zu steigen. Im dritten Stock schließlich hörte sie erneute Stimmen. Hier irgendwo mußten die Frauen sein. Aus dem erregten Durcheinander zu schließen, das an ihre Ohren drang, hielten die ehrenwerten Damen eine Versammlung ab.

Am Ende des Flurs befand sich eine zweiflügelige Tür, nicht höher als alle anderen, aber breiter und mit prächtigen Einlassungen verziert. Dahinter mußte sich eine Art Festsaal befinden.

Sarai preßte ihr Ohr an das Holz und lauschte. Alles, was sie hören konnte, waren Gesprächsfetzen.

»Habt Ihr gesehen, wie er meine Käfer ansah? Ich glaube fast, er hat mich längst als die Seine erwählt …«

Aufgeregter Widerspruch aus vielen Mündern: »Warum solltest gerade du diejenige sein?« – »Vielleicht sind seine Räume nicht geheizt, meine Liebe, und er sucht Wärme an Eurer monströsen Brust.« – »Sie sind geheizt, das kann ich Euch versichern.« – »Woher wollt denn Ihr das wissen?«

Und so ging es in einem fort, mal von wildem Geschrei unterbrochen, wenn zwei der Edeldamen sich ganz unedel an den hochgetürmten Haaren rissen.

Sarais Zweifel wurden zur Gewißheit. Diese Weiber mochten fraglos gackern und kreischen wie Hühner, sonst aber schienen sie wenig gemeinsam zu haben mit dem merkwürdigen Wesen, das ihr unten in der Stadt begegnet war.

Soeben hatte Sarai beschlossen, in den Mihulka-Turm zurückzukehren, als hinter ihr auf der Treppe Schritte laut wurden. Sie fuhr herum und blickte den Gang hinunter. Noch war niemand zu sehen. Der obere Treppenabsatz befand sich etwa fünfzehn Schritte von ihr entfernt. Die Stufen waren der einzige Weg, der nach unten führte. Falls wirklich jemand dort heraufkam, dann war ihr der einzige Fluchtweg versperrt. Blieb nur, sich in einem der angrenzenden Zimmer zu verstecken.

Hastig drückte sie die erstbeste Klinke hinunter. Die Tür war verschlossen. Ebenso die zweite. Und die dritte. Sarai geriet in Panik. Gleich würde ein Kopf über dem Treppenabsatz auftauchen und sie entdecken.

Auch die vierte Tür ließ sich nicht öffnen.

Sarai erkannte, daß ihr nur noch eine Möglichkeit blieb.

Da – jetzt erschien jemand auf der Treppe, das junge Mädchen von vorhin. Es blickte Sarai erstaunt an und brauchte einen Augenblick, ehe es begriff, daß sie keineswegs hierher gehörte.

Sarai rannte los. Direkt auf das Mädchen zu.

Das junge Edelfräulein riß den Mund auf, um zu

schreien. Sarai rammte es im selben Moment. Mit voller Wucht stieß sie ihre Schulter gegen das Mädchen und riß es nach hinten die Treppe hinab. Das Mädchen verlor den Halt, rutschte über die Stufenkante nach hinten ab und stürzte. Seine Beine verhedderten sich in dem langen Kleid. Polternd, ein Wirbel aus weißem Stoff und zerzaustem, blondem Haar, fiel es hinterrücks nach unten.

Sarai war zuvor an dem stürzenden Edelfräulein vorbeigehuscht und sprang nun vor ihr her die Stufen hinunter. Etwas klimperte zu ihren Füßen, und sie entdeckte den großen Schlüssel für die Haustür, der dem Mädchen in hohem Bogen aus der Hand geflogen war. Schon glaubte sie, ihrem Schicksal einmal mehr entronnen zu sein, und bückte sich, um den Schlüssel aufzuheben, bevor das Mädchen darüber hinwegpoltern konnte, als plötzlich etwas ihren Blick zum Ende der Treppe zwang.

Sie sah drei alte Frauen am unteren Treppenabsatz stehen und zu ihr aufblicken – als auch schon das Mädchen von hinten heranstürzte, Sarai in den Rücken prallte und sie mit sich in die Tiefe riß, genau auf die Frauen zu. Der Schlüssel, den sie gerade erst mit Daumen und Zeigefinger ergriffen hatte, entglitt ihr wieder und flog funkelnd davon. In einem Wirrwarr aus Armen und Beinen schlugen die beiden Mädchen im zweiten Stockwerk auf den Boden vor der Treppe. Die drei Frauen traten hoheitsvoll zwei Schritte zurück, um nicht getroffen zu werden. Mit finsteren Gesichtern, tief zerfurcht von Altersfalten und Wut über den Vorfall, starrten sie auf Sarai herab, reglos, überlegen, schweigend.

Sarai strampelte sich von ihrer benommenen Gegnerin los, keuchte dabei vor Schmerz und rappelte sich auf die Füße. Während sich das Mädchen noch weinend am Boden wand, blickte Sarai zu den drei Frauen auf.

Und aufblicken mußte sie in der Tat. Obwohl die drei

ihr siebzigstes Jahr weit überschritten hatten, waren sie doch hochgewachsen und standen so gerade da wie drei schwarze Kerzen. Jede war um einen Kopf größer als Sarai. Eine unheimliche Aura umgab dieses stumme Tribunal. Der Geruch von Alter umwaberte sie, aber da war noch etwas anderes. Es roch nach Staub, als hätten die drei jahrzehntelang auf irgendeinem Speicher gestanden wie vergessene Möbelstücke und wären plötzlich zum Leben erwacht.

Auch später vermochte Sarai nicht in Worte zu fassen, woran es lag, aber mit einemmal vervielfachte sich ihre Furcht und raubte ihr die Vernunft. Statt mit den Frauen zu sprechen, sich um eine Erklärung zu bemühen, warf sie sich herum und stürmte die Treppe wieder hinauf. Sie wußte nicht, wohin sie rannte, doch eines war gewiß – sie mußte fort von den drei Alten, jetzt gleich, noch in diesem Augenblick.

Sie schaute sich nicht um, stürmte einfach die Stufen hoch, gelangte wieder in den dritten Stock und rannte von dort aus weiter nach oben.

Sie stieß eine niedrige Holztür auf, schob sich gebückt hindurch und stand inmitten eines hohen Speicherraumes. Er war vollkommen leer. Zwei hohe Schrägen trafen sich weit, weit über ihrem Kopf, jenseits eines verschlungenen Netzes aus Holzbalken, deren obere Regionen ebenso wie der Dachwinkel in völliger Dunkelheit lagen. Etwas bewegte sich dort in der Finsternis. Sarai hörte leises Rascheln und einen Laut, wie von Federn, die man gegen den Strich bürstet. Sie starrte angstvoll nach oben, aber ihr Blick vermochte die Dunkelheit nicht zu durchdringen.

Durch zwei winzige Fenster, jeweils im unteren Teil der dreieckigen Seitenwände, fielen zwei schräge Lichtbalken von den Scheiben bis zum Boden. Es sah aus, als ob sie die Schatten stützten.

Die Geräusche im Dunkeln über ihr verstummten. Sarai rief sich verzweifelt zur Ruhe, doch sie spürte, daß ihr ganzer Körper bebte. Sie lauschte hinaus ins Treppenhaus. Noch waren da keine Schritte, die ihr folgten. Das mochte sich schnell ändern.

Sie schlug die Tür zu und sah sich gehetzt nach etwas um, das sie davorschieben konnte. Es gab nichts. Auch keinen Riegel.

Der Dachboden war ein geschlossener Raum ohne weitere Türen. Die Fenster mochten sich öffnen lassen, aber dort draußen fielen die Wände steil hinab in den Abgrund, drei Stockwerke tief. Sarai saß in der Falle. Wenn man ihr jetzt folgte, gab es keinen Weg zur Flucht.

Da hörte sie wieder das Rascheln, zweimal. Beide Male aus der Finsternis über ihrem Kopf, aus zwei verschiedenen Richtungen. Irgend etwas war dort oben zwischen den Balken.

Sie wich langsam von der Tür zurück. Jeden Augenblick mochte sie aufspringen. Sarai stellte sich eine Horde streitlustiger Weiber vor, die durch den engen Eingang auf den Speicher quoll. Oder, schlimmer noch, die drei alten Frauen im Türrahmen, stumm, mit kleinen schwarzen Augen in zerfurchten Krähengesichtern.

Etwas schwebte vor ihr von der Decke herab.

Eine Feder.

Langsam, fast gemächlich, trudelte sie an ihrem Gesicht vorüber und segelte sanft zu Boden.

Noch einmal schaute Sarai nach oben und sah nichts als Schwärze. Zögernd bückte sie sich. Streckte die Finger nach der Feder aus. Sie war grau, mit einem Stich ins Braune.

Von einer Taube, dachte sie.

Oder einem Huhn.

Ekel schnürte ihr die Kehle zu. Angewidert schüttelte sie die Feder von ihrer Hand. Dann nahm sie all ihren Mut zusammen und wandte das Gesicht nach oben.

»Ihr könnt euch zeigen«, sagte sie und bemühte sich,

ihrer Stimme einen festen Klang zu geben. »Ich weiß, daß ihr da seid.«

Keine Antwort. Nur ein neuerliches Rascheln.

Auch im Treppenhaus herrschte Stille. Warum folgte ihr niemand?

»Ich kenne euch«, sagte sie stockend. »Ich will mit euch sprechen.«

Ein nahezu lautloses Rauschen. Etwas huschte von einem Balken zum anderen. Das Zwielicht, das durch die beiden Fensterluken fiel, reichte gerade bis zu den unteren Balken, die zweite Schicht darüber war nur noch in Umrissen zu erkennen. Wenn Sarai die Höhe des Speichers richtig einschätzte, mußte es dort oben fünf oder sechs solcher Ebenen von Balken geben. Platz genug für Hunderte von Tauben. Oder zwei Dutzend Hühnerfrauen.

»Ich bin wehrlos«, rief sie erneut und hob beide Arme, um zu zeigen, daß sie keine Waffen verbarg. »Ich will euch nichts Böses.«

Nein, das wollte sie bestimmt nicht. Was aber, wenn man ihr Böses wollte?

»Warum versteckt ihr euch? Ich habe eine von euch gesehen, unten, in der Kleineren Stadt. Ich weiß, wie ihr ausseht.«

Etwas flatterte in der Dunkelheit.

Flattern? Also Flügel. Die Hühnerfrauen flogen nicht. Sie waren Menschen. Aber konnte sie da völlig sicher sein?

Eine Handvoll Federn schwebte auf sie herab wie große Schneeflocken. Eine haftete an Sarais Stirn. Angeekelt wischte sie die Feder fort. Offenbar wollte man nicht mit ihr sprechen.

Was, wenn es doch nur Tauben waren?

Jetzt hörte sie ferne Rufe, unten in der Gasse. Rufe und hallende Stiefelschritte. Sie rannte zum Fenster. Der hölzerne Fußboden ächzte unter ihren Füßen. Staubwolken stoben auf. Sarai riß den Fenstergriff herunter. Er klemmte, doch unter kräftigem Rucken gelang es ihr, ihn zu lösen. Sie ahnte bereits, was sie draußen sehen würde.

Sie steckte vorsichtig den Kopf aus der Luke. Ihr gegenüber, getrennt nur durch den Abgrund der Gasse, lag das Dach der Georgsbasilika. Es waren nur wenige Schritte bis dorthin, doch selbst wenn sie weit genug hätte springen können, so war doch das Fenster zu eng, um mehr als den Kopf hindurchzuschieben.

Sarai blickte in die Tiefe. Eine Handvoll Ligasöldner, offenbar die neue Palastwache, stürmte ins Haus. Die junge Edelfrau, die sie die Treppe hinabgestoßen hatte, stand neben der Tür und sprach aufgeregt auf die vorbeilaufenden Männer ein. Die drei Alten waren nirgends zu sehen.

Statt Sarai persönlich zu verfolgen, hatten die Frauen die Wache gerufen. Sollten die Söldner sich mit der Einbrecherin abgeben. Nur deshalb war ihr niemand auf den Speicher gefolgt; die Frauen wollten sich die Hände nicht schmutzig machen.

Sarai spürte, wie ihr ganzer Körper zu zittern begann. Wenn sie den Söldnern der Liga in die Hände fiel, war es um sie geschehen.

Schon hörte sie ihr Poltern weiter unten auf der Treppe. Sie mußten schon im zweiten Stock sein. Noch zwei Treppen.

Ihr blieb keine Zeit, lange nachzudenken. Sie hatte ohnehin keine Wahl. Wenn sie den Speicher durch die Tür verließ, würde sie den Söldnern in die Arme laufen. Durchs Fenster aber paßte sie nicht. Blieb nur die Flucht nach oben. Hinauf ins Netz der Dachbalken. Hinauf in die Finsternis.

Sie kletterte den erstbesten der unteren Stützbalken hinauf, wechselte von da aus auf den nächsten. Schon befand sie sich drei Schritte über dem Boden. Der Lärm der Söldner kam immer näher. Die Männer mußten den dritten Stock erreicht haben, stürmten jetzt die letzte Treppe hinauf.

Sarai blickte im Klettern nach oben. Sie hatte erwartet, die Dunkelheit würde sich allmählich lichten, je näher sie ihr käme, doch das stellte sich als Trugschluß heraus. Die Finsternis im Dachwinkel hing über ihr wie eine Gewitterwolke. Sie hörte nicht mehr, ob das Rascheln andauerte, ihre eigenen Geräusche beim Erklimmen der Dachbalken waren zu laut. Wohl aber sah sie weitere Federn, die von oben herabrieselten, an ihr vorbei in die Tiefe. Sarai war jetzt gute drei Mannslängen über dem Boden, aber noch immer hatte sie den höchsten Punkt des Speichers nicht erreicht.

Die Söldner nahmen sich nicht die Zeit, die Klinke zu benutzen – sie traten die Tür aus den Angeln. Vielleicht glaubten sie, damit den Damen zu imponieren.

Sarai kletterte langsamer. Sie mußte leise sein, lautlos. Auch war sie nicht sicher, ob man sie von unten noch sehen konnte. Jede schnelle Bewegung mochte sie verraten.

Sechs Männer schoben sich durch den zertrümmerten Einstieg, der Rest wartete draußen. Die Söldner trugen das übliche Geckenkostüm, dazu lange Dolche, einer auch ein Schwert. Eilig blickten sie sich um und fanden den Dachboden zu ihrem Erstaunen verlassen vor.

Sarai klammerte sich eng an einen Balken und ging dahinter in Deckung; natürlich war er viel zu schmal, um sie gänzlich zu verbergen.

»Hier ist keiner«, sagte einer der Söldner, und ein zweiter wiederholte die Worte lautstark ins Treppenhaus.

»Sie ist fort«, sagte der erste.

»Sie ist fort!« schrie der zweite.

»Falls sie je hier war«, fügte der erste wie im Selbstgespräch leise hinzu.

»Falls sie je hier war!« brüllte der andere die Treppe hinunter.

»Halt's Maul!« schnauzte ihn der erste an, der wohl

befürchtete, durch seine Zweifel bei den Damen an Ansehen zu verlieren.

Sarai blickte gebannt nach unten. Noch war keiner der sechs auf den Einfall gekommen, zu ihr aufzuschauen.

Würde er sie dann entdecken? Sie sah auf ihre eigenen Arme und Beine herab und konnte sie trotz der Dunkelheit als Schemen erkennen. Ihre Augen hatten sich an das fehlende Licht gewöhnt. Gut möglich, daß sie für die Söldner nicht zu sehen war.

Ohnehin aber machte noch immer niemand Anstalten, aufzublicken. Offenbar hatten die Männer wenig Lust, sich um die Sorgen der Edeldamen zu kümmern. Ihnen war gleichgültig, ob eine Diebin den Frauen die Schmuckstücke stahl. Ganz im Gegenteil: Sie hätten wohl selbst gern einen Griff in die Schatullen getan.

Die ersten Männer verließen den Speicher. Übrig blieben erst drei, dann zwei, schließlich nur noch der Wortführer. Auch er wollte gerade durch die zerbrochene Tür auf die Treppe treten, als von oben eine Feder in sein Gesicht trudelte.

Der Mann erschrak, fuhr sich mit der Hand durchs Gesicht. Erstmals schien ihm bewußt zu werden, daß über ihm mehr sein könnte als ein paar alte Balken.

»Wartet!« rief er seinen Gefährten hinterher.

Er sah nach oben.

Sarai hielt den Atem an. Langsam und überaus eindringlich musterte der Söldner das Balkengewirr. Er kniff die Augen zusammen, verfluchte die Dunkelheit. Sein Blick tastete über den Dachstuhl. Zuletzt verharrte er auf der Stelle, an der Sarai sich zitternd an den Balken klammerte. Sie sah, daß seine Brauen ebenso buschig waren wie sein Schnauzbart. Eine Narbe verlief quer über sein gegerbtes Gesicht.

»Ist da wer?« fragte er laut.

Er hat mich gesehen! durchfuhr es Sarai panisch. Er muß mich gesehen haben!

Aber noch immer starrte er sie nur an, ohne sie anzusprechen.

»Ist da oben jemand?« fragte er noch einmal.

Hinter ihm traten zwei weitere Söldner durch die Tür, ihnen folgte ein dritter. Zu viert blickten sie jetzt nach oben.

»Wenn da wer ist, sollte er schnell herunterkommen«, raunzte der Wortführer.

Sarai jubelte in Gedanken: Er sieht mich nicht! Wenigstens noch nicht.

Aber vielleicht hatte einer der anderen bessere Augen. Oder kam gar auf die Idee, selbst ins Gebälk zu klettern, um nach dem Rechten zu sehen. Sarai begriff, daß sie so gut wie verloren war.

Einen halben Schritt neben ihrem Ohr ertönte plötzlich heftiger Flügelschlag. Eine Taube stob auf und flatterte lautstark in die Tiefe. Eine zweite folgte ihr. Die Männer duckten sich erschrocken, als die Vögel über ihre Köpfe hinwegjagten. Eine streifte die lange Feder auf dem Barett eines Söldners und riß sie heraus. Der Kerl fluchte, als sein Kopfschmuck zu Boden fiel.

»Drecksviecher!« schimpfte er und bückte sich.

Drei weitere Tauben lösten sich aus der Dunkelheit und flatterten abwärts. Sie landeten am Boden und stolzierten- über den Staubteppich, als seien die Söldner gar nicht anwesend. Einer holte aus und trat nach einem der Tiere, doch der Vogel wich mühelos zur Seite.

Sarai wollte nicht länger warten. Der Hauptmann würde einen Wächter zurücklassen, ein Abstieg war dann unmöglich. Vielleicht gab es eine Möglichkeit, durchs Dach zu entkommen. Das lange Kleid, das Cassius ihr gegeben hatte, hinderte sie fast bis zur Unbeweglichkeit. Langsam, um sich nicht durch rasche Bewegungen zu verraten, schob sie den Saum bis zu den Hüften empor. Nun konnte sie zwar besser klettern, und auch der Stoff raschelte nicht mehr so wie zuvor, aber ihre nackten Beine scheuerten über die Balken, und Splitter zerkratzten ihre Haut. Es brannte wie Ameisengift.

Sie vermochte nun kaum noch zu erkennen, wohin sie Hände und Füße setzte, so finster war es hier oben. Die Balken verliefen kreuz und quer, die meisten schräg, so daß sie darüber langsam, aber allmählich in höhere Regionen vorstieß. Wäre nicht der Schmerz in ihren Beinen gewesen, sie hätte wohl meinen können, zu schweben: Es war eigenartig, den Boden unter sich zu sehen – ein seltsames Mosaik aus Zwielicht, in Scherben zerschlagen vom Netz der Balken –, aber weder neben noch über sich schauen zu können. Die Dunkelheit war dort so dicht wie Tinte. Jetzt konnte sie auch ihre eigenen Glieder nicht mehr erkennen, nur dann, wenn sie sich als Silhouetten vor die dämmrige Tiefe schoben.

Immer öfter störte sie nun Tauben auf. Sie mußte sich jetzt etwa fünf Mannslängen über dem Boden befinden. Viel höher konnte der Giebel doch unmöglich sein! Aber noch führten weitere Balken nach oben, und schließlich verlor Sarai jedes Gefühl für Entfernung und Tiefe. Die Gespräche der Söldner drangen nur noch als Gemurmel an ihr Ohr. Der Hauptmann gab seinen Männern Befehl, sich zurückzuziehen. Wie erwartet, ließ er einen Söldner als Wache zurück.

Während die übrigen die Treppe hinabpolterten und verschwanden, setzte sich der Zurückgelassene vor die zertrümmerte Tür und starrte unsicher ins Dunkel des Dachstuhls. Sarai wußte, was er empfand. Sie selbst hatte es eben erst durchgemacht. Wahrscheinlich spürte er, daß sich dort oben etwas regte. Etwas, das keine Taube war.

Sarai kam die Erkenntnis im selben Augenblick. Die Vögel hatten sie abgelenkt. Aber war sie hier oben wirklich mit den Tieren allein?

Sie hatte den Gedanken kaum gefaßt, da fühlte sie auch schon, wie sich die Finsternis um ihren Körper zusammenzog, bis sie kaum noch wagte, sich zu bewegen. Sie wußte sehr wohl, daß sie selbst diese Empfindung hervorgerufen hatte, daß sie nur in ihrem Kopf stattfand. Trotzdem packte sie inmitten dieser absoluten Schwärze ein grauenvolles Angstgefühl, Angst vor dem, was unsichtbar neben ihr sitzen mochte. Sie verspürte den heftigen Drang, mit ihren Händen in die Dunkelheit zu tasten, den Raum um sich zu erkunden, doch sie zögerte aus Furcht vor dem, was sie fassen mochte.

Was, wenn ihre Finger ein Gesicht berührten? Augen, die sie anstarrten, verschlagen musterten, auch ohne Licht?

Und doch mußte sie weiter. Sie konnte nicht ewig auf diesem Balken über dem Abgrund hocken. Der Weg nach unten aber war durch den Wächter versperrt. Er mochte bis zum Abend dort sitzen. Daher blieb ihr vorerst nichts übrig, als abzuwarten. Dazu aber mußte sie sich eine Stelle suchen, an der sie sich anlehnen oder aufstützen konnte. Ein Krampf würde sie unweigerlich abstürzen lassen.

Langsam und so lautlos wie nur möglich schob sie sich nach rechts auf die Dachschräge zu. Im Winkel zwischen Balken und Wand wollte sie sich ausruhen. Vielleicht gelang es ihr sogar, ihre Ängste zu überwinden.

Sie erreichte die Schräge schon nach wenigen Schritten, ohne auf ein Hindernis zu stoßen. Die Innenseite des Dachs war mit einem Gitter aus Brettern unterlegt, auf dem die Ziegel direkt auflagen. Sarai schöpfte neue Hoffnung. Vielleicht gelang es ihr, einige der Schindeln zu lösen und ins Freie zu klettern.

Einen halben Schritt rechts von ihr entdeckte sie einen haarfeinen Spalt in der Schräge. Sie hätte kaum erstaunter sein können, als ihre Finger an derselben Stelle auf einen Riegel stießen. Es war nicht nötig, selbst eine Öffnung zu schaffen; das hatten andere längst vor ihr getan:

Sarai war auf einen verriegelten Ausstieg gestoßen, eine hölzerne Klappe inmitten der Dachziegel!

Mit zitternden Fingern versuchte sie, den Riegel zurückzuschieben. Die Eisenschiene war völlig verrostet. Wer immer sie angebracht hatte, hatte nicht die Feuchtigkeit bedacht, die durch die Dachziegeln sickerte. Sarai drückte mit aller Kraft, und langsam, ganz allmählich, ließ sich der Riegel lösen. Dann ruckte er plötzlich mit einem metallischen Kreischen zurück.

Der Söldner sah auf. »He, wer da? Komm runter, verdammt!«

Sarai dachte nicht daran, zu gehorchen. Statt dessen stieß sie mit beiden Händen fest gegen die Luke. Sie schwang nach außen, und im selben Augenblick flutete grelles Tageslicht herein. Dutzende Tauben schreckten von ihren Plätzen im Gebälk auf. Einen Herzschlag lang glaubte Sarai, in all dem Wirrwarr ein Gesicht zu erkennen. Doch falls wirklich jemand dagewesen war, so zog er sich sofort in die Dunkelheit jenseits des Lichtscheins zurück.

Sie hörte den Söldner am Grunde des Dachbodens schreien, erst Flüche und Drohungen, dann Alarmrufe. Flink schob sie sich durch die Öffnung ins Freie. Die Helligkeit blendete sie, und sie vertat kostbare Zeit damit, blind nach einem Halt zu tasten. Nachdem sich ihre Augen allmählich an das Tageslicht gewöhnt hatten, sah sie an der Außenseite des Dachs, gleich neben der Luke, einen Griff aus Metall. In Abständen führten weitere an der Schräge hinab bis zur Rinne, wo ein Dach ans andere stieß. Sie kletterte an den Metallgriffen nach unten, bis sie sich genau zwischen den Dächern der aneinandergrenzenden Häuser befand. Die Rinne führte in der einen Richtung zur Oberkante der Fassade an der Georgsgasse, in der anderen aber zur Außenwand der Burg. Sarai entschied sich, erst dort nach einer Möglichkeit für den Abstieg zu suchen, denn in der Gasse vor dem Haus mochte es bald schon von Söldnern wimmeln. Vielleicht rechneten die Männer nicht damit, daß sie es an der Burgmauer versuchen würde.

Sarai hoffte, daß wer immer die Dachluke eingebaut und die Eisengriffe an der Schräge befestigt hatte, eine ähnliche Leiter auch außen am Gebäude verankert hatte. Sie war nun sicher, daß sie auf einen Ausstieg der Hühnerfrauen gestoßen war. Cassius hatte also doch recht gehabt. Obgleich Sarai immer noch daran zweifelte, daß tatsächlich die Edeldamen dahintersteckten, so schienen ihr doch die drei alten Frauen unheimlich genug, um mit der Sache zu tun zu haben. Und dann mußte auch das junge Mädchen dazugehören. Und mit ihm wahrscheinlich noch viele andere. Wer aber, außer den hochgestellten Damen, hatte sonst noch Zugang zu diesem Gebäude?

Und da begriff sie. Die Dienerinnen! Nicht die Gattinnen der Barone und Kaufleute waren die Hühnerfrauen, sondern deren Bedienstete. Nur sie kamen in Frage!

Aus der Gasse drangen Rufe herauf. Der Söldner vom Speicher mußte seinen Hauptmann alarmiert haben.

Gebückt lief Sarai die Rinne entlang bis zur äußeren Kante. Rechts und links von ihr wuchsen die aneinandergrenzenden Dachschrägen empor; vor ihr öffnete sich das weite Panorama Prags. Sarai blickte über die Giebel der Kleineren Stadt und die Moldau hinweg bis zum Altstädter Ring und noch darüber hinaus. Die Höhe ließ sie schwindeln. Ein kühler Wind trieb ihr Nieselregen und einen brackigen Geruch ins Gesicht. Er mußte vom Fluß stammen. Unten in den Gassen war er ihr nie aufgefallen.

Sie ging an der Kante in die Knie und blickte vorsichtig an der Mauer hinunter. Sie hatte sich nicht getäuscht: Auch hier führten Eisensprossen in die Tiefe und verschwanden weiter unten im Laubdach einiger Bäume, die sich dicht an die Burgwand schmiegten. Gleich dahinter fiel eine felsige Steilwand weitere zehn Mannslängen ab bis zur Kleineren Stadt. Alles in allem mußte Sarai sich mehr als dreißig Schritte über dem Boden befinden. Ihr war totschlecht.

Am anderen Ende der Rinne, dort, wo es abwärts zur Georgsgasse im Inneren der Burg ging, erschien plötzlich das obere Ende einer Sturmleiter. Die Ligasöldner waren schnell. Offenbar dachten sie nicht daran, ihre Beute entkommen zu lassen. Zitternd stieg Sarai über die Kante hinweg auf die erste Eisensprosse. Sie mußte unter den Bäumen verschwunden sein, ehe die Söldner auf dem Dach waren und sehen konnten, wohin sie geflohen war.

Der Wind zerrte wilder und unbändiger an ihrem Kleid, während sie zögernd an der Wand herabstieg. Mehrmals überkam sie solche Übelkeit, daß ihr schwarz vor Augen wurde und sie glaubte, abstürzen zu müssen. Rechts und links von ihr befanden sich Fenster und Erker im Gemäuer, aber sie waren zu weit entfernt, als daß sie sich an eines hätte heranziehen können. Auch wagte sie kaum zur Seite zu schauen, hielt den Blick vielmehr starr vor sich auf die Wand gerichtet und tastete mit Händen und Füßen nach den nächsten Sprossen.

Schließlich erreichte sie die oberen Äste der Baumkronen und zwängte sich zwischen ihnen hindurch, weiter an der Mauer entlang. Die letzten zwei Schritte sprang sie hinab, landete schwankend auf beiden Füßen und blickte sich um. Sie befand sich auf einem natürlichen Sims, nur wenige Schritte breit, in den die Bäume ihre Wurzeln krallten. Dahinter führte die Felswand steil zur Stadt hinab. Es widerstrebte ihr, sich noch einmal einer solchen Tiefe anzuvertrauen, sie wußte aber, daß ihr keine andere Möglichkeit blieb.

Sie schaute kurz nach oben. Die Bäume verdeckten die Trittleiter, die sie herabgestiegen war. Sie konnte nicht erkennen, ob die Söldner schon oben über die Kante blickten oder ihr sogar folgten. Ihr blieb nur, die Flucht fortzusetzen. In den Gassen der Kleineren Stadt würde sie eine Weile untertauchen und sich erst im Schutz der Dunkelheit wieder auf den Hradschin und in Cassius' Turm zurückschleichen.

Das zweite Stück ihres Abstiegs war länger, aber ebenso dicht mit Eisensprossen bestückt wie das erste. Auch sie waren rostig, und manche ruckten in den Verankerungen, wenn Sarai ihre Füße darauf setzte, doch alle hielten ihrem Gewicht stand. Sie war zierlich, das war ihr Glück.

Nach endlosem Klettern und manch bangem Augenblick kam sie endlich unten an. Sie überwand die Mauer, die den Hradschinfels von den ersten Häusern trennte, dann war sie in Sicherheit – zumindest der Palastwache war sie fürs erste entkommen. Trotzdem spürte sie keine Freude. Die Erkenntnis, wie knapp sie dem Tod entronnen war, übermannte sie unerwartet und mit grausamer Härte. Ihr ganzer Leib begann unbeherrscht zu zittern, und sie mußte sich im Eingang eines Hauses niedersetzen, bis sie sich beruhigt hatte.

Schließlich aber raffte sie sich auf und huschte mit gesenktem Blick ins Labyrinth der Kleineren Stadt. Sie trottete eng an den Hauswänden entlang, immer auf der Hut vor den Schlächtern der Liga. Die Wirkung des roten Kleides, das sie in der Burg noch geschützt hatte, konnte sie hier unten in Gefahr bringen. Ein solches Kleid, mochte es noch so alt und an den Rändern ausgefranst sein, ließ sie wie einen Rubin inmitten der Masse der Armen funkeln. Sie dankte Gott dafür, daß kaum jemand auf den Straßen unterwegs war. Die wenigen, die sich nach draußen gewagt hatten, warfen ihr finstere Blicke zu.

Sarai überlegte, ob sie in die Judenstadt zurückkehren sollte. Sie hatte keine Freunde dort, nur ein paar Nachbarn, mit denen sie nichts verband. Seit sich vor einem

Jahr Cassius ihrer angenommen hatte, waren alle Beziehungen zu anderen Menschen abgerissen. Sie hatte es nie bereut – bis heute. Jetzt wünschte sie sich jemanden, bei dem sie unterkriechen konnte. Doch es gab niemanden mehr, zu dem sie gehen konnte.

Plötzlich kam ihr ein anderer Einfall. Eilig bog sie nach rechts, lief eine lange Straße hinunter, wandte sich dann nach links und stand kurze Zeit später vor der Öffnung des schmalen Einschnitts, in dem sie vor zwei Tagen den beiden Söldnern entkommen war. Als sie das Gewirr der Stützbalken zwischen den beiden Häuserwänden wiedererkannte, lief ihr ein Schauer über den Rücken. Im Klettern aber hatte sie nun ausreichende Erfahrung. Ein paar Splitter mehr in Fingern und Beinen machten die Schmerzen auch nicht schlimmer, und zumindest würde man hier nicht nach ihr suchen. Zwischen den Balken konnte sie ungestört ausharren, bis es dunkel wurde und sie einen neuerlichen Aufstieg zum Hradschin wagen konnte. Cassius würde sich längst Sorgen um sie machen. Sie hoffte nur, daß er keine Dummheiten anstellte. Bei ihm konnte man nie sicher sein. Er war klug, manchmal gar weise, aber er wußte wenig über den tatsächlichen Lauf der Welt, die seinen Turm umgab. Wie leicht mochte ihn seine Abgeschiedenheit, seine mangelnde Erfahrung im Umgang mit Söldnern und Wachtposten in Schwierigkeiten bringen.

Mit einem stillen Seufzer erklomm Sarai die ersten Querbalken. Schon nach kurzer Zeit saß sie tief im Inneren des Gitters, lehnte sich gegen die feuchte Mauer und gab sich Mühe, nicht nach unten zu blicken – kaum noch wegen der Höhe, vielmehr wollte sie nicht sehen, ob der tote Söldner noch auf dem Grund des Schachtes lag. Ratten und streunende Hunde mußten sich längst an seinem Leichnam zu schaffen gemacht haben.

Eine ganze Weile hockte Sarai in ihrem Versteck. Die Sonne wanderte hinter den grauen Regenwolken über den Fluß, ehe ihr klar wurde, daß sie das unnütze Dasitzen und Abwarten nicht mehr ertrug. Sie konnte nicht schlafen, aus Furcht, dabei den Halt zu verlieren und hinunterzufallen. Warum also sollte sie nicht weiter nach oben klettern und von dort aus die Gassen der Kleineren Stadt beobachten?

Also stieg sie weiter aufwärts, bis sie die obere Ebene des Balkengitters erreichte. Hier war ihr die Hühnerfrau begegnet. Sarai hatte nicht erwartet, sie hier wiederzusehen, und so war sie keineswegs enttäuscht, als sie die höchsten Verstrebungen leer vorfand. Sie kletterte weiter bis zur vorderen Kante, dort, wo sich die geisterhafte Erscheinung festgeklammert hatte, und blickte von dort aus in die Tiefe.

Ein fünfköpfiger Söldnertrupp schritt eilig die Straße hinunter, die Rücken mit schweren Säcken beladen, vollgepackt mit geraubten Gütern, die sie in ihre Unterkünfte schleppten. Aus einem Sack schaute oben der Kopf einer Puppe hervor. Vielleicht, so überlegte Sarai, hatte der Söldner irgendwo in der Ferne Frau und Kinder, die auf seine Heimkehr warteten.

Die unteren Dachkanten der beiden angrenzenden Häuser ragten fast zwei Mannslängen über das Netz der Stützbalken empor. Vor zwei Tagen hatte Sarai sich sehnlichst gewünscht, auf eines der Dächer fliehen zu können, doch die Kanten waren zu hoch, als daß man sie hätte erklimmen können.

Um so überraschter war sie nun, als ihr Blick auf eine Strickleiter fiel, die von einem der Häuser baumelte. Neugierig blickte Sarai hinauf zum Dach. Dort war niemand zu sehen.

Vorsichtig kletterte sie über die Querstreben zur rückwärtigen Wand, umfaßte eine der unteren Sprossen mit beiden Händen und zog daran mit aller Kraft. Die Leiter hielt offenbar, sie mußte fest verankert sein.

Sarai zögerte nicht länger und machte sich an den

Aufstieg. Das Dach, auf das sie die Leiter führte, war nahezu eben, fiel nur ganz seicht zum engen Rechteck eines Innenhofes ab. Zu ihrem Erstaunen fand Sarai eng an die Hauswand geschmiegt eine steile Holztreppe, die in einen Rundgang im oberen Drittel des Hofes mündete. Sie stieg hinunter, beugte sich über die Balustrade und blickte forschend in den Abgrund.

Drei Stockwerke tiefer, am Grunde des Hofes, entdeckte sie einen schmalen Durchgang, der auf eine der anliegenden Gassen führen mußte. Ihm gegenüber, an der Wand zu ihrer Linken, befand sich ein zweiflügeliges Tor, das mit allerlei Malereien verziert war. Darüber stand auf einem Schild in roten Lettern ein verschnörkelter Schriftzug, den sie aus der Entfernung nicht entziffern konnte.

Die wenigen Fenster in den rotbraunen Wänden des Hofes waren finster und schmutzig. Nichts regte sich, nur ein schwarzer Kater glitt unweit von Sarai über die Balustrade und starrte sie mit glänzenden Augen an.

Sie löste sich vom Geländer und ging den Rundgang entlang, bis sie zu einer Tür kam. Sie war geschlossen, aber nicht versperrt. Dahinter lag ein düsteres Treppenhaus. Sarai horchte hinein und vernahm keinen Laut.

Langsam schlich sie die Stufen hinunter, bemüht, keinen Laut zu verursachen. Alle Gänge, die in das Treppenhaus mündeten, waren ohne Zeichen von Leben. Die Türen einiger Quartiere standen offen, aber Sarai fühlte sich unwohl bei dem Gedanken, hineinzusehen, deshalb ließ sie es bleiben.

Schließlich gelangte sie ins Erdgeschoß und trat durch eine morsche Holztür auf den engen Innenhof. Er lag in einem seltsamen Dämmerschlaf, die hohen Wände schienen das Tageslicht aufzusaugen, bevor es den Boden des Schachtes erreichen konnte. Sarai blieb zögernd im Türrahmen stehen und betrachtete das bemalte Tor. Es zeigte eigenwillige Darstellungen von verzerrten

Teufelsgestalten mit überlangen Armen und Beinen, tanzend, tobend, balgend. Einige hingen schlaff in den Krallen ihrer Teufelsbrüder. Die gesamte Malerei war in dunklen Blautönen gehalten, doch bei genauerem Hinsehen erkannte Sarai, daß hinter den grotesken Dämonenfiguren finstere Gestalten standen, schwarze Umrisse, die das Treiben zu beobachten schienen.

Nun konnte Sarai auch den Schriftzug auf dem Schild über dem Tor entziffern. Tatsächlich waren es zwei, oben ein kleinerer und darunter ein großer in fetten Buchstaben:

Leander Nadeltanz'
SCHATTENTHEATER

Schattentheater. Sarai wußte nicht, was sie davon halten sollte. Die merkwürdigen Malereien machten ihr keine Angst, doch die Schrift darüber flößte ihr kaltes Grauen ein. Als sie sich noch einmal im Hof umsah, bemerkte sie, daß der Durchgang zur Gasse mit Brettern vernagelt war. Einen anderen Ausgang gab es nicht, nur die schmale Holztür, durch die sie gekommen war. Und das Tor des unheimlichen Theaters.

Sarai rief sich zur Ruhe. ›Schatten‹ war nur ein Begriff wie jeder andere. Es mußte nichts zu bedeuten haben, daß sie hier darüber stolperte.

Aber ihre Unruhe blieb. Wer war dieser Leander Nadeltanz? Ein seltsamer Name, fand sie. Vor allem aber: *Wo* war er? Das Haus war verlassen, das Theater offenbar ebenfalls, denn der Tunnel zur Gasse war für Gäste versperrt.

Sie beschloß, sich keine weiteren Gedanken darüber zu machen und zurück aufs Dach zu steigen. Die Vorstellung aber, erneut das leere Haus zu betreten, schien ihr plötzlich entsetzlich. Und doch gab es keinen anderen Weg nach draußen. Jetzt verfluchte sie sich dafür, überhaupt hierhergekommen zu sein. Kaum dem einen Unheil auf dem Hradschin entflohen, hatte sie sich kopfüber ins nächste gestürzt.

Sarai machte sich auf – aber sie kam genau bis zur Tür.

Dann sagte hinter ihr eine Stimme: »Willkommen, junges Fräulein, herzlich willkommen!«

Überrascht drehte sich Sarai um. Als sie den Mann sah, wußte sie gleich, wer er war. Sein Äußeres war so sonderbar wie sein Name.

»Gestatten«, sagte er freundlich und zog seinen Hut, »Nadeltanz, Spielmeister Leander Nadeltanz.«

Er war alt, keinesfalls jünger als Cassius. Doch im Gegensatz zu dem Alchimisten hielt sich Nadeltanz so steif wie der Stock, den er in seiner Rechten hielt. Seine Glieder waren mager, fast fleischlos, und in Sarais Geist entstand ein merkwürdiges Bild: Nadeltanz, wie er mit ausgebreiteten Armen auf einer Hügelkuppe stand, während der Herbstwind ihm die Haut von den Knochen wehte wie altes Laub von einem Baum.

Denn wie ein kahler Baum sah er wahrlich aus, angefangen von seinen dürren Armen und Beinen bis zur rissigen Borkenhaut auf Händen und Gesicht. Er trug eng anliegende Kleidung, seltsam farblos, wie ausgebleicht. Um seine Schultern lag ein blauer Umhang, der bis zum Boden reichte und mit kindischen Sternen und Mondgesichtern bestickt war.

»Ihr seid wegen der Vorstellung hier, mein Fräulein?« fragte er, als Sarai noch immer keine Anstalten machte, mit ihm zu sprechen.

Einen Augenblick lang erwog sie, einfach fortzulaufen, die Treppen hinauf, hoch aufs Dach und auf der anderen Seite durch die Balken wieder hinunter. Aber sie war das Fortlaufen leid, und trotz aller Merkwürdigkeiten schien Nadeltanz ihr doch ungefährlich. Eines aber würde sie auf gar keinen Fall tun: sein Theater betreten.

Dabei stand das bemalte Tor nun offen. Nadeltanz war herausgetreten, machte aber keine Anstalten, sie zu verfolgen. Er stand einfach nur da, drehte den Stock zwischen Daumen und Zeigefinger und betrachtete sie lächelnd. Es war ein freundliches Lächeln, keineswegs dämonisch wie das der Teufelsfratzen auf seinem Tor. Sarais Anwesenheit schien ihn nicht im geringsten zu verwundern, er sah fast aus, als hätte er sie erwartet.

Sie – oder eine andere?

Er verwechselt mich! schoß es Sarai durch den Kopf. Er muß mich mit jemandem verwechseln, auf den er gewartet hat.

»Nun?« fragte er ohne eine Spur von Ungeduld.

»Ich … ja«, erwiderte sie schließlich. Was hätte sie auch sagen sollen?

Nadeltanz verbeugte sich und zeigte mit ausgestrecktem Arm auf das offene Tor. »So tretet denn ein, mein Fräulein.«

»Später«, sagte sie, ohne nachzudenken. »Ich habe etwas … vergessen.«

Der Spielmeister richtete sich wieder auf und sah sie verwundert an. »Vergessen? Etwas Wichtiges?«

»O ja«, entgegnete sie schnell und zwang sich zu einem höflichen Lächeln. »Sehr wichtig. Ich hole es und komme gleich wieder.«

»Aber die Vorstellung wird bald beginnen«, sagte er betroffen.

Sie winkte aufgeregt ab und hoffte, er würde ihr Zittern nicht bemerken. »Ich bin schnell zurück.«

Sein Gesicht wurde noch fahler. »Mein Fräulein, alle warten nur auf Euch.«

»Ich komme sofort zurück«, sagte sie und drehte sich wieder zur Treppe um.

»Was werden die anderen sagen?« fragte er traurig. »Wie soll ich ihnen gegenübertreten?«

Vielleicht träumte sie. Aber, nein, so verwirrt war sie

nicht, daß sie die Wirklichkeit nicht vom Traum zu unterscheiden wußte.

»Fangt ohne mich an«, schlug sie vor und setzte einen Fuß auf die erste Stufe. »Die anderen werden das verstehen.«

»Das wage ich zu bezweifeln«, sagte er leise, ohne seine Enttäuschung zu verhehlen. »Man hat fest mit Euch gerechnet.«

Sarai zögerte.

Nadeltanz blickte sie sanftmütig an. »Ihr seid doch das Fräulein, auf das alle warten, nicht wahr?«

»Ja«, antwortete sie hastig und überraschte sich selbst damit. »Ja, das bin ich.«

Der alte Spielmeister wirkte erleichtert. »Verzeiht mir«, bat er sittsam, »aber manchmal kommen mir Zweifel an meinen eigenen Gaben. Wollt Ihr denn wirklich nicht eintreten?«

Sarai verstand nicht, von welchen Gaben er sprach, machte aber einen Schritt die Treppe hinunter. Durch die offene Tür trat sie zurück auf den Hof.

Nadeltanz lächelte ihr aufmunternd zu. »Seht Ihr, so wichtig kann es doch gar nicht sein, was Ihr vergessen habt.«

»Vielleicht nicht«, sagte sie vage.

In ihrem Kopf rasten die Gedanken. Wer waren jene ›anderen‹ von denen der Spielmeister sprach? Die Hühnerweiber? Wohl kaum. Schließlich hatten ihr die drei alten Frauen die Söldnergarde Maximilians auf den Hals gehetzt.

Was aber, wenn die drei gar nicht zu den Hühnerfrauen gehörten? Wenn all das nur eine unglückliche Verwicklung des Schicksals war? Doch auch diese Lösung wollte ihr nicht gefallen.

Wer kam noch in Frage? Sarai mußte sich eingestehen, daß sie nicht die leiseste Idee hatte. Dabei verlangte es sie vor allem zu erfahren, mit wem Nadeltanz sie verwechselte. Falls es doch die Hühnerfrauen waren, die in diesem Theater warteten, dann mochte es sich um eine Art Aufnahmeritus handeln. Sie hatte von geheimen Gesellschaften und ihren Bräuchen gehört, es wurde gemunkelt, daß es viele davon in der Stadt gab. Gut möglich also, daß Nadeltanz sie für eine neue Anwärterin hielt.

War es nicht genau das, was Cassius geplant hatte? Sarai, die in die Reihen der Hühnerweiber aufgenommen wurde – das hätte ihm gefallen. Ob nun unter ihrem eigenen oder dem Namen einer anderen, war dabei gleichgültig.

Sie war nahe daran, sich darauf einzulassen. Dann aber kamen ihr neue Zweifel: Sicher würde man sie gleich als Betrügerin entlarven, denn die wahre Anwärterin mußte vielen der Frauen bekannt sein.

Nadeltanz wirkte nun zum erstenmal ungeduldig, sagte aber nichts. Sarai machte einen weiteren Schritt in seine Richtung. Er sah es mit Genugtuung und tat plötzlich etwas, das ihre größten Bedenken zerstreute: Er zog unter seinem Umhang, beinahe wie ein Jahrmarktsmagier, eine schwarze Kapuze hervor. Die einzigen Öffnungen waren zwei Augenschlitze.

»Hier, das müßt Ihr aufsetzen, mein Fräulein«, sagte er.

Mußte sie ihr Gesicht nicht zeigen? Konnte Cassius verwegenes Vorhaben doch noch gelingen? Ein Verdacht dämmerte in ihr herauf: Hatte der alte Alchimist gar gewußt, was auf sie zukam? Wußte er um dieses Theater, um die Versammlung, sogar um die Kapuze? Mit einemmal war sie sicher, daß er ihr etwas verschwiegen hatte. Aber ihr blieb keine Zeit mehr, zornig zu sein.

Nur eines hielt sie noch davon ab, sofort nach der Kapuze zu greifen: Was, wenn die echte Anwärterin plötzlich auftauchte? Spätestens dann würde der Schwindel aufgedeckt.

Sarai faßte sich ein Herz. Diese Gefahr mußte sie eingehen. Sie redete sich ein, daß sie ohnehin nichts zu verlieren hatte. Dabei wußte sie genau, daß das Unsinn war. Selbst ein Leben im Elend der Prager Gassen war besser als der Tod.

Eilig überwand sie die letzten Schritte bis zu Nadeltanz. Aus der Nähe wirkte sein Gesicht noch zerfurchter, noch älter.

Sie ergriff die Kapuze und zog sie über. Ihr ganzer Kopf, sogar die Schultern verschwanden darunter. Ihr Blickfeld war durch die schmalen Schlitze stark beengt, und sogleich überkam sie Panik. Aber es war zu spät, um sich jetzt noch zurückzuziehen.

Das Kleid! durchfuhr es sie plötzlich. Großer Gott, sicher würde man sie am Kleid erkennen!

Nein, unmöglich. Die Frauen, die sie auf dem Hradschin gesehen hatten, konnten nicht so schnell hierhergelangt sein. Sie hätten umgehend aufbrechen müssen.

Unsicher, aber mit betont festen Schritten ging Sarai voran durch das Tor. Nadeltanz folgte ihr und schloß die beiden Flügel. Sie hörte, wie ein Riegel knirschte. Dann trat er an ihr vorüber und führte sie.

»Alle warten auf Euch«, sagte er noch einmal, als sei das eine ganz besondere Ehre.

»Ich weiß«, erwiderte sie knapp und wußte doch in Wahrheit nicht das geringste. Unter der Kapuze klang ihre Stimme merkwürdig dumpf, beinahe fremd, dafür aber um so lauter. Auch ihr Atem dröhnte ungewohnt und sehr viel hastiger als sonst. Sie spürte, wie ihr der Schweiß ausbrach. Feuchte Rinnsale liefen in ihren Nakken, zwischen ihre Brüste.

Nadeltanz führte sie durch einen niedrigen Gang, an dessen Wänden alte Dekorationen lehnten: flache Wälder, auf Holzplatten gemalt und ausgesägt, ebensolche Häuser, Schlösser und Berge. Sie alle waren verstaubt und wurden offenbar seit Jahren nicht mehr benutzt.

»Überbleibsel jener, die diese Räume vor mir nutzten« sagte der Spielmeister. »Ich brauche derlei Gaukelwerk nicht. Die Welt meines Spiels ist ein schwarzer Vorhang, nicht mehr. Alles andere ist dem Vorstoß ins Reich der Ursachen nur hinderlich.«

Sarai verstand nicht, was er meinte. *Reich der Ursachen* – das hatte einen eigenartigen Klang. Hatte Cassius nicht einmal etwas Ähnliches erwähnt? Sie war nicht sicher. Falls er wirklich davon gesprochen hatte, so wußte sie nicht mehr, in welchem Zusammenhang. Aber sie wagte nicht, Nadeltanz danach zu fragen, aus Furcht, sie könnte sich durch ihre Unwissenheit verraten.

Der Gang endete vor einer Tür. Diese führte in einen großen Vorraum, dessen Rückwand ein prachtvolles Portal schmückte – zumindest wirkte es von weitem so. Aus der Nähe entdeckte Sarai, daß die Goldfarbe von den aufwendigen Umrahmungen blätterte. Risse zogen sich durch die Verzierungen rund um das zweiflügelige Tor.

Nadeltanz drückte gegen die rechte Seite des Portals und hielt sie für Sarai geöffnet. Mit der Kapuze auf dem Kopf trat sie hindurch. Ihre begrenzte Sicht erschwerte es ihr, die Umgebung vollständig wahrzunehmen.

Was sie auf den ersten Blick sah, war ein Zuschauerraum, sehr dunkel, nicht allzu groß, mit vierzig oder fünfzig Sitzen bestückt. Am anderen Ende des Saales befand sich eine kleine Bühne, etwa auf Kopfhöhe des Publikums. Die Stühle waren fast alle belegt. Die meisten Menschen starrten angespannt auf den leeren schwarzen Vorhang im Hintergrund der Bühne. Rechts und links davon brannten zwei Kerzenleuchter auf hohen Sockeln, die beiden einzigen Lichtquellen im Saal.

Köpfe wandten sich nach Sarai um, als sie eintrat. Ein Raunen ging durch die Reihen.

Alle Anwesenden trugen schwarze Kapuzen. Viele von ihnen waren Frauen. Hühnerfedern waren nirgends zu sehen.

Nadeltanz führte Sarai an den Sitzenden vorüber und wies ihr einen Platz in der ersten Reihe zu, der einzige, der bislang freigeblieben war. Rechts und links von ihr saßen zwei Frauen in einfachen Kleidern, mehr war aufgrund der Kapuzen nicht zu erkennen. Sie sprachen Sarai nicht an, musterten sie nur argwöhnisch aus dem Dunkel ihrer Augenschlitze.

Nadeltanz trat auf die Bühne. »Meine Damen, meine Herren«, sagte er feierlich, verbeugte sich und schlenkerte dabei mit seinem Stock, »wir sind nun vollzählig. Unser neuester Zuwachs ist soeben eingetroffen. Ich bitte um Beifall für – Fräulein Sarai!«

Ebensogut hätte er einen Eimer Eiswasser auf sie niederkippen können. Er kannte ihren Namen! Ihren wahren Namen! Es hatte nie eine Verwechslung gegeben.

Einige Zuschauer klatschten verhalten in die Hände. Die meisten aber kamen Nadeltanz' Aufforderung nicht nach. Auch die beiden Frauen an ihrer Seite regten sich nicht.

Die Angst drohte Sarai zu überwältigen. Was ging hier vor? Was wollten diese Leute von ihr? Woher kannten sie ihren Namen? Und vor allem: Wie hatten sie ahnen können, daß sie hierherkommen würde? Sie selbst hatte es doch bis zu ihrer Flucht vom Hradschin nicht gewußt!

Nadeltanz blickte von der Bühne auf sie herab. Er wirkte plötzlich sehr groß, sehr erhaben. Jedoch schien das Lächeln, das er ihr schenkte, durchaus aufmunternd, keineswegs bedrohlich. Vielleicht wollte er einfach nur freundlich sein.

Sarai begriff nichts mehr. Ihre Verwirrung war vollkommen. Sie konnte nur noch die tausend Fragen abstreifen, die sie selbst sich stellte, und abwarten, was auf sie zukam. Sie hatte sich nie zuvor so verloren, so ausgeliefert gefühlt.

»Ihr alle, verehrte hohe Herrschaften, seid Opfer«,

verkündete Nadeltanz klangvoll. »Ihr alle mußtet einen Verlust erleiden – aber Ihr müßt ihn nicht dulden.«

Der Spielmeister wußte also von ihrem Vater. Mochte der Teufel wissen, woher.

»Etwas, das für den Tod Eurer Lieben verantwortlich ist, schleicht immer noch durch die Gassen«, fuhr Nadeltanz fort und ging dabei auf der Bühne auf und ab. Sein Umhang mit den Mondgesichtern und Sternen knisterte leise. »Es schlägt wieder und wieder zu. Täglich verlieren Menschen in dieser Stadt ihren Schatten. Und sie alle werden enden wie jene, die Ihr betrauert.«

Es dauerte einen Augenblick, ehe Sarai klar wurde, daß Nadeltanz in der Tat zu allen Versammelten sprach, nicht allein zu ihr. Demnach mußte es ihm gelungen sein, die Angehörigen der Opfer des Schattenmörders ausfindig zu machen. Was konnte er ihnen versprochen haben, daß sie seiner Einladung so bereitwillig gefolgt waren? Über was für Möglichkeiten gebot dieser Mann, daß ihm derlei gelingen konnte?

Er hat gewußt, daß ich kommen würde! dachte sie wieder. Er hat es *gewußt*!

War Cassius hier? Plötzlich spürte Sarai das brennende Verlangen, allen Anwesenden die Kapuzen von den Köpfen zu reißen. Sie wollte sehen, wer diese Menschen waren, ob welche unter ihnen waren, die sie kannte.

Cassius, flehte sie in Gedanken, wenn du hier bist, dann gib dich zu erkennen!

»Dürstet Ihr nach Rache?« fragte Nadeltanz. »Dürstet Ihr nach Vergeltung?«

Er machte eine Pause, aber das Publikum gab keine Antwort. Nur eine Frau begann leise zu schluchzen, irgendwo in der dritten oder vierten Reihe.

»Wollt Ihr wissen, wer Euch und den Euren das angetan hat? Sucht Ihr die Lösungen? Sucht Ihr die – Ursachen?« Er betonte das letzte Wort, indem er seiner Stimme einen tiefen, geheimnisvollen Klang gab und zugleich seinen Stock in die Richtung des Publikums schwenkte.

»Das Schattentheater gewährt Euch Einblick ins Reich der Ursachen. Es zeigt Euch, was war und was sein wird. Doch seid gewarnt«, sagte er leise und beugte sich dabei über den Rand der Bühne hinaus genau auf Sarai zu, »jeder sieht etwas anderes im Spiel des Schattentheaters. Jeder sieht nur das, was seins ist. Manche werden nicht erkennen, was die Schatten sagen wollen. Andere werden Dinge sehen, die sie längst kennen. Und wieder andere werden die wahren Ursachen entdecken, oder nur Hinweise darauf.« Nadeltanz lächelte wieder, verbeugte sich mit steifem Oberkörper und verschwand mit drei schnellen Sätzen hinter dem schwarzen Vorhang.

Im gleichen Moment verlöschten die meisten Flammen auf den Kerzenleuchtern zu beiden Seiten der Bühne, bis nur noch zwei einzelne Lichter brannten. Atemlose Stille herrschte unter den Zuschauern. Sarai wollte verstohlen zu ihren beiden Nachbarinnen schauen, doch ihr Blick blieb gebannt auf die Bühne gerichtet, so heftig, bis sie glaubte, die Schwärze sei so tief wie ein Abgrund – und etwas rege sich darin. Ja, da stieg etwas aus der Dunkelheit empor, wie Geister aus einem bodenlosen Felsenbrunnen, langsam, aber nun immer deutlicher. Ihr war, als kämen die Erscheinungen tatsächlich aus der Tiefe der Bühne, obgleich sie doch genau gesehen hatte, daß der Abstand zwischen Publikum und Vorhang höchstens vier Schritte maß. Nun aber sah es aus, als sei da keine Rückwand mehr, nur ein nachtschwarzer Schlund, aus dem sich etwas ins Zwielicht der Kerzen schob.

Plötzlich waren da Gestalten, ganz nahe vor ihr. Sie hatten lange, biegsame Arme und Beine, dünne Oberkörper und übergroße Köpfe. Sie streckten und dehnten sich, sprangen auf und ab, schüttelten die Schädel. Ein fremdartiger Tanz formte sich aus ihren Bewegungen.

Sarai entdeckte schwarze Körper hinter den Gestalten, vielleicht Menschen, völlig verhüllt, die mit ihren Gliedern vorzuführen schienen, was die grotesken Gestalten im Vordergrund ihnen nachmachten. Da begriff sie: Die verzerrten Figuren waren nichts als Puppen, die an den Armen und Beinen ihrer schwarzverhüllten Puppenspieler befestigt waren. Vor dem ebenso schwarzen Hintergrund waren die Spieler kaum zu erkennen, und so sah es aus, als bewegten sich die Puppen aus eigener Kraft.

Im selben Augenblick, da sie die simple Illusion durchschaute, verlor die Darbietung auf der Bühne an Reiz und Geheimnis; sie fragte sich, ob Leander Nadeltanz nicht einfach ein schnöder Gaukler war, der mit der Trauer seines Publikums Scherze trieb. Die Schatten im Titel seines Theaters waren nur Schatten im übertragenen Sinne, nämlich jene schwarzen Puppenspieler, die unzertrennlich mit jeder Regung ihrer Figuren verbunden waren.

In einem Augenblick seltsamer Klarheit wurde ihr bewußt, daß dies alles zu Cassius' Worten über das Wesen des Schattens paßte. Hier waren es die schwarzen Puppenspieler, eben die Schatten, die ihre Puppen führten. Und war es nicht mit den Menschen ebenso? Wenn die Seele im Schatten wohnte, mußte dann nicht auch der Mensch seinem Schatten, also der Seele, gehorchen, statt umgekehrt? Waren sie alle, jedes einzelne Lebewesen auf Gottes Erde, nur die ausführenden Gewalten, die allesamt, ohne es selbst zu bemerken, dem Willen ihrer Schatten folgten? Somit erlaubte Nadeltanz' Theaterspiel tatsächlich einen Blick *hinter* die Dinge. Er enthüllte seinem Publikum die *wahre* Wirklichkeit.

Nachdem Sarai dies bewußt geworden war, spürte sie in sich die Bereitschaft, sich den Botschaften dieser seltsamen Darbietung noch weiter zu öffnen. Nadeltanz hatte einen Blick ins ›Reich der Ursachen‹ versprochen, und

Sarai war nun bereit, ihm dorthin zu folgen. Sie vergaß, was um sie war, spürte nicht mehr den Wunsch, zu den beiden Frauen zu schauen. Ihre Augen waren allein auf das Geschehen auf der Bühne gerichtet, sie zogen sie tiefer und tiefer in jene andere Wirklichkeit, selbst auf die Gefahr hin, sich vollends darin zu verlieren. Sie ahnte nichts von dieser Bedrohung, spürte nur einen Hunger nach mehr, ein Streben nach Verstehen.

Die Schwärze schien sie nun von allen Seiten zu bedrängen, und der Tanz der grotesken Puppen mit ihren schlackernden, sich windenden Gliedern setzte sich in ihrem eigenen Inneren fort. Der Wirbel der bunten Figuren wurde zu einem Sturm der Bilder, ein Strudel aus Szenen und Empfindungen, der sie tiefer in seine Mitte zog.

Sie sah: ein Wesen, vielleicht menschlich, vielleicht nicht, umgeben von einer Aura aus weißem Licht, gleißend und so hell, daß sie den Blick davon abwenden mußte.

Sie sah: eine dunkle Kammer und darin einen Mann, der mit jemandem sprach – vielleicht mit ihr selbst?

Sie sah: eine Menschenmenge, Tausende und Abertausende, die kreischend aufeinander einschlugen, keine Soldaten, sondern Männer und Frauen in gewöhnlicher Kleidung, ihre Gesichter verzerrt von Haß und Mordlust, getrieben vom Willen zu töten und zu zerstören.

Und sie sah: einen Mann, blutüberströmt und schmutzig, der die leuchtende Mondsichel vom Nachthimmel pflückte und wie eine Klinge in Händen hielt, eine Sense aus Licht, und er stürmte damit auf sie zu, schneller, immer schneller – bis der Strudel sie zurück ins Diesseits spie.

Die Puppen waren von der Bühne verschwunden, Nadeltanz hatte wieder ihren Platz eingenommen. Sarai schnappte nach Luft, wie betäubt von ihrem Erlebnis. Sie wußte nicht, wieviel Zeit vergangen war. Nicht viel, nahm sie an, aber ihr Körper schmerzte, als hätte er viel zu lange auf dem unbequemen Stuhl gesessen.

Wer weiß, dachte sie wirr, vielleicht ist es längst Abend, und Cassius wartet. Ich muß aufstehen, kam ihr eine plötzliche Erkenntnis. Ich muß hier fort. Muß verhindern, was ich gesehen habe. War das die Zukunft? Lagen die Ursachen, von denen Nadeltanz gesprochen hatte, in dcm, was noch geschehen würde und nicht in der Vergangenheit? Ursachen wofür? Für das Schattensterben? Wie sollten ihr die Bilder, die sie gesehen hatte, helfen?

Aber Nadeltanz hatte keine Hilfe versprochen, nur Einsichten.

Sarai sprang von ihrem Stuhl, lief wie im Traum an den Reihen vorbei, immer noch von Bildern umwirbelt. Hinaus in den Vorraum, durch den Korridor mit den Holzkulissen, nach draußen auf den Hof, die Treppen hinauf. Hinter ihr strömten noch andere aus dem bemalten Tor, aber sie achtete nicht auf sie. Sie verstand nicht, was mit ihr geschehen war, aber sie wollte fort von hier, irgendwohin, wo es sicher war.

Es war hell, noch kein Abend, als sie über das Dach und die Strickleiter kletterte, die Balken hinunter und hinaus auf die Straße. Dort irrte sie umher, ziellos, fast wie schlafend, mal geradeaus, mal um Ecken und dann in einen anderen Hof.

Dort traf sie Kaspar, die lebende Kanonenkugel.

»Ich bin Kaspar«, sagte der Junge, »die lebende Kanonenkugel. Ich bin ein verzauberter Frosch.«

Er trug bunte, enge Kleidung, ein grelles Narrenkostüm voller Wimpel und Spitzen. Auf seinem braunen Haarschopf saß eine Kappe, verwegen schräg, mit zwei langen roten Federn. Er hatte ein schmales Gesicht, eingefallen vom Hunger, aber recht hübsch, bekäme er ein paar Tage lang ein nahrhaftes Mahl vorgesetzt. Seine Augen waren groß, sein Lächeln verschmitzt. Er war höchst erstaunt, als Sarai, immer noch von den Visionen des Schattentheaters bedrängt, um die Ecke bog und gegen ihn prallte. Beide stolperten überrascht einen Schritt zurück, schauten sich verdutzt an, dann begann er schallend zu lachen. Sarai kannte ihn nicht, hatte ihn nie zuvor gesehen, und doch nahm sein Lachen sie sofort für ihn ein. Noch immer fühlte sie sich, als schwebe sie in einem unwirklichen Dämmerzustand zwischen den Häusern einher, und dieser merkwürdige Junge paßte recht gut in ihr verschobenes Bild der Welt.

Nachdem er sich vorgestellt hatte, fragte er neugierig: »Und wer bist du?«

»Sarai«, sagte sie und fügte trocken hinzu: »Ich bin keine Prinzessin.«

Er starrte sie einen Augenblick lang entgeistert an, dann begriff er und lächelte.

»Ich bin auch kein Prinz«, sagte er, »sondern ein Frosch. Verstehst du? Gewöhnlich ist es umgekehrt: Die Prinzessin küßt den Frosch, und der verwandelt sich in einen Prinzen. Wenn mich jemand küßt, werde ich wieder zum Frosch.«

»Gut, daß diese Gefahr nicht besteht«, bemerkte sie.

Sein Grinsen wurde breiter. »Willst du nicht wissen, was eine lebende Kanonenkugel ist?«

»Oh«, machte sie und tat beeindruckt, »ich bin sicher, du wirst es mir erklären.«

Er drehte sich um und zeigte auf eine Kanone mit riesigem Rohr, rot und gelb und grün bemalt, die in einer Ecke des menschenleeren Hofes stand. Sarai fragte sich bereits, was sie ausgerechnet hierher geführt hatte.

Das Kanonenrohr wies aufrecht zum Himmel.

»Regnet es da nicht rein?« fragte sie.

Er zuckte mit den Schultern. »Wird im Moment sowieso nicht benutzt. Wegen der Liga, verstehst du?«

Es ärgerte sie, daß er ständig ›Verstehst du?‹ sagte, als wäre sie ein kleines Kind oder geistig nicht ganz bei sich. Vielleicht aber lag er damit gar nicht so falsch. Was tat sie hier? Wie kam sie hierher? War sie nicht gerade noch in Nadeltanz' Schattentheater gewesen?

Etwas geschah mit ihr, etwas, auf das sie keinen Einfluß hatte. Sie verirrte sich in sich selbst.

Derweil redete Kaspar ununterbrochen weiter, nahm sie gar an der Hand und führte sie über den Hof zu dem bunten Geschütz. Sie ließ es geschehen, nicht willenlos, aber merkwürdig offen gegenüber allen Seltsamkeiten. Dieser Junge erschien ihr wie ein Fährmann in eine neue Welt der Wunder, einer, dem sie ihr Vertrauen schenken mußte, wenn sie die andere Seite des wilden Stroms erreichen wollte. Nadeltanz hatte ihr nur einen Ausblick aufs andere Ufer gewährt, sie aber war nun bereit, auch die nötigen Schritte zu tun. Die Strömung, die Wirklichkeit, wollte sie davon abbringen, wollte sie mit sich reißen, aber Sarai widerstand ihr mit aller Kraft, und sie war froh, daß da jemand war, der sie führte.

Kaspar erklärte ihr viele Dinge: Wie er sich ins Kanonenrohr setzte, während die Lunte brannte, wie er sich, geschützt von einer Rüstung, über weite Entfernungen schießen ließ, zumeist in den Fluß, weil das weich sei bei der Landung, und daß er all das ganz allein gebaut habe, sehr ausgeklügelt, sehr gewissenhaft, alles ganz allein, ohne Hilfe. Er sei schon ein wenig stolz darauf, und wenigstens könne auch sie sagen, daß es ihr gefalle und sie gerne sehen würde, wie er sich in den Fluß schießen lasse.

»Ich würde gerne sehen, wie du dich in den Fluß schießen läßt«, sagte sie.

Sein Blick ging durch sie hindurch in die Ferne. »Wenn die Liga wieder fort ist«, sagte er, »und wenn alles ist wie früher, dann will ich wieder fliegen. Ganz bestimmt will ich das. Du kannst dann zusehen, wenn du magst.«

»Das mag ich bestimmt«, erwiderte Sarai und meinte es ehrlich. Er war ein netter Kerl, ungefähr so alt wie sie, noch jung also, und er hatte diese andere Welt vielleicht schon für sich entdeckt, oder war zumindest auf dem besten Weg dorthin.

»Ich muß jetzt gehen«, sagte sie, denn das Himmelsviereck über dem Hof hatte sich dunkelgrau gefärbt. Der Abend kam, und sie wollte zurück zu Cassius. Es gab vieles, über das sie mit ihm sprechen mußte.

»Wirst du kommen, wenn ich fliege?« fragte Kaspar traurig und hoffnungsvoll zugleich.

»Ich komme bestimmt«, versprach sie.

Er legte den Kopf schräg wie ein junger Hund. »Vielleicht fliegen wir gemeinsam, weit über den Fluß hinaus.«

So ein Schwärmer, dachte sie und beneidete ihn darum. »Vielleicht«, sagte sie.

Dann wandte sie sich ab und ging. Außen am Tor sah sie sich noch einmal um.

Kaspar kletterte in das aufrechte Kanonenrohr, glitt hinein und war verschwunden.

Sie nahm die üblichen Wege, über die Mauer hinweg und durch den Königsgarten. Kein einziger Söldner begegnete ihr. Eilig schlüpfte sie durch das Loch am Fuße des Mihulka-Turms und rannte die Treppen hinauf.

Cassius schmorte ein Pulver über grüner Flamme, als sie das Laboratorium unterm Dach betrat.

»Sarai!« entfuhr es ihm erfreut. Erleichterung lag in seiner Stimme, und er umarmte sie, wie ein besorgter Vater seine Tochter umarmt, wenn sie nach ihrem ersten Stelldichein nach Hause kommt, in der stillen Hoffnung, er erhielte sie unversehrt zurück.

Er löschte die Alchimistenflamme, zündete statt ihrer eine Kerze an, und bald schon saßen sie sich unter einem der dunklen Turmfenster gegenüber, im Licht der kleinen Flamme, warm, flackernd, bereit für eine Geschichte. Selbst Saxonius hielt seinen Schnabel.

Sarai erzählte Cassius alles, was vorgefallen war, von ihrem Eindringen ins Haus der Edeldamen, über ihre Flucht vom Hradschin bis hin zur Vorstellung im Schattentheater. Allein ihre Begegnung mit Kaspar verschwieg sie. Viellcicht hatte Cassius sie ein wenig zu sehr wie ein Vater umarmt.

Als sie den Namen Leander Nadeltanz erwähnte, zuckten die Augenbrauen des Alchimisten nach oben und verrieten seine besondere Aufmerksamkeit. Und als Sarai wiedergab, was der Mann gesagt und welch seltsame Visionen sie beim Spiel auf der Bühne empfangen hatte, da färbte sich das Gesicht des Mystikers grau, und er stützte es erschüttert in beide Hände.

Als er aufblickte, sah er Sarai eindringlich an. »Du hast den Ewigen getroffen«, sagte er, »den Ohne-Angst-Mann.«

»Den *was*?« fragte sie verwundert.

Cassius schüttelte den Kopf, als könnte er es immer noch nicht fassen. »Ich weiß jetzt, wer er ist, aber mir war nicht gleich klar, daß er sich heute Leander Nadeltanz nennt. Fraglos habe ich ihn früher schon gehört, aber jenen, der sich dahinter verbirgt, kannte ich bislang nur unter anderen Namen. Er hat derer viele, mein Kind, und so undurchsichtig wie das Geflecht seiner Namen sind auch seine Absichten. Aber es wundert mich nicht, daß er gerade jetzt in der Stadt auftaucht.«

»Ich verstehe dich nicht«, sagte sie trotzig. »Was meinte Nadeltanz, als er vom Reich der Ursachen sprach?«

»Das Reich der Ursachen, ja«, murmelte Cassius nachdenklich, »damit hat es eine uralte Bewandtnis. Die meisten haben sie längst vergessen. Es hat mit Magie zu tun, oder wenigstens mit etwas, das man gemeinhin so nennt.«

Sarai verstand noch immer nicht, wovon er sprach, doch diesmal schwieg sie geduldig und wartete darauf, daß er fortfuhr.

»Nach einer alten Lehre«, erklärte er, »ist das, was uns umgibt, eine Welt der Wirkungen. Du willst wissen, was das bedeutet? Ich nenne dir ein Beispiel: Gäbe ich etwa Saxonius aus Geiz kein Futter mehr, dann fiele er eines Tages ausgehungert und tot von seiner Stange. Du würdest dann sagen, mein Geiz sei die Ursache seines Todes, nicht wahr?«

Sie nickte.

»Nadeltanz jedoch, oder wie immer sein wahrer Name lauten mag, würde dir widersprechen. Er würde sagen, Saxonius' Tod sei ebenso wie mein Geiz nur eine Wirkung einer sehr viel höheren Ursache, die wir Menschen nicht begreifen können. Alles, was auf der Welt geschieht, vom Zerfall mächtiger Reiche bis hin zum Wind, der den Grashalm biegt, alles ist demnach nur Wirkung, denn wahre Ursachen gibt es auf unserer Ebene des Daseins nicht. Was wir Menschen für Ursachen halten, sind tatsächlich nur Wirkungen oder bestenfalls, wie der Geiz in meinem Beispiel, das Vorzeichen einer Wirkung. Eine Entscheidung etwa, die ein Mensch für sein ureigenes Vorrecht hält, ist in Wahrheit nur Wirkung, ebenso ein Sturm, ein Erdbeben, alle Kräfte, die wir für ursächlich halten mögen. Die wahren Gründe hierfür aber bleiben den gemeinen Sterblichen verborgen, denn die Gründe sind anderswo zu Hause – im Reich der Ursachen.«

Sarai gab sich Mühe, seinen Worten zu folgen. »Wenn ich also diese Kerze auspuste, dann ist nicht nur ihr Verlöschen Wirkung, sondern …«

»Auch dein Pusten«, unterbrach er sie lächelnd. »Beides sind nur Wirkungen einer einzigen geheimen Ursache, die weder dir noch der Kerze bewußt ist, denn ihr habt keinen Zugang dazu. Den Zugang hat nur jener, dem es gelingt, ins Reich der Ursachen vorzustoßen. Wer die Reise dorthin zustande bringt und wer Einfluß auf die verborgenen, die wirklichen Ursachen nehmen kann, der beherrscht die Magie, der beherrscht die Welt.«

»Und das hat Nadeltanz vollbracht?« fragte sie ungläubig.

»Er hat dir einen Blick dorthin ermöglicht. Dir und den anderen.«

»Dann war das, was ich dort sah, die wahre Ursache des Schattensterbens?«

Er hob die Schultern. »Vielleicht war es nur ein Hinweis. Oder auch die Gestaltwerdung dieser Ursache. Ich weiß es nicht.«

Sarai dachte einen Augenblick nach, dann fragte sie: »Was meintest du damit, als du ihn den Ohne-Angst-Mann nanntest? Das klingt albern.«

Cassius blieb ernst. »Willst du tatsächlich die Wahrheit hören?«

»Ja.«

Er seufzte. »Es heißt, dieser Mann, der sich jetzt Leander Nadeltanz nennt, habe als erster Mensch auf Erden die Angst besiegt, und das mache ihn unsterblich. Deshalb nannte ich ihn den Ewigen.«

»Was hat denn Angst mit Unsterblichkeit zu tun?«

Cassius dachte einen Augenblick darüber nach, wie er ihr die Zusammenhänge am besten verdeutlichen konnte, dann stellte er eine Gegenfrage: »Welcher Teil des Menschen bestimmt darüber, ob er lebt oder stirbt?«

Sie überlegte kurz. »Das Herz.«

»Ganz genau, das Herz«, bestätigte er zufrieden. »Das Herz bestimmt über Leben und Tod eines Menschen. Wer aber bestimmt über das Herz? Sicher nicht der Mensch. Tatsächlich ist das Herz der einzige Teil eines Menschen, über den er selbst keine Gewalt hat. Nicht er bestimmt, ob es schnell oder langsam schlägt, oder ob es ganz damit aufhört. Ausgerechnet jenes Organ, das ihm doch das wichtigste ist, wird von etwas anderem regiert.«

»Von den verborgenen Ursachen?« fragte sie leise.

»Nein«, erwiderte Cassius lächelnd und schüttelte den Kopf. »Die Ursachen, von denen wir eben sprachen, haben damit nur am Rande zu tun, denn sie stehen über allem. Jetzt aber geht es um einen Ablauf innerhalb des menschlichen Körpers, ebenso greifbar wie Nasenbluten oder Haarausfall. Die Frage lautet: Was ist es, das unsere Herzen regiert?«

»Die Furcht?« schlug sie vor.

»Ja, mein Kind!« rief Cassius erregt, sprang von seinem Sessel auf, ging einmal wortlos auf und ab und setzte sich wieder. »Ich sehe, du bist eine kluge Denkerin. Die Furcht also beherrscht unsere Herzen. Verspüren wir sie in unserem Inneren, geht der Herzschlag schneller, zieht sie sich zurück, wird er langsamer. In größter Todesangst kann es gar geschehen, daß unser Herz vor Aufregung ganz zu schlagen aufhört. Jeder Mensch trägt die Furcht in sich, jederzeit und überall, oft sogar, ohne es zu bemerken. Und immer liegt sie wie eine Hand um sein Herz, bereit, augenblicklich zuzudrücken, von einem Moment zum anderen. Wer aber diese Furcht besiegt und aus seinem Körper verbannt, der gewinnt auch die Gewalt über sein Herz und damit über Leben und Tod.«

»Das ist Nadeltanz geglückt?«

»So sagt man. Und zwar als einzigem Menschen in der Geschichte der Welt. Denn bedenke, Furcht ist nicht nur die große, überwältigende Angst, die einen manchmal packen mag. Sie kann auch als kleines Unwohlsein in Erscheinung treten, als schwaches Zittern oder Drükken im Bauch. Es mag andere geben, die behaupten, ohne jede Angst zu sein, und sie mögen es nicht besser wissen, aber tatsächlich wohnt die Furcht in jedem Menschen. In jedem, außer Nadeltanz. Seit Jahrhunderten taucht dieser Mann immer wieder auf, unter den verschiedensten Namen, oft unter dem Deckmantel der Legende. Er lebt in Sagen und Märchen, in Schriften und Gerüchten, in Denkmälern und Malereien, aber du würdest ihn wahrscheinlich nicht erkennen, wenn du auf ihn stießest. Er versteht es wie kein anderer, seine Existenz zu verschleiern, und nur selten tritt er ans Licht und zeigt sich. So wie heute.«

Sarai gab sich redliche Mühe, seine Worte begreifen und vor allem *glauben* zu können. »Aber wenn alles so ist, wie du sagst, dann wäre Leander Nadeltanz der mächtigste Mann der Welt. Er ist unsterblich, weil er keine Furcht mehr verspürt, und er besitzt Macht über alle Dinge, weil er Zugang zum Reich der Ursachen hat. Ist so ein Mann noch ein Mensch – oder ein Gott?«

»Er ist ein Mensch, der gottgleiche Macht besitzt, zweifellos. Doch glaubt man den alten Überlieferungen, so macht er von seinen Kräften kaum Gebrauch. Er schafft nichts Neues, er ist kein Demiurg. Niemals greift er mit eigenen Händen ins Weltgeschehen ein. Statt dessen wählt er einzelne aus, denen er einen schwachen Abglanz seiner Macht gewährt, Menschen wie du, Sarai, denen er vage Hinweise gibt, damit sie aus eigener Kraft verhindern, was uns alle bedroht. Du, Sarai, und vielleicht auch einige der anderen, die mit dir in diesem Theater waren, seid seine Auserwählten.«

Sie starrte ihn fassungslos aus aufgerissenen Augen an. »Aber, Cassius, ich meine … glaubst du *wirklich*, was du da sagst?«

Er schenkte ihr ein dünnes Lächeln. »Jedes Wort.«

Ihre Zweifel blieben unerschüttert. »Aber was kümmert es ihn, wenn in Prag einige Menschen ihre Schatten verlieren und sterben? Der Krieg mit der Liga hat unzählige Opfer gefordert, tausendmal mehr als die Opfer des Schattenmörders.«

»Ich weiß, mein Kind. Wie aber könnte ich ahnen, was seine Beweggründe sind? Vielleicht ist das Schattensterben nur der Auftakt zu einer weit größeren, umfassenderen Apokalypse. Denke nur an die Bilder, die wir in unseren Träumen sahen, an die Tausende von Menschen, die sich gegenseitig zerfleischten. Und auch die Hühnerfrauen müssen eine Rolle spielen.«

»Glaubst du, daß sie mit mir im Theater waren?«

»Ich bin sogar sicher. Einige von ihnen waren da, ganz bestimmt.«

Sie überlegte nur einen Augenblick. »Aber das muß ja bedeuten …«

»Daß auch sie ein Opfer des Mörders zu beklagen haben, allerdings«, sagte Cassius. »Mindestens eine aus ihren Reihen muß ebenso gestorben sein wie dein Vater. Und wie wir sind sie auf der Suche nach demjenigen, der dafür verantwortlich ist.«

»Dann sind sie auf unserer Seite.«

Cassius schüttelte den Kopf. »So lange wir nicht wissen, was sie eigentlich sind und wollen, warum sie diese Verkleidung tragen und wer sie ins Leben rief, können wir auch nicht vermuten, auf wessen Seite sie stehen.«

Sarai erzählte ihm von ihrer Vermutung, daß es sich um die Dienerinnen der Prager Edeldamen handeln könnte, angeführt von den drei alten Frauen.

»Du ziehst voreilige Schlüsse«, tadelte Cassius. »Wir müssen abwarten, was sie weiter tun, dann erst können wir Entscheidungen treffen.«

»Ich werde nicht nochmal versuchen, von ihnen aufgenommen zu werden«, entgegnete sie entschlossen. »Einmal reicht.«

Da mußte Cassius lachen, wenngleich sein Blick voller Sorge blieb. »Nein, mein Kind, ich glaube, diesen Plan können wir getrost verwerfen. Aber ich habe einen anderen Einfall, der weniger gefährlich, dafür um so wirkungsvoller ist. Beschreibe mir den Mann in der Kammer, den du in deiner Vision gesehen hast.«

Sie rief sich sein Bild vor Augen, doch es blieb verschwommen, seltsam formlos. »Sehr helle Haare«, sagte sie, »fast weiß. Genau wie seine Haut. Er trug einfache Kleidung, vielleicht sogar Lumpen. Weißt du, wer er ist?«

»Er könnte es sein«, sagte Cassius nachdenklich. »Aber ich bin nicht sicher.«

»Und?« drängte sie ihn.

»Was du gesehen hast, ist nicht viel, aber es paßt zu den Beschreibungen.«

»Beschreibungen von wem denn, um Himmels willen?«

Cassius holte tief Luft. »Ich fürchte, wenn ich dir das verrate, wirst du mich endgültig für verrückt erklären.«

»Nun sag schon!« drängte sie ungeduldig.

Seine Antwort kam zögernd, beinahe widerwillig. »Ich glaube, Sarai, der Mann, den du gesehen hast, war Josef – der Golem des Rabbi Löw.«

Es war kurz vor Mittag, die Sonne schien kreidig durch grauen Nebeldunst. Die meisten Söldner lagen noch betrunken in ihren Quartieren oder unter den Torbögen, kaum einer streifte durch die Straßen. Die meisten Gassen und Plätze waren verlassen. Nur selten entdeckte Sarai auf ihrem Weg ein fahles Gesicht hinter Fensterscheiben, Blicke aus verkniffenen Augen, die ihr mißtrauisch folgten.

Der schlichte, rechteckige Bau der Altneu-Synagoge lag inmitten der engen Judenstadt. Der Platz, auf dem sie stand, war winzig, kaum mehr als vier Straßen, die sich an allen Seiten um das Gebäude zogen, nur unmerklich breiter als die angrenzenden Gassen. Die Synagoge besaß an ihren beiden Stirnseiten hohe, mit Ziegeln verkleidete Giebel, ihre Außenmauern wurden von abgeschrägten Stützpfeilern gehalten.

Die morgendliche Lesung der Thora war längst beendet. Durch das offene Portal sah Sarai, daß niemand sich im Hauptraum der Synagoge aufhielt. Das war gut so, denn Frauen war das Betreten während des Gottesdienstes verboten.

Sarai wusch sich im Vorraum an einem Wasserbecken die Hände, dann trat sie in den Saal. Durch zehn schmale Fenster fiel schwacher Tagesschimmer, zwei weitere waren zugemauert; insgesamt ergab sich so die Zahl der zwölf Stämme Israels. An der gegenüberliegenden Stirnseite befand sich ein prachtvoll verzierter Schrein, der Aron ha-Kodesch, in dem die Thora-Rolle aufbewahrt wurde. Davor brannte das Ner Tamid, das Ewige Licht. Die Mitte des Saales nahm das von einem hohen Gitter umschlossene Podium ein, auf dem für gewöhnlich die Lesung stattfand; alle Sitzgelegenheiten im Saal, Steinbänke wie Holzstühle, waren dorthin ausgerichtet.

Im Vorraum erklangen Schritte auf dem Steinfußboden. Das mußte der Rabbi sein. Sarai huschte hinter eine der beiden großen Säulen im Saal und hielt den Atem an. Der Rabbi trat mit wehendem Gewand an ihr vorüber und bemerkte sie nicht. Nachdem er vorbei war, schlich sie aus ihrem Versteck hervor, verließ ungesehen den Saal und suchte jene Tür, hinter der die Treppe zum Dachboden liegen mußte. Sie fand sie schneller als erwartet, drückte sich hindurch und zog sie hinter sich zu. Niemand hatte ihr Eindringen bemerkt. Wachtposten hatten sich schon zwei Tage eher als nutzlos gegen die plündernden Söldner erwiesen, doch nachdem die wertvollsten Gegenstände fortgeschleppt worden waren, ließ man die jüdischen Gotteshäuser in Frieden. Keiner rechnete mehr mit neuerlichen Einbrüchen, schon gar nicht in den leeren Speicher, was Sarai nun zugute kam.

Sie stieg sehr langsam die dunkle Treppe hinauf. Es

war nahezu stockfinster in dem engen Schacht. Die Stufen endeten vor einer weiteren Tür. Sie war halbherzig durch einen hölzernen Riegel von außen verschlossen, als wollte man verhindern, daß etwas vom Inneren des Dachbodens nach draußen gelangte. Sarai fand das merkwürdig. Niemanden, nicht den kraftlosesten Schwächling hätte ein Riegel dieser Art aufgehalten. Vielleicht, so überlegte sie, besaß er eine symbolische Bedeutung, wie so vieles in den Synagogen.

Sie schob den Riegel beiseite und trat auf den Dachboden. Muffige, abgestandene Luft drang ihr entgegen. Graues Dämmerlicht, wie durch tausend Spinnweben gefiltert, umriß eine gähnende Leere. Nichts befand sich hier oben, kein Mensch, nur eine steile Leiter, die zu einer Dachluke führte. Die beiden Schrägen liefen steil nach oben und berührten sich hoch über ihr im Dunkeln. Das Holz des Fußbodens und der Dachbalken war alt und wurmstichig, die Dielen knarrten unter ihren Füßen. Sie hoffte, daß der Rabbiner es unter ihr im Saal nicht hörte.

Sarai wollte in Anbetracht der enttäuschenden Leere bereits umdrehen, als ihr eine Tür in der Stirnwand auffiel. Wohin sollte die führen, wenn nicht nach draußen ins Freie? Aber so hoch über dem Boden? Sie konnte sich an keine Treppe an der Außenwand erinnern.

Da dämmerte ihr, daß sie auf den Eingang zur geheimen Dachkammer der Altneu-Synagoge gestoßen war. Tatsächlich hatte man einen schmalen Streifen an der östlichen Stirnseite durch eine Wand abgeteilt, die bei grobem Hinsehen nicht auffiel. Auf den zweiten Blick jedoch war sie deutlich zu erkennen, waren ihre Steine doch heller und sauberer verfugt, als hätte man sie erst vor wenigen Jahren aufeinandergeschichtet – im Gegensatz zu den übrigen Mauern der Synagoge, die seit Jahrhunderten an diesem Ort standen.

Sarai durchquerte den Dachboden und besah sich die

Tür genauer. Man hatte sich keine große Mühe gegeben, sie zu tarnen. Auch sie war durch einen Holzriegel, ganz ähnlich jenem an der Speichertür, versperrt. Als Sarai zögernd die Hand danach ausstreckte, da war ihr, als tauche sie ihre Fingerspitzen in heißes Wasser, nicht kochend, daß es sie verbrannte, aber doch heiß genug, um sie zurückschrecken zu lassen. Schließlich aber überwand sie ihre Scheu, nahm den leichten Schmerz in Kauf und schob den Riegel zurück. Die Tür schwang knirschend nach innen.

Vor ihr lag eine schmale Kammer, kaum fünf oder sechs Schritte breit. Wie im großen Speicherraum führte auch hier eine Leiter nach oben zu einer kleinen, geschlossenen Dachluke. Durch Ritzen im Gebälk drang der sanfte Schein der Mittagssonne. Sie mußte bald ihren höchsten Stand erreichen und wurde vom Nebeldunst in alle Richtungen geworfen. Seit Tagen war es draußen nicht mehr so hell gewesen, erst recht nicht hier drinnen. Zu jeder anderen Tageszeit mußte die Kammer in völliger Dunkelheit liegen.

Sarai schaute sich neugierig um, und sogleich überkam sie herbe Enttäuschung. Sie war nicht sicher, was sie erwartet hatte; am ehesten wohl die reglose Gestalt des Golem, lang und staubig vor ihr ausgestreckt auf einem prachtvollen Altar. Doch hier oben gab es nichts dergleichen, nur leeren Fußboden und die Leiter. Vom Golem entdeckte sie keine Spur.

Doch, halt – da *waren* Spuren.

Fußspuren im Staub auf dem Boden. Jemand mußte hier gewesen sein.

Noch einmal blickte sie sich um, und da, endlich, entdeckte sie ihn über sich. Er bot ein Bild des Jammers, aber das fiel ihr erst beim zweiten Hinsehen auf. Erst einmal war sie beeindruckt, fast schockiert, daß er genauso aussah wie in ihrer Vision. Sie erkannte ihn sofort, es gab nicht den geringsten Zweifel.

Der Golem hockte wie ein Vogel mit angezogenen Knien auf einem der oberen Dachbalken – beinahe wie eines der Hühnerweiber, dachte Sarai erschrocken – und hatte das Kinn fest an die Brust gepreßt. Seine Augen waren geschlossen, die Arme über dem Kopf verschränkt. Es war offensichtlich, daß er sich vor ihr verstecken wollte, doch er tat es nach Art eines kleinen Kindes: Seh ich dich nicht, siehst du mich nicht!

Er trug farblose Kleiderfetzen, von Alter und Motten angenagt. Seine Haut und sein Haar waren so weiß wie heller Ton, den man nach dem Brennen nicht bemalt hatte.

Sein Anblick machte sie traurig, wenngleich ihr nicht klar war, warum. Vielleicht, weil ein längst Verlorengeglaubter wieder vor ein menschliches Auge trat, nach langen, langen Jahren des Fortseins. Sie hatte fast das Gefühl, als stünde sie einem verschollenen Bruder gegenüber.

Und als ihr das klar wurde, da weinte sie und sagte leise: »Ich bin hier.«

Unten, im Saal der Synagoge, erschien dem Rabbi ein Gesandter des Himmels.

Der alte Mann wollte eben den Saal verlassen, als er spürte, daß jemand durch die Eingangstür des Gotteshauses trat. Tatsächlich: Er *spürte* den anderen, bevor er ihn sah, und als ihn jenes wundersame, beängstigende Gefühl überkam, das ihn für Tage nicht mehr verlassen sollte, da fiel er auf die Knie, senkte den Blick und wagte nur noch, auf die Füße des Besuchers zu schauen. Der Fremde trug ein schwarzes Gewand, so weit und lang, daß nur die Stiefelspitzen unter seinem Saum hervorschauten; auch sie waren schwarz.

Der Rabbi fühlte, wie sein Geist sich verwirrte, er sah, wie der Boden unter ihm davonschwamm. Der Marmor knirschte unter den Schritten des Fremden, als müsse er splittern und bersten, doch trotz der Laute blieb er unversehrt. Der Rabbi hielt es nicht länger aus, die Stiefelspitzen anzustarren, denn er wußte mit einemmal, daß sie trotz ihres gewöhnlichen Aussehens keinem Menschen gehörten. Der da vor ihm stand, war kein Sterblicher, das fühlte der alte Rabbi mit aller Überzeugung. Und obgleich er Angst verspürte, Panik gar, war da etwas in ihm, das ihm sagte: Fürchte dich nicht, denn was du siehst und fühlst ist gut!

Er blickte nicht auf, als der Fremde zu ihm sprach: »Du weißt, wer ich bin?«

»Ja«, erwiderte der Rabbi gehorsam, »du bist ein mal'ak Jahve, ein Bote des Herrn.«

»Dann gehorche dem, der aus mir spricht.«

»Was gebietest du, Herr?«

»Ziehe dich zurück in deine Kammer und bleibe dort bis zum Abend, ganz gleich, was auch geschehen mag. Halte ewiges Stillschweigen über mein Kommen. Bete für das Heil dieser Stadt und ihrer Menschen.«

»Ja, Herr, das werde ich.«

Die splitternden Schritte des Fremden entfernten sich im Vorraum. Eine Tür wurde aufgerissen, dann stieg der Fremde die Treppe zum Speicher hinauf.

Der Rabbi blieb noch eine Weile am Boden hocken, die Augen fest geschlossen, die Stirn auf den kalten Stein gepreßt, die Hände gefaltet. Es gab für ihn keine Fragen, keinen Zweifel. Er würde gehorchen. Er spürte tief im Inneren, daß er das Richtige tat.

Lautlos stand er auf, taumelte einen Augenblick, dann eilte er durch den Vorraum in seine Schlafkammer. Er schaute nicht nach rechts oder links, starrte nur in aller Demut auf seine eigenen Füße. Eilig schob er von innen den Riegel vor seine Kammertür, setzte sich auf den Boden und betete mit geschlossenen Augen, blind und taub für die Welt, betete so, wie der mal'ak

Jahve es ihm befohlen hatte, bis zum Abend und noch lange darüber hinaus.

Der Golem zog den Kopf tiefer zwischen die Schultern und verschränkte die Arme fest über seinem Haar. Er hoffte wohl noch immer, Sarai würde ihn nicht sehen, obgleich sie ihn doch angesprochen hatte.

»Du wirst mit mir sprechen«, sagte Sarai mit fester Stimme. »Ich habe es gesehen. Nicht einmal du kannst die Zukunft verändern.«

Er gab keine Antwort.

»Ich weiß, wer du bist«, unternahm sie einen weiteren Versuch. »Du bist Josef, der Golem des Rabbi Löw. Warum schläfst du nicht?«

Er schwieg. Was, wenn die Jahre in dieser Kammer seinen Verstand getrübt hatten? Oder die Berichte von damals das Wesen des Golems verfälscht hatten? Vielleicht war er geistig immer das Kind geblieben, das er in Wahrheit nie gewesen war.

Der Balken, auf dem der Golem saß, befand sich nicht weit über Sarais Kopf. Mit ausgestrecktem Arm hätte sie ihn vielleicht berühren können. Doch das wagte sie nicht. Sie mußte sich eingestehen, daß sie wahrscheinlich kaum weniger Angst vor ihm hatte als er vor ihr.

»Warum sprichst du nicht mit mir?« fragte sie, und nun klang ihre Stimme beinahe verzweifelt. Das gefiel ihr nicht, aber sie konnte es auch nicht ändern. Sie war auf ein Wesen gestoßen, das es eigentlich nicht geben durfte, und nun sollte sie es unverrichteter Dinge wieder verlassen? Wo es doch, so hatte Cassius vermutet, ein Schlüssel zum Verständnis der Ereignisse war. Sarai widerstrebte es, sich so schnell geschlagen zu geben.

Doch was sollte sie tun? Sie konnte ihn nicht zwingen, mit ihr zu reden. Möglicherweise war die Vision, die sie in Nadeltanz' Theater gehabt hatte, kein wirkliches Abbild kommender Ereignisse gewesen, sondern nur ein Hinweis, der sie in die richtige Richtung stoßen sollte. Vielleicht würde der Golem niemals mit ihr sprechen. Was aber sollte sie dann hier?

Sie drehte sich um und verließ die Kammer – nicht, weil sie tatsächlich aufgeben wollte, sondern weil sie hoffte, er würde sie zurückrufen. Es war ein naiver Wunsch, und mit jedem Schritt, den sie über den Dachboden machte, schien er ihr aussichtsloser.

Betont langsam ging sie auf die Speichertür zu. Plötzlich zögerte sie. Waren da Schritte jenseits der Tür?

Sie lauschte angestrengt.

Kein Zweifel: jemand kam die Treppe herauf!

Vielleicht der Rabbi, schoß es ihr durch den Kopf. Natürlich der Rabbi – wer sonst?

Aufgeregt sah sie sich um. Kein Versteck weit und breit. Sie hatte die Tür zur Kammer des Golem offengelassen, damit er sehen konnte, wie sie fortging. Jetzt würde der offene Durchgang verraten, daß jemand hier oben gewesen war. Irgend etwas verschaffte ihr die Gewißheit, daß der Golem die Tür aus eigener Kraft nicht öffnen konnte. Wäre er sonst noch in dieser Kammer gefangen?

Die Schritte kamen näher.

Einen Herzschlag lang erwog Sarai, zurück in die Kammer zu laufen und sich dort zu verbergen. Dorthin aber würde der Rabbi zweifellos als erstes gehen, denn was, außer dem Golem, hätte ihn sonst auf den leeren Speicher locken können? Die Kammer schied als Versteck somit aus.

Die Schritte verstummten. Etwas raschelte direkt hinter der Tür. Sarai sah, wie sich die Klinke bewegte, ganz langsam.

Sie stürmte vor und riß dabei das kleine Messer aus ihrem Stiefel. Sie trug nicht mehr das lange Kleid, sondern wieder ihre Hose, und schon verwünschte sie den eng anliegenden Stoff. Unterm Kleid hätte sie viel schneller nach dem Messer greifen können.

Die Klinge war winzig, zwar dick und leidlich scharf, aber kaum länger als ihr Zeigefinger. Als Waffe völlig ungeeignet. Doch für das, was Sarai vorhatte, mochte sie ausreichend sein.

Die Eisenklinke knirschte. Die Tür wurde aufgedrückt. Einen Fingerbreit …

Sarai sprang mit ausgestreckten Armen nach vorn. Sie prallte der Länge nach auf den Boden, schürfte sich die Haut an den groben Holzbohlen auf, rutschte weiter vorwärts, das Messer weit vorgestreckt. Ungeachtet ihrer Schmerzen, mit zusammengepreßten Lippen, rammte sie die Klinge wie einen Keil in den dünnen Spalt unter der Tür. Sofort verkantete sich das Messer und versperrte den Zugang. Dann lief Sarai hinüber zu der Leiter, die zur Dachluke führte. Sie erklomm die unteren Stufen, verharrte, holte Luft und kletterte den Rest hinauf. Unter der Luke hielt sie an und blickte zurück.

Eine Hand hatte sich durch den Türspalt geschoben. Erst glaubte Sarai, die Finger tasteten nach etwas, einem Riegel oder einer Stuhllehne, die das Öffnen verhinderte. Dann aber löste sich die Hand von der Holzkante – *und winkte ihr zu!* Sie winkte genau in Sarais Richtung! Als wüßte derjenige, der hinter der Tür stand, ganz genau, wo sie stand. Doch dazu hätte er durch das Holz hindurchsehen müssen!

Sarai entschied, keinen weiteren Gedanken daran zu verschwenden. Ihre Angst war auch so groß genug. Statt dessen drückte sie mit beiden Händen gegen die Dachluke und stieß sie nach außen. Die Helligkeit war so grell wie funkelnder Schnee. Der dichte Nebel schien von innen heraus zu leuchten. Tatsächlich aber war es die Sonne, die ihren höchsten Stand erreichte und die Schwaden zum Glitzern brachte.

Geschwind – im Klettern hatte sie weiß Gott Übung! – zog Sarai sich über die Kante nach draußen. Sie hörte noch, wie unten die Tür mit Gewalt aufgestoßen wurde, dann kroch sie über die steile Schräge aufwärts zum Dachfirst. Hier herauf konnte der Rabbi ihr unmöglich folgen – falls es wirklich der Rabbi war, der außen vor der Tür gestanden hatte.

Sarai erreichte den Dachfirst, blickte sich hilflos um und beschloß dann, an ihm entlang zu einem der beiden Giebel zu klettern. Grau und eckig waren sie kaum mehr als Schemen vor und hinter ihr im Nebel, wie die Segel düsterer Geisterschiffe. Es war vollkommen windstill, nicht der geringste Luftzug wehte. Nicht einmal Geräusche von unten aus den Gassen drangen bis zu ihr herauf. Das Fehlen von Lauten und nahezu allen Formen außer der des schwarzen Daches war gespenstisch. Sie hätte ebenso auf dem höchsten Berg der Welt sitzen mögen, in diesem Augenblick hätte es kaum einen Unterschied gemacht.

Ein Kopf schob sich durch die Dachluke, dann Schultern und Oberkörper. Eine Gestalt im schwarzen Mantel zog sich hinaus aufs Dach und folgte Sarai weiter nach oben, ungemein flink, mit schnellen, beinah übermenschlichen Bewegungen. Ein schwarzer Schatten, der gebückt an der Schräge emporglitt, im Nebel völlig gesichtslos.

Das war kein Rabbi. Sarai wurde plötzlich von solcher Furcht gepackt, daß sie fast vergaß, wo sie sich befand. Während sie sich noch nach ihrem stummen Verfolger umsah, verlor sie plötzlich ihr Gleichgewicht und drohte nach hinten überzukippen.

»Gib acht!« raunte ihr eine Stimme durch die Nebelschwaden zu.

Sarai gelang es im letzten Moment, mit beiden Händen eine Ziegelkante zu packen. Schweratmend schob sie sich auf dem Dachfirst weiter in die Richtung des vorderen Giebels. Sie hatte nicht den geringsten Einfall, was sie tun sollte, falls sie dort jemals ankam. Der Boden befand sich viele Mannslängen unter ihr, und es gab keine Streben, Stufen oder auch nur Äste nahestehender Bäume, an denen sie hätte herabklettern können. Wohin sie hier oben auch kriechen mochte, sie saß in der Falle. Alles, was sie jetzt noch tun konnte, war, ihr Schicksal aufzuschieben.

Aber welches Schicksal?

Ihr Verfolger hatte sie gewarnt, als sie herabzufallen drohte. Bedeutete das, er trachtete nicht nach ihrem Leben? Sarai wollte es nicht darauf ankommen lassen und kletterte weiter, mühevoll, aber vergeblich. Die schwarze Gestalt schob sich unglaublich schnell hinter ihr her, flach auf allen vieren, fast wie eine Spinne. Der schwarze Umhang floß über ihren Körper und verwischte alle Umrisse. Die Nebelwand tat ein übriges, den unheimlichen Verfolger zu verschleiern. Er wirkte bedrohlicher als alles, was Sarai bislang begegnet war, Hühnerweiber und Ligasöldner eingeschlossen.

Der Fremde erreichte den Dachfirst. Er war noch etwa zwei Mannslängen von Sarai entfernt, als er sich ruckartig aufrichtete, je einen Fuß auf jeder Seite des Firstes, und völlig unbewegt stehenblieb, als könne ihm die Höhe nicht das geringste ausmachen. Seine Stiefel schienen förmlich an den schlüpfrigen Ziegeln zu haften, er spreizte beide Arme und sah Sarai durch den hellen Nebel hindurch an. Sein Gesicht war durch die Schwaden kaum mehr als ein grauer, wabernder Fleck.

»Warum fliehst du vor mir?« fragte er mit wesenloser Stimme. »Ich bin der mal'ak Jahve. Ich bin der Bote des Herrn. Ich bin die zehnte Plage.«

Es widerstrebte Sarai ihn anzusehen, und doch konnte sie nicht anders. Ängstlich kauerte sie auf dem Dachfirst, nur noch einen Schritt vom Giebel entfernt, und starrte die düstere Erscheinung an. Ihr Mund öffnete sich beinahe gegen ihren Willen, aber sie brachte kein Wort heraus.

Die zehnte Plage. Was wollte er nur von ihr? Dabei ahnte sie es doch längst – dasselbe wie von all den anderen vor ihr.

Sie blickte an sich hinunter und stellte voller Entsetzen fest, daß sie keinen Schatten warf. Hatte er sein Werk bereits vollendet? War ihr Schatten schon fort, wie bei seinen vorherigen Opfern? Würde auch sie schon bald allen Lebensmut verlieren und ihrem Dasein selbst ein Ende bereiten?

»Es wird dir nicht helfen, deinen Schatten vor mir zu verstecken«, sprach der Bote.

Verstecken? dachte sie verwirrt. Was meinte er damit? Sie konnte ihren Schatten nicht verstecken.

Dann aber begriff sie, und fast hätte sie lauthals aufgelacht.

Es war der Nebel! Der Nebel und die Sonne an ihrem höchsten Punkt! Die grelle Helligkeit, die sie von allen Seiten umgab, gestattete ihrem Körper nicht, einen Schatten zu werfen. Das Licht war zu durchdringend, zu leuchtend, und mit Hilfe des gleißenden Nebels kroch es selbst in die engsten Winkel und Ritzen. Der Bote hatte recht: Ihr Schatten war versteckt! Und offenbar hatte die unheimliche Erscheinung keine Macht darüber, so lange er verschwunden blieb.

Aber sie wußte auch, daß es schon in wenigen Augenblicken ganz anders aussehen konnte. Die Sonne würde weiter wandern, das Licht würde sich verschieben, und langsam, ganz langsam würde der Schatten unter der lichtabgewandten Seite ihres Körpers hervorkriechen.

Spätestens dann war sie dem Boten ausgeliefert – was immer er dann mit ihr tun würde.

Der Zufall hatte ihr Schicksal aufgeschoben, aber keineswegs vereitelt.

Der mal'ak Jahve wußte das nur zu gut. »Wir sind es

gewohnt, äonenlang auf ein Wort von Ihm zu warten. Ich kann die nächsten Jahrhunderte auf deinen Schatten warten.«

Die Erscheinung stand immer noch vollkommen reglos da, ein grauer Schemen hinter der wallenden Nebelmauer. Sarai hätte gern sein Gesicht gesehen, doch nur einen Herzschlag später besann sie sich eines Besseren: Sie war froh, daß sie es nicht sehen mußte. Sie wußte, wie es anderen ergangen war, die sich nach Gottes Macht und Antlitz umgewandt hatten.

Sarai wagte nicht, sich zu bewegen, aus Angst, eines ihrer Glieder könne dadurch einen Schatten werfen. Sie ahnte, daß das kleinste Stück groß genug für den Boten sein würde. Was sie nicht wußte, war, wie er ihr den Schatten nehmen wollte. Während der ganzen letzten Tage hatte sie sich darüber keine Gedanken gemacht. Sie hatte es als Tatsache hingenommen, so wie sie Wetter und Tageslicht hinnahm. Jetzt aber, da sie selbst kurz davorstand, sein nächstes Opfer zu werden, fragte sie sich, ob es schmerzen würde.

»Nein«, sagte der mal'ak Jahve, der ihre Gedanken las, »du wirst keinen Schmerz fühlen. Du wirst nichts dabei spüren. Allen anderen nahm ich den Schatten im Schlaf, und sie sind nicht davon erwacht.«

Sie fragte sich, ob Engel lügen konnten.

Und wieder sagte der Bote: »Nein.«

Da öffnete er seinen Mantel, fächerte ihn mit beiden Armen auf wie Fledermausschwingen, und inmitten dieses schwarzen Segels, dort, wo sich bei einem Menschen die Hüfte befand, glomm ein schwaches Schimmern auf. Je länger Sarai darauf starrte, desto heller wurde es. Schon wenige Atemzüge später brannte es mit der Glut einer Fackel, und immer noch wurde es heller und heller, als ginge im Dunkel des Umhangs eine zweite Sonne auf.

Entsetzt blickte Sarai dorthin, wo ihr eigener Körper

das Dach berührte – und da war er: Ihr Schatten schob sich fingerbreit unter ihrer Kleidung und ihren Handflächen hervor wie eine dunkle, zähe Flüssigkeit. Die Sonne war weitergewandert.

Das Licht im Zentrum der Erscheinung wurde immer greller, funkelte jetzt wie ein prachtvoller Edelstein. Allmählich überstrahlte es die Formen der Gestalt mit seinem Gleißen, bis sie eins wurde mit dem weißen Nebel.

Es mußte dieses Licht sein, mit dem der Bote den Menschen die Schatten nahm. Die Helligkeit brannte sie aus ihren Körpern wie ein Geschwür, ganz so, wie auch gewöhnliches Licht die Schatten vertrieb – mit dem einzigen Unterschied, daß das Licht des Engels eine bleibende Wirkung besaß.

Ein hölzernes Knirschen ließ Sarai herumwirbeln. Eine Mannslänge unter ihr, inmitten der Schräge, hatte sich eine zweite Dachluke geöffnet. Heraus schaute ein weißer, verschwommener Fleck, das Gesicht des Golem. Er rief ihr etwas zu, das sie nicht verstand, aber das war auch nicht nötig. Sie begriff auch so, was zu tun war. Mit einem Keuchen ließ sie sich zur Seite fallen, rutschte krachend und scheppernd die Schräge hinunter, direkt auf die Luke zu. Zwei weiße Hände packten sie, ehe sie an der Öffnung vorüberrutschen konnte, rissen sie kraftvoll herum und zogen sie durch die Luke unters Dach. Das letzte, was Sarai an der Außenseite wahrnahm, war ein überirdisch strahlender Lichtschein, der sich wie eine Sturzflut hinter ihr über die Ziegeln ergoß und sie trotzdem verfehlte. Ehe das Licht des Boten sie erreichen konnte, klappte die Luke hinter ihr zu.

Der Golem hielt sie wie ein Spielzeug mühelos unter seinem linken Arm, während er mit der rechten Hand die Öffnung verschloß und sich dann entlang der Leiter in die Tiefe der Kammer hangelte. Das zusätzliche Gewicht schien ihn nicht zu behindern.

Als sie am Boden ankamen, riß Sarai sich von ihm los

und wich mehrere Schritte zurück in die Richtung der Tür.

»Geh nicht dort hinaus«, sagte der Golem mit sanfter, jugendlicher Stimme. »Dort draußen läufst du ihm direkt in die Arme. Nur in dieser Kammer bist du sicher. Kein nichtmenschliches Wesen kann die unsichtbaren Barrieren durchdringen, die mein Meister gesponnen hat. Nicht in die eine und nicht in die andere Richtung. Auch kein mal'ak Jahve.«

Sarai hatte Mühe, sich auf den Beinen zu halten, so kraftlos war sie. Sie taumelte und stützte sich mit dem Rücken gegen die Wand. Die weiße Gestalt des Golem verschwand vor ihren Augen.

»Was ... was war das?« fragte sie schwach.

»Bist du deshalb hierhergekommen?« wollte er im Gegenzug wissen. »Um diese Frage zu stellen?«

»Ich glaube schon«, brachte sie hervor.

Der Golem setzte sich auf eine der unteren Leitersprossen und zog ein Bein an. In dieser Pose wirkte er gelassen, fast aufreizend. Er öffnete den Mund, um etwas zu sagen, doch im selben Augenblick ertönte hoch über ihnen auf dem Dach ein gellender Schrei voller Zorn und Enttäuschung.

Der Golem lächelte freundlich. »Er hat bemerkt, daß du fort bist. Es gefällt ihm nicht, überhaupt nicht.«

»Was war das für ein Licht?« fragte sie und blickte furchtsam zur Luke hinauf. Sie erwartete, daß der Bote jeden Moment hindurchbersten könnte, doch nichts dergleichen geschah. Plötzlich herrschte auf dem Dach völlige Stille.

»Er ist fort«, sagte der Golem. »Das Licht war der Machtglanz des mal'ak Jahve. Oder, wie es im Hebräischen heißt, seine Doxa. Ganz so, wie es in der Bibel steht: *Und der Engel des Herrn trat zu ihnen, und der Glanz des Herrn umstrahlte sie,* schreibt Lukas. Und bei Matthäus heißt es: *Sein Aussehen war wie der Blitz.*«

»Nimmt er damit den Menschen die Schatten?«

»Das tut er.«

»Wie kann er solche Macht besitzen?« fragte sie verstört.

Der Golem schüttelte sanft den Kopf. »Du verstehst noch immer nicht, nicht wahr? Der, den du eben gesehen hast, ist ein mal'ak Jahve, ein Bote Gottes, ein Engel. Er vermag alles, wozu sein Herr ihm die Macht verleiht. Einst war er der Würgeengel der Heiligen Schrift. Er war der Pestengel, der die assyrischen Heere Sennacheribs vor Jerusalem zur Umkehr zwang. Und als zehnte Plage Gottes raffte er die erstgeborenen Söhne Ägyptens dahin. Der Herr verleiht ihm alle Kraft, die nötig ist, seine Aufträge auszuführen. Mal zerstört er Welten, ein andermal nur Schatten. Lange schon wacht er über die Geschicke der Menschheit, und er straft, wo Strafe vonnöten ist.«

»Mit diesem Licht, seiner – wie hast du es genannt?«

»Doxa.«

»Mit dieser … Doxa also, kann er den Menschen die Schatten rauben?«

»Natürlich. Nur Licht kann einen Schatten vertreiben. Der Machtglanz der Engel ist oft beschrieben worden. In der Apokalypse steht: *Sein Angesicht ist wie die Sonne,* und: *Die Erde war erleuchtet vom Glanz des Engels.* Lukas schreibt …«

»Schon gut«, unterbrach Sarai ihn ungeduldig. »Du kennst dich gut aus in der Bibel.«

»Das stimmt«, erwiderte er ohne Stolz, als sei das völlig selbstverständlich. »In der Bibel, in der Thora, im Koran. Mein Meister hat mich vieles gelehrt.«

»Dein Meister war der Rabbi Löw?«

»Er ist es noch immer.«

»Aber der Rabbi ist schon lange tot.«

»Seine Macht aber besteht weiter«, widersprach der Golem. »Er hat deinen Schatten gerettet und dein Leben.«

Als sie ihn nur verständnislos ansah, fuhr er fort: »Ich kann diesen Raum nicht verlassen, denn Rabbi Löw gab mir nie den Befehl dazu. Er hat eine unsichtbare Grenze um diese Wände gezogen, die kein Nichtmensch durchschreiten kann, nicht von außen und nicht von innen. Dieselbe Kraft, die mich in dieser Kammer gefangenhält, verwehrte dem mal'ak Jahve den Eintritt.«

Sarai glitt erschöpft an der Wand hinunter und hockte sich auf den Boden. Sie zog ihre Knie an und verschränkte die Arme davor. »Wieso hat man dich nicht früher entdeckt?«

»Der Speicher stand voll mit wertvollen Gegenständen und Möbeln aus vielen hundert Jahren Prager Judentums. Die Söldner haben vor wenigen Tagen alles fortgeschleppt. Bis dahin muß es unmöglich gewesen sein, die Tür zu dieser Kammer zu entdecken. Vermutlich wußte es der Rabbiner der Synagoge, aber er hat nie gewagt, nach mir zu suchen.«

Sarai hörte kaum zu. In ihrem Kopf wirbelten noch immer die Bilder vom Angriff des Engels umher. Das Licht, dieses unglaublich helle Licht ... »Warum tut er das? Warum zerstört er die Schatten der Menschen? Was haben sie getan, daß Gott sie bestraft?«

»Die Menschen haben nichts getan«, entgegnete der Golem. »Zumindest nichts, das eine solche Strafe rechtfertigt. Der mal'ak Jahve ist auf der Jagd nach etwas anderem. Ich habe lange gebraucht, bis ich das begriffen habe.«

»Was jagt er?«

»Es ist schwer, das zu erklären, und noch schwerer, es zu verstehen.«

»Ich will es aber wissen.«

Der Golem erhob sich von der Leitersprosse, auf der er gesessen hatte, und begann unruhig im Raum auf- und abzugehen. Zum erstenmal betrachtete sie ihn genauer: Seine Haut und sein Haar waren aus der Nähe besehen nicht mehr vollkommen weiß. Beides besaß denselben blassen Farbton, fast wie Eierschalen. Seine Züge waren feingeschnitten, keineswegs das grobgeformte Gesicht, das sie erwartet hatte. Seine Augen standen leicht schräg, seine Lippen waren schmal. Er war nicht wirklich schön, aber etwas war an ihm, das ihn auf fremdartige Weise anziehend machte. Es fiel nicht schwer, ihm zu vertrauen. Er hatte ihr Leben gerettet, das zählte einiges. Der Rabbi Löw hatte den Golem geschaffen, um Gutes zu tun. Daß dieses ›Gute‹ auch die Ermordung befeindeter Christen vorsah, daran erinnerte sie sich erst später.

»Du kennst die Geschichte vom Fall der Engel?« fragte der Golem.

Sarai nickte. »Gott verstieß jene Engel, die sich zu Anbeginn der Zeit gegen ihn wandten, aus seinem Himmelreich. Sie stürzten hinab in die Hölle.«

»Und allen voran stürzte Luzifer, der Lichtbringer, der Erste der Gefallenen«, fügte der Golem hinzu. »Sie fielen, in der Tat, und sie stürzten tief und immer tiefer, bis sie in eine Welt gelangten, die fortan ihre Hölle wurde. Aber es war nicht die Hölle der Legenden. Es war *unsere* Welt. Dies hier« – er drehte sich und wies mit ausgebreiteten Armen auf die Umgebung – »die Stadt, das Land, alles – das ist die Hölle der Gefallenen, und hier existieren sie bis zum Ende aller Zeiten.«

Sarai hatte in den vergangenen Tagen vieles erlebt, das ihr früher unglaublich erschienen wäre, und darum zweifelte sie auch jetzt nicht einen Atemzug lang an den Worten des Golem. Es gab Engel. Sie war eben erst einem begegnet. Und war der Mann, der jetzt vor ihr stand, nicht einst ein Brocken Lehm gewesen? Warum also hätten sie Zweifel überkommen sollen?

Sie hörte seine Worte – und glaubte sie.

»Die Gefallenen sind überall um uns, unsichtbar, wenigstens für euch Menschen«, fuhr er fort. »Niemand sieht sie, und nur wenige spüren ihre Anwesenheit, aber jene wissen nicht, was es ist, das sie spüren. Und doch besteht kein Zweifel daran: Es sind die gefallenen Engel.«

Sarais Gedanken drehten sich im Kreis, ein Strudel, der ihre Vernunft in einen fantastischen Abgrund riß. »Dann war der mal'ak Jahve einer von ihnen?«

»Nein«, entgegnete der Golem. »Er ist nicht gefallen. Er wurde herabgesandt, um sie zu suchen. Ich bin nicht sicher, was vorgefallen ist, aber einige von ihnen müssen gegen … nun, nennen wir es: ›Gottes Gesetze‹ verstoßen haben.«

»Was hat das mit den Schatten zu tun?«

»Der Schatten des Menschen beinhaltet zwei Dinge. Zum einen die Seele.«

Sarai nickte. Das wußte sie bereits von Cassius.

»Das zweite Element des Schattens ist der Schutzengel«, erklärte er. »Jeder Mensch hat einen, auch wenn er nicht daran glaubt. Die Schutzengel halten Gottes Hand über die Menschen.« Er machte eine Pause, lehnte gedankenverloren den Kopf zurück und starrte hinauf zu den Dachbalken. »Es muß einigen der Gefallenen gelungen sein, die Schutzengel aus den Schatten mancher Menschen zu verdrängen und ihre Stelle einzunehmen. Verstehst du? Sie verstecken sich vor Gott in den Schatten der Menschen, vielleicht nur einige, vielleicht viele. Gott aber kann das nicht zulassen, denn es verstößt gegen seine Gesetze. Deshalb sandte er den mal'ak Jahve herab, um diesen Verstoß zu ahnden. Er vernichtet jene der Gefallenen, die sich in die Schatten zurückgezogen haben.«

»Aber dabei tötet er die Menschen, denen sie gehören.«

»Ich fürchte, das nimmt er in Kauf. Tag und Nacht habe ich überlegt, seit ich aus meinem Schlaf erwacht bin. Und ich habe lange gebraucht, bis mir klar wurde, daß nicht nur ein einziger Engel unter die Menschen gefahren ist – statt dessen gibt es viele von ihnen, die Heerscharen der Gefallenen, und der mal'ak Jahve ist hier, um sie zu richten. Einst war er der Würgeengel, er war der Pestengel und die zehnte Plage. Nun ist er der Schattenesser.«

»Wie kannst du all das wissen?« fragte Sarai mit einer Spur von Mißtrauen.

»Rabbi Löw hätte es gewußt. Und was er weiß, das weiß auch ich.«

Sarai dachte einen Augenblick nach. »Wenn der Bote es aber auf meinen Schatten abgesehen hat, bedeutet das etwa ...«

»Daß auch in deinen Schatten einer der Gefallenen gefahren ist? Ich weiß es nicht. Ich wünschte, ich könnte dir darauf eine Antwort geben. Wer weiß, wie gewissenhaft der mal'ak Jahve in seinem Handeln ist. Die Frage ist: Befiehlt Gott ihm, welche Schatten er vernichten soll? Oder zerstört der Bote sie nach eigenem Gutdünken? Vielleicht nimmt er an, einer, der mit einem anderen zusammengekommen ist, dessen Schatten befallen war, könnte sich ... angesteckt haben, wie mit einer Krankheit. Vielleicht glaubt er, der Gefallene, der im Schatten deines Vaters hauste, sei auf dich übergewechselt.«

»Du kennst meinen Vater?« fragte sie erstaunt.

»Der Vogel Koreh hat mir von ihm berichtet.«

»Der Vogel wer?«

»Koreh. Wie auch immer – was willst du als nächstes unternehmen?«

Sie war überrascht, daß er sie das fragte. Überrascht und ein wenig enttäuscht. Sie hatte gehofft, er könne ihr sagen, was zu tun sei. »Ich weiß es nicht«, erwiderte sie matt. »Was rätst du mir?«

»Wie kann ich dir etwas raten, wenn ich dein Ziel nicht kenne?«

»Mein Ziel?«

»Ja, natürlich. Was willst du tun? Deinem Schicksal untätig entgegensehen? Den Schattenesser bekämpfen?«

Sie zuckte gleichgültig mit den Schultern. »Wer könnte einen Engel des Herrn besiegen?«

»Eine gute Frage. Eine bessere aber wäre: *Kann* man ihn besiegen? Und will man es überhaupt?«

Sarai wußte lange keine Antwort darauf und schwieg. Schließlich fragte sie: »Weißt du, wo er jetzt ist?«

»Der Vogel Koreh wird es mir sagen. Später.«

»Wird der Bote mich erneut angreifen, wenn ich jetzt die Kammer verlasse?«

Er schüttelte den Kopf. »Er ist nicht mehr in der Synagoge. Ich vermute, er hat sich vorerst anderen Opfern zugewandt.«

Sarai stand auf und trat auf ihn zu, bis nur noch eine Armlänge sie voneinander trennte. »Wenn ich mich gegen ihn stelle und versuche, ihm zu entkommen, wirst du mir helfen?«

»So weit ich es vermag, ja. Dazu wurde ich erschaffen, um die Judenstadt und ihre Bewohner zu retten. Auch dich, Sarai. Und denk daran, du hast einen weiteren Helfer.«

»Nadeltanz?«

»Immerhin hat er dich auserwählt.«

Sie nickte nachdenklich. »Das hat er wohl. Ich danke dir, Golem des Rabbi Löw.«

»Mein Name ist Josef.«

»Josef«, wiederholte sie leise.

Lucius, der letzte Stadtgardist, brachte allen, mit denen er sprach, den Tod. Die Pest kauerte wie ein unsichtbarer Teufel auf seinem Rücken und fuhr jedem in den Leib, der in seine Nähe kam. Manche vermeinten, ein Frösteln zu spüren, andere einen kurzen Schwall von Hitze, und wieder andere spürten gar nichts. Und doch waren sie alle des Todes.

Am Morgen des vierten Tages der Besatzung hatte sich die Zahl der Selbstmörder ohne Schatten auf sechzehn erhöht. Nach dem Leichnam im Haus an der Geistgasse war Lucius auf drei weitere Opfer gestoßen. Er fand sie wie zufällig auf seinem ziellosen Gang durch die Judenstadt. Es war immer das gleiche: Aufruhr vor einem Haus, Schreie, manchmal Weinen und irgendwo ein Toter ohne Schatten. Niemand bemerkte die Veränderung. Außer Lucius. Seine Gewißheit, daß jemand anderes seine Schritte lenkte, wuchs mit jedem neuen Opfer. Allein drei Tote seit dem vorherigen Morgen. Die übrigen dreizehn hatten sich auf mehrere Wochen verteilt. Aber drei an einem Tag! Lucius war sicher, daß die Ereignisse ihrem Höhepunkt entgegenstrebten. Was für ein Höhepunkt sollte das sein? Der Selbstmord einer ganzen Stadt, in der niemand einen Schatten warf? Der Untergang Böhmens, ja der ganzen Welt? Die Apokalypse, von der es in der Bibel hieß, sie komme mit Posaunen und scheußlichen Ungetümen über das Land?

Er wußte es nicht, und es war ihm gleich. Er suchte einen Mörder, das allein zählte. Die Erfüllung seiner Pflicht. Und ein würdevolles Sterben für Bozena.

Der Zustand seiner Frau hatte sich verschlechtert. In der Nacht hatte sie soviel Blut erbrochen, daß er geglaubt hatte, sie könne unmöglich noch mehr davon in ihren Adern haben. Ihre Geschwüre wurden größer und größer, einige waren aufgeplatzt. Eine helle, zähe Flüssigkeit quoll daraus hervor und beschmutzte die durchgelegenen Laken. Es stank entsetzlich in der kleinen Unterkunft, und die ersten Nachbarn waren aufmerksam geworden. Lucius versperrte die Tür, als sie klopften. Bozena versuchte, sich die Ohren zuzuhalten, denn das Pochen klang für sie um ein vielfaches lauter; sie flüsterte, es treibe sie in den Wahnsinn. »Tu etwas!«

flehte sie ihn an. »So tu doch etwas.« Da vernagelte Lucius die Tür mit Brettern und abgebrochenen Stuhllehnen, so fest, bis nicht einmal ein Rammbock hätte hindurchbrechen können. Als die Nachbarn bemerkten, daß man sie nicht einlassen würde, ließen sie ab und gingen zurück in ihre eigenen Unterkünfte. Bozena schenkte ihm zwischen schwarzen Beulen den Hauch eines Lächelns.

Bevor Lucius sich zu seinem täglichen Rundgang aufmachte, hatte er Bozena geküßt, auf die geschwollenen Lippen und auf die Geschwüre an ihrer Stirn. Dann schob er eine Leiter durchs Fenster, kletterte das eine Stockwerk bis zum Hof hinunter, versteckte die Leiter sorgfältig in einer Mauernische und begann seinen Dienst. Er wußte, daß er der letzte der Stadtgardisten war, und um so wichtiger war seine Aufgabe. Irgendwer mußte es tun. Irgendwer mußte den Mörder dingfest machen.

Das sechzehnte Opfer war die Tochter eines jüdischen Geldleihers, der in einem Häuschen an der Rabbinergasse lebte. Das Mädchen war kaum fünfzehn Jahre alt gewesen und hatte sich mit einem Brotmesser die Kehle durchgeschnitten, in der Nacht, während seine drei jüngeren Geschwister ungestört im selben Zimmer schliefen. Sie waren aufgewacht, weil das umhergespritzte Blut auf ihren Gesichtern trocknete.

Die Mutter des toten Kindes hatte ihre verbliebenen Sprößlinge gepackt und war mit ihnen bei den Nachbarn untergekommen. Der Vater aber war zurückgeblieben. Als Geldleiher hatte er eine schöne Summe verdient, und das Quartier der Familie war reichhaltig ausgestattet. Er mußte die Ligasöldner bestochen haben, damit sie ihm seine Besitztümer ließen. Lucius wußte, daß es nur eine Frage von Tagen war, ehe die zweite und dritte Welle von Plünderern über das Viertel hereinbrach. Irgendwann würden auch einem Geldleiher die Münzen ausgehen, und man würde alles nehmen, was übrig war. Seinen Schmuck, seine Möbel. Seine Frau und seine Töchter. Zumindest der Ältesten blieb dieses Schicksal nun erspart.

Lucius stieß am Morgen auf die Leiche des Mädchens und auf den verzweifelten Vater. Der Mann saß weinend inmitten seiner Reichtümer und wartete darauf, daß irgend etwas geschehen würde, von dem er selbst nicht wußte, was es war. Die Pest befiel ihn, als er weinend an Lucius' Schulter sank.

Jener stellte ihm die üblichen Fragen, ganz so, wie er es gelernt hatte: Wo war der Vater, als seine Tochter starb? Warum hatte er nichts gehört? Hatte das Mädchen sich am Tag zuvor merkwürdig benommen? War sie sonstwie auffällig geworden?

Der Geldleiher sagte, seine Tochter sei allerdings ungewöhnlich still gewesen, seit Tagen schon. Sie habe wenig gesprochen, kaum gegessen und sich die meiste Zeit über im Bett verkrochen. Er und seine Frau hatten angenommen, es sei die Angst vor der Liga, die das Kind in die Verzweiflung trieb, denn verzweifelt waren sie doch alle, oder?

Lucius fragte weiter: Ob das Mädchen in letzter Zeit mit Fremden zusammengewesen und ob es gläubig gewesen sei. Ob es manchmal vom Tod gesprochen habe. Und ob es, abgesehen von der Niederlage gegen den Kaiser, irgendeinen anderen Grund für das seltsame Verhalten des Kindes gegeben haben könnte.

Nein, nein, nein, beharrte der Vater, es habe alles zum besten gestanden, immer schon, es habe ihnen doch an nichts gefehlt, keinem der Kinder. Ob der Herr Stadtgardist denn etwa einen Verdacht habe, daß es nicht mit rechten Dingen zugegangen sei, wollte er wissen.

Das verneinte Lucius und verabschiedete sich knapp.

Der Vater fragte, wohin er nun mit der Leiche solle. Immerhin sei doch Krieg, und die meisten Toten verschwänden achtlos in Massengräbern. Das aber wolle er seinem Kind nicht antun.

Lucius sagte, damit müsse er selbst zurechtkommen, schließlich verfüge er doch über alle Mittel.

Der Geldleiher weinte wieder. Lucius ließ ihn stehen und schloß hinter sich die Tür.

Wohin mit dem Kind? Woher um Himmels willen sollte er das wissen?

Wohin mit Bozena, wenn sie starb?

KAPITEL 6

Michal erwachte aus tiefem Schlaf, nach einer Zeit, die ihm vorkam wie viele Tage. Er lag in einem Bett aus getrockneten Fichtennadeln. Ihre Spitzen bohrten sich durch Wams und Hose in seine Haut, aber er bemerkte es kaum. Über ihm krallten sich Äste und Baumwipfel in graues Dämmerlicht.

Sein erster Gedanke galt der Kette.

Seine Hand fuhr hinauf zum Hals, und, Gott sei Dank, sie war noch da. Die sieben Hühnerkrallen lagen reglos auf seiner Brust. Seine Finger streiften über die dürren Glieder, fast zärtlich. Kein Leben war in ihnen.

Weshalb ziehe ich nicht weiter nach Prag, dachte er, dorthin, wo Nadjeschda immer sein wollte?

Der Gedanke an Nadjeschda und Modja tat noch immer weh, aber nicht mehr so sehr wie vor seinem Schlaf. Er spürte Trauer in sich, aber sie war tief in seinem Inneren, etwas Fernes, Verschwommenes.

Michal stand auf und blickte sich um. Um ihn war nichts als Wald, majestätisch hoch und dunkel, eine Säulenhalle aus Holz und Nadeln und gefallenem Laub. Ein bitterkalter Wind strich zwischen den Stämmen einher, und er wußte, daß er bald festere Kleidung brauchte, sonst würde er erfrieren.

Der Boden strebte unmerklich aufwärts, erst nur ein wenig, dann immer steiler. Michal schleppte sich schwerfällig bergauf, seine Glieder waren steif vor Kälte. Schließlich erreichte er den Bergkamm, überschattet von einer Reihe mächtiger Tannen. Er schob ihr raschelndes Geäst auseinander und zwängte sich hindurch. Zwei Schritte vor ihm endete der Boden abrupt an einer glatten Felskante. Der Eiswind peitschte ihm ins Gesicht und brannte in seinen Augen. Trotzdem hatte er von hier oben eine gute Aussicht über die Landschaft, durch die ihn sein weiterer Weg führen würde.

Die Felswand zu seinen Füßen fiel nur wenige Schritte tief bergab, dann lief sie in einem Hang aus, der dicht von Bäumen und dornigem Buschwerk bedeckt war. Ein schmaler, beinahe zugerankter Pfad schlängelte sich zwischen kahlen Stämmen einher, eher ein Graben als ein echter Weg, ausgewaschen vom Schmelzwasser, das im Frühjahr von den Bergen in die Tiefe jagte.

Der Hang führte abwärts in eine einsame, wilde Landschaft, einem sanften Auf und Ab von Hügeln, manche bewaldet, andere kahl und grau wie Knochenschädel. Ein ungleichmäßiges Schattenraster lag über dem Land, grauschwarze Abbilder der Wolkenburgen, die gigantisch am Abendhimmel schwebten.

Die Rauchfahne, die aus einem nahen Talgrund aufstieg, hätte Michal in all dem Hell und Dunkel fast übersehen. Erst als ein Schwarm von Krähen durch die finstere Säule stieß und sie mit ihren Flügeln durcheinanderwirbelte, zog sie seine Aufmerksamkeit auf sich. Ein Hügel versperrte den Blick in das Tal, doch je länger er hinsah, desto deutlicher erkannte er, daß die Rauchsäule an ihrem Fuß in viele kleinere zerfaserte. Mehrere Feuer mußten dort brennen, deren Qualm sich erst weiter oben zu einem einzigen wabernden Dunkel vereinigte.

Falls dies das Werk von Bethlen Gabor war, so mußte Michal viel länger geschlafen haben, als er bisher angenommen hatte. Das Heer der Siebenbürger, das sich doch viel langsamer bewegte als ein einzelner Mann, hatte demnach einen großen Vorsprung. Das aber bedeutete, daß auch die Baba Jaga nicht mehr hinter ihm war, sondern ihn längst eingeholt hatte. Oana hatte gesagt, er sei jetzt der Herr des Hühnerhauses. Wäre es da nicht an der Zeit, daß es seine Demut ihm gegenüber bewies? Wo aber war es jetzt? Wartete es auf ihn? Irgendwo dort unten, in dieser tiefen, dunklen Landschaft?

Michal schlug sich durch Gebüsch und Unterholz bis zur Mündung des Pfades, den er von der Felskante aus gesehen hatte. Ihm folgte er den Hang hinunter, immer wieder im Kampf mit tückischen Dornenranken und losem Geröll. Es war ein Wettlauf mit der Dunkelheit, ein Kräftemessen, das er nur verlieren konnte. Die Nacht brach an, ehe er das Tal erreichte, und von hier aus war es noch immer ein weiter Weg über den nächsten Hügel hinweg zum Ursprung der Rauchsäulen.

Der Himmel war schwarz und sternenlos, als er schließlich über die letzte Kuppe stieg und von der Anhöhe aus auf die Ruinen eines Dorfes blickte. Genaugenommen sah er sie nur für einen kurzen Augenblick – so lange, wie die Wolkendecke aufriß und das Mondlicht über die Hügel floß. Michal erschrak. Die Rauchfahne hing jetzt über ihm, ein schwarzer, formloser Gigant, dessen Näherkommen er in der Dunkelheit nicht bemerkt hatte. Im kurzlebigen Mondflimmern wirkte der Anblick noch erdrückender. Der Geruch nach Verbranntem wehte ihm schon seit seinem Abstieg vom Berg entgegen, doch hier war er schier überwältigend. Trotzdem ging er weiter, stieg tiefer hinab in den leblosen Talgrund.

Auf der anderen Seite des Dorfes ging das öde Land schlagartig wieder in Wald über, und er sah, daß der Boden vor und zwischen den Bäumen verräterisch glitzerte. Feuchtes, tückisches Sumpfland.

Unten am Boden löste sich der Rauch allmählich auf, obgleich in einigen Ruinen immer noch rotgelbe Glut knisterte. Das Dorf war nicht groß. Leichen lagen umher, die ersten bereits zwanzig, dreißig Schritte außerhalb des äußeren Häuserrings. Michal nahm ein Stück Holz auf, umwickelte es mit Stoff und Stroh und hielt es in die

Glut. Kurz darauf brannte die Fackel lichterloh und gewährte ihm neue, gespenstische Ausblicke.

Die Leichen von Männern, Frauen und Kindern lagen verstreut zwischen den Häusern und Schuppen, viele auch im Inneren, als wäre ihnen während des Angriffs nicht einmal mehr die Zeit geblieben, ins Freie zu laufen. Zahlreiche Dächer waren verschwunden, wahrscheinlich waren sie verbrannt und eingestürzt. Tiefe Furchen hatten den Boden aufgewühlt, ein wildes Durcheinander wie von Wagenrädern – oder Riesenkrallen.

Im selben Augenblick, da er dessen gewahr wurde, blieb Michal stehen. Noch einmal betrachtete er die Toten und achtete genauer auf ihre Verletzungen und die Art, wie sie dalagen. Was, wenn es gar keine Armee gewesen war, die hier gewütet hatte? Hatte irgend etwas die Dächer der Hütten einfach heruntergerissen, von oben hineingegriffen und ihre Bewohner getötet? Welche Schwerter rissen so breite Wunden? Welcher Mensch hatte solche Freude am Verstümmeln?

Es *war* möglich, daß es Bethlen Gabors Soldaten gewesen waren. Doch ebenso denkbar war eine gänzlich andere Macht. Manche Leichen sahen aus, als wären sie mit ungeheurer Kraft in den Boden gestampft worden. Sicher, auch Heerscharen überrannten jene, die sich ihnen entgegenstellten, und Pferdewagen hatten schon so manchen Armseligen zerquetscht. Und doch: Konnte nicht ebensogut etwas anderes für dieses Massaker verantwortlich sein? Legte das Hühnerhaus eine Spur, damit er ihm folgen konnte?

Der Tod und der Gestank trübten seine Sinne, obgleich er doch seit der Flucht vom brennenden Landgut seiner Familie ein Dutzend solcher Schlachtfelder gesehen hatte, Dorf um Dorf, das dem Fürst von Transsylvanien zum Opfer gefallen war. Im Licht der Fackel suchte er nach toten Soldaten, nach verlorenen Rüstungsteilen und Waffen. Doch da war nichts dergleichen. Konnten die unerfahrenen Zwangsrekruten Bethlen Gabors ein ganzes Dorf vom Erdboden tilgen, ohne einen Verlust in den eigenen Reihen?

Noch einmal brach der Mond durch die Nachtwolken und tauchte die Ruinen in kalten Glanz. Die tiefen Furchen setzten sich auf der anderen Seite des Dorfes fort und führten geradewegs in den Sumpfstreifen, der die äußeren Hütten vom Waldrand trennte. Dahinter waren die Stämme auseinandergebrochen, als sei ein Wirbelsturm zwischen sie gefahren. Ehe Michal erkennen konnte, wie tief die Schneise in den Wald hineinführte, schoben sich die Wolken erneut vor den Mond, und die Finsternis verschluckte alles, was außerhalb des Lichtscheins seiner Fackel lag.

Seine Neugier trieb ihn zwischen den Leichen einher auf die andere Seite des Dorfes. Erstmals wurde ihm bewußt, daß er nicht mehr zwischen Wirklichkeit und Traum unterscheiden konnte. Manchmal war ihm, als verschwimme der äußere Rand seines Blickfeldes, als begännen die Bilder sich allmählich aufzulösen. Was aber würde dahinterliegen? Die Wahrheit oder der Wahnsinn? Gab es dieses Dorf und die Schneise im Wald tatsächlich, oder entsprangen sie allein seiner Einbildung? Schlimmer noch: Vielleicht lag ein Fluch über seinem Denken, der ihn Dinge sehen ließ, die es so nicht gab. Dinge, die ihn in eine bestimmte Richtung, zu einem bestimmten Handeln trieben.

Doch die vage Erkenntnis seiner eigenen Unzulänglichkeit löste sich ebenso in Nichts auf wie sein Sinn für die Vernunft. Er stand in diesem Dorf, umgeben von Toten, und vor ihm klaffte eine breite Wunde im Wald. Sein Weg war lange schon vorgezeichnet.

Er näherte sich dem Sumpf, nur um festzustellen, daß er von nahem weit weniger gefährlich wirkte als aus der Ferne. Es war kein wirkliches Moor, er entdeckte keine Tümpel und Schlammfelder. Vielmehr stand das Gras hier knöchelhoch unter Wasser, und die ersten vorsichtigen Schritte überzeugten ihn, daß es sich gefahrlos überqueren ließ. Er würde lediglich achtgeben müssen, in keine der tiefen Furchen zu treten, die vom Wasser überdeckt wurden.

Ungehindert erreichte er die vorderen Bäume. Die Wasseroberfläche setzte sich auch hier fort. Irgendwo in der Nähe mußte ein Fluß über die Ufer getreten sein. Wie es schien, stand ein Großteil des Waldes unter Wasser.

Etwas Großes war achtlos durch die Bäume geprescht wie Kinder durch ein Getreidefeld. Auf einer Breite von vier oder fünf Mannslängen waren die Stämme umgeknickt wie dünne Halme. Manche waren samt Wurzeln aus dem Boden gerissen, andere in winzige Splitter zerborsten. Trotzdem verspürte Michal nicht die geringste Angst. Seine linke Hand umfaßte Oanas Kette, und einen Moment lang war ihm, als legten sich die Krallen sanft um seine Finger.

Das gelbe Licht der Fackel huschte über die Verwüstung, flackerte geisterhaft um zerfetzte Baumstümpfe und ließ die Schwärze dahinter nur noch tiefer, noch verschlingender erscheinen. Michals Schritte im Wasser verursachten Wellenkreise, die Splitter und Äste knirschend aneinandertrieben. Der Wind von den Hügeln heulte in weiter Ferne durch die Wälder und vermischte sich mit dem allgegenwärtigen Rascheln und Plätschern. Doch jenseits all dieser Laute lag eine Stille, die viel schwerer wog als das Flüstern der Zweige im Wind. Nirgends waren Schritte zu hören, außer Michals eigenen, und was immer diese Zerstörung angerichtet hatte, es mußte nun stillstehen. Es erwartete ihn.

Weiter lief er durch das eiskalte Wasser, das mal nur seine Sohle bedeckte, mal um seine Waden spülte. Falls er später vor etwas fliehen mußte, würde ihn das Brackwasser zur Hilflosigkeit verdammen. Schnelles Laufen war auf diesem Grund unmöglich.

Die Schneise der Verwüstung führte immer tiefer in den Wald hinein, weiter fort vom Dorf und seinen Toten. Bislang war das Hühnerhaus stets hinter ihm gewesen, er hatte nicht sehen können, welche Spuren es auf seinem Weg hinterließ. Nun aber konnte er sich mit eigenen Augen von seiner Macht überzeugen. Er war froh, daß es auf seiner Seite stand. Mit der Kette konnte ihm nichts geschehen, denn er war der Herr. Der Herr! – Das Gefühl seiner Überlegenheit machte ihn trunken vor Stolz und Erleichterung.

Weiter drang er in die Finsternis vor, stieg über zerbrochene Stämme, umrundete Stümpfe, tappte durch Wasser, auf dem etwas schwamm wie Sägespäne. Kein Tier schrie zwischen den Bäumen, kein Vogel flatterte im Geäst. Alles Leben war aus dieser Gegend geflohen.

Michal war, als stiege er hinab ins Innere einer Höhle, durch einen breiten Gang, der sich – vielleicht – irgendwann zu einem unterirdischen Dom ausweiten würde. Er hätte nicht mehr sagen können, in welche Richtung ihn sein Weg führte, ob weiter nach Westen oder zurück nach Osten, ja nicht einmal, ob er geradewegs nach vorne wies oder gebogen ins Nirgendwo. Ging er vielleicht im Kreis? Nein, unmöglich, dann wäre er irgendwann wieder auf den Waldrand gestoßen. Statt dessen jedoch schleppte er sich immer tiefer in diesen gottverfluchten Forst.

Da aber wuchsen plötzlich vor ihm zwei mächtige Baumstämme in die Höhe, und obenauf, inmitten eines verschlungenen Netzwerks aus Ästen und Zweigen, saß ein Baumhaus. Michal blickte noch einmal hin, doch die beiden Säulen in der Dunkelheit waren fraglos Bäume, keine Hühnerbeine, und sie liefen in Wurzeln aus, nicht in Krallen.

Die Stämme standen eng beieinander und machten sich oben wie unten den Platz streitig. Ihre Wurzelstränge und Kronen waren eng miteinander verschlungen. Im zuckenden Fackellicht sah es aus, als ginge ein leichtes Wogen durch dieses Gewirr, wie durch ein Nest von Schlangen, doch auf den zweiten Blick erwiesen sich die Äste und Stränge als vollkommen starr. Es waren tatsächlich Bäume, keine Frage.

Das kleine Haus ruhte zu gleichen Teilen in beiden Baumkronen, fast wie eine überdachte Brücke aus Holz. Es war nicht größer als ein gewöhnlicher Schuppen und besaß, soweit Michal das von unten und in der Dunkelheit erkennen konnte, nur eine einzige Tür. Keine Fenster.

Der Eingang stand einen Spaltweit offen. Im Inneren des Hauses schepperte etwas wie zerbrochenes Tongeschirr.

Michal stand genau unterhalb der Tür, als diese plötzlich aufgerissen wurde. Erschrocken sprang er vor, um unter das Haus und aus dem Blickfeld derjenigen zu gelangen, die darin wohnte. Er war vollkommen sicher, daß es eine Frau war.

Etwas wurde durch die Tür geworfen und schlug vor ihm ins Wasser, ein großer Haufen heller Stangen und Stäbe, die sich beim Aufprall verteilten. Er blickte genauer hin und erkannte, daß es Knochen waren. Menschliche Knochen. Von mehr als einer Leiche. Das Fleisch war vollkommen abgeschabt.

Die alten Geschichten fielen ihm wieder ein, von Hexen, die Kinder fraßen. Auch der Baba Jaga sagte man derlei nach.

Der Fackelschein tanzte über die halbversunkenen Knochen und brach sich glitzernd auf der Wasseroberfläche. Michal begriff plötzlich, daß ihn das Licht verraten würde, deshalb tauchte er die Fackel eilig in die Nässe. Sie erlosch mit einem Zischen.

Er stand genau unterhalb des Hauses, inmitten der verästelten Wurzelfinger. Der Eindruck, daß sie sich eben bewegt hatten, klang immer noch in seinem Geiste nach, deshalb gab er einer der Wurzeln mit dem Fuß einen Stoß. Er wollte sehen, was geschah.

Nichts tat sich. Der hölzerne Strang nahm den Tritt mit Gleichmut hin, eine Wurzel wie die andere.

Ein Klappern ertönte, dann sauste kaum eine Armlänge vor Michals Gesicht etwas in die Tiefe. Nachdem er seinen Schrecken überwunden hatte, erkannte er eine Strickleiter. Jemand will von oben herabsteigen, dachte er beunruhigt. Oder war die Leiter gar eine Einladung an ihn, hinauf zum Haus zu klettern?

Michal wartete eine Weile ab, doch niemand erschien am oberen Ende. Auch rief ihn keiner aus seinem Versteck – so es denn überhaupt noch ein Versteck war. Unsicher blickte er hinauf zur Unterseite des Hauses. Wurde er längst schon durch eine Luke beobachtet? In der Schwärze war nichts zu erkennen, die Vorstellung aber, daß in der Finsternis ein uraltes Augenpaar auf ihn gerichtet war, ließ ihn erzittern. Sein Griff um die Halskette wurde fester, beinahe hilfesuchend, doch die Krallen blieben kalt und leblos.

In einem Anflug schaler Hoffnung dachte er, daß es vielleicht gar keinen Grund zur Sorge gab. Oanas Worte hatten keinen Zweifel daran gelassen, daß er allein über das Hühnerhaus gebot. Oder nicht?

Er zögerte nicht länger, trat vor und ergriff die Strickleiter an einer ihrer unteren Sprossen. Mit einem Ruck vergewisserte er sich, daß beim Aufstieg keine Gefahr drohte.

Nicht beim *Aufstieg,* wisperte es in ihm.

Trotzdem setzte er zögernd Fuß um Fuß auf die Sprossen, kletterte schaukelnd dem Haus entgegen. Je höher er stieg, desto besser konnte er die Tür erkennen, aus der die Leiter herabhing. Sie stand nun weit offen. Ein diffuses Zucken wie von Feuerschein flackerte um den Rahmen. Es sah aus, als stehe der Eingang selbst in Flammen.

Höher, immer höher stieg er, bis er die Bodenkante des Baumhauses umfassen konnte. Langsam blickte er darüber hinweg ins Innere.

Eine alte Frau stand vor ihm, keine Armlänge entfernt. Vor dem Feuer, das in ihrem Rücken brannte, war sie kaum mehr als ein schwarzer Scherenschnitt, ein gebeugter Umriß mit zotteligem, grauem Haar, das bis zum Boden reichte. Unter ihrem braunen, zerlumpten Überwurf kroch eine knöcherne Hand hervor und streckte sich ihm hilfreich entgegen.

»Komm nur, mein Junge, komm her.« Es dauerte einen Moment, ehe er erkannte, daß es ihre Stimme war, die er hörte, nicht das Knistern der Flammen. Sie klang so spröde wie zerknülltes Pergament.

Er scheute sich, ihre Hand zu ergreifen, als könne er damit einen Pakt besiegeln, für den er sich noch nicht entschieden hatte. Mit ihrer Linken klammerte sich die Frau an einen Stock, die Rechte aber wedelte weiter vor seinem Gesicht umher. Schließlich fürchtete er, sie würde ihn hinterrücks in die Tiefe stoßen, wenn er nicht danach griff, deshalb packte er sie widerwillig. Zu seinem Erstaunen ruhte in dem dürren Glied eine enorme Kraft, denn mit Hilfe der Alten gelang es ihm mühelos, über die Kante ins Haus zu steigen.

Während er noch auf den Knien im Türrahmen hockte, blickte er erneut zu der Alten auf. Einen Moment lang schien es, als genieße sie ihre erhöhte Stellung, dann wandte sie sich schlagartig um und ging auf den Stock gestützt ans Feuer.

Michal stand auf und schaute sich um. Der einzige Raum des Baumhauses war vollgestopft mit Tischen und Regalen, auf denen Schüsseln und Schalen, Bücher, Schriftrollen und Kerzen standen. Von der Decke hingen tote Tiere: Ratten, Mäuse, ein Fuchs, zwei Dachse, sogar ein Adler und – unvermeidlich – Fledermäuse. Nur ein schwarzer Kater war nirgends zu sehen. Einzige Lichtquelle war eine runde Feuerstelle in der Mitte des Raumes, über der an Ketten ein runder Kessel hing.

Auf einem schmutzigen Leinentuch am Rande der Flammen lagen vier Haufen aus rohem Fleisch, säuberlich voneinander abgegrenzt. Die einzelnen Stücke waren so kleingehackt worden, daß sich ihre ursprüngliche Form nicht mehr erkennen ließ. Der Boden war mit einer dunklen Flüssigkeit bedeckt, die im Schein des Feuers ebenso braun aussah wie alles andere in der Hütte.

Die Alte blieb neben den Fleischhaufen stehen. »Kannst du dir das vorstellen: Man sagt uns nach, wir essen Kinder.«

Michal stand immer noch reglos im Eingang und brachte kein Wort heraus. Ohne daß er selbst es bemerkte, fuhr seine Rechte wieder hinauf zur Kette. Die Alte sah es, und ihr faltiges Gesicht verzog sich zu einem spöttischen Lächeln. Trotzdem schaute sie ihn nicht offen an. Statt dessen ging sie nun vor den Fleischhaufen in die Hocke und verdeckte sie vor Michals Blicken. Kurz darauf hörte er sie schmatzen.

»Kinder?« fragte jemand.

Michal fuhr überrascht herum. Die Stimme war aus dem Gerümpel zu seiner Rechten gekommen. Sie verwirrte ihn. Tatsächlich hatte er geglaubt, die Alte spräche mit ihm. Die Anwesenheit eines weiteren Menschen überraschte ihn. Und ein wenig erleichterte sie ihn auch. Er war also nicht allein mit der unheimlichen Frau.

Aber es war kein Mensch. Inmitten eines wilden Durcheinanders von Tiegeln, Phiolen und prallgefüllten Leinensäcken stand am Boden der Hütte eine bauchige Glasflasche. Sie war durchsichtig und reichte Michal fast bis zum Knie. Der kurze Flaschenhals war mit einem Korken verstopft. Es sah aus, als sei das Gefäß leer – er konnte das schmutzige Wirrwarr dahinter erkennen –, und doch war die Stimme eindeutig aus der Flasche gedrungen. Durch das Glas klang sie seltsam gedämpft.

Michal fühlte sich in einem Traum gefangen. Vielleicht war es nichts anderes als das: ein Traum, in dem er hilflos dahintrieb.

Die Alte schmatzte weiter. »Ja, Kinder, stell dir das vor.«

»Weshalb sollte jemand Kinder essen?« fragte die Stimme aus der leeren Flasche.

»Das weiß der Teufel.«

»Der weiß es bestimmt.«

Die Alte kicherte. »Ja, der schon. Aber ich? Hast du je gesehen, daß ich ein Kind gegessen hätte?«

»Nur eines.«

»Ja, aber das konnte Flöte spielen. Ich wollte immer Flöte spielen. Und sonst? Irgendeines außer diesem einen?«

»Niemals«, erklang es überzeugt aus der Flasche.

»Und du müßtest es doch wissen, wenn es so wäre.«

»Allerdings«, sagte die Stimme, »ich bin dein schlechtes Gewissen.«

So, dachte Michal, die Alte hatte also ihr schlechtes Gewissen in die Flasche gesperrt, damit es ihr nicht hinderlich war. Deshalb sah es auch aus, als sei die Flasche leer, denn ein Gewissen war natürlich unsichtbar, selbst hier, im Wahnland. Es war beruhigend, daß sich wenigstens einige Dinge an die Regeln der Vernunft hielten.

»Ich wäre schön dumm, ein Kind zu essen, wenn ich einen ausgewachsenen Kerl haben kann, oder ein Weib«, sagte die Alte kauend.

»Wie wahr«, pflichtete das Gewissen bei.

»Trotzdem bin ich wählerisch.«

»Natürlich, natürlich.«

»Ich esse nur den, von dem ich etwas lernen kann.«

»Wie von dem Kind mit der Flöte.«

»Ja, ja«, murrte die Alte, »aber seitdem kann ich Flöte spielen.«

»Nicht schön, aber immerhin.«

»Ich werd dir ein Ständchen bringen, daß dir Hören und Sehen vergeht.«

»Kann sowieso nichts sehen«, entgegnete das Gewissen. »Hab keine Augen. Kann auch nicht hören. Fühle nur, was du sagst, weil wir eins sind.«

»Wie willst du dann wissen, ob mein Flötenspiel schön ist?«

»Ich weiß, wie schön du singst.«

Die Alte kicherte wissend. »Die, für die ich singe, stört es nicht.«

»Unser Glück. Wen ißt du gerade?«

»Vier Soldaten. Ich hab sie unten im Dorf gefunden.«

»Was nutzt es uns, wenn du mit einem Schwert umgehen kannst?« fragte das Gewissen belehrend. »Oder mit einer Muskete? Du wirst nur meine Flasche zerschießen.«

»Man weiß nie, wozu es gut ist. Hätte ich lieber die dummen Bauern essen sollen?«

»Du hättest lernen können, wie man Hühner züchtet.«

»Ach!« rief die Alte verächtlich aus. »Bauern! Die sind zu nichts nutze als Kinder in die Welt zu setzen, viele und viele und viele. Und was wird aus den Kindern? Neue Bauern! Eine Schande ist das.«

»Aber essen willst du die Kleinen auch nicht.«

»Das ist wahr. Ich esse nur für Wissen.«

Michal hörte sich all das an und wußte doch nicht, was er davon halten sollte. *Essen für Wissen.* Wenn er die Alte richtig verstanden hatte, so ging das Wissen desjenigen, den sie aß, auf sie über. Immerhin war damit geklärt, warum Hexen überhaupt Menschen aßen.

Da drehte sich die Alte erstmals zu ihm um und blickte ihn direkt aus ihren kleinen, schwarzen Augen an. »Komm her«, befahl sie.

»Ich habe keine Beine«, sagte das schlechte Gewissen.

»Nicht du!« entgegnete das Weib barsch. »Ich rede mit unserem Gast.«

»Wir haben einen Gast?« fragte das Gewissen.

Die Alte gab keine Antwort und sagte statt dessen zu Michal: »Du bist bestimmt hungrig.«

Michal brachte keinen Ton hervor. Er machte fast willenlos einen Schritt nach dem anderen, langsam wie ein Schlafwandler, und ließ zu, daß ihre Klaue seine Hand ergriff.

»Setz dich«, sagte die Alte und wies auf den Boden neben den vier Fleischhaufen. Michal bemerkte, daß sie seit seinem Eintreten sichtlich kleiner geworden waren.

Nachdem er Platz genommen hatte, deutete die Alte mit der Spitze ihres Stockes auf das Fleisch. »Soldaten«, erklärte sie. »Wenn du ihren Leib ißt, wirst du sein wie sie. Du wirst laufen und kämpfen wie sie, du wirst mit Waffen umgehen können, die Taktik des Gegners voraussehen. Du wirst keine Mühe mehr haben, nach Prag zu gelangen.«

»Was soll er denn in Prag?« fragte das schlechte Gewissen.

»Sei still!« fuhr die Alte die Flasche an.

»Ich will nicht«, widersprach Michal mit schwacher Stimme.

»Natürlich willst du. Prag ist dein Ziel, ist es immer gewesen. Deine Frau und dein Kind wollten mit dir dorthin gehen. Gemeinsam wart ihr zu schwach, aber allein kannst du es schaffen. Ich gebe dir die Kraft dazu. Du solltest mir dankbar sein.«

»Dankbar«, flüsterte er.

»Nun iß!« verlangte die Alte.

Zögernd streckte Michal die Hand nach dem ersten Fleischhaufen aus.

»Er war gut mit der Muskete«, erklärte das Weib. »Hat viele von dieser Bauernbrut erledigt, bevor die anderen mit ihren Schwertern über sie herfielen.«

Michal nahm mit Daumen und Zeigefinger ein rotes Stück Fleisch und ließ es unschlüssig vor seinem Gesicht baumeln.

»Mach schon«, sagte die Alte ungeduldig. »Je schneller du ißt, desto schneller bist du in der Stadt. Es wird dir dort gefallen. Viel zu essen, nie mehr Hunger.«

Abgesehen von den letzten Tagen hatte Michal niemals hungern müssen. Dem böhmischen Landadel war es stets gut ergangen, auch seiner Familie. Erst seit ihrer Flucht wußte er, wie es war, wenn die Leere einem den Magen zu zerfressen schien.

Ganz langsam öffnete er die Lippen und legte sich das Stück auf die Zunge. Zögernd begann er zu kauen. Das Fleisch war roh und weich, es schmeckte erbärmlich.

»Herrgott!« fuhr ihn die Alte an. »Geht denn das nicht schneller?«

»Als dein Gewissen«, begann das Gewissen, »muß ich dir sagen, daß ›Herrgott‹ kein Fluch ist, der deiner …«

»Geh zum Teufel!« kreischte die Alte wütend.

»Schon besser.«

Michal kaute auf dem rohen Fleisch, ohne es zerkleinern zu können. Es war zäh wie Leder. Um die Alte jedoch nicht weiter zu erzürnen, schluckte er es schließlich am Stück hinunter.

»Endlich!« entfuhr es dem Weib. »Nun weiter. Nimm eine Handvoll.«

Michal grub die Rechte bis zum Knöchel in das Fleisch, ballte sie zur Faust und zog sie wieder hervor. Zwischen seinen Fingern quollen die feuchten Fetzen hervor.

»Los, los!« trieb ihn die Alte an.

Michal gehorchte und stopfte sich die Backen voll. Unter Mühen gelang es ihm, das Fleisch hinunterzuwürgen.

»Das genügt«, stellte das Weib fest und klopfte mit der Stockspitze vor den zweiten Haufen. »Jetzt den Nächsten. Zu seinen Lebzeiten hat er gut gefochten, besser als manch anderer in Gabors Heer. Seine Schwertkunst wird dir noch zugute kommen.«

Michal schluckte das letzte Stück des Schützen, schloß für einen kurzen Moment die Augen, dann füllte er seinen Mund mit dem Fleisch des Fechters. Geschmacklich gab es keinen Unterschied zum ersten. Aber der zweite Haufen roch schlechter.

»Soldaten haben selten Zeit sich zu waschen«, sagte die Alte entschuldigend. »Das muß man hinnehmen. Die haben genug damit zu tun, die Frauen anderer zu schänden und mit den Weibern im Troß herumzuhuren.«

Michal nickte kauend.

»Nimm mehr«, verlangte die Alte. »Fechten ist wichtiger als Schießen.«

Er tat, was sie ihm gebot, dann wandte er sich dem dritten Haufen zu.

»Der hier war Kanonier«, sagte das Weib. »Ich weiß nicht, ob es dir nützt, wenn du eine Kanone stopfen kannst, aber der Kerl konnte auch mit dem Messer umgehen. Da hat ihm keiner was vorgemacht. Seine Klinge stach zu wie der Blitz. Ein meisterhafter Mörder aus dem Hinterhalt. Dazu auch der beste Betrüger im Kartenspiel, der mir untergekommen ist. Leider wirst du kaum Zeit haben, diese Kunst zu würdigen.«

Das Gewissen seufzte. »Mir schwant Übles.«

»Hurra!« entgegnete die Alte lachend. »Vorbei die Zeiten, in denen du mich beim Spielen ausgenommen hast.«

»Das steht zu fürchten«, sagte das Gewissen kleinlaut.

Michal nahm auch vom Kanonier mehrere Mundvoll. Allmählich war sein Hunger gestillt, doch die Alte kannte kein Erbarmen.

»Es ist nur zu deinem Besten«, sagte sie. »Gegessen wird, was auf den Tisch kommt.«

Er schenkte ihr ein scheues Lächeln und nickte. »Natürlich«, erwiderte er mit vollem Mund.

»Nun zum letzten. Er könnte sich als besonders wertvoll erweisen.«

Michal wischte sich mit dem Ärmel über die Lippen.

»Er war kein Mann der Waffe«, erklärte die Alte weiter, »sondern einer des Geistes.«

»Ein Pfaffe?« fragte das Gewissen. »Soll er denn predigen, wenn er in die Stadt kommt?«

»Kein Pfaffe, Dummkopf!« schalt das Weib die Flasche. »Dieser hier« – sie deutete mit dem Stock auf den vierten Fleischhaufen – »dieser war ein Medicus. Zumindest der Gehilfe eines Medicus.«

Michal starrte erst auf den roten Fleischberg, dann auf die Alte. »Ein Medicus aus Gabors Heer?« fragte er leise.

»Gewiß doch«, erwiderte das Weib, »und bestimmt kein schlechter. Er schmeckt auch besser als die übrigen. Ein schlauer Bursche. Zum Kämpfen taugte er allerdings nicht im geringsten. Aber du wirst deine Wunden selbst versorgen können, falls du dich auf deinem Weg verletzt.«

Michal zögerte noch immer. »Hatte der Mann einen verkümmerten Arm?« fragte er.

Die Alte war erstaunt. »Woher weißt du das?«

»Ich kannte ihn.«

»Oje, oje«, klagte das Gewissen.

»Na und?« fragte das Weib. »Du frißt doch auch das Schwein aus deinem Stall.«

»Er hat mir das Leben gerettet.«

»Oje, oje, oje«, jammerte es aus der Flasche.

Die Alte machte eine wegwerfende Geste. »Iß und stell dir vor, er sei dein größter Feind.«

»Er war als einziger gut zu mir.«

»Friß oder sei verdammt!«

Michal atmete tief durch und blickte in die bösen Augen des Weibes. Einen Herzschlag lang regte sich Trotz, ja Widerstand in ihm, dann bohrte sich der Blick der Alten in seinen Schädel und zersprengte allen Widerwillen. Michal blieb nur, zu gehorchen.

Tief tauchte er seine Hand in den Fleischberg. Packte zu. Aß.

Langsam zerkaute er Balans Reste zwischen den Zähnen. Das Wissen des Medicus floß in seinen Geist, ebenso wie zuvor die Kunst des Schießens, Fechtens und Messerstechens.

Die Alte betrachtete ihn zufrieden wie eine Mutter, die ihrem Kind beim Essen zusieht.

»Brav«, lobte sie gackernd, »so ist's brav, mein Junge. Denk daran: jedes Werkzeug will geschliffen sein.«

Michal schluckte Balans Fleisch, hörte noch, wie das Gewissen etwas sagte, das er nicht verstand, dann wurde ihm schwarz vor Augen, er schmeckte und spürte nichts mehr und kippte schwer vornüber.

Viel später, als er erwachte, fand er sich im Wasser wieder. Er lag am Fuß einer Fichte und fror erbärmlich. Um ihn war derselbe überschwemmte Wald, aber die breite Schneise und das Baumhaus waren nirgends zu sehen. Seine blutigen Wamsärmel hatten ein zartes Rosa angenommen, verwaschen von der Zeit im Wasser. Er mußte lange hier gelegen haben.

Als er sich umsah, entdeckte er, daß sich die Mondsichel neben ihm auf der Oberfläche spiegelte. Er blickte auf, doch der Himmel zwischen den Ästen war rabenschwarz. Kein Mond weit und breit. Er sah noch einmal neben sich ins Wasser, und da erst begriff er, daß es keine Spiegelung war.

Neben ihm lag der Mond. Oder etwas, das so aussah.

Er tauchte die Hand ins Wasser und griff danach. Es war eine Klinge. Man mußte sie an der unteren gebogenen Spitze packen, dort, wo die Schneide stumpf und griffig war. Erst widerwillig, dann immer zufriedener wog er die Sichel in der Hand. In die Klinge waren fremdartige Zeichen eingraviert, und den Mittelteil schmückte das Profil eines kantigen Gesichts. Eine schöne, eine gute Waffe.

Michal hatte wieder Hunger.

KAPITEL 7

Unsere Welt ist die Hölle, und die gefallenen Engel sind mitten unter uns.« Sarais Stimme überschlug sich fast, als sie Cassius schilderte, was sie vom Golem erfahren hatte. Sie hatte es längst aufgegeben, über den Inhalt ihres eigenen Redeflusses nachzudenken. Es mochte absurd klingen, völlig unglaublich – sie aber hatte es als Wahrheit längst akzeptiert. Was blieb ihr auch übrig?

Atemlos lief sie im Turmzimmer auf und ab. »Ein paar dieser Gefallenen haben sich in den Schatten von Menschen festgesetzt. Sie haben die Schutzengel aus den Schatten vertrieben und ihre Stelle eingenommen. Der mal'ak Jahve ist nichts anderes als eine Art Jäger, der sie für diesen ... ich weiß nicht, Frevel bestrafen soll. Er zerstört die Schatten, weil er nur so die Gefallenen darin vernichten kann.«

Der Blick des Alchimisten folgte Sarai, wie sie aufgebracht hin- und herlief, mit schneeweißem Gesicht und zittrigen Händen. Gelegentlich sah sie ihn kurz an, wandte aber die Augen jedesmal wieder ab und starrte statt dessen auf den Fußboden vor ihr. Sie fürchtete, Zweifel in seinem Gesicht zu entdecken, Zweifel an dem, was sie sagte, und, viel schlimmer noch, Zweifel an ihr selbst. Und doch war der alte Mystiker der einzige, der ihr Glauben schenken mochte.

Doch statt sogleich mit Erklärungen und weisen Ratschlägen aufzuwarten, wie sie insgeheim gehofft hatte, saß Cassius einfach nur in seinem Sessel am Fenster, beobachtete sie und verbarg seine Gefühle hinter einer reglosen Maske. Was immer auch in ihm vorgehen mochte, er behielt es vorerst für sich.

Schließlich aber, als ihre Arme immer zappeliger und ihre Worte wirrer wurden, stand er auf, schnitt ihr beim Auf- und Abgehen den Weg ab und legte einen Arm um ihre Schulter. Beruhigend führte er sie zum Sessel und bedeutete ihr, sich hinzusetzen. Er selbst blieb stehen und sah mit einem sanften Lächeln auf sie herab.

»Du hättest nicht hierherkommen dürfen«, sagte er. »Es ist zu gefährlich.«

»Was hätte ich denn tun sollen?«

»Beim Golem warst du in Sicherheit.«

»Soll ich mich mit ihm in seiner Kammer einschließen? Welchen Sinn hätte das?«

Cassius trat neben sie, legte ihr die Hand auf die Schulter und blickte dabei zum Fenster hinaus. Über den Schloßgärten dämmerte der Abend. »Welchen Sinn? Der Bote könnte dir nichts anhaben.«

Sie schüttelte den Kopf und sprang auf. Seine Hand glitt ins Leere. »Ach, Cassius, hör auf. Ich bin kein kleines Mädchen mehr. Wie lange hätte ich es in der Kammer ausgehalten, ohne Essen, ohne Wasser? Mag ja sein, daß der Golem nicht darauf angewiesen ist, ich aber hätte irgendwann so oder so nach draußen gehen müssen.«

»Und was, wenn der mal'ak Jahve schon auf dem Weg hierher ist?«

»Der Golem – Josef – hat gesagt, er habe sich vorerst anderen Opfern zugewandt. Es muß eine ganze Reihe davon geben.« Der Gedanke, daß in diesem Augenblick weitere Menschen ihre Schatten verloren, ohne daß irgendwer sie warnen konnte, ließ sie schaudern. Aber es hatte keinen Sinn, sich mit solchen Vorstellungen zu martern. Sie konnte ohnehin nichts daran ändern.

Sarai lehnte sich gegen einen der Laboratoriumstische. Nachdenklich blickte sie auf ihre zitternden Hände und auf den Schatten, den sie warfen. Auf der anderen Seite der Kammer loderten die Flammen in der Feuerstelle und fauchten zum Kaminschacht empor. Ihr zukkender Schein verlieh den Schatten ein geisterhaftes Eigenleben, ließ sie mal hierhin, mal dorthin fallen. Sarai legte ihre rechte Hand auf ihren Oberschenkel, so daß Finger und Schatten sich berührten. Natürlich fühlte sie nichts als den Stoff ihrer Hose. Und doch wurde ihr bewußt, daß ihr Schatten mehr war als nur ein unvollkommenes Spiegelbild, das sie achtlos mit sich durchs Leben zog. Etwas existierte darin. Sie wünschte sich, es sehen, es anfassen zu können, doch so oft sie auch danach tasten mochte, sie würde immer nur ins Leere greifen. Sie hoffte inständig, daß es wirklich wert war, dafür zu kämpfen. Doch zugleich übermannte sie die Erinnerung an ihren Vater. Er hatte nicht gekämpft. Sie hatte gesehen, was mit ihm geschehen war.

Cassius blickte immer noch zum Fenster hinaus und war tief in Gedanken versunken.

»Was Josef über die gefallenen Engel gesagt hat, daß sie in unsere Schatten fahren, was hältst du davon?« fragte sie.

Der Mystiker drehte sich langsam um. »Der Golem besitzt das Wissen des Rabbi Löw, und es gibt keinen zweiten Weisen wie ihn. Wenn seine Schöpfung auch nur einen Teil seines Geistes geerbt hat, dann glaube ich ihr jedes Wort.«

»Was bedeutet es für einen Menschen, wenn ein gefallener Engel in seinen Schatten fährt?«

Cassius seufzte und ließ sich seinerseits wieder im Sessel nieder. »Falls wirklich einer der Gefallenen in deinen Schatten gefahren ist, Sarai – und dessen bin ich keineswegs sicher, denn der mal'ak Jahve mag es nur vermuten –, so kannst du selbst herausfinden, ob er dir schadet. Hast du in den vergangenen Tagen etwas Ungewöhnliches gespürt?«

»Du meinst, außer der Tatsache, daß ich fast von Söldnern geschändet, von Dächern gefallen und von einem verrückten Engel geblendet worden wäre?« fragte sie mit beißendem Spott.

Cassius nickte gütig. »Außer diesen Kleinigkeiten.«

Sie warf ihm einen mörderischen Blick zu, dann schüttelte sie den Kopf. »Nein, ansonsten geht es mir hervorragend – abgesehen von zwei Dutzend Prellungen, ebensovielen Kratzwunden und mehr Splittern in meinen Fingern, als ich zählen könnte. Meine ganze Haut fühlt sich an, als säße ich in einem Bienenstock.«

»Das hält die Sinne wach. Keinen Ärger mit deinem Schatten?«

Sie atmete tief durch. »Nein.«

»Weshalb machst du dir dann Sorgen, mein Kind? Engel – ob gefallen oder nicht – existieren für gewöhnlich auf einer anderen Ebene als der unseren, selbst, wenn sie sich mitten unter uns befinden. Um ehrlich zu sein, ich bezweifle, daß es für dich oder jeden anderen einen Unterschied macht, welche Art von Engel in deinen Schatten fährt, ob Schutzengel oder Gefallener. Ihre Belange sind nicht die unseren.«

»Das habe ich auf dem Dach der Synagoge bemerkt«, entgegnete sie trotzig.

Cassius seufzte. »Der mal'ak Jahve gibt sich nicht damit zufrieden, die Gefallenen auf ihrer eigenen Ebene zu schlagen, und das ist sein Fehler. Stell dir einen Baum vor, in dessen Krone ein Adler sitzt. Ein Jäger, der ihn erlegen will, versucht für gewöhnlich, mit einem Pfeil darauf zu schießen. Unser Jäger aber greift statt dessen zur Axt und fällt den Baum – und wundert sich, daß der Adler derweil davonfliegt. Deshalb fällt er den nächsten Baum und den nächsten, in der Hoffnung, irgendwann einen zu erwischen, auf dem der Adler sitzen bleibt. Dann, und nur dann, kann er seine Beute fangen. Aber ich halte es für fraglich, ob ihm das je gelingen wird.«

»Der Jäger, der so vorgeht, wird irgendwann den ganzen Wald abholzen.«

»Allerdings.«

Sarai musterte ihn eindringlich. »Du glaubst also, der mal'ak Jahve kann bei seiner Jagd auf die Gefallenen gar keinen Erfolg haben?«

»Ich halte es für unwahrscheinlich. Und ich glaube, er selbst weiß das ganz genau. Er ist verzweifelt. Er beginnt, ziellos um sich zu schlagen. Er hofft, die richtigen Schatten zu vernichten, aber er ist nicht sicher. Sein Angriff auf dich beweist daher keineswegs, daß wirklich ein Gefallener in deinen Schatten gefahren ist, Sarai. Der Bote mag es vermuten, aber er *weiß* es nicht. Deshalb versucht er kurzerhand, den ganzen Baum zu fällen. Und ich fürchte, auch den ganzen Wald.«

»Du willst damit sagen, daß ...«

»Daß es nicht allein um deinen Schatten geht und auch nicht um alle Schatten dieser Stadt. Der mal'ak Jahve hat längst den Blick für seine Grenzen verloren. Er ist viel gefährlicher, als wir bislang angenommen haben. Er glaubt, er tut das Richtige, denn er handelt in Gottes Auftrag. Und nichts außer Gott kann ihn von seinem Vorhaben abbringen.«

»Aber wie kann Gott das zulassen?«

»Die Lehren der Rabbiner beinhalten viele Hinweise darauf, daß der Herr sich immer weiter von seinem Volk zurückgezogen hat. Es gibt ein altes Gleichnis, in dem Gott mit einem König und das jüdische Volk mit seiner Tochter verglichen werden. Als die Tochter noch ein Kind war, da sprach und spielte der König mit ihr überall, wo er sie traf, auch in den Gassen und vor allen Leuten. Als sie aber älter wurde, da sagte der König: ›Es ist gegen die Würde meiner Tochter, wenn ich mit ihr in der Öffentlichkeit spreche. Man soll ihr eine Laube bauen, in der ich ihr fortan begegnen will.‹

Genauso erging es Gott, denn er sagte über seine Kinder: ›Ich erschien ihnen in Ägypten, ich erschien ihnen am Schilfmeer, und ich erschien ihnen am Berge Sinai.

Nun aber sind sie ein großes Volk geworden und haben die Lehren der Thora angenommen: Es ist gegen ihre Würde, wenn ich mit ihnen in der Öffentlichkeit spreche. Sie sollen in meinem Namen Tempel bauen, in denen ich ihnen fortan begegnen will.‹« Cassius machte eine kurze Pause, holte Luft und fuhr dann fort: »Und so hat Gott sich ganz allmählich von der Menschheit entfernt. Erst sprach er zu ihr von Angesicht zu Angesicht, dann nur noch in Tempeln und Kirchen, schließlich durch Priester, und heute schweigt er ganz. Wir können zu ihm beten und ihn um Hilfe bitten, doch wer weiß schon, ob er uns überhaupt noch erhört.«

Sarai hatte ihm staunend und mit großen Augen zugehört. Nun begriff sie, wie ausweglos ihre Lage war. »Aber wenn das die Wahrheit ist«, sagte sie enttäuscht, »dann gibt es niemanden, der den mal'ak Jahve aufhalten kann.«

»Vielleicht nicht«, erwiderte Cassius. »Und doch will ich einen letzten Versuch unternehmen.«

»Was hast du vor?«

»Das laß alleine meine Sache sein.«

Wütend stieß sie sich von der Tischkante ab und trat vor ihn hin. »Das ist doch nicht dein Ernst?«

»Natürlich ist es das.«

»Du willst mich fortschicken?«

»Ich will, daß du zurück zur Synagoge gehst und in der Kammer des Golem abwartest, bis es vorüber ist – auf die eine, oder auf die andere Weise.«

»Und du?«

»Ich werde tun, was nötig ist.«

Sarai fuhr auf. »Hör auf mit der Geheimniskrämerei, Cassius. Ich habe ein Recht darauf, zu erfahren, was du vorhast.«

Er verzog die Lippen zu einem schmalen Lächeln. »Ich würde ebenso reden, wenn ich du wäre. Ich kann dich verstehen. Aber es nutzt nichts. Du wärest mir ohnehin keine Hilfe. Und nun« – er schob sie sanft aber bestimmt beiseite – »laß mich bitte aufstehen.«

Er erhob sich aus dem Sessel und trat an eines seiner Bücherregale. »Geh jetzt«, sagte er, ohne sich nach ihr umzusehen. »Ich muß einige Vorbereitungen treffen.«

»Du kannst mich nicht einfach fortschicken«, widersprach sie aufgebracht.

»Nein, natürlich nicht. Aber ich hoffe, daß du meinem Wunsch aus eigenem Willen folgst.« Er zog ein Buch aus dem Regal, umfaßte es mit beiden Händen und sah sich nach ihr um. »Du mußt mir glauben, wenn ich sage, daß du mir nicht dabei helfen kannst. Wieso willst du dich in Gefahr begeben, wenn es unnötig, sogar hinderlich ist? Noch einmal, Sarai: Geh zurück zur Synagoge! Wenn du weitere Ratschläge brauchst, bitte den Golem um Hilfe. Er weiß vieles. Sicherlich mehr als ich.«

»Was immer du tun willst – vielleicht kann er es besser«, sagte Sarai verzweifelt.

»Der Golem? Nein, mein Kind, er ganz bestimmt nicht. Der Rabbi Löw hätte es gekonnt, doch er ist tot. Sein Golem aber ist zur Untätigkeit verdammt. Und nun geh endlich und komm erst wieder zurück, wenn alles vorbei ist.«

Sie trat auf ihn zu und ergriff seine Hand. »Wirst du dann noch hier sein?«

»*Wieder* hier sein«, verbesserte er und drückte aufmunternd ihre Finger.

Sarai überlegte einen Herzschlag lang, ob sie ihn zum Abschied umarmen sollte, entschied sich aber dagegen. Er hätte es nicht gewollt. Sie war seine Schülerin, nicht seine Tochter.

»Ich werde einen Tag warten, Cassius. Nur einen Tag. Danach komme ich zurück.«

Er schlug die Augen nieder und lächelte, dann nickte er. »Tu das.«

»Das klingt, als sei das ein Abschied für immer.«

»Das ist es nicht, mach dir keine Sorgen. Wir werden uns sehen, morgen schon.«

»Wenn jemand wie du das sagt, klingt es wie: Wir sehen uns in einem anderen Leben.«

Er lachte laut auf. »Ich bin zu alt, um mich auf solche Abenteuer einzulassen. Ich will kein anderes Leben als dieses eine.«

Nun umarmte sie ihn doch noch, und er erwiderte die Geste voller Wärme. Sie warf noch einen Blick auf Saxonius in seinem Käfig. Der Vogel saß auf der höchsten Stange und schlief. »Bis morgen, alte Krähe«, sagte sie, dann lief sie die Treppe hinunter.

Sie schlich betrübt durch die Gärten und mahnte sich selbst zur Vorsicht, bis sie bemerkte, daß alle Achtsamkeit unbegründet war. Es gab kaum Soldaten auf dieser Seite des Hradschin, lediglich einen einzigen sah sie aus der Ferne. Irgend etwas stimmte nicht.

Auch die Mauer wurde nur mäßig bewacht. Der Statthalter des Kaisers mußte seine Männer abgezogen haben, um sie anderswo einzusetzen. Aber wo? Hatte es einen Aufstand gegeben? Waren unerwartet doch noch Getreue des Herzkönigs in Prag geblieben? Waren neue Kämpfe entbrannt?

Die Wahrheit erfuhr Sarai am Fuß der Burg. Ein neuer Feind war in der Stadt. Unbemerkt hatte er sich eingeschlichen und wütete in den Häusern und Gassen. Seine Opfer waren zahlreich, und selbst die Söldner ergriffen die Flucht.

»Die Pest! Es ist die Pest!«

Die Gewänder der alten Frau flatterten, sie wedelte wild mit den Armen, und nackte Todesangst stand in ihren aufgerissenen Augen. Sie kam auf Sarai zugerannt, fiel vor ihr zu Boden und klammerte sich voller Verzweiflung an ihrem Bein fest.

»Es ist die Pest!« schrie sie schrill. »Drüben, in der Judenstadt. Mein Mann ist auf der anderen Seite, und mein Sohn. Die Soldaten lassen sie nicht über die Brücke. Oh, Herr im Himmel!«

Sarai versuchte, sie von ihrem Bein zu lösen. »Was sagst du da? Die Pest?«

Die alte Frau klammerte sich an sie, als könne allein das Mädchen ihr helfen. Sarai packte sie an den dürren Oberarmen und schob sie unter sanfter Gewalt von sich. Die Frau blieb auf den Knien sitzen und schlug die Hände vors Gesicht. Sie weinte bitterlich.

Sie befanden sich vor der großen Kirche, von der aus die Straße zur Karlsbrücke führte. Von hier aus, gleich vor dem Kirchtor, war die Brücke noch nicht zu sehen. Es waren kaum Menschen auf der Straße, und die wenigen, die sich ins Freie gewagt hatten, blieben stehen und starrten Sarai und die Alte aufgeregt an. Einige kamen zögernd näher.

Sarai scheute sich vor soviel Aufmerksamkeit. Trotzdem mußte sie erfahren, was geschehen war. Was hatte die Alte gesagt? Die Söldner hatten die Brücke gesperrt?

Sie ging vor der verzweifelten Alten in die Hocke. »Was ist geschehen?« fragte sie leise, hielt aber eine Armlänge Abstand. Sie fürchtete, daß die Frau erneut nach ihr greifen würde. Was, wenn sie schon den Keim der Seuche in sich trug?

Die Alte hob den Kopf und starrte sie aus rotgeschwollenen Augen an. Ihr Faltengesicht war naß von Tränen.

»Die Pest! In der Judenstadt, am anderen Ufer. Die Wächter haben die Brücke abgeriegelt, damit keiner von dort rüberkommt. Aber mein Mann und mein Sohn sind noch drüben. Sie wollten doch nur die Messer schleifen. Und jetzt … jetzt sind sie vielleicht schon krank und …« Der Rest ging in neuerlichem Schluchzen unter.

Zwei Männer und eine Frau waren neben sie getreten

und bestürmten die Alte ebenfalls mit Fragen. Sarai stand auf und ließ sie stehen. Sie hatte genug gehört. Sie rannte um die nächste Ecke und bog in die Straße, die zum westlichen Brückentor führte. Schon aus der Ferne sah sie, daß sich die Zahl der Wächter vervielfacht hatte. Mindestens zwei Dutzend bildeten eine enge Kette, die den Zugang gegen eine Horde aufgebrachter Menschen versperrte. Die Söldner hatten ihre Waffen gezogen, scheuten sich aber noch, sie gegen die zahlenmäßig überlegene Bürgerschar einzusetzen. Jeder einzelne in der schreienden und tobenden Menge mußte wie die alte Frau Angehörige auf der anderen Seite der Stadt haben. Die Angst um Kinder, Eltern und Geschwister ließ sie die Gefahr für das eigene Leben verdrängen. Lautstark verlangten sie, die Brücke zu öffnen, damit ihre Verwandten die Sicherheit des diesseitigen Ufers erreichen konnten.

Sarai wagte nicht, zu nahe an den Aufruhr heranzutreten, aus Angst, von den Söldnern gestellt zu werden. Sie durfte der Obrigkeit jetzt nicht in die Hände fallen. Auch ohne die Mörder der Liga mochte ihr Schicksal besiegelt sein, wenn sie nicht die Synagoge in der Judenstadt erreichte. Den mal'ak Jahve würde die gesperrte Brücke kaum daran hindern, sie aufzuspüren.

Bis auf zehn Schritte trat sie an die aufgebrachte Menge heran, dann blieb sie stehen und beobachtete das Geschehen. Von hier aus konnte sie sehen, daß auch rechts und links am Ufer Soldaten standen. Man wollte sichergehen, daß niemand den Fluß durchschwamm.

Sarai wunderte sich nicht mehr, daß sie nur so wenige Wächter auf dem Hradschin angetroffen hatte. Maximilian von Bayern wollte die Seuche weit vor dem Burgtor zurückdrängen. Fraglos ließ er bereits seinen eigenen Aufbruch vorbereiten – falls er die Stadt nicht längst verlassen hatte. Der Schwarze Tod zwang selbst die größten Feldherren in die Knie.

Trotzdem schreckte die Pest Sarai weit weniger als der Gedanke an den mal'ak Jahve. Sie mußte auf die andere Seite und in die Synagoge. Die Kammer des Golem war ihre einzige Rettung. Die Pest mochte unabwendbar sein, doch gegen den Boten Gottes konnte sie sich wehren. Sie *mußte* in die Judenstadt.

Ein Stück weiter nördlich führte die Moldau in einem weiten Bogen nach Osten. Das Viertel der Juden grenzte dort direkt an das gegenüberliegende Ufer. Sarai überlegte, ob es dort eine Möglichkeit geben konnte, über den Fluß zu gelangen. Doch selbst wenn die Kette der Wachtposten, die Maximilian am Ufer hatte aufmarschieren lassen, abseits der Brücke weniger dicht war, so würde man doch das Wasser beobachten und einen langsamen Schwimmer unweigerlich entdecken. Falls die Musketenkugeln Sarai nicht trafen, würde man sie fraglos auf der anderen Seite erwarten. Nein, schwimmen schied als Möglichkeit aus.

Niedergeschlagen entfernte sie sich von der Menge am Fuß der Brückentürme und zog sich zurück in die Gassen der Kleineren Stadt. Menschen rannten durch die Straßen, einige in die Richtung der Brücke, um sich dem Aufruhr anzuschließen, andere genau entgegengesetzt, um einen möglichst großen Abstand zwischen sich und den Pestherd im Osten zu bringen. So schnell hatte sich der Ausbruch der Seuche herumgesprochen, daß die ersten bereits darangingen, ihre Fenster mit nassen Lappen abzudichten und Bretter davorzunageln. Einige Weiber irrten heulend durch die Gassen, manche tuschelten leise an Straßenecken. Von allen Seiten drang das Zuschlagen von Türen und Fensterläden an Sarais Ohr, aus manchen Häusern ertönte gar verzweifeltes Geschrei. Die Besatzung durch die Liga hatte den Menschen alle Geduld und Hoffnung geraubt, und die Gefahr durch den Schwarzen Tod war mehr, als die meisten ertragen konnten.

Sarai selbst blieb angesichts der Seuche seltsam gefaßt. Sie konnte nur daran denken, wie sie einen Weg über den Fluß finden sollte. Zudem machte sie sich Sorgen um Cassius. Was mochte er vorhaben? Weshalb durfte sie ihn nicht begleiten? Seit er sie bei einem verbotenen Streifzug durch den Königsgarten ertappt und bei sich aufgenommen hatte, war sie ihm stets eine gute Schülerin gewesen. Warum also brauchte er jetzt ihre Hilfe nicht mehr? War es wirklich nur, um sie zu schützen? Der Kummer drohte Sarai zu überwältigen, und sie fühlte, wie sich ihre Augen mit Tränen füllten. Als sie sich dabei ertappte, daß sie um ihn trauerte wie um einen Toten, zwang sie sich, jeden Gedanken an ihn beiseite zu schieben.

Sie irrte weiter durch die Straßen, immer unweit des Ufers, für den Fall, daß ihr eine Eingebung kam, die schnell verwirklicht werden mußte. Doch je länger sie an den grauen Häuserfronten vorüberstreifte, desto geringer wurden ihr Mut und ihre Hoffnung. Überall am Fluß patrouillierten Söldnertrupps.

Immer wieder blickte sie sich angstvoll um, doch bislang war der mal'ak Jahve nirgends zu sehen. Nun starrte sie auch öfter zum Abendhimmel empor, obgleich es ihr fraglich schien, daß ihr Gegner tatsächlich zu fliegen vermochte. Die Engel der Bibel und der alten Illustrationen in Cassius' Büchern mochten gewaltige Federschwingen auf dem Rücken tragen, doch an der Gestalt auf dem Synagogendach hatte sie dergleichen nicht bemerkt. Vielleicht war der mal'ak Jahve in seiner menschlichen Erscheinungsform an die Grenzen seines Körpers gebunden.

Die Plünderer waren aus den Straßen verschwunden. Die meisten hatte man zur Bewachung des Flußufers abgezogen. Einmal kam ein Mann aus einer Haustür gestürmt, mit aufgerissenen Augen voller Furcht, und prallte gegen Sarai. Er federte mit einem spitzen Aufschrei zurück, starrte sie erst entgeistert an und begann dann panisch, seinen Arm und seine Schulter abzuklopfen, als habe der Zusammenstoß mit ihr dort den Keim der Krankheit hinterlassen. Sarai ließ ihn achtlos stehen und ging weiter.

Sie war selbst nicht sicher, wonach sie suchte, irrte ziellos durch Torbögen und schmale Gassen, stieg Treppen hinauf und hinunter, kam an winzigen Gärten und Hinterhöfen vorüber. Doch so sehr sie sich auch bemühte, ihrer Umgebung keine Beachtung zu schenken, so sehr lenkte sie jede neue Einzelheit doch von ihren eigentlichen Gedanken ab. Am liebsten hätte sie sich in irgendeinen Winkel verkrochen, das Gesicht zwischen den Armen vergraben. Es schien ihr alles so ausweglos.

Und dann traf sie Kaspar.

Die lebende Kanonenkugel trat hinter ihr aus einem Tor, erkannte sie wieder und rief ihren Namen.

Sarai drehte sich um, erinnerte sich ebenfalls und widerstand dem Drang, einfach loszurennen und vor dem Jungen davonzulaufen. Sie war nicht in der Stimmung für ein Wiedersehen.

Kaspar deutete ihren Gesichtsausdruck falsch. »Ich habe keine Pest, keine Angst«, sagte er.

Sarai rang sich ein Lächeln ab. »Dann sind wir immerhin zwei. So schlimm kann's um die Stadt nicht stehen.«

Kaspar grinste. »Wenn alle verrecken, bleiben wir übrig und gründen mit unseren Kindern eine neue.«

Schüchtern war er offenbar nicht.

»Suchst du jemanden?« fragte er.

»Nicht wirklich.« Sarai sah über seine Schulter und blickte durchs Tor in den Hinterhof, wo die bunte Kanone stand. Sie hatte sich nicht eingeprägt, welchen Weg sie gegangen war. Hätte sie den Hof gezielt finden wollen, wäre es wahrscheinlich vergebens gewesen.

Da kam ihr plötzlich eine Idee. Der Einfall brachte sie

für einen Augenblick so aus der Fassung, daß Kaspar besorgt auf sie zutrat.

»Mir geht es gut«, sagte sie eilig, bevor er sie berühren konnte.

Wovor hast du Angst? fragte eine Stimme in ihrem Inneren. Wirklich vor der Pest?

»Du siehst erschöpft aus«, bemerkte er. »Wo wohnst du eigentlich?«

Gute Frage. Wo wohnte sie? Im jüdischen Viertel nicht mehr. Der Mihulka-Turm war auch kein Zuhause. Wenn sie ehrlich war, dann hatte sie gar keins.

Aber sie war nicht ehrlich. »In der Judenstadt«, log sie. »Und ich muß dringend nach Hause.«

Kaspar zuckte bedauernd mit den Schultern. »Sieht schlecht aus. Die haben das ganze Ufer abgeriegelt. An den Söldnern kommt keiner vorbei.«

»Aber vielleicht über sie hinweg«, sagte Sarai schnell.

»Über sie hinweg?« Offenbar dachte er nicht ganz so schnell, wie er redete.

Sarai ging auf ihn zu und drängte ihn, ehe er sich versah, zurück in den Hof.

»He, was ...?«

Sie ließ ihn nicht ausreden und deutete statt dessen auf die Kanone. »Du hast gesagt, ein Mensch kann damit fliegen, nicht wahr? Wie weit?«

»Wie weit?« Er verdrehte die Augen, als er endlich begriff, was sie vorhatte. »Du bist ja verrückt.«

»Nun sag schon«, drängte sie ungeduldig. »Wie weit kannst du einen Menschen damit schießen?«

Er eilte mit großen Schritten zur Kanone und legte eine Hand auf das buntbemalte Rohr. »Nicht irgendeinen. Nur mich!«

Sarai hörte gar nicht zu. In einem engen Kreis lief sie um das merkwürdige Geschütz und betrachtete es von oben bis unten. Das Rohr war nicht lang, hatte jedoch einen beachtlichen Durchmesser. Es ruhte in einer Aufhängung, die ihrerseits mit zwei knallroten Speichenrädern verbunden war. Auf ihnen konnte das klobige Ding fortbewegt werden.

Neugierig betrachtete sie den Zündmechanismus. »Kommt man damit bis zum anderen Ufer?«

Sie hatte nicht erwartet, ihn so leicht aus der zu Fassung zu bringen. »Ich … na ja, ich meine, sicher«, stotterte er. »Ungefähr drei Viertel der Strecke. Vorausgesetzt, die Kanone steht unten am Wasser. Aber das kannst du vergessen.«

Wie sollten sie das Geschütz dort hinunter befördern, ohne daß die Söldnertrupps am Ufer es bemerkten?

»Du hast gesagt, du schießt dich damit in den Fluß«, sagte sie und blickte ihm dabei direkt in die Augen. »Irgendwie mußt du es doch dort hinuntergebracht haben.«

»Mit einem Pferdegespann. Die Kanone wird hinten in den Wagen geladen.«

»Und wo ist der Wagen jetzt?«

»Drüben, im Schuppen«, sagte er und deutete auf ein hölzernes Tor an der Südseite des Hofes.

»Dann könnten wir es versuchen.«

Aufgebracht schob er sich zwischen sie und die Kanone. »Das können wir nicht. Weil ich es nicht will. Weil ich nicht lebensmüde bin. Und du solltest es auch nicht sein. Abgesehen von den Söldnern, die uns fraglos auf der Stelle erschlagen werden – das heißt, mich werden sie erschlagen, für dich wird ihnen etwas Besseres einfallen. Abgesehen also von diesen Kerlen, wütet am anderen Ufer die Pest. Was, um Himmels willen, willst du überhaupt dort?«

»Zu meiner Familie«, schwindelte sie.

»Du kannst ihnen ja doch nicht helfen.«

»Hast du keine Familie?«

»Nein«, sagte er hart. »Und ich bin froh darüber.«

Sarai zögerte einen Moment lang, dann sagte sie:

»Trotzdem muß ich auf die andere Seite. Glaub mir, es ist wichtig.«

»Hast du irgendwas angestellt?« fragte er mißtrauisch.

»Ich werde … verfolgt.« Sie schenkte ihm einen giftigen Blick. »Bist du jetzt zufrieden?«

»Von wem?«

»Das geht dich nichts an.«

»Es ist meine Kanone, oder?«

»Von den Söldnern«, sagte sie, weil es das Naheliegendste war.

Er schüttelte den Kopf. »Sie suchen dich, und du willst ihnen direkt in die Arme laufen? Es wimmelt von Soldaten unten am Fluß. Wäre es nicht einfacher, dich zu verstecken, bis die ganze Aufregung vorbei und die Stadttore offen sind?«

»Das überlaß lieber mir«, entgegnete sie schnippisch.

Er starrte sie lange und eingehend an, dann seufzte er. »Du machst es einem nicht gerade leicht.«

»Hilf mir, und du siehst mich nie wieder. Leichter geht es doch gar nicht.«

Er überlegte, schluckte einen Kloß im Hals hinunter und sagte schließlich: »Nein.«

Sarai hätte sich am liebsten auf ihn gestürzt und ihm ihren Willen eingeprügelt, aber sie wußte, daß das keinen Sinn hatte. Außerdem war sie viel zu erschöpft. Ihre Hoffnungen lösten sich in Nichts auf, und sie fühlte sich nur noch schwach, erschöpft und hilflos.

»Du könntest mich überzeugen«, sagte da Kaspar, gerade als sie sich umdrehen und gehen wollte. »Sag mir nur die Wahrheit. Ich kann es nicht leiden, wenn man mich anlügt.«

Sarai blickte in seine neugierigen Augen, dann wandte sie sich ab. »Du würdest mir ohnehin nicht glauben.«

»Versuch's.«

Sie blieb stehen. »Ein Engel will meinen Schatten vernichten.«

»Und?«

»Was – und?«

»Was ist auf der anderen Seite, das dir gegen den Engel hilft?«

Sie starrte ihn aus zusammengekniffenen Augen an. »Du glaubst mir kein Wort. Ich muß mich nicht von dir verspotten lassen.«

»Kein Spott«, widersprach er ernst. »Nur eine Frage: Was ist auf der anderen Seite?«

»Du machst dich lustig über mich.«

»Was ist dort drüben?« beharrte er.

Sie atmete tief durch. »Eine Synagoge. Eine Kammer in einer Synagoge. Dort bin ich sicher, er kann da nicht an mich ran.«

»Warum hast du das nicht gleich gesagt?«

»Weil du glaubst, ich hätte den Verstand verloren.«

»Natürlich hast du den Verstand verloren. Aber lieber helfe ich einer Verrückten als einer Lügnerin.« Er lächelte. »Los, komm mit.«

Er ging auf das Tor des Schuppens zu, während Sarai ihm verwirrt hinterhersah. Sie fragte sich, wer von ihnen der Verrücktere war. Vielleicht paßten sie doch ganz gut zusammen. Zumindest, bis er ihr über den Fluß geholfen hatte.

»Nun komm schon!« rief er noch einmal, während er das Tor öffnete.

Sarai trat an seine Seite und blickte ins Innere. Dort stand ein rundum geschlossener Karren aus Holz, auf dessen Seitenwände Kaspar Bilder der Kanone gemalt hatte. Schrift gab es keine. Wahrscheinlich konnte der Junge weder lesen noch schreiben. Dafür konnte er fliegen. Kein schlechter Tausch, dachte sie.

An einer Wand stand ein magerer Gaul und blickte sie aus müden Augen an.

»Das ist Ferdinand«, sagte Kaspar. »Früher hieß er Friedrich, aber seit die Stadt dem Kaiser gehört, nenne ich ihn Ferdinand. Das habe ich auch den Söldnern erklärt, als sie hier alles durchsucht haben. Sie haben gelacht und uns in Ruhe gelassen.«

Kaspar war mehr als ein wenig verrückt, dessen war sie nun sicher. Aber er war ein gutmütiger Kerl.

»Vielleicht war er ihnen zu dürr«, stellte sie zweifelnd mit einem Blick auf das halbverhungerte Tier fest.

»Sag mir, woher ich Hafer nehmen soll. Der arme Ferdinand muß ebensolchen Hunger haben wie ich.«

»Wovon lebst du, wenn du keine Familie hast?«

»Früher haben die Leute bezahlt, damit ich für sie geflogen bin. Es gibt nur eine lebende Kanonenkugel in der Stadt.«

»Hoffentlich bald eine zweite«, bemerkte sie.

»Du willst es wirklich tun, nicht wahr?« fragte er noch einmal.

»Es ist die einzige Möglichkeit, dem Engel zu entkommen. Vielleicht ist er schon hierher unterwegs.«

»Dann sollten wir uns beeilen.«

Kaspar spannte Ferdinand vor den Kutschbock, und kurze Zeit später standen Pferd und Wagen draußen auf dem Hof. Ein Strick wurde von der Kanone quer durch den offenen Wagen bis hin zu dem Pferd gezogen, Kaspar löste das Tier wieder aus dem Geschirr und trieb es nach vorne. Ganz langsam wurde die Kanone über zwei Bretter in den Wagen gezogen. Sarai drückte mit aller Kraft von hinten gegen das Geschütz. Kaspar schloß sich ihr an, und gemeinsam gelang es ihnen, die Kanone, nun mit gesenktem Rohr, in den Wagen zu schaffen.

Es war stockdunkle Nacht, als Kaspar das Gespann hinaus auf die menschenleere Gasse führte. Sarai ging zwischen ihm und dem Pferd. Der Kutschbock blieb leer, weil sie dem entkräfteten Tier nicht noch ihr eigenes Gewicht zumuten wollten. Kaspar führte Ferdinand am Zügel. Dem Jungen war anzusehen, daß er unter der Qual des Pferdes litt.

Hinter einigen Fenstern erschienen Gesichter im Kerzenschein. Manch einer mochte befürchten, ein Pestkarren klappere durch die Straßen und sammle die ersten Toten auf dieser Seite des Flusses ein. Es war so finster, daß kaum einer die bunten Bilder auf den Seitenwänden des Wagens bemerken würde. Sarai schöpfte neue Hoffnung. Bis zum Fluß schien ihnen keine Gefahr zu drohen. Dann erst würde es ernst werden.

Sie hielten das Gespann am Ende einer Gasse an, deren Mündung hinaus auf den Uferweg führte. In weiten Abständen brannten Fackeln nahe des Wassers. Söldner waren von hier aus keine zu erkennen, doch das mußte nichts bedeuten. In der Dunkelheit konnten sie überall lauern.

Sarai kamen zum erstenmal Zweifel an ihrem Plan.

»Kaspar?« flüsterte sie.

»Was ist?« fragte er ebenso leise.

»Du bist wirklich schon mit diesem Ding geflogen, ja? Ich meine, du wolltest nicht nur aufschneiden?«

»Sehe ich aus, als hätte ich das nötig?«

In seinem zerschlissenen Gauklerkostüm tat er das tatsächlich, aber sie beließ es bei dieser stummen Feststellung. Statt dessen sagte sie: »Du hast mir noch nicht erklärt, was ich tun muß, wenn es soweit ist. Da draußen könnte die Zeit knapp werden.«

Er lächelte. »Du verlierst doch jetzt nicht den Mut, oder?«

»Mach dir keine Sorgen«, erwiderte sie ein wenig erbost, obgleich er nicht ganz unrecht hatte. »Erklär mir einfach, wie es geht.«

Er nickte. »Komm mit in den Wagen.«

»Und wenn die Söldner sehen, daß wir hier stehen?«

»Hier ist keiner von denen weit und breit. Wahrscheinlich sind sie damit beschäftigt, die Brücke zu sichern und mit Kähnen den Fluß abzusuchen.«

Sarai folgte ihm zögernd in den Wagen. Dort öffnete

er eine Kiste. Darin lag etwas, das auf den ersten Blick aussah wie der Harnisch eines Ritters.

»Du streifst das hier über. Es geht auch ohne, aber mit ist sicherer.«

Prüfend hob sie eine Ecke der merkwürdigen Rüstung in die Höhe. »Das ist viel zu schwer. Ich werde untergehen.«

»Nein, wirst du nicht«, widersprach er. »Ich habe es dutzende Male getan und bin nicht ertrunken. Du kannst doch schwimmen, oder?«

»Ein wenig.« Sie war erst vor wenigen Tagen, gleich nach dem Tod ihres Vaters, durch den Fluß geschwommen. Irgendwie würde sie auch diesmal ans andere Ufer gelangen. Vorausgesetzt, der Harnisch zog sie nicht in die Tiefe.

»Sieh her«, sagte er. »Am Rückenteil der Rüstung sind Schweinsblasen befestigt. Sie sind voller Luft und halten dich an der Oberfläche. Es sind insgesamt drei Stück. Manchmal platzt eine, wenn die Kanone zündet, aber die beiden übrigen reichen aus.«

Sie nickte. »Und weiter?«

»Mit diesen Schnallen hier kannst du die Rüstung öffnen. Zieh einfach an den beiden Laschen, dann geht alles wie von selbst. Die Rüstung treibt oben, und du kannst fortschwimmen. Ich wäre dir sehr verbunden, wenn du sie mit an Land ziehen würdest. Ich habe nur die eine.«

»Bricht einem die Zündung nicht die Knochen?«

»Du mußt dich im Rohr zusammenkugeln und dich fest auf den Grund setzen. Es ist wie ein heftiger Tritt in den Hintern. Es tut weh, aber wenn du in der Luft bist, merkst du nichts mehr davon. Ein paar blaue Flecken hier und da, das ist alles.«

Er lächelte aufmunternd, dann kletterten sie wieder ins Freie und blickten zum Wasser. Das Ufer war etwa zwanzig Schritte entfernt, aber um dorthin zu kommen, mußten sie ein Stück freies Gelände überqueren. Ganz zu schweigen von der Zeit, die das Abladen und Bereitmachen der Kanone in Anspruch nehmen würde. Ein Wunder, wenn die Soldaten sie nicht bemerkten.

»Na gut«, sagte Kaspar, »tun wir's endlich.«

Er gab Ferdinand einen Klaps, dann holperte der Wagen quer über den Weg und hinaus auf die freie Fläche. Der Schlamm dämpfte die Tritte der Hufe, aber er behinderte auch das Vorwärtskommen. Der kraftlose Gaul zog und zerrte, er verausgabte sich bis aufs letzte. Schließlich erreichten sie das Ufer. Jenseits der wenigen erleuchteten Fenster war es so dunkel, daß sie kaum die Hand vor Augen sahen. Draußen auf dem Fluß waren weitere Fackeln zu erkennen, Männer auf Ruderbooten, mit denen sie den Strom nach Schwimmern absuchten. Sarai hoffte, alles würde so schnell gehen, daß sie längst an Land war, ehe die Söldner reagieren konnten.

Kaspar lenkte Pferd und Wagen in einem engen Bogen, so daß die Ladeluke des Gespanns schließlich zum Fluß gewandt stand.

»Schnell jetzt!« zischte er.

Er öffnete den Wagen, legte die beiden Bretter an und bedeutete Sarai, an welcher Stelle sie die Kanone anfassen sollte. Dann schoben sie das Geschütz über die Kante und ließen es über die beiden Holzschienen zu Boden rollen. Sogleich machte Kaspar sich daran, das Rohr zum anderen Ufer hin auszurichten, in einem leichten Winkel gegen die Strömung, damit Sarai nicht allzu weit abgetrieben wurde. Schließlich stopfte er Pulver aus einer seiner Kisten in die Öffnung am hinteren Ende des Kanonenrohrs und steckte eine Lunte hinein. Sarai legte derweil den Harnisch an und setzte sich einen lachhaften Helm auf den Kopf.

»Dahinten kommen sie«, flüsterte Kaspar.

Erschrocken fuhr sie herum und blickte in die Richtung, in die sein Finger zeigte. Tatsächlich näherten sich von Süden her mehrere Gestalten. Im Dunkeln war nicht zu erkennen, wie viele es waren. Ungewiß war auch, ob sie die Kanone bereits entdeckt hatten. Sarai hörte Waffen scheppern und das Grölen rauher Stimmen.

»Kletter in das Rohr«, drängte Kaspar. »Los, mach schon!«

»Und was ist mit dir?«

»Darum hast du dir doch bisher keine Sorgen gemacht.«

Sein Vorwurf traf sie ganz zurecht. Tatsächlich hatte sie nicht ein einziges Mal daran gedacht, was mit Kaspar geschehen würde, nachdem er die Kanone gezündet hatte. Spätestens dann mußten die Wächter ihn bemerken.

Sie wollte ihm danken, er aber schob sie kopfschüttelnd zur Mündung. »Keine Zeit«, sagte er barsch.

Mit Widerwillen kletterte sie in das Rohr. Die Enge war entsetzlich. Sarais hastiger Atem klang in der Röhre hohl und unheimlich. Schon bereute sie, jemals auf eine so irrsinnige Idee gekommen zu sein, als Kaspar durch die Öffnung rief: »Es geht los!«

Ihr blieb gerade noch Zeit, sich mit dem Hinterteil auf den gepolsterten Boden des Rohrs zu drücken, Arme und Beine anzuziehen und den Kopf zwischen ihren Knien zu verbergen. Sie hatte plötzlich furchtbare Angst, vor der Enge, vor dem Donner, vor …

Es war tatsächlich wie ein Tritt, der sie von hinten traf. Nur hundertmal schlimmer. Etwas krachte mit Gewalt gegen ihren Körper, Donnern erfüllte ihren Schädel. Dann spürte sie eine scheinbare Ewigkeit nichts mehr.

Das nächste, was sie bewußt erlebte, war der Aufprall auf dem Wasser. Er war fast noch schmerzhafter als die Zündung. Der Helm rutsche von ihrem Kopf und verschwand in der Tiefe. Panisch begann sie in der Eiseskälte zu strampeln und um sich zu schlagen. Sie konnte keinen klaren Gedanken fassen, schon gar nicht darüber, wie sie ihre Arme und Beine bewegen mußte. Ihre Erinnerung daran war wie fortgewischt. Sie dachte nur: Ich ertrinke!

Wasser drang ihr in Nase und Mund, Kälte peinigte ihren Körper. Sie konnte nichts sehen, ihr war, als befände sie sich tief unter der Oberfläche. Wohin sie auch packte, überall war nur Wasser. Sie schrie auf, ein wilder Schrei in der Schwärze, der ihre letzte kostbare Luft verbrauchte. Die Strömung riß sie mit sich, rauschte und sauste in ihren Ohren. Von allen Seiten schienen die Fluten auf sie einzudringen.

Einen Moment lang war ihr, als erstarre alles um sie herum zu einem massiven schwarzen Block. Sie fühlte sich gefangen, wie in Blei gegossen, konnte sich nicht mehr bewegen. Ihre Arme und Beine waren wie gelähmt, ihr Mund stand offen, und jetzt konnte sie erstmals wieder etwas sehen: Luftblasen, die an ihren Augen vorüberperlten. Das Leben, das aus ihrem Inneren strömte und hinauf zur Oberfläche strebte.

Die Oberfläche. Plötzlich traf sie eine zweite Kältewelle im Gesicht, sie hörte ein Fauchen und Klatschen, dann war ihr Gesicht plötzlich im Freien. Etwas schüttelte sie, und mit einemmal öffnete sich der Harnisch und trieb davon. Sarai erkannte über sich die Sterne, betäubend schön, und eine Hand packte ihren Oberarm.

Da ist jemand, dachte sie trübe.

Sie strampelte wieder mit Armen und Beinen, bekam den anderen zu fassen und klammerte sich mit aller Kraft an ihn. Einen Augenblick später sanken sie beide, ein Knäuel aus zwei Leibern. Die Panik verwandelte Sarais Hände in stählerne Klauen, angstvoll hielt sie sich fest, unfähig, die Gefahr zu erkennen. Ohne es zu bemerken, zog sie den anderen mit in die Tiefe, halb verrückt vor Angst und vom Wasser, das erneut über ihre Lippen drang.

Ein Schlag traf sie im Gesicht, von den Fluten gebremst, aber immer noch fest genug, um weh zu tun.

Dann ein Tritt. Der andere strampelte nun ebenso wie sie selbst, riß sie wieder nach oben. Endgültig schwanden ihr die Sinne.

Ihr Körper schleifte über Stein. Fester Boden! Jemand zog sie an Land.

»Komm schon, wach auf!«

Die Worte drangen nur langsam bis zu ihr vor, gedämpft, ganz allmählich.

»Sie kommen! Du mußt aufstehen!«

Sie kannte diese Stimme. Sie öffnete die Augen. Da war wieder der Sternenhimmel. Träge drehte sie den Kopf, blickte in ein Gesicht.

»Kaspar?« fragte sie zweifelnd.

»Wer sonst? Komm, wir müssen weiter. Die suchen uns schon weiter unten am Ufer. Noch wissen sie nicht, wie weit wir abgetrieben sind, aber das kann sich schnell ändern. Los, steh auf.«

»Meine Beine … tun weh«, brachte sie hervor.

»Ja«, erwiderte er ungeduldig. »Mir tut auch alles weh. Du hattest wenigstens die Rüstung.«

»Du hast die Kanone noch einmal gezündet?« fragte sie erstaunt und drehte sich auf den Bauch. Mühsam versuchte sie, sich auf die Füße zu stemmen.

»Natürlich«, sagte er. »Die hätten mich fast erwischt. Aber komm jetzt, wir haben keine Zeit.«

Aus der Dunkelheit drangen Rufe an ihr Ohr, gebrüllte Befehle. Hatte man sie entdeckt? Sarai wollte es nicht darauf ankommen lassen und schleppte sich, gestützt von Kaspar, über den steinigen Uferstreifen. Es war furchtbar kalt, und sie hätte viel dafür gegeben, irgendwo am Feuer ihre Sachen zu trocknen. Aber sie mußten weiter. In einiger Entfernung erkannte sie die Häuser der Judenstadt. Von Norden näherten sich Fackeln, die wie Irrlichter im Dunkeln tanzten.

Sie erreichten die Gebäude und schleppten sich an den Fassaden mit ihren schwarzen Fenstern entlang, bis sie auf eine Gasse stießen. Eigentlich war es nur ein schmaler Einschnitt, kaum breit genug, daß sie beide nebeneinander gehen konnten. Der Boden war voller Abfälle und altem Gerümpel. Alle paar Schritte drohte einer von ihnen zu stolpern und zu stürzen.

»Die werden uns nicht weiter verfolgen«, keuchte Kaspar.

»Wie kommst du darauf?« fragte Sarai mühsam.

»Wieso sollten sie? Denen ist es gleichgültig, wenn wir uns anstecken. Ich glaube nicht, daß die das Viertel öfter betreten als unbedingt nötig – und ganz sicher nicht, um zwei wie uns zu verfolgen.«

Sarai schüttelte den Kopf. »In Sicherheit sind wir erst, wenn wir die Synagoge erreicht haben.«

»Wegen des Engels?«

»Ja.«

Er beließ es dabei und fragte statt dessen: »Ist es weit bis dorthin?«

Sarai wartete mit der Antwort, bis sie das Ende des Einschnitts erreicht hatten. Die Straße, in die er mündete, kannte sie. »Nicht weit«, sagte sie. »Ich kenne eine Abkürzung durch die Höfe.«

Kaspar wollte sie auch weiterhin stützen, aber Sarai schob seinen Arm sanft beiseite. »Ich glaube, es geht wieder.« Und dankbar fügte sie hinzu: »Du hast mir das Leben gerettet.«

Er zuckte unsicher mit den Schultern und wußte nicht recht, was er darauf sagen sollte. Schließlich beließ er es bei einem scheuen Lächeln.

Sie liefen die nächtliche Straße hinunter bis zur nächsten Abzweigung.

»Was ist mit dem Pferd?« fragte Sarai. »Und mit deiner Kanone?«

»Der gute alte Ferdinand. Ich hoffe, irgend jemand

gibt ihm zu fressen. Er hat es verdient.« Es klang traurig. Kaspar hing an dem Tier wie an einem guten Freund. »Und was die Kanone angeht«, fügte er hinzu, »nun, ich hoffe, sie werden sie stehenlassen. Was sollen sie schon damit anfangen?«

»Ja, mag sein«, erwiderte Sarai ohne große Hoffnung.

Es gab dringendere Dinge, um die sie sich sorgen mußte. Angestrengt sah sie sich nach einer einsamen Gestalt in Schwarz um. Sie konnte noch immer nicht fassen, daß sie es bis hierher geschafft hatte, ohne dem mal'ak Jahve zu begegnen.

Vorsichtig führte Sarai Kaspar durch ein schmales Tor. Dahinter mündete ein dunkler Tunnel auf einen Hinterhof. In seiner Mitte stand ein abgestorbener Baum, fast so hoch wie die Dächer, aber ohne Leben. Nicht einmal Vögel hatten sich in seinen kahlen Ästen niedergelassen. Schmale Treppen führten an den angrenzenden Fassaden hinauf. Alles war verlassen, viele der unteren Fenster mit Brettern vernagelt. Auch hier gab es Spuren der Plünderung: zerbrochene Möbel, die aus Fenstern geworfen worden waren, zerfetzte Kleidung, herabgerissene Vorhänge. Quer über den Treppen hingen Schnüre, an denen die Bewohner ihre Kleidung getrocknet hatten.

Über eine Balustrade im ersten Stock gelangten sie in einen weiteren Flur. Eine Zwischentür war verschlossen, doch Kaspar trat sie kurzerhand auf. Niemand stellte sich ihnen in den Weg. Es war, als sei das ganze Viertel ausgestorben.

Durch ein Fenster am Ende des Flurs kletterten sie auf eine Balustrade im nächsten Hof, rannten eine weitere Treppe hinunter, durchquerten ein feuchtes Kellergeschoß und kamen schließlich auf einem kleinen Platz wieder ins Freie. Auch hier war alles wie tot. Kein Mensch war auf der Straße.

Oder doch – da war jemand! Auf der anderen Seite

des Platzes, jenseits eines überdachten Ziehbrunnens, stand vor einem Haus ein offener Karren. Darauf waren leblose Körper gestapelt, die meisten in alte Laken gewickelt. Zwei Männer, dickvermummt und mit seltsamen Masken vor den Gesichtern, schleppten einen weiteren Toten aus der Haustür und warfen ihn zu den anderen auf den Karren. Ein dritter Mann stand daneben, ebenfalls bis zur Unförmigkeit in Tücher gehüllt. In seiner Hand hielt er einen langen Dreizack aus Holz mit gebogenen Spitzen. Es sah aus wie eine dreifingrige Klaue. Damit stieß er mitten unter die Leichen und schob sie mühevoll auf dem Wagen umher, damit kein Winkel ungenutzt blieb.

Plötzlich entdeckte Sarai, daß sich der letzte Körper, den die Helfer auf den Wagen geworfen hatten, noch regte.

Kaspar versuchte, sie zurückhalten, doch seine Hand, die ihren Arm packen wollte, griff ins Leere. Sarai rannte über den Platz hinweg auf den Karren zu.

»Er lebt noch!« rief sie dem Vermummten mit dem Dreizack entgegen.

Das verhüllte Gesicht wandte sich ihr zu. »Verschwindet! Geht nach Hause.«

»Der Mann dort lebt noch«, wiederholte sie aufgebracht und zeigte auf den zuckenden Körper.

Der Maskierte schüttelte den Kopf. »Der Pesthauch ist in ihm. Er vergiftet nur das Haus. Keiner kann ihn retten.«

Voller Entsetzen entdeckte Sarai nun, daß auch in den anderen Körpern noch Leben war.

»Was geschieht mit ihnen?« fragte sie tonlos.

»Sie kommen ins Feuer. Nur die Flammen können den Keim der Seuche bezwingen.«

»Ihr verbrennt lebende Menschen?«

»Sie sterben sowieso. Noch vor dem Morgengrauen rafft sie die Pest dahin, auch ohne uns. Es ist einfacher, wenn wir sie jetzt schon mitnehmen. Und nun, Kind, verschwinde von hier!«

»Warum ging das so schnell?« fragte sie stockend.

»Ein Schlachter war einer der ersten, der sich ansteckte. Die Leute kauften sein Fleisch und ...« Der Mann wies mit seiner Gabel auf die Kranken und Toten. Er brauchte den Satz nicht zu Ende zu führen.

Kaspar, der sie eingeholt hatte, zog Sarai gegen ihren Willen von dem Karren fort. »Komm schon, du kannst ohnehin nichts tun. Es wird überall so gemacht. Wer sich ansteckt und keine Familie hat, die ihn schützt, der kommt ins Feuer.«

Ungläubig starrte sie ihn an, folgte ihm aber willenlos, als er sie davonführte. »Woher weißt du das?«

»Meine Eltern starben beim letzten Ausbruch der Seuche«, entgegnete er und blickte im Gehen starr nach vorne. »Ich war noch sehr klein. Die Männer, die sie abholten, haben mich nicht gesehen, ich hab mich unterm Bett versteckt. Ich sah, wie sie meinen Vater und meine Mutter davontrugen. Meine Mutter lebte noch. Sie rief sogar meinen Namen.«

»Du meinst, man hat sie ...«

»Verbrannt, weil sie die Krankheit schon in sich trug.«

»Das ist grauenvoll.«

Er hob die Schultern. Offenbar hatte er sich längst damit abgefunden. »Die Krankheit kann mir nichts anhaben. Ich war während der ganzen Zeit mit meinen Eltern in einem Zimmer, auch als mein Vater schon tot war. Trotzdem habe ich mich nicht angesteckt.«

»Deshalb hattest du keine Angst, mit mir über den Fluß zu kommen.«

Er grinste schwach. »Du meinst, abgesehen davon, daß ich keine andere Wahl hatte? Ja, das stimmt.«

Sie liefen weiter, durch Torbögen mit blankgeschliffenen Steinpfosten, durch gewundene Hohlwege und Tunnel vorbei an alten, verzogenen Türen. Aus einigen

Fenstern, jenen, die nicht vernagelt waren, ertönte das Keuchen und Röcheln der Sterbenden. Manche wurden vom Beten ihrer Familien übertönt.

Sie kamen noch an einem halben Dutzend weiterer Pestkarren vorbei, die alle von vermummten Gestalten beladen wurden. Einmal trat ihnen ein alter Rabbi entgegen, der einen Rauchbehälter schwenkte, als könnten die Dämpfe den Pestatem abtöten. Als sie nah an ihm vorbeiliefen, sahen sie, daß er blind war. Seine Augäpfel waren weiß wie polierte Knochen.

Dann stiegen sie über einen schmutzigen Bachlauf, der unter einem Haus hervorsprudelte, an der Gasse entlangführte und unter einem anderen Gebäude wieder verschwand. In seiner Kehre hatte sich der Leichnam eines Säuglings verfangen. Schwarze Beulen schimmerten auf dem weißen, haarlosen Schädel.

Sarai war, als irrte sie durch eine fremde Stadt, nicht durch das Viertel, in dem sie aufgewachsen war. Die Totenstille, nur hier und da vom Krächzen der Sterbenden durchdrungen, lag wie eine Glocke über den Gassen. Die Leere, viel schlimmer noch als während der vergangenen Tage, schuf ein völlig neues Bild einstmals vertrauter Ecken und Plätze. Selbst die Häuser schienen mit einemmal schief und vornübergebeugt.

Zuletzt bogen sie in eine Straße, die geradewegs zur Altneu-Synagoge führte.

Sarai dachte: Wir haben es geschafft. Und einen Herzschlag lang glaubte sie tatsächlich daran.

Der mal'ak Jahve, Liebhaber großer Auftritte, versperrte ihnen den Weg, als sie kaum mehr dreißig Schritte vom Eingang entfernt waren. Ganz plötzlich stand er da, schweigend und reglos inmitten der Gasse. Diesmal herrschte kein Nebel wie bei ihrer ersten Begegnung, und doch schien seine Erscheinung seltsam diffus. Sein Körper war scharf umrissen, sein Gesicht aber blieb vage, beinahe unfertig, als sei es auf ewig im Schöpfungsakt gefangen. Sein schwarzer Mantel bewegte sich nicht, trotz des Windes, der den Gestank der Pestfeuer pfeifend durch die Straßen trieb.

»Warum läufst du davon?« fragte der Bote mit geschlechtsloser Stimme.

Sarai war stehengeblieben, ebenso Kaspar, der abwechselnd verwirrte Blicke in ihre und die Richtung des Fremden warf.

»Ist er das?« flüsterte er.

Sarai gab keine Antwort. Der Schreck hatte ihr die Stimme geraubt. Alles war umsonst, ihre ganze Flucht war nichts als ein Spiel des mal'ak Jahve gewesen. Er hatte gewußt, daß sie zurückkehren würde. Er hatte nur warten müssen.

»Warum fliehst du vor deinem Schöpfer?« fragte der Bote noch einmal.

»Du bist nicht mein Schöpfer«, brachte Sarai mühsam hervor. Zwischen ihr und dem mal'ak Jahve lagen etwa ein Dutzend Schritte. Sie mußte laut sprechen, um das Rauschen des Windes in den leeren Häuserschluchten zu übertönen. Doch sie ahnte, daß der Bote sogar ihr Flüstern verstand.

Er schien keinen Wert auf weitere Reden zu legen.

Er sagte nur: »Sieh her!«

Und das tat sie. Wie gebannt, und eindeutig gegen ihren Willen, starrte sie auf die schwarze Gestalt, die jetzt die Ränder ihres Gewandes beiseite zog. In dem bodenlosen Abgrund, der dahinter lag, erkannte sie ein schwaches Glühen. Die Doxa, der Machtglanz des mal'ak Jahve, stieg rasend aus diesem Schlund empor, kam immer näher, wurde heller und strahlender und tauchte die Gasse in gleißendes Licht.

Diesmal gab es keine Dachluke, die sich vor ihr öffnete. Keine magische Kammer, zu der der Bote keinen Zugang hatte. Sie blickte hinauf zum Giebel der Synagoge und suchte das winzige Fenster, suchte den Golem, doch das aufbrausende Licht blendete sie zu sehr. Einen winzigen Augenblick lang hatte sie das Gefühl, als bäume sich etwas in ihrem Schatten auf, ängstlich, verzweifelt, beinahe menschlich.

Kaspar packte sie und riß sie zur Seite. Sarai ließ es willenlos geschehen, gebannt von der Macht des göttlichen Boten. Das Licht wurde immer noch heller und ging dann in ein weißes Glühen über. Nicht mehr lange, und die Doxa würde ihre ganze Macht entfalten.

Kaspar brüllte ihr irgendwas ins Ohr, aber sie hatte nur Augen für die Helligkeit am Ende der Gasse. Sie spürte kaum, wie er mit ihr vor einer Haustür stehenblieb, sie losließ und seine Schulter mit aller Kraft gegen das Holz krachen ließ. Doch die Tür hielt stand. Er blickte sich um und erkannte die Ausweglosigkeit ihrer Lage. Alle Fenster in der Umgebung waren vernagelt. Verzweifelt packte er Sarai erneut und zog sie mit sich die Gasse hinunter, geradewegs fort von dem überirdischen Licht, zurück in die Richtung, aus der sie gekommen waren. Die nächste Abzweigung, hinter der sie Schutz suchen konnten, lag mehr als vierzig Schritte entfernt. Kaspar wußte nicht, welche Bedrohung von diesem Leuchten ausging, doch sein Verstand sagte ihm, daß sie ihm um jeden Preis entkommen mußten. Sarai ließ sich wie eine Blinde von ihm führen. Im Gegensatz zu ihm hatte sie mitten in die Quelle des Lichts geschaut. Es war fast, als hätte die Helligkeit ihr Denken verbrannt.

Zwanzig Schritte bis zur Abzweigung. Kaspar sah ihre beiden Schatten vor sich auf dem Pflaster, lange Pfeile, die ihnen vorauseilten.

Dann sah er noch etwas: Auf halber Strecke zur Einmündung öffnete sich neben einer Hauswand der Boden. Eine Platte wurde beiseitegeschoben, und zwei Hände reckten sich ins Freie.

Ohne nachzudenken schleppte er Sarai auf den Einstieg zu. Ihm war gleichgültig, wer sich darunter verbarg und warum derjenige sich nicht zeigte. Die beiden Hände wedelten immer aufgeregter in der Luft, winkten ihnen jetzt sogar zu. Wer immer es war, er mußte die Macht der Leuchtens kennen, denn er wagte nicht, sich ihm auszusetzen.

Kaspar rannte weiter. Er erwartete jeden Augenblick einen Schmerz im Rücken, einen Stich oder Hitzeschlag. Doch nichts dergleichen geschah. Was immer das Licht ihnen antun konnte, es tat es ohne körperlichen Schmerz.

Ihre Schatten erreichten den Rand der Öffnung viel eher als sie selbst. Kaspar stieß Sarai in die Tiefe und sprang ohne Zögern hinterher. Polternd fielen sie eine Rampe hinunter und landeten stöhnend vor Schmerz auf hartem Kellerboden. Eine dritte Gestalt lag ebenfalls schweratmend da. Kaspar und Sarai hatten sie mit sich nach unten gerissen. Es war eine Frau; ein seltsamer Mantel lag über ihr ausgebreitet. Der Stoff war mit Federn besetzt. Hühnerfedern, wunderte sich Kaspar.

Er rappelte sich auf und sah zu seiner Erleichterung, daß Sarai zwar vom Sturz benommen war, jedoch nicht mehr unter dem Bann des Lichtes stand.

»Wo ist er?« fragte sie und hielt sich den Schädel.

Ehe Kaspar antworten konnte, stand die Frau plötzlich vor ihnen und sagte: »Wir müssen hier weg. Er wird uns folgen.«

Sarai sprang auf die Beine und blickte hinauf zur Öffnung am oberen Ende der Rampe. Helligkeit herrschte jenseits des kleinen Rechtecks. Der mal'ak Jahve hatte keineswegs aufgegeben. Das Hühnerweib hatte recht – sie mußten fort von hier, ehe der Schattenesser ihnen durch die Luke nach unten folgte.

Sarai reichte Kaspar, der immer noch das Hühnerweib anstarrte, ihre Hand. Bisher hatte sie angenommen, die Frauen hätten sich den Schädel bis auf den roten Kamm in der Mitte kahlgeschoren, doch nun erkannte sie, daß die Frau eine enge Kappe trug. Sie mußte aus Haut oder dünnem Leder sein, denn sie fiel erst aus der Nähe ins Auge. Quer über der Stirn verlief der vordere Rand als haarfeiner Strich. Als die Frau sich umdrehte und wortlos vorauseilte, erkannte Sarai, daß die Lederkappe im Nacken eingeschnitten war. Das Haar quoll unter der Maskerade hervor und verschwand im Kragen des Mantels.

»Wer ist das?« flüsterte Kaspar, während sie der Frau durch einen engen Gang folgten.

»Später«, erwiderte Sarai knapp.

Was wußte sie schon über diese Frauen? Sie verstand nicht einmal, warum sie ihr jetzt das Leben retteten. Denn daß dies nicht das Werk einer einzelnen war, schien ihr gewiß.

Ein schepperndes Geräusch erklang aus der Kammer, die sie vor einem Moment verlassen hatten. Sie blickten sich im Laufen um und sahen, wie grelles Licht über die schräge Rampe flutete. Im nächsten Augenblick machte der Korridor eine Biegung, und sie konnten nicht mehr sehen, wie der mal'ak Jahve die Jagd aufnahm. Sein Machtglanz aber folgte ihnen sogar um die Ecke.

»Schneller, schneller!« rief das Hühnerweib.

Die Frau führte sie durch ein Labyrinth von Kammern und Stollen, die anhand von Durchbrüchen und verborgenen Türen miteinander verbunden waren.

Sarai verspürte kaum noch Angst vor den Hühnerfrauen, und der letzte Rest wurde von der eisigen Furcht verdrängt, die ihr der Bote einflößte. In weiten Abständen brannten Fackeln an den Wänden, die wohl die Frau auf ihrem Hinweg entzündet hatte. Doch sie waren kaum von Nutzen, denn der mal'ak Jahve folgte ihnen weiterhin, und wenngleich er in den verwinkelten Gängen keine Gelegenheit hatte, seine Kräfte vollständig anzuwenden, so eilte ihm sein Glanz doch voraus und erfüllte die Tunnel mit fahlem Schein.

Im Laufen blickte Sarai immer wieder besorgt auf ihren Schatten, der unversehrt vor ihr herhuschte. Offenbar konnte ihm nur die volle Einwirkung der Doxa gefährlich werden, nicht aber deren trübe Ausläufer.

Immer wieder stiegen sie über die Trümmer eingestürzter Mauern, umkletterten herabgefallene und verkantete Balken und durchquerten einmal gar ein Kellergeschoß, auf dem kein Haus mehr stand; am Himmel darüber glänzten die Sterne. Sogleich aber stießen sie erneut in die Tunnel der Judenstadt vor, sprangen Treppen hinauf und hinunter, staunend über die Weitläufigkeit dieser unterirdischen Welt.

Der letzte Gang, den sie nahmen, endete weiter vorn an einer schweren Bohlentür. Sarai fürchtete schon, der Durchgang würde sie übermäßig aufhalten, doch kaum hatte sich die Hühnerfrau ihr als erste genähert, da wurde die Tür von der anderen Seite her aufgerissen. Ein stechender Geruch strömte ihnen entgegen, dann stürmten sie auch schon hindurch. Hinter ihnen schlugen zwei weitere Hühnerweiber die Tür zu und verriegelten sie. Sarai bemerkte, daß sie an der Innenseite mit irgend etwas behängt war, doch ihre Führerin drängte sie weiter, bevor sie Genaues erkennen konnte.

Vor ihnen öffnete sich ein langer Korridor, dessen Wände vom Boden bis zur Decke mit winzigen Käfigen zugestellt waren. Man hatte sie lückenlos auf- und nebeneinandergestapelt, ohne den geringsten Platz ungenutzt zu lassen. Darin saßen Hühner, Tausende, Zehntausende von Hühnern. Der scharfe Gestank ihrer Ausscheidungen war kaum zu ertragen. Die meisten der Tiere flatterten aufgeregt auf und ab, als die drei an ihren Käfigen vorüberliefen. Riesige Federwolken stoben durch die Gitter und nahmen ihnen die Sicht. Sarai hatte sich nie zuvor vor Hühnern geekelt, doch nun flößten ihr die kreischenden, hüpfenden Tiere eine instinktive Scheu ein. Die wirbelnden Federn gerieten ihr in Mund und Augen, klebten an ihrer schweißnassen Haut und bedeckten sie bald von oben bis unten. Nur mit Mühe unterdrückte sie den Drang, stehenzubleiben und die weißen und braunen Daunen mit beiden Händen abzuklopfen.

Einmal blickte Sarai sich um und sah durch das Wogen von Federn die beiden Hühnerfrauen, die ihnen in einigem Abstand folgten. Das Schreien der Tiere war ohrenbetäubend, und doch glaubte sie ein heftiges Poltern an der Tür zu vernehmen. Der mal'ak Jahve verlangte Einlaß.

Sie kamen in eine Kammer, in der die Käfige in mehreren Reihen aufgestellt worden waren. Auf der gegenüberliegenden Seite gab es eine weitere Tür. Auch sie wurde aufgerissen und hinter ihnen wieder verriegelt. Zwei weitere Hühnerweiber schlossen sich ihnen als Nachhut an. Nun waren sie schon zu siebt. Im Vorbeilaufen bemerkte Sarai, daß auch diese Tür an der Innenseite mit etwas geschmückt war. Es sah aus wie ein wirres Gitter aus Zweigen.

Noch ein Gang voller Hühnerkäfige, noch mehr Federn, noch mehr Geschrei. Dann eine dritte Tür.

Dahinter herrschte zu Sarais Erstaunen andächtige Stille. Umgeben von einer Wolke aus Federn stürmten sie in ein großes Kellergewölbe. Im selben Moment, da die letzten von ihnen die Halle betraten, wurde auch diese Tür zugeworfen und mit einem kräftigen Balken versperrt. Nun erkannte Sarai endlich, was die Innenseiten der Türen bedeckte. Es waren Herzen, Dutzende von kleinen, vertrockneten Hühnerherzen, die man auf ein Geflecht aus Dornenzweigen gesteckt hatte wie Tonperlen auf eine Halskette.

Der Raum selbst war durchzogen von Balken, auf denen die Hühnerfrauen in ihrer Vogelstellung hockten, schweigend, die Knie vor die Brust gezogen. Mit ihren Federmänteln und Schädelkappen sah eine aus wie die andere.

Die fünf Hühnerweiber, die mit ihnen durch die Keller geflohen waren, nahmen in einem Halbkreis hinter Sarai und Kaspar Aufstellung. Auf der anderen Seite des Raumes traten durch einen offenen Vorhang vier Gestalten. Sarai erkannte sie sofort: Es waren die drei alten Frauen vom Hradschin, und in ihrer Begleitung kam das junge Mädchen zur Tür herein, das sie die Treppe hinabgestoßen hatte.

Die Frauen blieben in einigem Abstand vor ihnen stehen. Ihre Augen wirkten eingefallen, verborgen zwischen tiefen Falten. Ihr Blick erschien Sarai nicht weniger böse und tückisch als bei ihrer ersten Begegnung auf der Burg.

Da sagte diejenige der Alten, die links von den anderen stand: »Du bist wie wir eine Auserwählte des Ewigen Leander Nadeltanz, deshalb stehen wir auf einer Seite. Der Bote kann diese Räume nicht betreten, der Zauber-Der-Herzen-Und-Dornen hält ihn zurück. Vielleicht nicht für lange, doch er ist ungeduldig, und wird bald schon aufgeben. Ein Wesen wie er hat alle Zeit der Welt und noch viel mehr, und er weiß, was es bedeutet, zu warten, doch er liebt es nicht. Vorerst wird er von dir ablassen. Merke dir, daß du uns diese Gunst zu verdanken hast.«

Obgleich es Sarai widerstrebte, sagte sie: »Unser Dank ist Euch gewiß, edle Damen.«

»Er dort ist uns gleichgültig«, sagte die zweite der alten Frauen und wies mit ihren knöchrigen Klauenfingern auf Kaspar. »Er wurde nicht erwählt. Er wird sterben.«

Kaspar fuhr zusammen und wurde kreidebleich, tat aber gut daran, Sarai das Reden zu überlassen.

»Er hat mein Leben gerettet«, sagte sie und versuchte, ihren Schrecken zu verbergen. »Das Leben einer Auserwählten sollte dem Ewigen etwas wert sein – und auch jenen, die ihm dienen.« Sie sprach ihre erstbesten Gedanken aus und bemühte sich, den weihevollen Tonfall der Frauen zu treffen.

»Wir sind keine Dienerinnen des Ewigen«, widersprach die dritte Alte. »Wir sind seine Erwählten, so wie du seine Erwählte bist. In dieser Sache sind wir gleichgestellt.«

»Nur in dieser Sache«, fügte die erste Alte hinzu, und die anderen pflichteten ihr plappernd bei:

»Dein Gefährte ist es nicht.«

»Nicht im geringsten.«

»Deshalb muß er sterben.«

»Ganz genau.«

»Allerdings.«

Die übrigen Hühnerfrauen rückten bedrohlich näher.

»Aber«, begann Sarai verzweifelt und stellte sich schützend vor den Freund, »er kann doch fliegen. Ist denn eine unter Euch, die das vermag?«

»Du redest Unsinn«, sagte die erste Alte.

»Wirres Zeug«, sprach die zweite.

»Torheit«, höhnte die dritte.

Da meldete sich aus den Reihen der übrigen Hühnerfrauen eine Stimme zu Wort. »Nein, sie sagt die Wahrheit. Ich habe es gesehen.«

»*Was?*« fragten die drei Alten im Chor.

»Ich habe es gesehen«, wiederholte das Hühnerweib. Unruhig wippte die Frau auf dem Balken hin und her.

»Tritt vor!« verlangte das junge Mädchen an der Seite des Triumvirats und sprach damit zum erstenmal seit Beginn der Versammlung.

Das Hühnerweib gehorchte, sprang von der Stange und ging hochaufgerichtet auf die drei Frauen zu. Auf halber Strecke zwischen den Alten, Sarai und Kaspar blieb sie stehen.

»Ich habe den Fluß beobachtet«, begann sie, »genau so, wie es mir aufgetragen wurde. Heute abend sah ich, wie diese beiden das Ufer der Judenstadt erreichten.

Und glaubt mir, wenn ich Euch versichere, sie kamen geflogen.«

»Kein gewöhnlicher Mensch kann fliegen«, beharrte die erste der Alten.

»Kein gewöhnlicher«, sagte da Kaspar, der es offenbar leid war, daß über seinem Kopf *um* seinen Kopf gestritten wurde. »Wer sagt denn, ich wäre ein gewöhnlicher Mensch.«

Die zweite Alte schnaubte verächtlich. »So flieg denn, wenn du es vermagst.«

»Hier?« fragte Kaspar unsicher.

»Natürlich«, entgegnete die dritte Alte. Ihre Mundwinkel zuckten voller Tücke.

Kaspar schenkte Sarai einen hilfesuchenden Blick, dann stammelte er: »Dazu brauche ich ein Gerät, das sich am anderen Ufer befindet.«

»Ich glaubte eher, du brauchst ein Paar Flügel, junger Mann«, sagte die erste Alte.

Die beiden anderen kicherten.

»Los, bringt ihn weg!« befahl das junge Mädchen.

Sarai trat vor. »Nein!« rief sie laut, und das Wort hallte vielfach in der unterirdischen Halle wider. »Ich verbiete es. Ihr habt gesagt, wir sind gleichgestellt. Dann sollte mein Wort in dieser Sache ebensoviel gelten wie das Eure.«

»Wir sind in der Überzahl«, krächzte die zweite Alte.

»Trotzdem ist es mein Wille, daß diesem Mann« – Sarai betonte das letzte Wort über Gebühr – »nichts geschieht. Er könnte sich im Kampf gegen den mal'ak Jahve als nützlich erweisen.«

»Kampf …«

»Gegen …«

»Den mal'ak Jahve?« fragten die drei Alten der Reihe nach.

»Wozu sonst hat Nadeltanz uns erwählt?« wollte Sarai wissen. Das Erstaunen der Frauen verwirrte sie.

Die Alten beugten sich einander zu und tuschelten. Die junge Dienerin behielt Sarai mißtrauisch im Auge. Ihr Blick verriet, daß sie sich nur zu gut erinnerte, wie Sarai sie überwältigt hatte.

Die Alten nahmen wieder ihre ursprüngliche Aufstellung in einer Reihe ein.

»Wir wollen wissen«, verlangte die erste, »was du im Schattentheater des Ewigen gesehen hast.«

»Was hat er dir gezeigt?« fragte die zweite.

Kaspar, der kein Wort von all dem verstand, starrte Sarai verblüfft an. Sie sah sich plötzlich in einer Zwickmühle. Was wollten die Frauen von ihr hören? Und was würden sie tun, wenn ihnen die Antwort nicht gefiel? Hatte Nadeltanz ihnen eine andere Aufgabe gestellt als ihr?

Sie beschloß, aufs Ganze zu gehen. »Ich soll den mal'ak Jahve zur Strecke bringen«, sagte sie und fragte sich mit einemmal, ob es wirklich das gewesen war, was Nadeltanz von ihr wollte. Der Ewige hatte ihr vier Bilder gezeigt: Ein strahlendes Wesen – der mal'ak Jahve. Eine Gestalt in einer Dachkammer – der Golem. Tausende Menschen, die sich gegenseitig den Garaus machten. Und ein Mann, der die Mondsichel vom Himmel pflückte. Sarai schien es auf einmal mehr als ungewiß, ob sie die Bilder richtig gedeutet hatte. Hatte Nadeltanz etwas ganz anderes von ihr gewollt?

Sie hatte ihre Antwort auf die Frage der Alten kaum ausgesprochen, da übermannten sie bereits Zweifel an ihren eigenen Worten.

War sie einem falschen Ziel nachgelaufen? Hielt der Golem noch anderes Wissen für sie bereit, das ihr den richtigen Weg weisen konnte? Hatte sie ihm nur die falschen Fragen gestellt – oder zu wenige?

Ein Grund mehr, ihn so schnell wie möglich aufzusuchen.

Die Frauen blickten sie immer noch ungläubig an. »Er

gab dir den Auftrag, einen *Engel* zu besiegen?« sagte eine.

»Unmöglich!« beharrte eine andere.

Sarai zog es vor, darauf keine Antwort zu geben und fragte statt dessen: »Warum verratet Ihr mir nicht, welche Aufgabe Euch gestellt wurde? Welche Bilder habt Ihr gesehen?«

Wieder beugten sich die Köpfe der Alten, und das Flüstern begann von neuem. Schließlich verkündete die eine: »Folge uns!«

Daraufhin wandten die drei sich um und gingen auf den Vorhang in ihrem Rücken zu.

Sarai, der mehr als unwohl zumute war, hielt sie mit einem Ruf zurück: »Wartet! Was geschieht mit meinem Freund?«

»Ja, richtig«, fragte Kaspar eilig, »was geschieht mit mir?«

»Ihm soll vorerst kein Haar gekrümmt werden«, entschied die erste der Alten – zum sichtlichen Mißfallen des Mädchens an ihrer Seite, das Sarai die Niederlage wohl gegönnt hätte.

»Aber er darf uns nicht folgen«, gebot die zweite.

Und die dritte sagte: »Man wird sich um ihn kümmern.« Dabei gab sie dem Mädchen einen Wink, das sich sofort von den dreien löste und neben Kaspar trat.

Sarai schenkte ihm einen ratlosen Blick, aber er nickte nur auffordernd. Ihm war anzusehen, daß er sich fürchtete, doch im Gegensatz zu Sarai schien er dem jungen Mädchen kein Übel zuzutrauen.

Da Sarai keine andere Möglichkeit sah, als dem Befehl der Frauen zu gehorchen, ließ sie Kaspar mit den Hühnerweibern und dem Mädchen zurück und trat hinter den Alten durch den Vorhang.

Dahinter lag ein kurzer Gang, der in einen weiteren, weniger pompösen Kellerraum führte. Er hatte eine niedrige Gewölbedecke, und an den Wänden zeichneten sich noch die Umrisse gewaltiger Fässer ab. Sarai fiel ein, daß es in der Judenstadt in der Tat eine stillgelegte Brauerei gab. Durchaus möglich, daß sie sich nun in deren Kellern befanden.

In der Mitte des Raumes, der zu einer Art schmucklosem Thronsaal entfremdet worden war, standen drei Sessel. Beinahe belustigt stellte Sarai fest, daß die drei Alten vom Sitzen auf Stangen, wie sie es ihrem Gefolge abverlangten, nicht viel zu halten schienen.

Die Frauen nahmen Platz. Sarai blieb vor ihnen stehen.

Die drei Alten warfen sich untereinander sichernde Blicke zu, dann nickten sie zugleich wie zum Zeichen, daß alle einer Meinung waren.

»Dir wird ein großes Vertrauen zuteil«, sagte die erste.

»Erweise dich dem als würdig«, riet die zweite.

Die dritte beugte sich vor, fast vertraulich. »So höre denn vom Kommen des Hühnerhauses und dem Ende aller Tage.«

KAPITEL 8

Cassius erblickte schon von weitem die Menschenmenge, die sich vor dem westlichen Tor der Karlsbrücke versammelt hatte. Saxonius hockte schweigend und nahezu reglos auf seiner linken Schulter. Maximilians Befehlshaber hatten mehr als zwei Dutzend Wachtposten zusammengezogen, die in gerader Linie den Zugang versperrten. Weitere Ligasöldner standen rechts und links der Menge, die Hände an den Waffen, ohne aber einzuschreiten. Gewalt schien es bislang auf keiner der beiden Seiten gegeben zu haben, obgleich doch die Bürger der Kleineren Stadt mehr als genug Gründe hatten, die gegnerischen Soldaten zu hassen. Es war erstaunlich, daß die Anführer der Aufrührer ihre Leute so weit unter Kontrolle hatten, daß keiner die Hand zum entscheidenden Vorstoß erhob. Vielleicht sah man ein, daß den waffenstarrenden Söldnern nicht beizukommen war. Vielleicht waren die meisten insgeheim sogar froh darüber, daß der Weg zur pestverseuchten Seite der Stadt versperrt war. Wem konnte schon ernsthaft daran liegen, daß der Schwarze Tod auch in diesen Teil Prags eingeschleppt wurde, ganz gleich, wie nahe einem die Kranken standen?

Cassius hatte erstmals vom Ausbruch der Seuche gehört, als er aus dem Mihulka-Turm herabstieg und die Burg durchs Haupttor verließ. Die wachhabenden Ligasöldner hatten ihn verwundert gemustert – vor allem den fremdartigen Vogel auf seiner Schulter –, dann hatten sie ihn vor den Gefahren gewarnt, die unten in der Stadt lauerten. Auch sagten sie ihm, daß der Kurfürst den Befehl gegeben habe, niemanden mehr ins Innere der Burg zu lassen, der einmal an der Außenseite gewesen sei. Sollte Cassius es sich also auf halbem Wege anders überlegen und umkehren wollen, so würden sie ihm den Eintritt verwehren müssen.

Nun sah er sich dem Aufruhr am Eingang der Brücke gegenüber, und der Anblick erfüllte ihn mit Hilflosigkeit. Wie sollte er jetzt in die Judenstadt gelangen?

Er zog sich in den Schatten eines Hauseingangs zurück, wo ihn das Licht der Fackeln nicht erreichen konnte, und sann über eine Lösung nach. Saxonius knirschte an seinem Ohr leise mit dem Schnabel, ein Zeichen dafür, daß er die Stimmung seines Meisters teilte. Der Vogel verstand einiges von den Launen der Menschen. Cassius hatte ihn vor vielen Jahren einem fahrenden Händler abgekauft, für ein zerknülltes Pergament, auf dem, so hatte Cassius dreist behauptet, das Geheimnis der Unsterblichkeit geschrieben stand, wenn auch in unsichtbarer Tinte. Damals war er jung und wagemutig gewesen, und die Erinnerung erfüllte ihn mit Wehmut. In jenen Tagen hatte er um sein tägliches Brot kämpfen müssen, mit allerlei Betrügereien, die er auf dem Wege der Alchimie ersonnen hatte. Als er seine Kunst später ernsthaft betrieb, wurde er von Kaiser Rudolf in dessen Dienste übernommen und hatte – erst gemeinsam mit anderen seiner Zunft, schließlich ganz alleine – seine Forschungen im Mihulka-Turm fortgesetzt. Dabei war er in den geheimen Bibliotheken des Kaisers auf Schriften gestoßen, die niemand außer ihm zu entschlüsseln vermochte, schon gar nicht der naive Regent. Ohne Wissen des Kaisers hatte er seine Versuche mit Blei und Gold vernachlässigt und sich anderen, älteren Lehren gewidmet. Ob mit Erfolg, war ungewiß. Vielleicht würde die heutige Nacht eine Entscheidung bringen. Ganz sicher würde sie das.

Die Rufe und Flüche der Menge wurden lauter, ebbten wieder ab, steigerten sich erneut, ein ständiges Auf und Ab. Die Lage war äußerst gespannt. Ein falsches Wort, ein vorschneller Angriff beider Seiten, konnte den Aufruhr in Rebellion verwandeln.

Da bemerkte Cassius, daß sich aus der Richtung der Burg ein weiterer Trupp Söldner näherte. Offenbar sollten sie die Wachhabenden an der Brücke unterstützen. Ihre bunte Kleidung flitterte im Licht der Fackeln; Schwerter und Lanzen blitzten. In vorderster Reihe gingen dieselben Männer, die eben noch das Tor des Hradschin bewacht hatten.

Cassius kam ein Einfall. Die Neuankömmlinge waren noch etwa hundert Schritte entfernt. Er würde sich beeilen müssen, um den richtigen Zeitpunkt abzupassen. Er packte den Beutel mit seinen Utensilien fester, raunte Saxonius zu, er möge sich nicht von seiner Schulter bewegen, dann verließ er den dunklen Hauseingang und trat hinaus ins Fackellicht.

Niemand beachtete ihn, alle Blicke waren voraus aufs Brückentor gerichtet. Weiter hinter sich hörte er die Schritte der Soldaten vom Hradschin. Er mußte die Wächter an der Brücke unbedingt vor ihnen erreichen.

Mühevoll begann er, sich durch die wogende Menge zu drängen. Von allen Seiten wurde getreten und gestoßen. Cassius erfuhr auf schmerzhafte Weise, daß sein alter Körper kaum noch für solche Aufregung taugte. Saxonius flatterte gelegentlich empört mit den Flügeln, wenn ihm eine gereckte Faust oder eine Fackel zu nahe kamen.

Der Schutzwall der Söldner am Brückentor mochte noch zehn Schritte entfernt sein, doch davor kochte ein Hexenkessel aus wütenden Leibern. Cassius blieb stehen und überlegte. Bis hierher hatte er sich unbeschadet durch die Menge vorkämpfen können, doch der Rest des Weges schien unüberwindlich. Auf dem letzten Stück bildeten Männer und Frauen eine undurchlässige Barriere. Ihm blieb nichts übrig, als seinen Plan zu ändern.

»Laßt mich durch!« schrie er so laut er konnte. »Ich bin Doktor der Medizin, hört ihr? Ich muß ans andere Ufer, um den Menschen dort zu helfen. Laßt mich durch, in Gottes Namen!«

Erst schien es, als höre überhaupt niemand auf das, was er sagte. Nur ganz allmählich, nachdem er seine Rufe wiederholt hatte, drang ihre Bedeutung zu den Menschen durch. Erst widerstrebend, dann immer schneller, machten einige von ihnen dem Alchimisten Platz. Es war keine wirkliche Schneise, die sich bildete, dafür war die Aufregung noch immer viel zu groß, doch zumindest gelang es Cassius nun, sich bis in die vordere Reihe zu schieben. Dort stand er einem der Söldner gegenüber.

»Ich will Euren Befehlshaber sprechen!« brüllte er dem Mann über den Lärm hinweg zu. »Ich bin Doktor. Ich muß auf die andere Seite. Man erwartet mich dort.«

Der Söldner musterte ihn mißtrauisch. Ganz offensichtlich glaubte er Cassius kein Wort. Vielmehr schien er anzunehmen, er habe es mit einem verwirrten Kauz zu tun, der sich selbst ins Unglück stürzen wollte. Das merkwürdige Federvieh auf der Schulter des Alten bestärkte ihn in seiner Ansicht. Die Folge war, daß er es nicht einmal für nötig erachtete, Cassius eine Antwort zu geben.

»Ich bin der Leibarzt der Fürstin Fallada«, rief Cassius noch einmal. Eine Fürstin dieses Namens gab es nicht, aber welcher gemeine Söldner würde das wissen? »Meine Herrin hat mich von der Burg herabgesandt, um den Menschen am anderen Ufer zu helfen.«

»Ihr werdet dort drüben sterben, alter Mann«, entgegnete der Söldner.

»Wer seid Ihr, über mein Opfer zu entscheiden?« erwiderte Cassius aufgebracht. »Die Fürstin ist bereit, diesen Verlust in Kauf zu nehmen. Und ich bin es ebenfalls. Nun laßt mich durch oder gewährt mir ein paar Worte mit Eurem Obersten.«

Der Söldner blickte ihn noch eine Weile zweifelnd an, dann rief er über die Schulter hinweg einen Namen. Kurz darauf kam ein weiterer Soldat von hinten herbei und beugte sich über die Schulter seines Untergebenen. Sein verzierter Harnisch, fraglos ein teures Stück, ließ auf einen höheren Rang und bessere Besoldung schließen.

»Was willst du?« brüllte er dem Posten ins Ohr. Das Schreien und Toben der Menge drohte seine Worte zu schlucken.

Der Wachtposten wiederholte Cassius' Begehren, worauf der Hauptmann ihn prüfend betrachtete.

»Ein Doktor, sagst du?« fragte er. »Oben von der Burg?«

»Allerdings«, erwiderte Cassius. »Was habt Ihr zu verlieren, wenn Ihr mich durchlaßt?«

Der Hauptmann grinste schief. »Jeder hier kann behaupten, er käme von der Burg. Los, geh nach Hause, Alter. Das hier ist nichts für dich.«

Cassius wollte etwas erwidern, als sich die Menge in seinem Rücken plötzlich teilte. Genau zur richtigen Zeit, dachte er und freute sich insgeheim, daß seine Schätzung zutraf.

Von hinten rückten die Söldner vom Burgtor heran. Mit Rufen und Hieben drängten sie die Menschenmenge auseinander, um zu ihren Gefährten am Fuß der Brükkentürme vorzustoßen.

Cassius drehte sich zu ihnen um. Eine Hand wollte ihn grob beiseite stoßen, doch da rief er: »Haltet ein! Erkennt Ihr mich denn nicht?«

Der Söldner, der ihn hatte fortdrängen wollen, zögerte und blickte ihm verwundert ins Gesicht. Cassius sah an seinen Augen, daß der Mann ihn tatsächlich wiedererkannte. Während die übrigen Waffenträger an ihnen vorüberfluteten, blieben Cassius, der Söldner vom Hradschin und der Hauptmann der Torwachen stehen.

Mit wenigen Worten wiederholte Cassius sein Begehren und bat den Soldaten, seinem Hauptmann zu bestätigen, daß er tatsächlich eben erst die Burg verlassen habe.

Der Söldner nickte. »Das ist wahr.«

»Seht Ihr?« wandte sich Cassius an den Hauptmann.

Der schien einen Augenblick nachzudenken, dann sagte er endlich: »Du kannst passieren, alter Mann. Einer meiner Männer wird dich bis zum anderen Ufer begleiten.«

Damit war die Angelegenheit für den Hauptmann beendet. Was scherte es ihn, daß der alte Mann in sein Verderben lief? Einem milchgesichtigen Söldner gab er den Auftrag, mit Cassius zur anderen Seite zu gehen. Der Junge nickte steif, ergriff eine Fackel und führte Cassius sicher durch das Gewimmel der Soldaten und Bürger.

Sie passierten die Kette der Wachtposten und gingen unter den Brückentürmen hindurch. Als sie die andere Seite des Tunnels erreichten, klang der Lärm der Menge fern und gedämpft. Jenseits der Türme herrschte Stille, nur der Wind, der über den Fluß peitschte, und das Rauschen der Strömung säuselten in ihren Ohren. Sie waren die beiden einzigen Menschen hier draußen.

»Ihr seid Doktor?« fragte der junge Söldner.

Cassius war erstaunt, daß er ihn ansprach. Er hatte geglaubt, die Furcht vor der Pest hätte dem Jungen die Sprache verschlagen.

»Ja«, gab er zur Antwort, »Leibarzt der Fürstin Falada.«

»Ich habe nie von ihr gehört.«

Einen Herzschlag lang vermeinte Cassius Mißtrauen in der Stimme des anderen zu erkennen. War es möglich, daß der Junge seine List durchschaut hatte? Kannte er die Fürstenfamilien Prags?

»Jeder in Prag kennt sie«, behauptete Cassius. »Sie ist die Großnichte Kaiser Rudolfs.«

»Merwürdig, daß ich mich nicht an ihren Namen erinnere.«

Noch immer war Cassius nicht sicher, wie der Söldner seine Worte meinte. Verdächtigte er ihn der Lüge? Oder sprach er nur achtlos aus, was ihm in den Sinn kam?

Der Junge blickte starr geradeaus, auch während er sprach. Das andere Ufer war in Finsternis gehüllt, die meisten Dächer verschmolzen mit dem Nachthimmel. Nur in der Nähe des Brückenturmes brannten Fackeln. Die meisten Fenster mußten so dicht mit Stoffen und Brettern versiegelt sein, daß kein Kerzenschimmer nach außen fiel. Die dunklen Umrisse der Palais und Türme wirkten bedrohlich. Die ganze gespenstische Stadt schien wie tot.

Sie hatten kaum ein Drittel der Brücke hinter sich gebracht, als der Söldner fragte: »Wie macht Ihr das, ich meine, wie heilt Ihr die Pest?«

»Ich kann sie nur lindern, nicht heilen.«

»Aber welche Mittel verwendet Ihr?«

Die Fragen des Jungen erschienen ihm immer eigentümlicher. Wahrscheinlich hatte der Hauptmann ihm zu verstehen gegeben, er solle Cassius aushorchen. Wie aber wollte er seine Aussagen überprüfen? Dazu mußte ihm das nötige Wissen fehlen. Ein lächerliches Unterfangen.

»Erst einmal gilt es zu erkennen, ob der Kranke wirklich an der Pest leidet. Das ist bei manchen nicht einfach. Oft ist die Seuche kaum von einem einfachen Ausschlag zu unterscheiden.«

»Und wie erkennt Ihr sie?« wollte der Junge wissen.

»Mein Vogel hilft mir dabei«, erklärte Cassius und deutete auf Saxonius, der stocksteif und schweigend auf seiner Schulter hockte. Allmählich begann ihm der Schwindel Vergnügen zu bereiten. Er würde dem Jungen einen Bären aufbinden, daß ihm Hören und Sehen verging.

Der Söldner blickte ihn zum erstenmal an. Ihm war anzusehen, daß er Cassius nicht glaubte. »Wie soll ein Vogel den Schwarzen Tod erkennen?«

»Er wittert ihn. Manche Tiere besitzen diese Gabe.«

»So, tun sie das?«

Cassius' Anflug von guter Laune schwand mit einem Schlag. Der Tonfall des Jungen beunruhigte ihn. Er klang so ernst. Nicht neugierig oder einfach nur mißtrauisch, sondern eher, als verfüge er über ein Wissen, das Cassius verborgen war. Er beschloß, fortan vorsichtiger zu sein.

Trotzdem mußte er das einmal begonnene Spiel zu Ende bringen.

»Mein Vogel wittert einen Pestkranken auf mehrere Schritte Entfernung«, sagte er. »Warum sonst sollte ich ihn dabei haben?«

Sie hatten jetzt die Hälfte der Strecke zurückgelegt. Die hohe, schwarze Form des östlichen Brückenturms rückte allmählich näher. Der Wind zerzauste ihre Haare und fuhr unter das Gewand des Alchimisten. Er begann zu frieren.

»Ich habe von Schweinen gehört, die Pilze im Boden aufspüren«, sagte der Junge, »und von Hunden, die Goldadern im Inneren der Erde riechen. Aber ein Vogel, der eine Krankheit erkennt? Sagt, wollt Ihr mich auf den Arm nehmen?«

Er lächelte nicht, während er sprach, noch schenkte er Cassius einen einzigen Blick. Starr schaute er nach vorn, während der Schein der Fackel über seine bleichen Züge tanzte.

»Wieso sollte ich Späße mit Euch treiben?« fragte Cassius. Die Kälte wurde immer unerträglicher.

»Das frage ich Euch«, erwiderte der Junge ernst.

»Ihr mißtraut mir?«

»Ihr seid ein Lügner und Betrüger.«

Cassius blieb stehen und tat entrüstet, doch der Söldner ging weiter. Woher nahm er nur die Gewißheit, die ihn an Cassius' Worten zweifeln ließ?

»Ihr kennt das Gesetz, alter Mann«, rief der Junge, ohne sich umzudrehen. »Wer auf der Brücke stehenbleibt, ist des Todes.«

Etwa ein Drittel des Weges lag noch vor ihnen. Wenn der Junge ihn jetzt angriff, gab es niemanden, der Cassius beistehen konnte.

»Kommt mit, alter Mann!« rief der Junge noch einmal, diesmal in härterem Tonfall.

Der Alchimist setzte sich wieder in Bewegung. Auf der Brücke war er dem Söldner hilflos ausgeliefert. Der junge Kerl war schneller, wendiger und noch dazu bewaffnet. Sollte es wirklich zum Kampf kommen, dann war Cassius verloren.

Er ging jetzt einige Schritte hinter dem Jungen und überlegte, wie alt er sein mochte. Achtzehn, höchstens neunzehn Lenze. Weshalb hatte gerade er ihn durchschaut und nicht einer der anderen, erfahreneren Söldner?

»Wenn Ihr so sicher seid, daß ich lüge, warum habt Ihr das nicht gleich vor Eurem Hauptmann gesagt? Ihr hättet Euch den Weg hierher sparen können.«

»Zu Anfang habe ich Euch geglaubt.«

»Und woraus schließt Ihr jetzt, daß ich die Unwahrheit sage?«

Der Junge schwieg einen Augenblick, dann sagte er: »Ihr hättet nicht von dem Vogel sprechen dürfen, von seiner Witterung.«

Cassius atmete tief durch. »Ist Euer Vater ein Doktor?«

Der Söldner lachte verächtlich. »Mein Vater war ein Schwein. Ich habe ihn getötet.«

»Ihr habt Euren eigenen Vater ermordet?«

»Ich lüge nicht, alter Mann.«

»Weshalb habt Ihr das getan?« Cassius versuchte, ihn in ein Gespräch zu verwickeln, bis sie den Brückenturm erreichten. Die Söldner, die dort Wache hielten, mochten ihm eher Glauben schenken.

»Ich sagte Euch doch, er war ein Schwein. Versucht Ihr vielleicht, mich hinzuhalten?«

Zitterte die Fackel in der Hand des Jungen? Da – jetzt zog er mit der anderen seinen Dolch. Die Klinge funkelte im Feuerschein.

Cassius ging immer noch zwei Schritte hinter ihm. Er durfte nicht zulassen, daß der Junge jetzt anhielt und ihm den Weg versperrte. Der Brückenturm war nur noch dreißig Schritte entfernt.

»Was habt Ihr vor?« fragte er den Jungen. »Wollt Ihr mich töten?«

»Warum nicht? Ihr seid kein Doktor. Ihr werdet niemandes Leben retten.«

»Vielleicht Eures.«

Der Junge blieb plötzlich stehen und starrte ihn aus verkniffenen Augen an. »Meines? Weshalb meines?«

Cassius holte tief Luft. »Ihr habt die Pest, nicht wahr?« Der Söldner lächelte gequält. »Was macht Euch da so sicher?«

Cassius trat an ihm vorbei, ohne daß der Junge ihn aufhielt. Zwei Schritte vor ihm blieb er gleichfalls stehen.

»Deshalb wußtet Ihr, daß meine Geschichte über den Vogel eine Lüge war. Weil er keine Witterung aufnahm, obgleich ich doch neben Euch ging.«

Der Junge schwieg, drehte das Messer weiter zwischen den Fingern und musterte ihn.

Cassius fuhr fort: »Ihr könnt versuchen, mich zu töten, aber vorher werde ich schreien. Ich werde Euren Freunden dort drüben am Turm die Wahrheit entgegenbrüllen. Was denkt Ihr: Wie nahe werden sie Euch an sich heranlassen? Zehn Schritte? Fünf? Noch näher? Oder werden sie Euch gleich mit der Muskete aufs Korn nehmen?«

»Ich könnte Euch vorher die Kehle durchschneiden.«

»Versucht es. Euer Leben steht ebenso auf dem Spiel wie das meine.«

Der Junge lächelte. »Mein Leben ist vorbei, Alter. Keiner überlebt die Pest.«

»Das ist nicht wahr. Viele haben sie überlebt. Vielleicht auch Ihr. Zeigt mir Eure Male.«

»Ihr seid kein Doktor«, wiederholte der Junge noch einmal, aber es klang weniger hart als zuvor.

»Zeigt mir Eure Male, und ich sage Euch, ob Ihr leben werdet.«

Noch immer zögerte der Junge. Er warf einen Blick zum Brückenturm. Wahrscheinlich beobachtete man sie bereits. Die Gedanken, die ihm durch den Kopf gingen, spiegelten sich nur zu deutlich auf seinen Zügen wider. Er überlegte, ob er das Risiko eingehen sollte.

»Warum zögert Ihr, wenn Ihr doch so sicher seid, daß Ihr sterben werdet?« fragte Cassius.

Der Junge verharrte noch einen Augenblick, dann legte er die Fackel auf die Mauerbrüstung. Mit dem Dolch in der Rechten begann er, die Knöpfe seines Wamses zu öffnen. Einen Augenblick später hatte er seinen Hals freigelegt. An beiden Seiten seines Kehlkopfs waren eitrige Schwellungen zu erkennen.

»Und?« fragte er.

Cassius kam einen Schritt näher, ohne ihn zu berühren. Eingehend betrachtete er die Male, dann sagte er: »Ihr habt recht. Ihr werdet bald sterben.«

Der Junge wurde kreidebleich, das war selbst im spärlichen Fackellicht zu sehen. Es war eines, an den eigenen Tod zu glauben, aber etwas anderes, ihn bestätigt zu bekommen. Die Klinge in seiner Hand zitterte. Ganz langsam knöpfte er sein Wams wieder zu.

»Ich mache Euch einen Vorschlag«, sagte Cassius. »Ihr laßt mich laufen, ohne die Wächter am Brückentor zu alarmieren. Im Austausch werde ich für Euch dasselbe tun.«

»Wie meint Ihr das?«

»Ich werde niemandem von Eurer Krankheit erzählen. Ihr könnt Euch weiterhin frei unter Euren Freunden bewegen.«

Der Junge starrte ihn mit bebenden Lippen an. »Weshalb sollte ich mich darauf einlassen?«

»Weil niemand die letzten Tage seines Lebens verschenkt. Lebt, so lange Ihr noch könnt.«

»Ich werde die anderen anstecken.«

»Habt Ihr das nicht ohnehin schon getan, mein Freund?« fragte Cassius sanft. »Und zudem, was kümmert's mich? Ich bin kein Doktor, wie Ihr ganz richtig bemerkt habt.«

Der Junge überlegte noch eine Weile länger, als vom Ufer plötzlich Rufe ertönten. Man forderte sie auf, sich zu beeilen.

»Nun?« fragte Cassius.

Der Junge schloß für einen Moment die Augen und nickte. »Einverstanden.«

»Dann sollten wir nicht länger warten«, entgegnete Cassius erleichtert. »Ich gehe lieber hinter Euch, wenn Ihr gestattet.«

So legten sie schließlich das letzte Stück bis zum Brükkenturm zurück. Nachdem sie den Tunnel passiert hatten, ertönte eine Stimme.

»Stehenbleiben!« verlangte ein Söldner. In einer Hand trug er das blanke Schwert, in der anderen einen Krug. Auch die übrigen Brückenwächter, mehr als ein Dutzend, hatten dem Wein fleißig zugesprochen. Inmitten der Schar standen zwei offene Fässer, hüfthoch mit rotem Rebensaft gefüllt.

Eigentümlicherweise gab es auf dieser Seite der Brükke keine Zusammenrottung der Bürger. Nicht einmal einzelne mußten am Betreten des Übergangs gehindert werden. Weit und breit waren die Soldaten die einzigen lebenden Wesen. Die Menschen in diesem Teil der Stadt wußten bereits, daß die Pest mitten unter ihnen war, und so mieden sie es, mit anderen in Berührung zu kommen.

Cassius wiederholte vor dem Wortführer seine Geschichte vom Leibarzt der Fürstin Fallada. Sein junger Begleiter schwieg.

»Was ist das für ein Vogel?« fragte der Posten und deutete schwankend auf Saxonius.

Der Junge kam Cassius mit seiner Antwort zuvor. »Er wittert Kranke auf mehrere Schritte Entfernung.«

»Ein braves Tier«, grölte der betrunkene Kerl und winkte fahrig mit den Armen. »Los, Alter, du kannst passieren.«

Nachdem Cassius den Fackelschein des Söldnerlagers hinter sich gelassen hatte, wandte er sich noch einmal um. Er sah, wie die Männer dem Jungen einen Weinkrug reichten. Der nahm ihn dankbar entgegen und führte ihn an seine Lippen. Rot sprudelte ihm der Wein aus den Mundwinkeln und floß über sein Wams. Er lachte, andere stimmten mit ein. Dann tauchte er den Krug von neuem in das Faß, und die Wächter taten es ihm gleich.

»Die Ankunft des Hühnerhauses steht kurz bevor«, sagte die erste der drei alten Frauen. »Und mit ihm kommt der Untergang über die Stadt. Das Haus wird in den Gassen wüten und die Paläste dem Erdboden gleichmachen. Seine Krallen werden die Menschen zerquetschen und ihre schmutzigen Leiber in Stücke reißen.«

»Und aus der Asche wird ein neues Prag erstehen«, fuhr die zweite Frau fort. »Ein Prag des Friedens und der Gleichheit. Kein Arm und Reich mehr; kein Adel und kein Elend. Denn alle werden aus den gleichen Trümmern geboren, und auf ihnen werden sie die neue Stadt errichten. Keine Diener mehr und keine Herren. Keine Verschwendung und kein Hunger. Eine bessere, eine vollkommene Welt.«

»Die Prophetin hat uns das Kommen des Hühnerhauses geweissagt«, sprach die dritte Frau. »Sie kam vor vielen Monden zu uns und verkündete seine Lehre. Wir werden bereit sein, wenn der Augenblick gekommen ist. Wir werden die Tore öffnen und den Feind der Menschheit einlassen, auf daß er bereinigt, was wir alle besudelt haben. Die Erde unter diesen Häusern soll wieder Erde sein, und die Asche eine neue Saat.«

Sarai hörte schweigend zu und war einen Moment lang gewiß, daß die drei Alten den Verstand verloren hatten. Dann aber kamen ihr Zweifel. Drei Wahnsinnige mochten angehen, aber gleich mehrere Dutzend davon? Wie viele Hühnerweiber hatte sie in den Kellern gesehen? Dreißig, vierzig? Nicht alle konnten verrückt sein. Verwirrt – ja. Aber wahnsinnig?

Die Schreckensbilder, welche die Worte der Alten beschworen, schwirrten durch ihren Kopf und machten es ihr schwer, einen klaren Gedanken zu fassen. Was, zum Teufel, war dieses Hühnerhaus, von dem sie sprachen?

Als hätte sie Sarais Frage vorausgeahnt, sagte die erste Alte: »Das Hühnerhaus ist das Heim der Baba Jaga.«

Davon hatte Sarai gehört, in Märchen und Legenden, nicht in Berichten aus der Wirklichkeit. Ein Haus auf riesigen Hühnerbeinen!

»Wir werden das östliche Stadttor öffnen und dem Haus unsere Huldigung erweisen«, erklärte die zweite Frau.

»Werdet auch Ihr dann sterben?« fragte Sarai.

»Das wird das Haus entscheiden.«

Ein Kult, der ein Hirngespinst verehrte. Sarai wußte noch immer nicht, was sie davon halten, geschweige denn dazu sagen sollte. Schließlich fragte sie einfach: »Woher wißt Ihr soviel über den Plan der Baba Jaga?«

»Die Prophetin hat ihn uns verkündet. Unsere Vereinigung bestand lange vorher, Dienerinnen und Mägde reicher Familien, jeden Tag mit der Peitsche des Reichtums geprügelt, jeden Tag gedemütigt von Prunk und Protzerei. Dann kam die Prophetin und öffnete uns die Augen. Seid am richtigen Tag zur Stelle, sagte sie, und das Hühnerhaus wird all dem ein Ende setzen.«

»Was hat das mit Leander Nadeltanz zu tun?«

»Helena Koprikova, die als erste mit der Prophetin sprach, fiel dem mal'ak Jahve zum Opfer. Wir haben ebensolchen Grund ihn zu hassen wie du, mein Kind.«

»Weshalb zweifelt ihr dann an meiner Aufgabe, den Boten zu bekämpfen?«

»Vielleicht kann man einen Engel bekämpfen«, sagte die erste Alte, »aber niemals besiegen.«

»Deine Mühe ist sinnlos«, ergänzte die zweite.

»Verschenkt«, stimmte die dritte zu.

Nicht zum erstenmal kamen Sarai Bedenken. Der Tod ihres Vaters stand immer noch deutlich vor ihren Augen, sein Tod durch ihre eigene Hand. Die Schuld daran trug der mal'ak Jahve. Doch das allein war es nicht, was sie antrieb. Da war Cassius, der sie in ihrem Streben bestärkt hatte. Ebenso der Golem. Am wichtigsten aber war, daß der mal'ak Jahve auch ihren eigenen Schatten wollte. Die drei Alten hatten recht: Er war ein Engel, und wohin sollte sie vor einem Engel fliehen? Sie konnte nicht ihr ganzes Leben auf dem Speicher einer Synagoge oder hinter bannbeladenen Türen verbringen. Ihr blieb gar keine andere Wahl, als sich dem Boten zu stellen.

Welche Rolle aber spielte Leander Nadeltanz in all dem? Sie hatte angenommen – und Cassius hatte es ihr bestätigt –, daß der Ewige ihr durch seine Visionen den Weg weisen wollte. Er hatte ihr den Hinweis auf den Golem gegeben und ein Bild des göttlichen Boten vermittelt. Trotzdem zauderte sie.

»Welche Aufgabe hat Nadeltanz Euch gestellt?« fragte sie.

»Keine Aufgabe«, sagte die erste Alte.

»Nur Bilder«, sagte die zweite.
»Visionen«, die dritte.
Sarai blieb neugierig. »Was habt Ihr gesehen?«
»Das Hühnerhaus.«
»Eine Armee.«
»Die Prophetin.«
»Helena Koprikovas Seele.«
»Den mal'ak Jahve.«
»Und dich.«
Sarai starrte sie verwundert an. »Ihr habt mich gesehen?«
»Natürlich.«
»Deshalb lebst du noch.«
»Deshalb erzählen wir dir soviel über uns.«
Sie blieb mißtrauisch. »Wie deutet Ihr die Bilder?«
Die erste der Alten beugte sich in ihrem Sessel vor. »Sie sagen uns, daß du eine von uns werden sollst.«
»Eine von uns.«
»Von uns.«
»Aber ich weiß nichts über Euer Hühnerhaus oder die Prophetin«, stammelte Sarai hilflos. »Und ich will nicht, daß die Stadt untergeht.«
»Aber du bist arm.«
»Und schutzlos.«
»Auch du mußt die Reichen hassen.«
»Nein«, widersprach Sarai laut. »Ich bin keine von ihnen, aber ich bin auch keine von Euch.«
»Du bist auf unserer Seite, nicht wahr?« Ein drohender Unterton.
Sarai dachte an Kaspar, der den Hühnerweibern hilflos ausgeliefert war. Ebenso wie sie selbst. »Gewiß«, versicherte sie eilig. »Aber mein Ziel ist es, den mal'ak Jahve zu schlagen, niemand sonst. Verspürt Ihr denn gar nicht den Wunsch, Helena Koprikova zu rächen?«
»Oh, natürlich verspüren wir den«, entgegnete die erste Alte.

»Aber wir wissen, daß wir dem Boten nicht gewachsen sind.«

»Wir hoffen jedoch, das Hühnerhaus ist es.«

Sarai spürte, wie ihr Herzschlag raste. Sie mußte fort von hier. Das Gespräch mit den drei Alten drehte sich im Kreis, sie vertat nur kostbare Zeit. Sie mußte den Golem um Rat bitten, er würde ihr helfen. Alles andere war sinnlos.

»Werdet Ihr mich gehenlassen, wenn ich Euch darum bitte?« fragte sie.

»Gehen?«

»Fort?«

»Wohin denn?«

Sie gab sich Mühe, den prüfenden Blick der Alten unbeeindruckt zu erwidern. »Es gibt jemanden, der vielleicht weiß, wie man den Boten besiegen kann.«

»Was?«

»Wen?«

»Wo ist er?«

Darauf wollte sie vorerst keine Antwort geben. »Wenn Ihr mich zu ihm laßt, kann das nur Euer Vorteil sein. Ihr wollt, daß der mal'ak Jahve für seine Taten bezahlt – nun, ich will es zumindest versuchen. Was habt Ihr schon zu verlieren, wenn ich scheitere?«

Zögern, dann: »Ja, was eigentlich?«

»Nichts, rein gar nichts.«

»Gar nichts, in der Tat.«

»Dann darf ich gehen?« fragte Sarai hoffnungsvoll.

Die drei Frauen tuschelten wieder miteinander. Diesmal dauerte ihre Beratung länger. Sarai trat ungeduldig von einem Fuß auf den anderen.

Schließlich beugten sich die Frauen zurück, und die erste sagte: »Du darfst gehen.«

»Du allein«, sagte die zweite.

»Dein Freund muß bleiben«, verlangte die dritte. »Ein Wort über uns zu irgend jemandem, und er stirbt.«

»Aber ich brauche ihn«, widersprach sie hastig. »Er muß mir helfen.«

»*Wir* werden dir helfen.«

»Wir geben dir einige unserer Schwestern mit.«

»Sie werden dich auf deinem Weg begleiten.«

»Nun sage uns: Wo ist derjenige, der weiß, wie man den mal'ak Jahve vernichtet?«

Sarai war verzweifelt. Sie durfte nicht zulassen, daß die Hühnerweiber Kaspar etwas antaten. »Ihr werdet meinen Gefährten auf jeden Fall töten, nicht wahr?«

»Nicht, wenn du vernünftig bist.«

»Kein Wort zu niemandem.«

»Nicht ein einziges.«

»Und wann laßt Ihr ihn laufen?« fragte Sarai.

Die Frauen schwiegen eine Weile, dann sagte die erste: »Wenn es dir gelingt, den mal'ak Jahve zu besiegen, dann wird dein Freund am Leben bleiben. Vorausgesetzt, er schwört, zu schweigen.«

»Das wird er«, sagte Sarai.

»Dann hast du unser Wort, daß ihm nichts geschieht.«

»Wenn du Erfolg hast.«

»Und den mal'ak Jahve besiegst.«

»Ich möchte ihn vorher noch einmal sehen«, bat Sarai.

Die Frauen blickten einander an. »Sie liebt ihn wohl.«

»Das ist schlecht.«

»Sehr schlecht.«

»Liebe lenkt ab. Macht unvorsichtig.«

»Sieger lieben nicht.«

»Haben anderes im Kopf.«

Sarai hörte fassungslos zu, dann fuhr sie dazwischen. »Ich liebe ihn nicht. Aber er hat mein Leben gerettet.«

»Eine lästige Verpflichtung.«

»Du solltest froh sein, wenn wir ihn töten.«

»Bist ihm dann nichts mehr schuldig.«

»Schuld lenkt ab. Macht unvorsichtig.«

»Sieger sind in niemandes Schuld.«

»Haben Besseres im Kopf.«

»Du solltest froh sein, wenn …«

»Es reicht!« rief Sarai zornig aus. Nicht einmal ihre Furcht konnte sie bewegen, nur einen Augenblick länger zuzuhören. »Ich will ihn noch einmal sehen. Sofort. Danach werde ich gehen.«

»Du sollst ihn sehen«, gestand die erste der Frauen ihr zu.

»Kurz.«

»Aber allein.«

»Bist du zufrieden?«

»Es siegt sich besser, wenn man zufrieden ist.«

Sarai seufzte ergeben und verzichtete auf Widerspruch.

Helena Koprikova, Gründerin des Hühnerkultes und Vertraute der Prophetin, war, wie Sarai kurz darauf erfuhr, dem mal'ak Jahve bereits vor mehreren Wochen zum Opfer gefallen. Nachdem sie Schatten und Seele verloren hatte, war nicht allein ihr Glaube in sich selbst, sondern auch ihr Zutrauen zum Hühnerhaus geschwunden. Sie hatte versucht, dem allen ein Ende zu setzen, indem sie Feuer an sich selbst und das unterirdische Versteck legte. Die Hühnerweiber hatten die Flammen gelöscht, ehe sie allzu große Zerstörung anrichten konnten, und so war lediglich die Gründerin samt ihrer Kammer verbrannt.

Man brachte Sarai aus dem Throngewölbe durch den Versammlungssaal direkt in den zerstörten Teil der geheimen Kelleranlage. Dies war der einzige Raum, in dem es nicht von Frauen in Federmänteln wimmelte.

Kaspar war noch nicht da, als man sie allein in der ausgebrannten Kammer zurückließ. Sarai nutzte die Zeit, um sich umzuschauen. Es gab nur die eine Tür und kein einziges Fenster. Der gesamte Raum war pechschwarz von Ruß, und noch immer stank es erbärmlich nach Rauch und Asche. An den Wänden der weitläufigen Kammer erkannte Sarai die Überreste von Hühnerkäfigen, ganz ähnlich jenen, die sie während der Flucht vor dem Boten auf den Gängen gesehen hatte. Die meisten waren vollkommen verkohlt, und in nahezu allen lagen Reste verbrannter Hühnerknochen. Die Tiere waren mit ihrer Meisterin umgekommen. Niemand hatte seit dem Feuer versucht, den Raum aufzuräumen und die Tiergebeine fortzuschaffen. Allein die Leiche Helena Koprikovas hatte man weggebracht, alles andere war unberührt. Sarai nahm an, die drei Alten wollten, daß sie sich kurzfaßte; niemand, der alle Sinne beisammen hatte, würde sich in diesem stinkenden Loch länger als nötig aufhalten.

Plötzlich stand Kaspar neben ihr, und die Tür wurde von außen verriegelt.

»Du machst dir Sorgen, nicht wahr?« fragte er sanft.

Sarai fuhr herum und zwang sich zu einem hoffnungsvollen Lächeln. »Und wenn schon. Haben sie dir gesagt, was sie entschieden haben?«

Er nickte. Sarai bemerkte, daß sein buntes Gauklerkostüm völlig verschmutzt war. Seltsamerweise wurde ihr dabei erstmals bewußt, was sie ihm angetan hatte. Sie hatte ihm alles genommen. Erst seinen Frieden in der Kleineren Stadt, dann die Kanone, jetzt auch noch seine Kleidung. Sie spürte, daß sie den Tränen nahe war. Lieber Himmel, rief sie sich selbst zur Ruhe, es sind doch nur Kleider! Aber es waren immer nur die kleinen Dinge, die einem die großen Verluste vor Augen führten.

Es war gleichgültig, daß sie ihn kaum kannte – sie wollte nicht auch noch ihn selbst verlieren. Sie hätte sich niemals auf den Beschluß der drei Alten einlassen dürfen.

»Es ist nicht schlimm«, sagte Kaspar, als hätte er die Sorgen in ihren Augen gelesen. »Ich bleibe hier und warte auf dich. Zumindest kann mir dieser Engel hier unten nichts anhaben.« Er gab sich Mühe, aufmunternd zu lächeln.

Aber der Bote will gar nichts von dir, wollte Sarai ihn anbrüllen. Ich bin es, die er sucht, nur ich. Du hast mit all dem überhaupt nichts zu tun. Ich habe dich in diese Sache hineingezogen, ohne über die Folgen nachzudenken.

Doch so sehr sie es sich auch wünschte, sie brachte keinen Ton heraus. Beschämt wandte sie den Blick von ihm ab und weinte.

»Tu das nicht«, sagte er leise und berührte zaghaft ihre Schulter. Er wagte nicht, sie in den Arm zu nehmen.

»Aber sie werden dich töten«, entgegnete sie schluchzend. »Das ist allein meine Schuld.«

»Sie werden mich töten, wenn du nicht zurückkommst«, erwiderte er. »Aber du wirst zurückkommen. Ich weiß es.«

Sie liebt ihn, hatte die Alte gesagt. Aber das war es nicht. Keine Liebe, aber Zuneigung – und ein Gefühl von tiefer, tiefer Schuld.

Da beschloß sie, daß er alles wissen sollte. Er hatte ein Anrecht darauf, mehr als jeder andere. Er sollte erfahren, weshalb sie ihn dieser Gefahr aussetzte und für welchen Preis. Daß es nicht allein um ihr Leben oder das seine ging.

Und so sprudelten die Worte aus ihr hervor, immer schneller, ohne eine Auslassung, manches wirr und durcheinander, aber doch klar genug, daß er begriff. Sie ließ nichts aus, erzählte von ihrem Vater und dem mal'ak Jahve, von Cassius, vom Golem und von Leander Nadeltanz. Sie erklärte ihm, wer die Hühnerfrauen waren und welchen Traum sie verfolgten. Sie redete ohne Unterlaß, eine ganze Weile lang, ohne darauf zu achten, ob er ihr glaubte oder nicht.

Nachdem sie zum Ende gekommen war, schwiegen

sie beide. Sarai, weil sie nichts mehr zu sagen hatte, und Kaspar, weil er um die richtigen Worte rang.

»Ich werde hier auf dich warten«, sagte er schließlich. »Du hast mich noch immer nicht fliegen sehen. Und du hast es versprochen.«

Sarai lächelte und wischte sich mit dem Ärmel über die Wangen. »Ich war wohl zu beschäftigt.«

Im selben Augenblick flog die Tür auf und zwei Hühnerweiber erschienen im Eingang. Sie mußten gelauscht haben, um den richtigen Moment so genau abzupassen.

Draußen, vor der niedrigen Tür zu Helena Koprikovas Kammer, reichten Sarai und Kaspar sich zum Abschied die Hände. Sarai zögerte die Trennung länger hinaus, als nötig gewesen wäre, und schenkte ihm das wärmste Lächeln, zu dem sie noch fähig war. Dann brachte man ihn fort. Er schaute sich nicht nach ihr um.

Kurz darauf wurde Sarai von einem halben Dutzend Hühnerweiber über schmale Treppen an die Oberfläche geführt. Die Nacht empfing sie kühl und windig. Die Frauen nahmen Sarai schützend in ihre Mitte, dann hetzten sie gemeinsam durch die menschenleeren Straßen.

In den späten Abendstunden vor seiner Ankunft in Prag aß Michal zwei Männer der Liga. Ihre Schwerter gingen an seiner Mondsichel entzwei. Die Klinge teilte ihr Rüstzeug wie altes Leinen. Schließlich verspeiste er von jedem mehrere Handvoll. Danach wußte er alles über sie, ihre Namen, ihre Vergangenheit, ihre Wünsche und Begierden.

Mit beiden hatte es eine besondere Bewandtnis. Die Männer waren nach der Eroberung Prags zum Wachtrupp abkommandiert worden. Ihre Aufgabe war es, gemeinsam mit Hunderten weiterer Söldner die verschlossenen Tore der Stadt zu bewachen. Niemand sollte hinein-, niemand hinausgelangen. Der Dienst an den Toren war nicht hart, doch die Eintönigkeit und das Verbot, wie alle übrigen Söldner in den Häusern und Palästen zu plündern, sorgten für Ärger und Ungehorsam im Wachtrupp. Während die gemeinen Soldaten nichtsnutzig durch die Straßen zogen, Tage und Nächte versoffen und allerlei Gold und Weib ihr eigen nannten, mußten sich die Wachmänner an den Toren mit nichts als fader Ehre und halbherzigen Versprechungen bescheiden. Die Moral unter den Männern wurde von Mal zu Mal schlechter, wenn ihnen einer ihrer Kampfgefährten trunken und mit Schmuck behängt aus den Gassen entgegentorkelte. Schließlich beschlossen einige, aus dem Heer zu desertieren und sich in den umliegenden Dörfern das zu holen, was ihnen in der Stadt verwehrt blieb.

Am Abend überwältigten zehn von ihnen die Wachablösung, versteckten die Leichen und entkamen im Schutze der Dämmerung ins freie Land. Erst beim nächsten Wachwechsel am frühen Morgen würde auffallen, daß ein Abschnitt der Stadtmauer unbewacht war. Bis dahin aber wollten die Deserteure längst über alle Berge sein.

Doch während sie noch über die Felder hetzten, kam es zum Streit über das weitere Vorgehen. Kurz darauf fielen die ersten mit gezogenen Dolchen übereinander her, und was eine schlagkräftige Bande hätte werden können, verringerte sich selbst auf die kümmerliche Zahl von vier. Die Überlebenden ließen die Toten auf dem Acker zurück und eilten weiter.

Wenig später schon nahmen die Unstimmigkeiten über den weiteren Weg neuerliche Überhand. Statt aber den Zwist mit Waffen zu entscheiden, verlegte man sich diesmal auf eine klügere Lösung. Die Gruppe trennte sich, und zwei der Männer zogen nach Süden.

Die beiden anderen aber, Matthias und Adrian, wandten sich gen Osten. Sie kamen in ein verlassenes Dorf, dessen Bewohner schon vor Tagen in den zweifelhaften Schutz der Hauptstadt geflohen waren. Die Häuser und Hütten standen leer, der Wind heulte durch die offenen Fenster und Türen. Die Menschen hatten ihren Besitz nicht verriegelt, um den Zorn der Eroberer nicht zu wecken. So hofften sie, daß ihre Heime lediglich geplündert, nicht aber gebrandschatzt wurden.

Ihre wertvollsten Besitztümer hatten sie allesamt mitgenommen, trotzdem wurden Matthias und Adrian in einigen Häusern fündig. Seit ihrer Flucht aus dem Ligaheer war noch keine halbe Nacht vergangen, und schon saßen sie inmitten reicher Beute. Freilich, Bauern besaßen keine Goldschätze, die meisten nicht einmal simples Geschmeide, und doch fand sich in den Hütten manch scharfe Waffe, hier ein silberner Krug, dort ein teurer Stoff. Genug, um es später gegen bare Münze zu tauschen. Zudem stießen sie auf ausreichende Nahrung, um tagelang davon leben zu können. Selbst ihre anfänglichen Bedenken, das Essen könne vergiftet sein, erwiesen sich als unbegründet.

Matthias und Adrian saßen kauend auf den Stufen eines Hauses, als Michal sie entdeckte. Sie hatten vor der Treppe ein Lagerfeuer entzündet. Nun wärmten sie sich an seiner Glut, aßen gesalzenes Fleisch, Obst und Gemüse und tranken Bier aus dem Vorrat des Dorfvorstehers. Es war immer noch tiefste Nacht, Finsternis lag über der Dorfstraße, und so bemerkten sie Michal erst, als er in den Lichtkreis ihres Feuers trat.

Seine Kleidung war zerfetzt, die Reste hatten sich dunkelbraun verfärbt. Dieselbe Kruste bedeckte auch seine Haut. Schmutz, nahmen die beiden Männer an. Wie hätten sie auch ahnen können, daß dies die Spuren von Michals letztem Mahl waren, eine Flüchtlingsfamilie, die er nur gegessen hatte, um den Weg nach Prag und mehr über die Lage dort zu erfahren. Sein Haar war steifverkrustet und stand wirr in alle Richtungen ab, die zertrümmerte Nase ein blutiger Krater. Am schlimmsten aber waren seine Augen und der Blick, der die beiden

Männer daraus traf. Das irre Funkeln verfolgte sie, bis die Sichel ihnen das Leben nahm.

Der Kampf war kurz und nahezu lautlos. Michal erlitt eine Hiebwunde am linken Oberarm, doch sie reichte nicht tief ins Fleisch. Er zerschnitt die beiden Männer gleich am Feuer, zog es aber vor, ihre Stücke roh zu essen. Er bezweifelte, daß gebratenes Fleisch dieselbe Wirkung hatte. Hätte sonst nicht jedermann mit dem Wissen von Rindervieh und Schwein leben müssen?

Sein eigenes Denken hatte kaum noch Bestand. Alles, was ihm in den Kopf kam, war wenige Augenblicke später verschwunden. Wissen und Erinnerungen eines guten Dutzend Menschen stritten in seinem Schädel um die Oberhand. Heraus schälte sich ein Satz aus der Bibel: *Legion ist mein Name, denn unser sind viele.*

Michal erfuhr, wann Matthias seine erste Frau geschwängert, wann Adrian den ersten Mann getötet hatte. Auch erlangte er Wissen über ihre schäbige Kindheit, ihre Familien – und über ihre Lieblingsspeisen. Menschenfleisch war nicht darunter.

Einem der Männer nahm Michal neben den Gedanken auch die Hose. Vom anderen lieh er sich Wams und Hut. So ausstaffiert, den Leib vom frischen Blut verklebt, machte er sich auf zur Stadt. Das Wissen der beiden Männer verriet ihm die Einzelheiten ihrer Flucht aus Prag. Er kannte die Stelle im Verteidigungsring, die bis zum Morgen unbewacht blieb. Sie war sein Schlüssel zur Beute.

Ohne einem weiteren Menschen zu begegnen, überquerte Michal die kahlen Äcker. Aus der Ferne sah er das Lichtermeer der Stadt, ein Fackelband im Schwarz der Nacht. In der Dunkelheit waren weder Türme noch goldene Dächer zu sehen.

Michal war froh, daß Nadjeschda diese Enttäuschung erspart blieb. Er wünschte sich, er hätte auch von ihr gegessen, als sie starb.

KAPITEL 9

Sie hatten kaum hundert Schritte im Freien zurückgelegt, da führten die Hühnerweiber Sarai erneut hinab in die Finsternis. Atemlos und mit rasendem Herzen folgte sie den sechs Frauen tiefer in die Keller unter der Judenstadt. Immer wieder gingen sie durch Türen, die mit Dornenzweigen und Hühnerherzen behängt waren. Jede wurde sorgfältig verriegelt, nachdem die Frauen sie passiert hatten. Niemand sprach ein Wort. Sarai hatte gleich zu Anfang gesagt, wohin sie wollte, und seither herrschte innerhalb der kleinen Gruppe Schweigen. In den schmalen Gängen, die oftmals so niedrig waren, daß sie nur gebückt hindurchlaufen konnten, befanden sich stets drei Hühnerweiber vor ihr, drei dahinter. In breiteren Korridoren und Kammern wurde sie von den Frauen umringt. Trotzdem fühlte Sarai sich zu keiner Zeit sicher.

Hinter jeder Ecke, hinter jeder Tür vermutete sie den mal'ak Jahve, bis die Furcht vor ihm sich auch äußerlich zeigte. Sie spürte, wie sie zitterte, wenngleich es beim Laufen niemandem auffiel. Hatte sie anfangs noch versucht, sich den Weg mitsamt seinen Abzweigungen einzuprägen, mußte sie sich nun eingestehen, daß sie nicht einmal mehr die letzten Schritte im Kopf behalten konnte. Ihr ganzes Denken wurde von der Gefahr durch den Boten beherrscht. Sie dachte nicht mehr an Kaspar, nicht an ihren Vater. Überall glaubte sie nur noch die Spuren des Engels zu sehen, sei es in einer durchbrochenen Mauer oder einem Lichtschein, der durch einen Spalt von oben herabdrang. Der mal'ak Jahve schien allgegenwärtig.

Schließlich stürmten die drei Frauen vor ihr eine Treppe hinauf, und das Trio in ihrem Rücken drängte Sarai hinterher. Sie war völlig außer Atem. Oben betraten sie einen engen Flur und machten halt vor einer geschlossenen Haustür. Im zweiten Stock wurde die Tür eines Quartiers geöffnet, ein Mann blickte vorsichtig übers Treppengeländer auf sie herab, erschrak, als er die Hühnerkostüme sah, und zog sich blitzschnell zurück. Sie hörten, wie seine Tür wieder ins Schloß fiel und mehrfach verriegelt wurde.

Eine der Hühnerfrauen öffnete den Hauseingang einen Spalt breit und blickte vorsichtig hinaus. Sie nickte den anderen zu und gab Sarai ein Zeichen, daß sie zu ihr treten solle. Danach deutete die Frau wortlos ins Freie. Sarai beugte sich vor und schaute ebenfalls durch den Türspalt. Ihr Blick fiel auf den kleinen Platz, in dessen Mitte sich die Altneu-Synagoge erhob. Obgleich die Wand des Gotteshauses höchstens zehn Schritte entfernt war, erahnte Sarai sie eher, statt sie wirklich zu sehen. Die Nacht war unvermindert dunkel, niemand hatte sich die Mühe gemacht, die Laternen zu entzünden.

Die vorderste der Frauen schlüpfte durch den Spalt nach draußen, schaute sich um und gab den übrigen ein Zeichen, daß niemand zu sehen war. Sie folgten ihr und nahmen Sarai wieder in die Mitte. Eilig huschten sie hinüber zum Hauptportal der Synagoge. Es war verriegelt.

Während die Hühnerweiber darangingen, das Tor so leise wie möglich aufzubrechen, blickte Sarai sich angstvoll um. Der düstere Platz war verlassen, nirgends gab es auch nur eine Spur von Leben. Allein in einigen der angrenzenden Häuser schimmerte Kerzenlicht durch verhängte Fenster. Die meisten Bewohner mußten um diese Zeit schlafen.

Aus einer Straße, die nahebei in den Platz mündete, ertönte plötzlich ein Quietschen und Schleifen. Sarai erkannte die Laute. Einer der Pestkarren näherte sich.

Auch in der Nacht wurden die Kranken und Toten aus den Häusern geholt. Flüsternd warnte Sarai die Hühnerweiber vor der drohenden Entdeckung.

Im selben Moment gab der Riegel des Portals nach, und der Torflügel schwang nach innen. Hastig glitten sie hinein und drückten die Tür wieder hinter sich zu. Gerade rechtzeitig, denn während der Spalt sich noch schloß, bemerkte Sarai, wie der Pestkarren um die Ecke bog. Mehrere Vermummte, jeder mit einem stumpfen Dreizack in Händen, begleiteten das Gefährt. Auf der Ladefläche lagen reglose Körper.

Aus dem Hauptsaal der Synagoge fiel Kerzenschein in den Vorraum. Sie blickten durch den offenen Durchgang und entdeckten den Rabbi, der schweigend mit dem Rücken zur Tür vor dem Aron ha-Kodesch, dem Thora-Schrein, kniete. Er schien ihr Eindringen nicht bemerkt zu haben.

Sarai löste sich von seinem Anblick und eilte zur Tür, hinter der die Stufen zum Dachboden führten. Sie öffnete sie und blickte in den finsteren Treppenschacht. Die obere Speichertür war geschlossen.

Sie wollte hinaufeilen, doch eine der Hühnerfrauen hielt sie zurück.

»Wir haben dich weit genug begleitet«, sagte sie. »Viel Glück.«

Ehe Sarai noch etwas erwidern konnte, hatten sich die Frauen bereits abgewandt und eilten zurück zum Portal. Sie empfand keine Dankbarkeit. Immerhin waren die Frauen es, die Kaspar gefangenhielten – und mit dem Tode bedrohten.

Sie wandte sich erneut zur Treppe, als ihr plötzlich ein Gedanke kam.

Der Rabbi! dachte sie. Irgend etwas stimmte nicht mit ihm.

Schnell zischte sie den Hühnerweibern zu, sie sollten zurückbleiben. Die Frauen hatten gerade das Portal geöffnet. Die Verzögerung verärgerte sie. Ihnen war anzumerken, daß sie von der Gefahr, die Sarai und ihre Anführerinnen beschworen hatten, keine hohe Meinung hatten. Wo war er denn, ihr geheimnisvoller Gegner? Weshalb zeigte er sich nicht, wenn er soviel Wert auf das Mädchen legte?

Trotzdem blieben sie stehen und warteten. Mit geringschätzigen Blicken verfolgten sie, wie Sarai erneut vor die Tür des Hauptsaales trat.

Der Rabbi kniete noch immer wortlos an der Stirnseite der Synagoge. Sein Gesicht war abgewandt, sein Kopf gesenkt. Das Kerzenlicht zuckte unstet über die Wände, als der Luftzug vom Hauptportal durch den Saal wirbelte. Der Mann regte sich nicht. Das Licht traf ihn von hinten und hätte seinen Schatten vor ihm auf den Thora-Schrein werfen müssen. Doch da war nichts, nur diffuses Dämmerlicht. Kein Schatten.

Und Sarai begriff, daß der mal'ak Jahve sie erwartete.

Er war hier. In der Synagoge.

Sie schaute sich bangen Herzens um. Außer den Hühnerweibern war niemand zu sehen. Die Frauen starrten sie verwundert an.

Sarais Blick fiel zur Ecke des Vorraumes, dorthin, wo er in den Seitenarm mündete. Jenseits davon lag die Treppe zum Speicher.

Natürlich! durchfuhr es sie. Er erwartet mich oben. Gleich vor der Tür der Golemkammer. Nur so konnte der Bote sicher sein, daß sie ihm kein drittesmal entkam.

Mit weichen Knien trat sie zu den Hühnerweibern und teilte ihnen in wenigen Worten ihre Vermutung mit. Die Frauen sahen einander voller Zweifel an, schlossen jedoch das Portal und schlichen erneut zur Speichertreppe. Sarai hatte wenig Skrupel, sie vorangehen zu lassen. Sie taten es, weil die Alten es ihnen befohlen hatten, nicht weil ihnen an Sarais Sicherheit lag.

Vier von ihnen formierten sich vor Sarai, zwei blieben

hinter ihr. So huschten sie lautlos die Treppe hinauf. Durch den Spalt unter der Tür fiel kein Licht. Die Doxa des mal'ak Jahve war noch nicht entfacht.

Vor der Tür verhielten sie enggedrängt und horchten. Kein Laut war zu hören. Auf dem Dachboden herrschte Stille.

Das vordere Hühnerweib warf sich mit einem Aufschrei gegen die Tür. Das uralte Holz zerbarst und fiel nach innen. Nacheinander sprangen die Frauen auf den Speicher und rissen Sarai mit sich.

Die erste wurde plötzlich gepackt und mehrere Schritt weit durch die Finsternis gewirbelt. Stöhnend schlug sie mit dem Rücken auf die Bodendielen. Ihre Kappe rutschte vom Kopf und entblößte glattes Haar.

Auch dem zweiten Hühnerweib blieb keine Zeit zur Gegenwehr. Eine schwarze Gestalt riß die Frau in die Höhe, hielt sie triumphierend mit beiden Armen in der Luft und schleuderte sie mitten unter die übrigen. Unter Gekreische und Gepolter stürzten und stolperten sie durcheinander.

Doch damit hatte der mal'ak Jahve seinen Vorteil der Überraschung verspielt. Innerhalb eines einzigen Herzschlags waren die Frauen wieder auf den Beinen. Zwei nahmen Sarai in ihre Mitte, während die übrigen zum Angriff übergingen.

Sarai bemerkte, daß plötzlich etwas auf den Fingerspitzen der Frauen steckte, wie silberne Fingerhüte, aus denen gebogene Stacheln ragten. Hühnerkrallen aus Stahl, fast so lang wie ihre Finger selbst.

Ihre beiden Beschützerinnen wollten sie zurück zur Treppe drängen, sie aber deutete auf die geschlossene Tür der Golemkammer.

»Ich muß dort rüber«, verlangte sie.

Die Frauen sahen sie an, als hätte sie den Verstand verloren. »Unsere Aufgabe ist es, dich zu retten, nicht zu …«

Sarai unterbrach sie. »Eure Aufgabe ist es, mich in diese Kammer zu bringen. Dort drinnen ist derjenige, der weiß, wie man den Boten besiegen kann.«

Die vier Hühnerweiber stürzten sich derweil auf den mal'ak Jahve. In einem Halbkreis schossen sie auf ihn zu, die Finger mit den Stahlspitzen vorgestreckt. Noch immer machte der Bote keine Anstalten, die Doxa einzusetzen. Der Machtglanz war eine stille Waffe, deren Wirkung sich erst nach Tagen zeigte. In einem Kampf war ihr Einsatz sinnlos. Vielleicht, schoß es Sarai durch den Kopf, war der mal'ak Jahve nicht so mächtig, wie sie bislang angenommen hatte. Er konnte die Schatten der Menschen verschlingen, doch in einem Gefecht wie diesem war er eine Kreatur wie jede andere.

Sogleich wurde sie eines Besseren belehrt.

Der Bote, in der Dunkelheit des Speichers kaum mehr als ein vager Koloß, riß beide Arme in die Höhe. Ehe die Hühnerweiber ihn erreichen konnten, hatte er bereits zwei von ihnen gepackt, eine an der Kehle, die andere am Arm. Seine Finger schlossen sich mit übermenschlicher Kraft. Die eine Frau sackte leblos zusammen, als er ihren Hals zerdrückte; die andere kreischte gellend auf, während der Bote ihr den Arm wie mit einer Zange abriß. Das Körperteil fiel zu Boden, die Frau taumelte zurück. Wie betäubt starrte sie auf ihren Armstumpf, dann sackte sie besinnungslos zusammen.

Die beiden übrigen Angreiferinnen warfen sich im selben Augenblick auf den mal'ak Jahve und rammten alle zwanzig Stahlklauen in seinen Leib. Sarai sah noch, daß sie auf Widerstand trafen, dann drehte sie sich um und rannte auf die Tür der Kammer zu. Ihre beiden Beschützerinnen zögerten noch einen Augenblick lang, unentschlossen, ob sie ihren Gefährtinnen zur Hilfe eilen oder Sarai folgen sollten. Gegen ihre Überzeugung befolgten sie den Befehl ihrer Führerinnen.

Der mal'ak Jahve schien die Krallen seiner Gegnerinnen nicht einmal zu spüren. Er drehte den Kopf und bemerkte, was Sarai vorhatte. Wie lästige Kinder schüttelte er die beiden Frauen ab und schleuderte sie zu Boden. Dann rannte er mit riesigen Sätzen auf Sarai zu. Alles, was sie erkennen konnte, war ein gewaltiger Umriß, der auf sie zujagte.

Ihre Beschützerinnen lösten sich von ihr und stürmten dem Angreifer entgegen. Hinter ihm rappelten sich die beiden gestürzten Frauen auf und fielen ihm in den Rücken. Vierzig Stahlkrallen gruben sich in seinen Leib.

Sarai rannte los. Noch zwanzig Schritte bis zur Tür der Kammer. Dahinter war sie sicher. Dorthin konnte ihr der Bote nicht folgen.

Ein vielstimmiger Schrei ließ ihre Schritte gefrieren. Wie erstarrt blieb sie stehen und schaute sich um.

Der mal'ak Jahve stand inmitten der vier Frauen, die um ihn am Boden lagen. Eine bewegte sich nicht mehr, der Bote hatte sie in der Mitte durchgebrochen wie ein Stück Holz. Die drei übrigen stöhnten und wimmerten, eine war in ihre eigenen Krallen gestürzt. Unter ihr breitete sich eine dunkle Lache aus. Sarai erinnerte sich an das, was die Rabbiner sie über die Gnade des Herrn gelehrt hatten. Der mal'ak Jahve zeigte weder Sanftmut noch Barmherzigkeit. Statt dessen griff er sich nun die Verletzte, wirbelte sie in die Luft und rammte sie mit dem Kopf gegen einen der unteren Dachbalken.

Sarai mußte sich zwingen, sich erneut von dem entsetzlichen Geschehen abzuwenden. Sie machte ein, zwei unsichere Schritte in Richtung der Kammer, als plötzlich der schwarze Schemen des Boten an ihr vorüberschoß – ohne sie zu berühren. Eine der Hühnerfrauen war aufgesprungen und folgte ihm, ihr Gesicht zur Fratze verzerrt. Der mal'ak Jahve blieb vor der Tür der Golemkammer stehen, dann fuhr er herum und schlug nach der Verfolgerin. Sie aber duckte sich und entging dem Hieb. Noch während die Frau sich bückte, stieß sie ihre Rechte gegen die schwarze Gestalt. Der Bote packte ihren Arm und schleuderte sie achtlos davon.

Einen Augenblick lang glaubte Sarai, der Bote wolle die Kammer des Golem betreten. Statt dessen aber baute er sich breitbeinig vor der Tür auf, riß seine Gewänder zurück und enthüllte den bodenlosen Abgrund dahinter. Die Doxa stieg wie ein ferner Stern aus der Tiefe empor. Schon kroch ein erster Schimmer über die staubigen Dielen auf Sarai zu.

Die verbliebene Hühnerfrau plagte sich wimmernd auf die Beine und schleppte sich mit letzter Kraft in Sarais Richtung. Sie zog das linke Bein nach und hatte einen Großteil ihrer Krallen verloren. Die zerrissene Lederkappe entblößte ihr Haar. Ihr Gesicht verriet die Qualen, die sie litt. Sie hatte ihre Gefährtinnen sterben sehen und wußte, daß auch sie selbst die Nacht nicht überleben würde. Trotzdem taumelte sie weiter vorwärts, packte Sarai an der Schulter und schob sich schützend vor sie.

Die Alten haben es gewußt! durchfuhr es Sarai entsetzt. Man kann einen mal'ak Jahve nicht besiegen, hatten sie gesagt. Sie hatten genau gewußt, was sie taten, als sie die sechs Frauen zu Sarais Schutz abstellten: Sie schickten sie in den sicheren Tod. Ihre einzige Hoffnung war gewesen, daß sie Sarai damit die Gelegenheit zum Schlag gegen den Boten gaben.

Und was hatte sie, Sarai, getan? Hilflos dagestanden, nicht einmal die Kraft aufgebracht, vor dem mal'ak Jahve die Kammer zu erreichen. Wie hatte sie je hoffen können, über einen Engel zu triumphieren?

Die Doxa erstrahlte immer heller, schon füllte ihr Licht den Abgrund im Inneren des Boten aus.

Da wurde plötzlich die Tür der Kammer aufgerissen. Von hinten stieß etwas gegen die schwarze Gestalt, sie stolperte, und das Licht der Doxa wurde von den flatternden Gewändern verschluckt.

Verwirrt starrte Sarai zur Tür. Aber der Golem konnte

die Kammer doch nicht verlassen! Dann jedoch sah sie, was tatsächlich geschehen war. Josef hatte die Leiter, die hinauf zu seiner Dachluke geführt hatte, in den Rücken des Boten gerammt. Mochte der mal'ak Jahve auch kein Mensch sein und keinerlei Schmerz empfinden, so geriet er doch aus dem Gleichgewicht.

Und Sarai nutzte die winzige Verzögerung, die Josefs Angriff ihr gewährte. Sie packte das verletzte Hühnerweib und zog es mit sich auf die Kammertür zu, am gestürzten mal'ak Jahve vorüber, immer schneller, durch den Türrahmen und ...

Die Frau wurde ihr entrissen. Ein schwarzer Handschuh hatte sich um ihr lahmes Bein gekrallt und hielt sie gnadenlos fest. Sarai stolperte vorwärts durch die Tür in die Kammer, während das Hühnerweib draußen zurückblieb. Heulend wollte Sarai zurückspringen, von neuem nach der Frau greifen, doch da schlossen sich die Arme des Golem um sie und zogen sie tiefer in die Kammer. Mit einem Fußtritt schloß er die Tür.

Draußen kreischte die Hühnerfrau voller Schmerz und Verzweiflung auf, als der Bote in all seiner Wut über sie kam. Wenige Herzschläge später verstummten ihre Schreie.

Ruhe kehrte ein. Absolute Stille.

Der Golem ließ Sarai los und taumelte zurück. Sie fuhr herum und sah, wie er mit dem Rücken gegen die Wand prallte, daran herabrutschte und völlig erschöpft liegenblieb.

Sarai zitterte immer noch am ganzen Leib. Ein letzter Schrei, den sie vor Grauen nicht mehr herausgebracht hatte, steckte ihr wie ein Kloß im Hals. Nur mit Mühe vermochte sie sich zu beruhigen. Es war ein Kampf gegen sich selbst, die Überwindung ihrer eigenen Furcht. Schließlich aber hatte sie sich soweit in der Gewalt, daß sie die wenigen Schritte bis zum Golem überwinden konnte und vor ihm in die Hocke ging.

Sein Blick war trübe und fuhr geradewegs durch sie hindurch. Irgend etwas stimmte nicht mit ihm. Es konnte doch kaum die Anstrengung sein, die ihn so zu Boden warf.

»Was ist geschehen?« fragte sie mit einer Stimme, die sie kaum mehr als die ihre erkannte. Sie klang hell, viel zu hoch. Es würde eine Weile dauern, ehe ihr Körper ihr wieder völlig gehorchte.

Der Golem gab keine Antwort.

»Josef«, sagte sie noch einmal, »was ist mit dir?«

Seine Lippen lösten sich mühsam voneinander, und ein einziges Wort kroch leise zwischen ihnen hervor:

»Schlaf.«

Sarai starrte ihn verwirrt an. »Ich verstehe nicht ...«

»Kann nicht schlafen«, stöhnte er schwerfällig.

Sie packte ihn an den Schultern. »Du darfst nicht schlafen, Josef, verstehst du?«

Er kniff die Augen zusammen und verzog einen Mundwinkel. Vielleicht war es ein Versuch zu lächeln. Er öffnete von neuem die Lippen, doch kein Laut war zu hören.

»Du mußt mir helfen«, flehte Sarai. »Du darfst mich jetzt nicht allein lassen.« Plötzlich packte sie die entsetzliche Angst, daß er sterben könnte, gerade jetzt, wo sechs Frauen ihr Leben verloren hatten, damit Sarai ihn rechtzeitig erreichte.

Nein, so ungerecht konnte das Schicksal nicht sein.

Was hatte er gesagt? *Kann nicht schlafen ...*

Und da verstand sie, was er sagen wollte. Der Golem brauchte Schlaf wie jedes andere lebende Wesen. Der Rabbi Löw jedoch hatte ihn mit dem Bann belegt, zu erwachen, sobald und solange die Judenstadt bedroht wurde. Als der mal'ak Jahve vor mehreren Wochen mit seinen Schattenmorden begonnen hatte, war der Golem aufgewacht und hatte seither keinen Schlaf mehr gefunden. Erst wenn der Bote besiegt und die Bedrohung durch ihn abgewendet war, würde Josef wieder Ruhe finden. Aber da er die Kammer nicht verlassen konnte, war er auf die Hilfe anderer angewiesen. Auf Sarais Hilfe.

Sie überlegte fieberhaft: Wie mußte es in einem Wesen aussehen, das wochenlang nicht schlafen konnte, so sehr sein Körper auch danach verlangte? Seine Kräfte, mochten sie auch übermenschlich sein, mußten allmählich versiegen. Der Golem würde den Verstand verlieren. Zum erstenmal wurde Sarai klar, was der Rabbi Löw seiner Schöpfung angetan hatte.

»Ich brauche dich doch«, flüsterte sie, während ihr immer noch Tränen über die Wangen liefen. »Ich kann den Boten nicht besiegen, wenn du mir nicht sagst, wie.«

Der Blick des Golem schien sich zu verdichten, und erstmals hatte sie das Gefühl, daß er sie erkannte. »Woher … soll ich … das wissen?«

»Der Rabbi Löw hätte es gewußt.«

»Hätte … nicht.«

»Was?« fragte sie verzweifelt.

»Rabbi hätte es nicht … gewußt. Hilflos gegen … einen Engel«, krächzte der Golem.

»Aber es muß doch einen Weg geben.«

»Vielleicht … Aber den kennt keiner auf … auf dieser Welt.«

»Wer dann?«

»Drüben, auf … der Ebene des mal'ak Jahve.«

Sarai schloß die Augen und ließ die Schultern hängen. Auch ihre letzte Hoffnung erwies sich als Trugbild. Die Hühnerweiber hatten ihr Leben umsonst gelassen. Auch Kaspar würde sterben. Ebenso alle anderen. Und der Golem würde bis zum Ende aller Zeiten wach in seiner Kammer liegen und mit jedem Tag tiefer in Wahnsinn verfallen.

»Ich kann dir … helfen … hinüberzugehen«, keuchte

er. Seine Augen verdrehten sich einen Moment lang, als hätte er keine Gewalt mehr über sie, dann heftete sich ihr Blick wieder auf Sarai.

»Wohin?« fragte sie. »In die Welt des mal'ak Jahve?«

»Ins ... Otzar ha-Neschamot. Ins Schatzhaus der Seelen. Dort gibt es vielleicht ... eine Lösung.«

Neue Hoffnung keimte in ihr auf. »Und du kannst mich dorthin bringen? Warum hast du mir das nicht schon früher gesagt?«

Er flüsterte ein Wort, das sie nicht verstand.

»Was sagst du?« fragte sie und beugte sich näher zu ihm vor.

»Preis«, stöhnte er noch einmal. »Der Weg dorthin hat ... seinen Preis.«

»Welchen?«

Er holte tief Luft, dann sagte er: »Deine Seele, Sarai.«

Sie wandte den Kopf ab, damit er nicht in ihre Augen blicken konnte. Sie fürchtete, er könne das Zögern, das Widerstreben darin bemerken. »Dann wird es mir ebenso ergehen, wie den Opfern des mal'ak Jahve.«

»Ja. Aber du hast ein paar Tage Zeit bis ...«

»Bis ich mir selbst das Leben nehme? Das ist es doch, nicht wahr?«

Er versuchte zu nicken. »Ja«, sagte er wieder. »Das ist der Preis, den das Schatzhaus der Seelen fordert.«

»Hast du noch die Kraft, mich dorthin zu bringen?«

»Ich ... ich habe es dir angeboten, oder?«

»Dann tu es.«

»Willst du nicht wissen, was dich ... im Otzar ha-Neschamot erwartet?«

»Antworten, hoffe ich«, erwiderte sie knapp.

Der Golem nickte schwerfällig. Dann streckte er langsam beide Hände aus und legte sie auf Sarais Schläfen.

»Du willst es wirklich?« fragte er noch einmal.

Doch Sarai blieb keine Zeit zu antworten. Sie verlor im selben Augenblick das Bewußtsein, als seine Worte in ihren Geist vordrangen. Ein seltsamer Nebel erstickte ihre Bedeutung.

Die Reise hatte begonnen.

Sie hörte eine Stimme. Die Stimme ihres Vaters.

»Die Menschenseele besteht aus drei Teilen«, hörte sie ihn sagen, und es war eigenartig, solche Worte aus seinem Mund zu vernehmen. Er hatte nie mit ihr über derlei gesprochen.

»Die drei Teile sind Nefesch, Ruach und Neschama«, fuhr er fort. »Nefesch hat die Aufgabe, den Menschen zu ernähren und zu erhalten. Ruach verleiht ihm die Fähigkeit zum Thora-Studium. Hat er dies vollbracht, wird ihm die Neschama verliehen, die ihm das vollkommene Verständnis der göttlichen Lehren ermöglicht. Die Neschama ist jener Teil des Menschen, der ihn mit Gottes Allmacht verbindet.«

Sarai war, als schliefe sie und träumte. Falls da Bilder um sie waren, so sah sie sie nicht. Sie hörte nur die belehrende Stimme ihres Vaters.

»Die Neschama ist Gottes Essenz im Menschen. Wie das Kind aus der Vereinigung von Mann und Frau entsteht, so hat auch die Neschama eine männliche und eine weibliche Hälfte. Beide warten vereint im Otzar ha-Neschamot, im Schatzhaus der Seelen, auf jenen Augenblick, da der Mensch die nötige Reife aus Nefesch und Ruach gewinnt. Dann erst teilt sich die Neschama, ihre männliche Hälfte fährt in einen Mann, die weibliche in eine Frau. Da beide Seelenteile ihre Vereinigung anstreben, müssen Mann und Frau so lange einsam durch die Welt irren, bis sie einander gefunden haben und den Bund fürs Leben schließen. Dann erst gelingt auch den beiden Hälften der Neschama die erneute Vereinigung, und Gott ist diesen Menschen so nahe wie nie.«

Die Worte umkreisten sie, durchdrangen sie, eine fremde Saat in ihrem Geist.

Die Stimme ihres Vaters sprach weiter:

»Im Schatzhaus der Seelen wohnt die Neschama, ehe sie in den Menschen fährt. Doch auch jene Seelen, die dem Menschen entrissen werden, bevor sie zu göttlicher Reife gelangen, kehren hierher zurück, um später anderen zu dienen. Auch deine Seele wird einst in einen anderen Menschen fahren, Sarai, denn du wirst sie im Schatzhaus zurücklassen, wenn du es wieder verläßt – falls du es wieder verläßt.« Er schwieg einen Augenblick, dann sagte er: »Und nun, mein Kind, komm mit.«

Der Vorhang ihrer Blindheit teilte sich, und Sarai *sah*.

Sie stand inmitten einer endlosen Wüste. Ihre Fußspitzen waren nur einen halben Schritt von einer groben Felsenkante entfernt, hinter der ein bodenloser Spalt in die Tiefe stürzte. Sie beugte vorsichtig den Kopf nach vorne und blickte hinunter. Die braunen Felswände waren in unregelmäßigen Abständen mit verdorrten Dornenbüschen bewachsen. Gelbe und rote Flammen tanzten um die Büsche, ohne ihre Äste zu verbrennen. Das feurige Schauspiel reichte bis in die endlosen Tiefen der Kluft, ebenso zu beiden Seiten bis zum Horizont; der Abgrund schien die gesamte Wüste in zwei Hälften zu teilen.

Einer der Dornbüsche an der gegenüberliegenden Wand loderte heller als die übrigen.

»Sarai«, sagte die Stimme ihres Vaters, »eine richtige Antwort erfordert eine richtige Frage.«

Sie blickte direkt in die Flammen des Busches, in der Hoffnung, etwas zu erkennen. Ein Gesicht, vielleicht. Doch da war nichts. Nur zuckendes, züngelndes Feuer.

»Wie kann ich den mal'ak Jahve besiegen?« fragte sie.

»Niemand vermag das«, erwiderte ihr Vater nach kurzem Zögern. Sarai war, als hörte sie im Hintergrund ein leises Raunen. Die Seelen im Otzar ha-Neschamot gerieten in Aufruhr.

»Es muß einen Weg gehen«, beharrte sie.

»Nein«, entgegnete ihr Vater. »Der mal'ak Jahve ist ein Engel des Herrn. Es gibt keine Waffe, die ihn schlagen kann, keine Kreatur, die ihm an Stärke gleichkommt – nicht in der Welt der Menschen.«

»Aber das hier ist nicht die Welt der Menschen.«

»Das Schatzhaus existiert zwischen den Ebenen, zwischen eurer Welt und der Allmacht Gottes. Du kannst nichts von hier mit hinübernehmen. Du kannst nur etwas hierlassen. Deine Seele.«

»Aber du kennst etwas, das den Boten vernichten kann?« fragte sie.

»Niemand kann einen mal'ak Jahve vernichten«, sagte er noch einmal. »Er ist so unsterblich wie diese Ebene. Ein Engel kann fallen, kann niederstürzen in das, was die Menschen Hölle nennen. Sie ahnen nicht, daß es nur ihre eigene Welt ist, die sie fürchten. Doch der mal'ak Jahve wird nicht fallen, denn er handelt im Auftrag des Herrn.«

Sarai schwieg und blickte niedergeschlagen zu Boden.

»Du mußt nur die richtige Frage stellen«, sagte ihr Vater.

»Die richtige Frage?«

»So, wie ich es dir eben geraten habe.«

Sie überlegte eine Weile, dann sagte sie: »Wenn es kein Mittel gibt, den mal'ak Jahve zu zerstören, gibt es dann eine andere Möglichkeit, ihn aufzuhalten?«

»Schon besser«, erwiderte ihr Vater. »Es gibt tatsächlich eine Möglichkeit. Der mal'ak Jahve muß zurückgerufen werden. Hat er keinen Auftrag mehr, wird er sich sofort aus der Menschenwelt entfernen.«

»Aber das kann nur Gott vollbringen«, widersprach sie enttäuscht.

»Nicht Gott«, sagte die Stimme ihres Vaters. »Eine Sefira.«

»Was ist eine Sefira?«

»Gott selbst ist allem unähnlich, was dem Menschen bekannt ist. Die einen sagen, man kann ihn nur beschreiben, indem man sagt, was er *nicht* ist. Die anderen aber vergleichen ihn mit einem reinen Verstand, der sich niemals ändert und nur unendliche Gedanken über sich selbst denkt. Und doch muß es etwas geben, das die Welt geschaffen hat, das sie regiert und zu dem die Menschen beten. Dies sind die zehn Schöpfungsaspekte Gottes, die Sefirot. Sie sind die Brücke zwischen dem unendlichen Gott und der endlichen Welt, sie schaffen die Verbindung zwischen Mensch und Gott. Sie sind der Gegenstand aller Gebete, nicht Gott selbst, denn nur sie vermögen zu handeln, zu schaffen, zu vernichten. Die Sefirot, nicht Gott, sind der Allmächtige in den Büchern der Bibel, den Evangelien, der Thora und allen anderen Schriften.«

Sarai bemerkte verwundert, daß sie auf dieser Ebene eine ungeheure Auffassungsgabe besaß. Sie hörte – und verstand. »In den zehn Sefirot hat die Macht Gottes Gestalt angenommen.«

»Ja«, erwiderte ihr Vater. »Die Sefirot sind Gottes Hände und gebieten über all seine Schöpfungen. Jede einzelne Sefira hat ihre besondere Aufgabe. Und eine, die niedrigste der zehn – Malchut, die Königsmacht –, ist für das Wirken der Engel verantwortlich.«

»So läge es also an dieser ... Malchut, den mal'ak Jahve zurückzurufen?«

»So ist es.«

»Was könnte sie dazu bewegen?«

Die Stimme ihres Vaters schwieg einen Moment, und das Raunen der Seelen wurde lauter und erregter. Es schien, als berieten sie sich miteinander.

Schließlich sagte ihr Vater: »Nur eine Fürbitte könnte Malchut überzeugen, den mal'ak Jahve zurückzuhalten.«

»Eine Fürbitte von wem?«

»Keine, zu der ein Mensch imstande wäre.«

Sarai starrte verärgert in die Flammen des Dornbuschs. »Weshalb gibst du mir all diese Ratschläge, wenn ich sie nicht nutzen kann?«

»Keine Ratschläge«, kam sogleich der Widerspruch aus dem Feuer. »Nur Antworten.«

»Aber wie können mir Antworten helfen, wenn ich sie nicht befolgen kann?« Zorn stieg in ihr auf, nicht nur auf die Neschamot in den brennenden Büschen, auch auf ihre eigene Unfähigkeit. Sollte sie ihre Seele so leichtfertig verspielt haben, ohne einen brauchbaren Gegenwert zu erhalten?

»Es gibt jemanden, der soweit über den Menschen steht, daß seine Fürbitte die Sefira Malchut erreicht«, erklärte ihr Vater.

»Wer?«

»Malchut, die niedrigste unter den Sefirot und Herrin der Engel, hat zu Anbeginn der Zeit einen Teil ihrer selbst in die Menschenwelt entsandt. Dieser Teil nennt sich Schechina, die göttliche Gegenwart auf Erden. Schechina ist Gottes Tochter, die er der Welt zur Gemahlin gab.«

»Ich muß die Schechina aufsuchen, damit sie bei Malchut um Schonung für die Menschen bittet?« fragte Sarai, nun doch ein wenig verwirrt angesichts der verschlungenen Bahnen, die die Antworten ihres Vaters nahmen.

»Es ist der einzige Weg, Malchut zu bewegen, dem Treiben des mal'ak Jahve ein Ende zu bereiten.«

»Wird die Schechina diesen Wunsch erfüllen?«

»Wer weiß?« entgegnete die Stimme. »Und wer weiß, ob Malchut sich von ihr überzeugen läßt. Und doch ist es der einzige Weg, den du gehen kannst.«

»Wo finde ich die Schechina?«

»Sie ist unter den Menschen, überall und immerdar, und einer ihrer Körper ist ganz in deiner Nähe.«

»Sag mir, wo genau.«

»In einer Stadt. In einem Haus. In deiner Stadt, Sarai. Und in einem ganz besonderen Haus.«

»Ist das ein Zufall?«

»Die Schechina hat viele Gestalten, und wer sie sucht, der findet sie überall. In jedem Land, in jeder Stadt. Die wenigsten aber suchen nach ihr. Sie beten sie an, sie sprechen zu ihr, doch niemand macht den Versuch, ihr körperlich zu begegnen, außer vielleicht die Mystiker.«

»Was für ein Haus ist das, in dem ich die Schechina finden kann?«

»Ein Palast, mitten in der Stadt. Er hat so viele Flure wie ein Bienenstock Waben, und daran grenzen ebensoviele Kammern. Du kennst ihn.«

»Palais Siebensilben!« entfuhr es ihr tonlos.

»In der Tat.«

»Dann sind die Gerüchte wahr!«

»Das entscheide, wenn du der Schechina gegenüberstehst. Du mußt nun gehen.«

»Ja, ich weiß.«

»Tritt vor, mein Kind«, sagte ihr Vater.

Sarai zögerte. Ein einziger Schritt reichte aus, sie unausweichlich in den Abgrund zu stürzen.

»Komm«, verlangte die Stimme, »hab keine Angst.«

Sie schloß einen Herzschlag lang die Augen.

»Es tut nicht weh«, sagte ihr Vater. »Du wirst nichts spüren. Tritt einfach nach vorn.«

Sarai richtete ihren Blick auf den flirrenden Wüstenhorizont, dann gab sie sich einen Ruck und setzte einen Fuß in die Leere. Sofort verlor sie das Gleichgewicht und stürzte.

»Gut, mein Kind«, sagte ihr Vater. »Gut.«

Sie fiel, immer tiefer und tiefer, an der Felswand entlang, und das letzte, was sie sah, war ein junger Dornbusch, der verdorrte und in Flammen aufging, als sie an ihm vorüberstürzte.

Als sie erwachte, lagen Josefs schneeweiße Hände immer noch an ihren Schläfen. Sie öffnete benommen die Augen, blickte in die seinen, dann weinte sie.

»Ich habe mit meinem Vater gesprochen«, flüsterte sie.

Der Golem nahm die Hände herunter und nickte wissend. »Es war die Neschama deines Vaters, nicht er selbst.«

»Er hat mich nichts gefragt. Nicht, wie es mir geht. Gar nichts.«

»Weil es für ihn nicht mehr von Belang ist. Dein Vater als Mensch hätte gefragt, seine Seele aber ist nur ein Teil von ihm. Die Neschama hat keine Gefühle für andere. Du bist die Tochter des Körpers deines Vaters, nicht die Tochter seiner Seele.«

Darauf schwieg sie und starrte nachdenklich ins Leere.

»Hast du die Antworten erhalten, nach denen du gesucht hast?«

Sie nickte und wollte schon erzählen, was sie im Schatzhaus der Seelen erfahren hatte, als ihr plötzlich etwas auffiel. »Du redest wieder klar. So, als ginge es dir besser.«

Seine schmalen, weißen Lippen verzogen sich zu einem Lächeln. »Es ist mir gelungen, meinen Verfall aufzuhalten. Es wird eine Weile anhalten. Aber nicht lange. Vielleicht bis zum Morgen.«

»Wie hast du das gemacht?« fragte sie, obgleich sie die Antwort bereits ahnte.

»Das habe ich dir zu verdanken«, erwiderte er zögernd, und ihm war anzusehen, daß ihn das Geständnis beschämte. »Ich habe dir, während du im Schatzhaus weiltest, einen geringen Teil deiner Kraft entzogen und auf mich übertragen. Ich weiß, ich hätte dich vorher darum bitten sollen, aber ...«

»Das macht nichts«, sagte sie unberührt. Schon fühlte

sie die allererste Folge ihres Seelenverlustes: Sie verspürte keinen Wunsch mehr, sich selbst zu erhalten. Josef hätte ihr beide Ohren abschneiden können, sie hätte die Nachricht ebenso teilnahmslos hingenommen. Es war ihr schlichtweg gleichgültig, was mit ihr geschah. Zugleich war sie sich bewußt, daß sich dieser Zustand während der kommenden Tage verschlimmern würde, bis sie ihrem Leben selbst ein Ende setzte. Genauso wie ihr Vater und all die anderen. Das war der Preis, den das Otzar ha-Neschamot verlangte. Sie hatte ihn akzeptiert.

»Ich weiß jetzt, was ich zu tun habe«, sagte sie. Zu ihrem Erstaunen brannte die Angst um Kaspar und auch die Sorge um Josef noch genauso heiß in ihr wie zuvor. Allein ihr eigenes Schicksal stand ihr merkwürdig fern. Wohl aber besaß sie noch genug Vernunft, nicht geradewegs ins offene Messer zu laufen; doch selbst das würde sich in den nächsten Tagen legen.

»Ist der mal'ak Jahve noch draußen auf dem Speicher?« fragte sie.

Der Golem schüttelte den Kopf. »Er hat sich zurückgezogen. Vorerst. Er weiß nicht, was du vorhast. Vielleicht vermutet er, du willst dich bei mir verstecken. Ich glaube, es fällt ihm trotz seiner Allmacht schwer, die Gedankengänge der Menschen vorauszuahnen.«

»Ich muß zum Palais Siebensilben«, sagte Sarai. »Hast du gewußt, welche Bewandtnis es damit hat?«

»Ich habe mehr als ein Jahrzehnt geschlafen. Ich weiß nicht, was in dieser Zeit geschehen ist. Vor zehn Jahren gab es noch kein Palais Siebensilben in Prag.«

Sie nickte und schalt sich selbst eine Närrin, Die Arbeiten an dem Gebäude waren bis heute noch nicht abgeschlossen.

Da plötzlich verzog sich das Gesicht des Golem zu einer Grimasse. Es sah aus, als hätte ihn ein unerwarteter Schmerz getroffen.

»Was ist los?« fragte sie besorgt.

»Ich sehe noch eine Gefahr, Sarai. Noch eine Gefahr für die Judenstadt. Gerade in diesem Augenblick geschieht etwas, irgendwo dort draußen.« Sein Blick war in unbestimmte Ferne gerichtet. Er schrie auf: »Der Vogel Koreh. Ich höre seine Stimme. Unsägliches Leid, schlimmer noch als die Wut der Liga. Ein Massaker! Brennende Häuser! Überall Tote!«

Ihre eigene Vision kam ihr wieder ins Gedächtnis, die Bilder, die sie im Schattentheater von Leander Nadeltanz heimgesucht hatten.

»Was ist es, Josef? Wer trägt die Schuld daran?«

»Hunderte. Tausende gar. Und ein einzelner Mann, dem sie folgen werden. Er spricht schon zu ihnen, in diesem Augenblick. Du mußt dich beeilen, wenn du das Palais noch erreichen willst.«

»Ein Krieg?«

»Viel schlimmer. Es ist nicht die Gier nach Land und Geld, die sie treibt. Es ist Haß, Sarai, purer Haß. Bitte, du mußt gehen. Sofort. Noch sind sie nicht hier, und noch ist auch der mal'ak Jahve fern.«

Sie stand auf. Ihr ganzer Körper tat weh. Sie streckte eine Hand aus, um dem Golem auf die Beine zu helfen, doch er wehrte ab.

»Laß mich hier sitzen, Sarai. Ich habe nicht mehr die nötige Kraft. Ich werde auch so wissen, wenn du Erfolg hast.«

»Du wirst wieder schlafen können.«

»Ja. Das werde ich.«

Sie ging noch einmal in die Hocke, umarmte ihn wie einen Bruder, dann wandte sie sich zur Tür. Dort blieb sie stehen und sah sich um.

»Du bist ein wahrer Mensch, Josef. Die Zeit ist vorbei, in der du das Geschöpf des Rabbi Löw warst. Du bist jetzt du selbst.«

»Vielleicht«, sagte er leise, »ein wenig.«

»Leb wohl, Josef.«

»Lebe wohl.«

Sie wußten beide, wie bedeutungslos diese Worte für sie waren.

Kurz zuvor, während Sarai noch mit den sechs Hühnerweibern durch die Schächte der Judenstadt zur Synagoge eilte, saß Lucius, der letzte Stadtgardist, am Totenbett seiner Frau. Bozena vermochte kaum mehr zu sprechen. Mit jedem ihrer schwachen Herzschläge starb ein weiteres Stück von ihr. Lucius wußte, daß sie den Morgen nicht mehr erleben würde.

Den ganzen Nachmittag über hatte sie vor Schmerzen geschrien und versucht, sich im Bett umherzuwälzen. Damit aber vergrößerte sie nur ihre Pein. Jetzt lag sie still und hatte die Augen geschlossen. Dann und wann beugte sie den Kopf zur Seite und spuckte schwarzes Blut auf die Tücher, die Lucius ihr unterlegte.

Er saß auf der Bettkante und redete mit ihr über die Jahre, die sie miteinander verbracht hatten. Die meiste Zeit über sprach er, während sie zuhörte, doch manchmal öffneten sich ihre trockenen Lippen, und das ein oder andere Wort drang hervor. Sie konnte ihn also noch verstehen.

Als er sagte, daß er sie liebe, da legte sie zitternd ihre Hand auf die seine, und obgleich er in ihren Augen sah, welche Schmerzen sie im Innern ertrug, so gab sie sich selbst jetzt noch Mühe, seine Liebe zu erwidern. Die Erinnerung an die Zeit mit ihr drohten ihn zu überwältigen. Es hatte keine Abenteuer gegeben, keine ungewöhnlichen Ereignisse; es waren vielmehr die Kleinigkeiten, die aus der Vergessenheit emporstiegen und ihn mit längst vergangenen Bildern und Gefühlen quälten.

Sie weinten gemeinsam, bis ihre Tränen versiegt waren und bis Lucius selbst nicht mehr leben mochte. Er hatte während seiner Jahre als Gardist so viele Sterbende gesehen, so viele, die ihre letzten Worte zu ihm aufhauchten. Stets hatte er dabei den Tod weit von sich geschoben, hatte über seine Empfindungen triumphiert und geglaubt, sein Herz gegen das Ende gerüstet zu haben. Dabei hatte er sich nur selbst belogen.

Als Bozena schließlich starb, im selben Augenblick, da viele Straßen entfernt ein Judenmädchen seine dritte Begegnung mit einem Engel hatte, da ließ er ihre Hand lange Zeit nicht los. Auch das Blut, das aus ihrem offenen Mund floß, tupfte er ab, er erneuerte das feuchte Tuch auf ihrer Stirn und deckte sie sorgfältig zu.

Er hatte sich während der vergangenen Tage Gedanken über die Schuldigen gemacht. Denn daß es Schuldige gab, daran zweifelte er nicht. Er war Stadtgardist, der letzte, und er wußte genau, daß zu jedem Unglück ein Täter gehörte. An den Schattenmorden war er gescheitert – das gestand er sich ein –, doch die Schuldigen an Bozenas Tod, die Schuldigen am Ausbruch der Seuche, sie würden ihm nicht entkommen.

Auch ihn selbst hatten sie bald auf dem Gewissen. Seit letztem Mittag hustete er regelmäßig dünne Blutfäden empor, doch die Zeichen der Krankheit stellten sich bei ihm viel langsamer ein als bei Bozena und anderen, die ringsum in ihren Häusern starben. Das Schicksal gewährte ihm Aufschub: Bestrafe die Schuldigen, raunte es in seinem Kopf, bestrafe sie mit Feuer und Schwert – dann kannst du Bozena folgen.

Er war lange genug unter ihnen gewesen, hatte ihre Sitten beobachtet, ihre Quartiere erforscht und ihren Lügen gelauscht. In ihren Gassen hatte die Seuche ihren Anfang genommen, vielleicht die Antwort des Herrn auf ihre Bräuche und blasphemischen Rituale. Er wollte sein Wissen in die Welt hinausschreien so laut er nur konnte. Jeder sollte es hören, jeder sollte erfahren, wer die Pest über Prag gebracht hatte.

Lucius rückte seine Gardistenuniform zurecht und

verließ das Quartier über die Leiter, die immer noch außen am Fenster lehnte. Die Tür zum Flur war nach wie vor versperrt, und er sah keinen Grund, etwas daran zu ändern. Bozena hatte es nicht verdient, daß man ihren Leichnam durch die Gosse zerrte und von einem Karren ins Feuer kippte wie ein Stück verseuchtes Vieh.

Er begann mit seiner Mission unten im Hof, und er schrie die Wahrheit so lange zum nächtlichen Himmel hinauf, bis die ersten ihre Fensterläden öffneten und hörten, was er zu sagen hatte. Vom Hof zog er hinaus auf die Straße, wo sich ihm andere anschlossen, er schrie über Plätze und durch Gassen, und alle folgten sie ihm, erst zögernd und zweifelnd, dann begeistert von der Macht der Menge. Bald schon umgab ihn ein wildes Brüllen und Schieben, immer mehr durchschauten, wer verantwortlich war, und immer mehr verlangten nach Vergeltung.

Die Nachricht loderte über das Viertel hinaus und in die anderen Stadtteile Prags hinüber. Ein Stadtgardist habe die Schuldigen ermittelt, so hieß es, man müsse ihm glauben, schließlich trage er Uniform und sei ein Mann von Ansehen. Es gebe Beweise (nach denen niemand fragte), und natürlich sei er über jeden Zweifel erhaben. Eigentlich, darüber war man sich einig, habe man die Wahrheit schon lange geahnt.

Und so schob sich aus allen Richtungen der Pöbel auf die Judenstadt zu, ein Stern, dessen Spitzen plötzlich nach innen wiesen. Auf den nächtlichen Wogen tanzten Lanzen und Keulen, Mistgabeln und Hämmer, Messer, Beile und scharfe Schwerter, und die Flut ergoß sich durch die Tore, bereit, allen Widerstand in ihrem Haß zu ertränken.

KAPITEL 10

Am Abend war das Heer Bethlen Gabors vor den Toren Prags aufmarschiert und lagerte nun außerhalb der Schußweite der Ligageschütze. Zelte wurden errichtet, Matten ausgerollt. Die Siebenbürger tränkten ihre Pferde, putzten ihre Waffen und hielten sich bereit für den großen Schlag. Denn der grausame Fürst Siebenbürgens war gekommen, um die Stadt in seine Gewalt zu bringen.

Er wußte, daß ihm von seiten der Stadtgardisten keine Gefahr mehr drohte. Das böhmische Heer war zerschlagen, seine Obersten eingekerkert, manche hingerichtet. Doch auch von der Liga erwartete Fürst Gabor nur kraftlosen Widerstand, denn nach mehreren Tagen der Besatzung waren Maximilians Söldner faul und fett, ihre Sinne von Suff und Hurerei betäubt.

Seine eigenen Kämpfer aber, die Männer aus dem wilden Transsylvanien, peitschte er seit Tagen und Wochen auf, warf ihnen Dörfer und Höfe zu Füßen, wie Hunden, denen man kleine Brocken gewährt, um ihren Blutrausch zu steigern. Und berauscht waren sie, die Soldaten Siebenbürgens, sie hungerten nach den Reichtümern Prags, nach seinen Weibern und Weinen und goldenen Schätzen. Ein jeder von ihnen war bereit, dafür in den Tod zu gehen.

Maximilian von Bayern, Prager Statthalter des Kaisers Ferdinand, hatte die Stadt bei Ausbruch der Pest verlassen. Nun sannen seine Heerführer auf dem Hradschin über eine Möglichkeit nach, sich gegen die Siebenbürger zu behaupten. Nach kurzer Beratung kamen sie überein, einer Schlacht so lange wie möglich aus dem Wege zu gehen und Verhandlungen mit Bethlen Gabor aufzunehmen. Kurz nach Einbruch der Dämmerung, während Sarai anderswo noch darüber nachdachte, wie sie über den Fluß gelangen konnte, sandte man einen Boten aus, der Fürst Gabor zu einer Begegnung mit den Obersten der Liga einlud.

Wenig später schon – der Bote war kaum zurückgekehrt und hatte Gabors Annahme überbracht – näherte sich dem Prager Verteidigungswall eine Gruppe von Reitern. Es waren drei Dutzend Soldaten, bestens ausgerüstet, und in ihrer Mitte ritt erhobenen Hauptes der Fürst Siebenbürgens mit seinem engsten Gefolge.

Als Beweis dafür, daß man den Gegner nicht fürchtete, ließ man den Trupp durchs Tor ins Innere der Stadt. Die Führer der Liga waren strengstens darauf bedacht, dem Fürst durch nichts zu verraten, daß es innerhalb der Mauern nicht zum besten stand. Vom Ausbruch der Pest schwieg man und entfernte auch im Umkreis des Verhandlungsortes, einem alten Palast am Stadtrand, alle Hinweise auf die Seuche. Man fürchtete, daß Bethlen Gabor, sollte er von der Krankheit erfahren, kurzerhand den Belagerungszustand ausrufen und abwarten würde, bis die Liga selbst an der Seuche zugrunde ging.

Während die Heerführer und ihr Feind an einem großen Tisch beisammensaßen und mit ihren Gesprächen begannen, gelang es einer einzelnen Gestalt, sich aus dem Troß des Fürsten zu lösen. Wie sie es schaffte, den Wall der Ligasoldaten zu durchdringen, ließ sich später kaum nachvollziehen. Die wenigen, die überhaupt davon erfuhren, behaupteten, es sei nicht mit rechten Dingen zugegangen, eine Vermutung so gut wie jede andere. Körperliche Reize, herrlich genug, manchen Mann zu blenden, mochten eine Rolle gespielt haben, denn die Frau war von betörender Schönheit. Ihr Haar war lang und rabenschwarz, ihr Körper so zierlich wie der Leib eines Kindes. Tatsächlich hatte sie ihr zwanzigstes Jahr noch nicht überschritten. Und doch war sie Bethlen Gabors gefährlichste Waffe.

Oana kannte die geheimen Wege unter der Oberfläche Prags. Sie war nicht zum erstenmal in der Stadt. Kaum hatte sie den Ring der Wachtposten hinter sich gelassen, da schlüpfte sie schon eine Treppe hinunter und lief durch geheime Schächte und Kellergewölbe. Her unten war sie sicher vor Verfolgern, und niemand würde wissen, welchen Weg sie nahm. Sie mußte sich beeilen. Der Fürst würde die Oberhäupter des Ligaheeres so lange hinhalten, bis sie zurück war, doch bis dahin galt es, ihre Aufgabe zu erfüllen.

Nach schier endlosen Gängen und Kammern, einem Gewirr aus vergessenen Türen, durchbrochenen Wänden und versteckten Korridoren gelangte sie schließlich an ein Portal. Es war mit Dornenzweigen behängt, auf die man vertrocknete Herzen gespießt hatte. Ein Abwehrzauber. Oana fragte sich verwundert, gegen wen.

Sie hob die Hand ans Holz und klopfte. Die Frauen auf der anderen Seite würden sich an den Rhythmus erinnern. Sie würden wissen, wer da Einlaß begehrte.

Eine schmale Klappe öffnete sich auf Höhe ihres Gesichts in der Tür, und ein Augenpaar starrte ihr mißtrauisch entgegen.

Oana sagte nichts, erwiderte nur wortlos den Blick.

Da weiteten sich die Augen auf der anderen Seite, die Klappe schlug zu, und ein Aufschrei war durch die Tür zu vernehmen:

»Die Prophetin! Die Prophetin ist zurückgekehrt!«

Die Tür wurde aufgerissen. Im Raum dahinter bildete sich eine Doppelreihe aus Hühnerweibern, die mit gebeugten Köpfen dastanden und ehrerbietig zu Boden starrten. Am Ende dieses Spaliers, das von der Tür quer durch die Halle führte, eilten ihr drei alte Frauen entgegen. Oana suchte vergeblich nach Helena Koprikova, der Anführerin der Hühnerweiber. Sie war nirgends zu sehen. Statt ihrer begrüßten sie nun die drei Alten mit salbungsvollen Worten.

Oana trat ein, nahm die ihr dargebotenen Ehrenbezeugungen mit gleichgültiger Miene entgegen und fragte eisig:

»Wo ist Helena Koprikova?«

»Sie ist tot, Herrin«, erwiderte eine der Alten.

»Verbrannt, Herrin«, fügte eine andere hinzu.

»Schon vor Wochen, Herrin«, sagte die dritte.

Tot? dachte Oana besorgt.

»Was ist geschehen?« fragte sie und gab sich Mühe, ihr Erstaunen mit Kälte zu überspielen.

»Wenn Ihr uns folgt, Herrin, werden wir Euch in Ruhe Bericht erstatten«, schlug eine der Alten zaghaft vor.

»Ohne dieses Getümmel«, sagte die zweite und deutete abfällig auf die Reihen der Hühnerweiber.

Und die dritte rief, an die Frauen gewandt: »Los doch, macht Euch davon!«

Sogleich löste sich die strenge Ordnung der Weiber auf. Aufgebracht liefen sie durcheinander, fast wie echte Hühner.

»Hier entlang«, sagte eine der Alten und wies auf eine Tür.

»Ich kenne den Weg«, erwiderte Oana ungeduldig.

Wenig später befanden sie sich im Thronsaal der Alten. Oana nahm im mittleren Sessel Platz, während die drei Frauen unterwürfig stehenblieben.

In knappen Sätzen berichteten sie der Prophetin vom Erscheinen des mal'ak Jahve und von Helena Koprikovas Freitod. Sie erwähnten auch Sarai und ihren Gefangenen, doch keiner der beiden erregte Oanas Aufmerksamkeit; sie hatte längst anderes im Sinn. Mit Erleichterung hatte sie erkannt, daß sich trotz des Todes der früheren Anführerin nichts an der Überzeugung der Hühnerweiber geändert hatte. Sie waren immer noch Wachs in ihren Händen.

»Die Ankunft des Hühnerhauses steht kurz bevor«, verkündete sie.

Die drei Alten sahen sich mit funkelnden Augen an, sagten jedoch kein Wort. Sie warteten auf die Befehle ihrer Prophetin.

»Beim ersten Hahnenschrei muß das Tor im Osten fallen. Ihr werdet es öffnen, um jeden Preis.«

Die Alten nickten beflissen. »Natürlich, Herrin. Endlich ist es soweit.«

Obgleich sie diese tumben Kreaturen zutiefst verachtete, zwang Oana sich zu einem Lächeln. »Worauf Ihr so lange habt warten müssen, wird endlich wahr. Setzt Euch der Gnade des Hühnerhauses aus und laßt es ein! Koste es, was es wolle: Das Tor muß beim Hahnenschrei fallen!«

»So wird es geschehen«, bestätigten die Alten wie aus einem Munde.

Oana erhob sich. »Ihr seid dem Hühnerhaus treu ergeben, das ist gut. Ich bin zufrieden mit dem, was ich sehe.«

Die Frauen wanden sich vor Scham und Selbstgefallen. »Habt Dank, Herrin.«

Einen Moment lang erduldete Oana noch ihre Huldigungen, dann stand sie auf und wandte sich zum Gehen. »Denkt daran«, sagte sie noch einmal, »das Tor fällt beim Hahnenschrei.«

»Jawohl, Herrin«, versicherten die Alten katzbukkelnd.

Nach einer Abschiedszeremonie, die ihrer Begrüßung ähnelte, verließ Oana die Hühnerweiber. Sie selbst zweifelte an der Überzeugungskraft ihres Auftritts als Prophetin. Und doch schien sie auf die dummen Dienstweiber, die sich selbst für Auserwählte hielten, gehörigen Eindruck gemacht zu haben. Alles war so viel einfacher gewesen, als sie erwartet hatte.

Die Frauen würden unter Einsatz ihres Lebens die

Wachen überwältigen und das Stadttor öffnen. Keiner rechnete mit einem Angriff von innen, denn nicht einmal den größten Feinden der Liga konnte an einem Einmarsch der Armee Bethlen Gabors gelegen sein. Und doch würde es so kommen, genauso, wie Oana und ihr Fürst es schon vor Monaten geplant hatten, als ihnen der Einfall mit dem Hühnerkult gekommen war. Oana war nach Prag gereist und hatte sich wochenlang in den Geheimgesellschaften der Stadt umgetan; die Verbindung der ungebildeten Dienstmägde war ein ungeheurer Glücksfall gewesen. Es war Oana überaus leicht gefallen, als Prophetin ihr Vertrauen zu erschleichen. Seither warteten die dummen Weiber auf die Ankunft eines ominösen Hühnerhauses, das es freilich nicht gab. Oana und der Fürst hatten in mancher Nacht über solche Einfalt gelacht.

Der einzige Teil ihres Planes, der nicht aufgegangen war, war die Ankunft des Erwählten, den Oana den Frauen versprochen hatte. Vor Tagen schon hatte sie einen Mann auserkoren und ihn mit ihren Giften gefügig gemacht. Balan, ihr Gehilfe, hatte nicht gewußt, was er dem Fremden einflößte. Trotzdem hatte sie sich seiner beim Angriff auf ein Dorf entledigt, ohne daß einer seiner Freunde Verdacht schöpfte.

Ihr falscher Messias war offenbar bis heute nicht in Prag eingetroffen, obgleich die Frauen doch Anweisung hatten, überall in der Stadt nach ihm Ausschau zu halten. Gut möglich, daß er an den strengbewachten Mauern gescheitert war. Vielleicht war er auch wahnsinniger, als sie angenommen hatte.

Letztlich aber maß sie dem keine Bedeutung bei. Das Auftauchen des Erwählten war nur ein einziger Faden ihres Lügengespinstes. Die Frauen aber folgten auch so jedem ihrer Befehle.

Oana beeilte sich, zu ihrem Herrn zurückzukehren. Nur an seiner Seite konnte sie die Stadt rechtzeitig vor dem Angriff verlassen, als unauffälliges Mitglied seines Gefolges. Allein deshalb hatte der Fürst sich auf die Verhandlungen eingelassen.

Sie fragte sich, was die Weiber tun würden, wenn sie die Wahrheit erkannten – wenn nicht das Hühnerhaus durch das Tor marschierte, sondern das Heer Bethlen Gabors.

Es war eine müßige Frage, und schließlich verschwendete Oana keinen weiteren Gedanken daran.

Die Hühnerfrauen würden ohnehin als erste sterben.

Lange Zeit irrte Michal durch verlassene Gassen und Straßen, streifte ziellos über öde Plätze, auf denen das Herbstlaub tanzte. Seit er die Stadt mit dem Wissen der beiden toten Söldner betreten hatte, fragte er sich immer wieder, was er eigentlich hier wollte. All die Tage, all die Wochen lang war Prag sein Ziel gewesen, doch nun, da er hier war, schien der ganze Weg umsonst und sinnlos. Nadjeschda und Modja waren tot, und er allein fühlte sich einsam und verloren inmitten dieser Häuserwüste. Auch die Sichel in seiner Hand vermochte keinen Trost zu spenden.

Gewiß, er kannte die Stadt mittlerweile gut, auch bevor er ihre Mauer erklommen hatte. Einige seiner Opfer hatten hier gelebt, bevor sie die Flucht vor der Liga ergriffen, und ihre Erinnerung war längst zu der seinen geworden. Nun erkannte er Straßen und Häuser wieder, verband sie gar mit Erlebnissen, die nicht seine eigenen waren und ihm doch so erschienen. Gelegentlich war ihm gar, als wäre er endlich daheim.

Ein eigenartiger Zwang trieb ihn in die Gassen der Judenstadt. Die Flüchtlingsfamilie, die er gegessen hatte, stammte von hier. Als das Heer der Liga sich Prag genähert hatte, waren sie aufgebrochen, um bei Verwandten im Osten Unterschlupf zu suchen. Sie hatten nicht ahnen können, daß der scheinheilige Verbündete ihres Königs, Bethlen Gabor, das Land dort längst verwüstet hatte.

Die Erinnerungen dieser Menschen lagen ausgebreitet vor ihm, die widersprüchliche, unfaßbare Summe ihrer Gedanken und Gefühle, wie ein Haus, dessen Fassade zusammengesackt war und nun sein Innerstes offenbarte: Gänge, Speicher, Kammern und Keller, aber auch Möbel und Gegenstände, dazu die Türen, Kamine und Treppenschächte. Ein verschlungenes, kaum zu enträtselndes Wirrwarr aus Empfindungen, Begebenheiten, Träumen, Hoffnungen und schlichten Alltäglichkeiten. All das erfüllte Michals Kopf bis zum Bersten.

Seit kurzem erschien ihm auch das Gesicht der alten Frau aus dem Baumhaus – aus dem Hühnerhaus? Hiervon zumindest wußte er, daß es ein Stück seiner persönlichen, ureigenen Erinnerung war. Nichts, das er sich mit dem Fleisch eines anderen einverleibt hatte. Es war ein Stück von ihm selbst, das da in ihm emporstieg und ihm zeigte, daß noch immer ein Teil seiner selbst in diesem Körper hauste.

Das Gesicht wies ihm immer dann den Weg, wenn er selbst sich im Geflecht fremder Wissensstränge zu verstricken drohte. Die alte Frau schien sich gut in der Stadt auszukennen, denn sie führte ihn zielsicher um Ecken und über Kreuzungen, quer durch die ganze Judenstadt, bis er schließlich an einen prächtigen Palast gelangte. Das Gebäude war noch nicht vollendet und offensichtlich unbewohnt. Noch fehlten die Fenster, und der Platz am Fuß der Fassade war mit Steinen, Balken, Sand und liegengebliebenen Werkzeugen bedeckt. Die Arbeiter mußten den Ort Hals über Kopf verlassen haben, wahrscheinlich, als es zur Schlacht mit der Liga kam.

Michal stellte sich in einem Hauseingang auf der anderen Seite des Platzes unter. Er wußte nicht, warum die Alte ihn hierhergeführt hatte. Ihre Botschaften hatten sich erst lange nach seiner Ankunft in Prag eingestellt, als habe sie plötzlich etwas bemerkt, womit sie zuvor nicht gerechnet hatte. Als hätte sie eine unverhoffte Witterung aufgenommen, auf die sie Michal nun ansetzte.

Er stand eine Weile lang da, angelehnt im Schutze der Dunkelheit, während der Wind ihm Nieselregen ins Gesicht trieb. Der Platz war menschenleer, und auch in den Fenstern des Palais regte sich kein Leben. Der Bau war vier Stockwerke hoch, mit einem fünften hohen Dachgeschoß. Das Portal, zu dem ein Halbrund breiter Stufen führte, war mit Brettern vernagelt, ebenso alle unteren Fenster. Michal hatte jedoch schon aus der Entfernung eines entdeckt, das nur nachlässig verbarrikadiert war. Falls die Alte es verlangte, würde es nicht schwerfallen, dort einzusteigen. Bislang aber wartete er vergeblich auf ihren Befehl.

Gerade wollte Michal sich aufmachen, um die Gegend zu erkunden, da war er plötzlich nicht mehr allein auf dem Platz.

Jenseits der Regenschwaden ging ein alter Mann gebeugt, aber mit zügigen Schritten auf das Palais zu. Die Nässe hatte sein weißes Haar an den Kopf gepreßt. Er trug ein weites Gewand, das in seiner Vielfarbigkeit einem Gaukler zur Ehre gereicht hätte. Jetzt durchquerte er den Streifen aus Schutt und Bauresten und näherte sich dem Fenster mit den lockeren Brettern.

Das Gesicht der alten Frau entstand vor Michals Augen und gab ihm Befehle.

Er wartete ab, während der Mann vor der Wand des Palais auf einige Steine stieg und schließlich direkt vor dem Fenster stand. Der Alte fuhr mit beiden Händen zwischen die Bretter und schob sie beiseite wie einen Vorhang. Sie waren nur an den oberen Enden befestigt.

Michal setzte sich in Bewegung, während der Mann durch die Öffnung ins Gebäude kletterte. Er überquerte mit eiligen Schritten den Platz, blieb jedoch in der Mitte für einen Augenblick stehen. Aus der Ferne drang Lärm durch die Nacht, aufgebrachte Schreie, die in den Gassen widerhallten. Von irgendwo näherte sich eine Menschenmenge. Michal konnte die Richtung nicht ausmachen. Tatsächlich schien es ihm, als ertöne der Lärm gleich von mehreren Seiten. Er spürte förmlich, daß ein großes Ereignis bevorstand.

Trotzdem ließ er sich nicht beirren und lief weiter zum Palais, kletterte die Steine hinauf und horchte am Fenster. Dahinter war kein Laut zu vernehmen. Der Alte mußte bereits tiefer in das leere Bauwerk vorgedrungen sein.

Auch Michal schob die Bretter auseinander und stieg in den finsteren Raum dahinter. Durch eine offene Tür, die hinaus in einen kahlen Gang führte, fiel ein schwaches Licht, dessen Quelle sich langsam entfernte. Der Mann mußte Kerzen entzündet haben. Michal fragte sich, was der Kauz hier zu suchen hatte. Auch das Gesicht der alten Frau hatte ihm darauf keine Antwort gegeben. Ihr Befehl aber war eindeutig.

Er folgte dem Alten durch Gänge und an leeren Kammern vorbei, erst eilig, allmählich aber gelassener, denn er sah, daß der andere ihm nicht davonlaufen würde. Ganz langsam näherte er sich seinem Opfer, bis sich das Licht der Kerzen auf der blitzenden Sichel brach.

Sarai zwängte sich in einen Einschnitt zwischen zwei Häusern und blickte zurück. Die tobende Menge ergoß sich hinter ihr in die Gasse. Männer und Frauen reckten Messer, Fackeln und Eisenspieße. Im Hintergrund leckten aus den ersten Fenstern schon Flammen. Unweit von Sarais Versteck stürzten mehrere Männer aus einem Haus, um ihre Familien zu verteidigen und sich den Angreifern entgegenzuwerfen. Sie waren mit Fleischermessern und Knüppeln bewaffnet. Vielleicht hätten sie einer gleichen Anzahl von Gegnern widerstehen können; dem kreischenden, blutrünstigen Pöbel aber hatten sie nichts entgegenzusetzen. Die Flut der Leiber hielt kurz an, gab der kleinen Schar Verzweifelter eine letzte Gelegenheit zum Atemholen, dann wälzte sich der Strom einfach über sie hinweg. Mistgabeln und Pflöcke bohrten sich in die Körper der Unglücklichen. Sogleich verschwand ein Teil der Horde in dem Haus, aus dem die Männer gekommen waren, und wenig später erklangen die Schreie von Frauen und Kindern, doch ihr Leid ging im neuerlichen Brüllen und Trampeln der Menge unter. Immer wieder schrien die Angreifer ihre wirre Überzeugung durch die Gassen: »Die Juden brachten die Pest nach Prag! Die Juden brachten die Pest nach Prag!«

Sarai duckte sich tiefer, als die ersten Männer und Frauen an ihr vorüberstürmten. Einige trugen trotz der Kälte nur ihre Nachtgewänder. Keiner von ihnen hatte Zeit verschwendet, als es daran ging, sich dem Pöbel anzuschließen. Eine Ansteckung in dem dichten, schwitzenden Gewimmel fürchtete niemand mehr. Man glaubte die Rettung zu kennen, und sie schien gründlicher als Medizin und Aderlaß.

Sarai hatte keine Angst um ihr Leben, spürte nicht einmal Furcht vor den Schmerzen des Todes. All das hatte sie im Otzar ha-Neschamot zusammen mit ihrer Seele zurückgelassen. Vielmehr war es der verzweifelte Wunsch, ihre Aufgabe zu Ende zu bringen, der sie immer tiefer in den Spalt zwischen den Häusern kriechen ließ.

Ein Mann blieb plötzlich vor ihrem Versteck stehen. Er trug in der einen Hand einen brennenden Scheit, in der anderen ein Beil. Er beugte sich vor und hielt die Fakkel in den dunklen Spalt. Zwischen ihm und Sarai mochten mehrere Schritte liegen, trotzdem spürte sie die Hitze der Flammen auf ihrem Gesicht.

Jetzt hatte der Mann sie entdeckt. »Vor wem versteckst du dich denn, mein Kind?« fragte er lauernd.

Sie gab keine Antwort, sondern wich ein Stück zurück. Sie konnte nicht sehen, ob sie in einer Sackgasse steckte, hoffte aber, daß der Spalt auf der anderen Seite der Häuser ins Freie führte.

Der Mann machte Anstalten ihr zu folgen, stellte aber schon nach wenigen Augenblicken fest, daß der Spalt zu schmal für ihn war. Er fluchte lautstark, schenkte Sarai noch einen heimtückischen Blick, dann gab er auf und zog sich zurück.

Mühsam schob Sarai sich weiter. Schließlich wehte ihr frische Luft entgegen. Auf der anderen Seite der Häuser schien die Straße noch nicht von tollwütigen Christen überschwemmt. Je näher sie aber dem Ende des Einschnitts kam, desto größer wurde ihr Unbehagen. Was war, wenn sie erwartet wurde? Wenn der Mann mit dem Beil hinter der Ecke stand und nur darauf wartete, daß sie sich hinauswagte?

Nun, daran konnte sie nichts ändern. Dieses Wagnis mußte sie eingehen.

Schritt um Schritt näherte sie sich dem Ausgang, während ihr der Schweiß in Strömen übers Gesicht lief. Sie fürchtete um Kaspar und Josef und all die anderen, die zugrunde gehen würden, wenn sie nicht rechtzeitig ins Palais Siebensilben gelangte.

Mit angehaltenem Atem zwängte sie sich ins Freie. Niemand erwartete sie. Die Straße war noch unberührt von den Mordbrennern, obgleich es nur noch kurze Zeit dauern konnte, bis sie auch diesen Teil der Judenstadt einnehmen würden. Ein paar Bewohner der angrenzenden Häuser liefen aufgeregt umher, unschlüssig ob sie sich in ihren Quartieren verbarrikadieren oder vor den Angreifern fliehen sollten. Das eine schien so aussichtslos wie das andere.

Sarai rannte die Straße hinunter und lauschte auf den Lärm in den Nebengassen. Die Christen mit ihren Fakkeln, Waffen und Lügen schienen überall zu sein. An jeder Ecke hielt sie inne und sah sich um. Mehr als einmal erblickte sie am anderen Straßenende Feuerschein, hörte die Schreie der Angreifer und Sterbenden. Es gab nahezu keinen Widerstand gegen den wütenden Mob. Obgleich es während der vergangenen Jahrhunderte immer wieder zu Übergriffen auf die Judenstadt gekommen war, hatte sich nie eine Schutztruppe formiert. Kaiser und Stadtobere hatten das nicht zugelassen.

Auch die Soldaten der Liga schienen sich in Luft aufgelöst zu haben. Nirgends war einer der Söldner zu sehen. Entweder war ihnen gleichgültig, was mit den Juden geschah, oder aber sie hatten anderes zu tun.

Trotz mehrerer Umwege, die sie einschlug, um der fanatischen Horde zu entgehen, erreichte Sarai schon wenig später den Platz am Fuß des Palais Siebensilben. Er war nicht groß und lag abseits der Hauptstraßen, daher waren noch keine Christen hierher vorgedrungen. Ein paar Flüchtlinge, die vor den anrückenden Mördern geflohen waren, drängten sich an der Südseite des Platzes aneinander. Einer redete lautstark auf die anderen ein. Die wenigen Wortfetzen, die Sarai aufschnappte, verrieten ihr, daß die Gruppe versuchen wollte, sich zu verstecken; die Männer und Frauen rechneten damit, daß die Ligatruppen nicht mehr lange auf sich warten lassen würden. Ganz gleich wie blutrünstig die Soldaten sein mochten, ihre Obersten würden ihnen befehlen, dem Aufruhr ein Ende zu bereiten.

Sarai war davon keineswegs überzeugt. Im stillen wünschte sie den verängstigten Familien am Rande des Platzes Glück, dann lief sie hinüber zur Fassade des Palais. Das Gebäude wirkte ebenso unbewohnt wie in den Monaten zuvor. Die Schechina schien wenig Wert auf Behaglichkeit zu legen.

Türen und Fenster waren vernagelt, doch nach kurzer Suche fand sie eines, durch das sie hineinschlüpfen konnte. Die Dunkelheit jagte ihr Angst ein. Sie hatte weder Fackel noch Kerze, und ihr blieb nichts anderes übrig, als auf jegliches Licht zu verzichten. Zum erstenmal seit dem Tod ihres Vaters hatte sie ein Ziel, und sie wollte sich durch nichts davon abbringen lassen.

Der Raum hinter dem Fenster war völlig leer, in einem äußerlich unbewohnten Haus keine große Überraschung. Es roch nach feuchtem Stein, und ein eisiger Luftzug blies durch das Gemäuer. Vor der Tür des Zimmers lag ein Gang. Das aber war auch schon alles, was Sarai erkennen konnte. Jenseits des Durchgangs würde sie sich mit beiden Händen vorantasten müssen. Ein scheußlicher Gedanke. Insgeheim hoffte sie, daß die Schechina *sie* finden würde, nicht umgekehrt.

Die Schechina! Noch immer hatte sie keinerlei Vorstellung von ihr. Was hatte die Stimme ihres Vaters gesagt?

Gottes Tochter, die er der Welt zur Gemahlin gab.

Was bedeutete das? War der Satz wörtlich zu verstehen, oder verbarg sich dahinter ein zweiter Sinn wie in so manchen Sprüchen der Rabbis? Gottes Tochter – war die Schechina deshalb eine Frau? War sie überhaupt ein Mensch?

Was sonst sollte sie sein? Etwas, das nur in Gedanken existierte? Ein Bild, ein Duft, eine göttliche Melodie? Vielleicht war sie schlichtweg das ganze, verfluchte Haus.

Sarai hatte das Palais kaum betreten, da verwünschte sie es schon. Was, wenn der mal'ak Jahve sie hier aufspürte? Hier hatte er leichtes Spiel mit ihr. Es gab keinen, der sie beschützte, keine Hühnerweiber und keinen Bannspruch des Rabbi Löw. Hier gab es nur Sarai und ihren Feind.

Und – vielleicht – die Schechina.

Sarai trat hinaus auf den Gang und legte vorsichtig beide Handflächen an die gegenüberliegende Wand. Die rohe, unverputzte Mauer war eiskalt. Sie spürte das Hämmern ihres Herzens bis in die Fingerspitzen.

Sie tastete sich den Gang hinunter, stieß gegen eine Wand, bog nach links, dann nach rechts und wäre fast eine Treppe hinuntergefallen. Die Stufen führten nach oben wie nach unten, und nach kurzem Abwägen entschied Sarai sich für das obere Stockwerk. Wenig später schon hatte sie jegliche Orientierung verloren, wußte nicht einmal mehr, in welchem Flügel des Palais sie sich befand.

Vielleicht war es Instinkt, vielleicht schlichter Zufall, doch schon kurz darauf, als sie wieder einmal dabei war, alle Hoffnung aufzugeben, entdeckte sie das Licht.

Es drang hinter einer Biegung hervor, ganz zart nur, flackernd. Kerzen, nahm sie an. Obgleich es sie drängte, einfach um die Ecke zu springen und den anderen, wer immer es sein mochte, mit ihrer Anwesenheit zu überrumpeln, so zwang sie ihre Sorge um Kaspar und Josef zur Vorsicht. Langsam schob sie sich an der Wand entlang auf die Biegung zu und spähte um die Ecke.

Dahinter führten vier Stufen in einen abgesenkten Raum, so willkürlich und sinnlos wie die übrige Gestaltung des Gebäudes. Die Kammer war nicht groß, höchstens sechs mal sechs Schritte. Weitere Stufen führten auf der anderen Seite nach oben zu einem offenen Durchgang.

Sarai hätte vor Grauen fast aufgeschrien: Am Boden der Kammer lag Cassius. Seine Augen waren geschlossen, er regte sich nicht. Über ihm stand eine zerlumpte Gestalt, die Sarai den Rücken zuwandte. Das verklebte Haar des Mannes stand wirr in alle Richtungen ab. Sein ganzer Leib war mit Blut beschmiert. In der rechten Hand hielt er eine Sichel.

Der Mann ging neben Cassius in die Knie und holte mit der Klinge aus, als Sarai ihm von hinten in den Rükken sprang. Beide polterten sie zu Boden, halb über den leblosen Cassius hingestreckt. Die Sichel rutschte scheppernd davon und blieb am Rande des Lichtkegels liegen.

Sarai wollte sich aufrichten, als der Mann ihr seinen Ellbogen vor die Brust stieß. Einen Augenblick lang bekam sie keine Luft mehr und rollte zur Seite. Unglaublich behende sprang der Mann auf beide Füße, setzte nach und holte aus, um Sarai einen Tritt ins Gesicht zu versetzen. Doch im selben Moment glitt sie zur Seite und schlug ihm mit dem Fuß hart gegen das Knie. Mit einem schmerzvollen Keuchen stürzte der Mann zu Boden.

Sarai mühte sich, aufzustehen, aber der Schmerz in ihrer Brust brannte immer noch wie Feuer, und sie brauchte zwei Versuche, ehe sie taumelnd auf die Beine kam. Der Mann wälzte sich herum und wollte sich mit einer Hand hochstemmen, als Sarai ihm mit aller Kraft unters Kinn trat. Schlaff sank er in sich zusammen.

Cassius stöhnte leise und blinzelte mit den Augen. Sarai eilte an seine Seite und versuchte, ihn zum Aufstehen zu bewegen. Sie wußte, daß ihr Sieg nur von kurzer Dauer war. Bald schon würde der Mann erwachen. Ihr Blick fiel auf die silberne Sichel, aber sie brachte es nicht über sich, den Ohnmächtigen damit zu töten. Statt dessen bemühte sie sich, Cassius aufzuhelfen.

»Wir müssen hier weg!« rief sie aus, während sie den stöhnenden Alten stützte.

»War plötzlich ... hinter mir«, keuchte er.

»Ja, ja«, sagte sie ungeduldig, »komm schon. Er wird gleich aufwachen.«

»Kein normaler Mensch«, brachte Cassius hervor und stemmte sich mit Sarais Hilfe in die Höhe. »Etwas stimmt nicht mit ihm. Kann es ... fühlen.«

»Denk später drüber nach. Los, jetzt!«

Sie ergriff den Kerzenleuchter mit der Linken und stützte Cassius mit der Rechten, während sie sich die Stufen hinaufschleppten. Hinter ihnen versank die Kammer in völliger Schwärze. Sarai hörte ein Rascheln und Stöhnen aus der Finsternis. Der Mann kam wieder zu sich. Sie hoffte, daß er in der Dunkelheit die Sichel nicht finden würde.

»Wir dürfen nicht von hier fortlaufen«, flüsterte Cassius schwach.

»Nein«, stimmte Sarai zu und rang vor Anstrengung nach Atem. »Ich muß die Schechina finden.«

»Du kennst sie?« fragte der Alte erstaunt.

»Später.« Sarai konnte jetzt nicht auf die Frage des Alchimisten eingehen. »Du mußt hier raus.«

Cassius riß sich los und sank kraftlos mit dem Rücken gegen die Wand. »Ich muß mit der Schechina sprechen.«

»Du hast die ganze Zeit von ihr gewußt?« fragte Sarai fassungslos und blickte gleichzeitig hinter sich ins Dunkel. Der Mann würde ihnen folgen. Noch war nichts von ihm zu sehen, aber der Kerzenschein fiel auch nur wenige Schritte weit.

»Die letzte Hoffnung«, keuchte Cassius. »Nur Legenden. Niemand hat je den Herrn dieses Hauses gesehen. Die Arbeiter kamen von außerhalb. Vielleicht ... lebt die Schechina hier. Keiner weiß es. Nur ein Versuch.«

Sarai begriff, was er damit sagen wollte. Ihre letzte Hoffnung mochte sich als Hirngespinst erweisen. Falls wirklich jemand in diesem Gemäuer lebte, war es dann nicht an der Zeit, daß er sich zeigte? Hatte das Otzar ha-Neschamot sie mit leeren Versprechungen um ihre Seele betrogen?

Schweigend stolperten sie eine lange Treppe hinunter und gelangten auf einen Flur, der vor einer Doppeltür endete. Als Sarai sie öffnete, sahen sie, daß dahinter ein enger Innenhof lag, kaum mehr als ein düsterer Schacht. Die Fenster in den angrenzenden Wänden waren ohne Glas, eckige Schlünde, aus denen sie unsichtbare Augen beobachten mochten. Auf der gegenüberliegenden Seite gab es eine weitere Tür, gleichfalls zweiflügelig. Da sie nicht wußten, welcher Weg zur Schechina führte, zugleich aber keinen Schritt zurückweichen wollten, um dem Sichelmann nicht in die Arme zu laufen, blieb ihnen nur, ins Freie zu treten.

Wortlos überquerten sie den Hof. Sarai schaute nach oben und bemerkte, daß die Nachtwolken in flackerndes Gelb getaucht waren. Es war nur ein schwacher Hauch von Licht, doch er reichte aus, ihr zu verraten, was in der Judenstadt geschah. Überall mußten Feuer wüten, groß genug, daß ihr Schein bis zu den Wolken aufstieg.

Sie hatten die Doppeltür beinahe erreicht, als sie von innen aufgestoßen wurde. Der Mann mit der Sichel sprang ihnen entgegen, die Zähne zu einem irren Grinsen gefletscht, das Gesicht eine wilde Grimasse.

Sarai stieß Cassius nach rechts und wollte selbst nach links ausweichen, um dem Wahnsinnigen zu entgehen, doch ihr Sprung kam zu spät. Die Sichel beschrieb einen flirrenden Bogen, und Sarai ließ sich fallen. Erst dann erkannte sie, daß genau das die Absicht ihres Gegners gewesen war. Nicht die Sichel sollte sie treffen, sondern das Knie, das der Mann ihr von unten entgegenrammte. Plötzlich sah Sarai nur noch tanzende Funken um sich herum und ging benommen zu Boden. Ergeben wartete sie auf den tödlichen Hieb mit der Sichel, doch zu ihrem Erstaunen blieb er aus. Hatte er sie gar schon getroffen? Nein, sie atmete noch, sie lebte. Warum aber tötete der Mann sie nicht?

Immer noch blind, stemmte sie sich mit beiden Händen auf. Ganz allmählich lichtete sich der Vorhang aus blitzenden Lichtern, dann konnte sie mit ihrem linken Auge wieder unscharfe Formen erkennen. Das rechte war hoffnungslos zugeschwollen.

Der Kerzenleuchter war ihr aus der Hand gefallen und lag achtlos am Boden. Eine Flamme war erloschen, die beiden anderen glommen noch schwach. Das Licht reichte aus, um Sarai mit ansehen zu lassen, wie sich der Mann erneut über Cassius beugte und mit der Sichel ausholte. Cassius schrie nicht auf, er keuchte nur einmal, als sei ihm ein Mißgeschick geschehen, dann sank sein Kopf zurück auf das Pflaster.

Sarai heulte auf und schleppte sich auf die beiden Männer zu. Sie hatte nicht einmal die Hälfte der Entfernung zurückgelegt, da wurde Cassius vom zweiten und letzten Schlag der Sichel enthauptet.

Der Mörder, das Gesicht vom Blut des Alchimisten entstellt, wandte sich zu Sarai um.

Sie sah ihn auf sich zukommen, sah seine Faust, die auf ihr Gesicht zuraste, und ließ sich fallen. Sein Schlag verfehlte sie, aber sie wußte, daß sie ihr Ende damit nur hinauszögerte. Sie kam kaum noch auf die Füße, geschweige denn, daß sie es mit dem Mann aufnehmen konnte. Ihre Mission war beendet. Der mal'ak Jahve würde bekommen, was er verlangte. Er aber hatte sie nicht besiegt, das hatte ein anderer vollbracht. Jemand, den sie nicht kannte, von dem sie nichts wußte.

Ein Tritt ihres Gegners traf ihre Schläfe, dann spürte sie für eine Weile nichts mehr. Wie lange dieser Zustand anhielt, wußte sie nicht.

Als sie ihr unversehrtes Auge wieder öffnen konnte, hatte sich wenig an der Umgebung verändert. Der Hof war immer noch finster, die beiden verbliebenen Kerzen flackerten zaghaft am Boden. Cassius' Schädel lag mit aufgerissenen Augen da. Sein Mörder hockte auf Knien vor dem Torso und wandte Sarai den Rücken zu. Sie begriff, daß er irgend etwas mit dem Leichnam tat, konnte aber nicht sehen, was es war. Sie hörte merkwürdige Laute, feucht und schmatzend.

Sarai versuchte, ihre Arme und Beine zu bewegen. Mit viel Mühe würde sie sich aufrichten können. Zur Flucht aber war sie zu schwach. Weshalb hätte sie auch fliehen sollen? Ihr Leben war ihr gleichgültig, und die Schechina schien unerreichbar. Um sie herum ging die Judenstadt in Flammen auf und mit ihr vielleicht die ganze Welt. Weshalb sich noch die Mühe machen, den mal'ak Jahve aufzuhalten, wenn es ohnehin keine Hoffnung für die Menschen gab?

Der Mann mußte bemerkt haben, daß sie erwacht war, denn er wandte sich ab vom toten Cassius und schaute Sarai neugierig an. Sein ganzer Oberkörper, seine Arme, sein Gesicht – alles war blutüberströmt. Und doch schien er bis auf die Nase unverletzt. Was kaute er da mit vollem Mund? Was stopfte er sich gierig zwischen die Zähne?

Sie begriff die Wahrheit im selben Moment, da ihr bewußt wurde, wie nebensächlich all diese Fragen waren. Er hatte Cassius *getötet.* Was zählte es da noch, daß er den Leichnam auffraß?

Irgendwo in ihrem umnebelten Geist erkannte ein Teil von ihr, daß ihre Gedanken falsch waren. Daß sie den Sinn für die Wirklichkeit verlor.

So also ist das Sterben, dachte sie kühl und schlief ein.

Michal spürte, wie das Wissen des alten Mannes sich in ihm ausbreitete, gewaltige Mengen von Erinnerungen, Gedanken und Gefühlen, dazu die Inhalte Hunderter Bücher und Schriften, uralte Lehren und Formeln, Geheimnisse mit und ohne Sinn, Lösungen, deren Rätsel längst vergessen waren.

Er erfuhr von einem anderen Esser und zog den Vergleich zu sich selbst, mit dem Unterschied, daß der andere Schatten verzehrte, kein Menschenfleisch. Michal wußte jetzt, wer das Mädchen war, das den alten Mann hatte retten wollen, und er erfuhr auch, weshalb es hier war, in diesem Palast, ausgerechnet heute.

Du sammelst Wissen für mich, sagte die Alte in seinem Kopf. Ihr Gesicht erschien vor seinem inneren Auge. *Du bist fleißig. Begierig zu lernen. Lerne für mich, mein Junge, lerne alles! Hilf mir, die Menschen zu verstehen. Laß mich teilhaben an ihren Rätseln. Sei mein Schlüssel zu den Toren ihres Seins.*

Michal mochte seinen eigenen Verstand längst verloren haben, doch die Vielzahl der fremden Gedanken in seinem Kopf half ihm zu begreifen, daß er nur das Werkzeug der Alten war. Nicht der Herr des Hühnerhauses, das war er niemals gewesen. Er war ihr Sklave, ihr Becher, aus dem sie das Wissen der Menschen trank. Er fragte sich, was geschehen würde, wenn er leer war, wenn es in ihm nichts mehr gab, wovon sie sich Nutzen verspräche.

Während das Wissen des gelehrten Mannes ihn mehr und mehr erfüllte, und er Zusammenhänge begriff, die er zuvor nicht wahrgenommen hatte, da spürte er, wie die Alte unruhig wurde. Hatte sie ihn gerade noch gelobt, geriet sie nun ins Stocken. Ins Staunen. Geriet in Verwirrung.

Was ist das? fragte sie, während sie immer schneller und begieriger aus ihm trank. *Was ist das? Was ist das?*

Was meinst du? erwiderte er stumm und kaute weiter.

Diese Gedanken! Was geht da vor? Sie verstummte, und er spürte, wie sie für einen Augenblick von ihm abließ. Dann, nach einer Weile, stammelte sie: *Das habe ich nicht gewußt. Wie kann das sein?*

Michal verstand sie nicht, schob sich ein weiteres Stück in den Mund und wandte dabei den Blick nicht von dem Mädchen. Es war eingeschlafen. Oder gestorben.

Du mußt von ihr essen! verlangte die Alte in seinem Kopf. *Iß von ihr! Mach schon, iß von ihr!* Ihre Worte erklangen immer schneller, wurden immer aufgeregter.

Willenlos griff er nach der Sichel und kroch zu dem reglosen Mädchen hinüber. Sarai war ihr Name, das wußte er aus der Erinnerung des Mannes.

Iß von ihr, jetzt gleich!

Er packte die Sichel fester und setzte die obere Spitze auf ihren Brustkorb. Sarai atmete noch, sie lebte.

Ihr Wissen! Wichtig, so wichtig. Ihr Wissen, schnell!

Er führte die rasiermesserscharfe Sichelspitze zärtlich zwischen den sanften Wölbungen ihrer Brüste hinab bis zum Gürtel. Das Hemd klaffte auf und entblößte ihren hellen Oberkörper. Die Klinge hatte ihre Haut nicht verletzt, hatte nur den Stoff zerschnitten.

Jetzt setzte er an, um den entscheidenden Schnitt zu tun.

Nein, warte! Töte sie nicht!

Nicht töten? dachte er verwirrt.

Nur ein Stück von ihr will ich. Nur ein kleines Stück. Ihr Wissen, aber nicht ihren Tod.

Was soll ich tun?

Die Stimme in seinem Kopf zögerte einen Augenblick. Dann sagte sie: *Einen Finger. Irgendeinen.*

Michal vergewisserte sich mit einem Blick in Sarais geschundenes Gesicht, daß sie noch ohnmächtig war. Ihr eines Auge war schwarz geschwollen.

Er packte ihr linkes Handgelenk, spreizte ihre Finger flach am Boden und setzte die Klinge an. Es knirschte, als er die Schneide durch den Knochen des kleinen Fingers drückte. Der Körper des Mädchens zuckte. Ein roter Strahl spritzte aus der Wunde.

Michal nahm den abgetrennten Finger und führte ihn zum Mund.

Ja, iß ihn, drängte die Stimme.

Er tat, was sie ihm gebot. Es war eine mühsame Angelegenheit, denn die Finger des Mädchens waren schlank und nahezu fleischlos.

Binde die Wunde ab, verlangte die Alte.

Während er noch kaute, riß er sich einen Stoffetzen vom Leib und verband den rohen Stumpf.

Der Verzehr des Fingers verriet ihm wenig über das Mädchen. Allein die Erinnerungen, die sich an der Oberfläche ihres Denkens befanden, ließen sich abschöpfen. Er griff nach der Sichel, überzeugt, daß er die Kleine doch noch würde aufschneiden müssen.

Geraume Zeit sprach die Stimme der Alten kein Wort. Es dauerte stets eine Weile, ehe sich das Wissen des Opfers auf sie übertrug. Michal hockte in Blut und Schmutz, um sich die Dunkelheit, über sich das feuerbeschienene Himmelsviereck. Er wartete auf weitere Befehle und fragte sich, welchen Teil seiner Selbst die Alte bewohnte. Manchmal schien es ihm, als hätte sie sich wie ein Straßenköter in seine Gedanken verbissen. In seinem Herz. In seiner Seele.

Ich brauche mehr, sagte die Alte plötzlich. *Mehr Wissen. Sie weiß so vieles. Sie hat sich auf einen gefährlichen Handel eingelassen. Sie war im Schatzhaus. Schnell, noch ein Finger. Da ist eine … Gefahr!*

Er spürte, wie die Alte sich in seinen Willen grub, wie sie selbst sein Handeln übernahm. Erneut packte er das Handgelenk des Mädchens, ganz ohne sein Zutun. Hob die Sichel.

Das Licht wehte wie ein Geruch heran, schleichend und doch so mächtig und überwältigend, daß es ihn völlig durchdrang. Er hatte die Gestalt nicht bemerkt, die lautlos hinter seinem Rücken auf den Hof getreten war und ihren weiten Mantel geöffnet hatte. Als Michal herumfuhr, war es bereits zu spät.

Die Doxa des mal'ak Jahve ergoß sich über den Hof und erfaßte alles mit ihrem Licht.

In Michals Kopf erklang der gequälte Schrei der Baba Jaga. Von einem Herzschlag zum anderen ließ sie von seinem Willen ab. Michals Hand öffnete sich, er gab Sarais Gelenk frei. Die Sichel, gerade noch zum Schlag erhoben, sank herab. Er sprang auf und stellte sich dem neuen Gegner entgegen. Das Licht, das dem Körper des Fremden entfloß, blendete ihn. Die Stimme der Alten drängte ihn fortzulaufen, aber sie hatte aus Gründen, die er nicht verstand, keine Macht mehr über ihn. All ihre Kraft strömte in eine andere Richtung, als entschiede sich der Kampf zwischen ihr und dem Fremden anderswo, unfaßbar weit entfernt.

Während sie mit ihm rang, wurde das Licht immer heller. Michal kniff die Augen zusammen und stand da wie erstarrt, durchaus fähig, sich zu bewegen, aber blind und seltsam hilflos. Er wollte sich auf den Fremden stürzen, doch etwas hielt ihn zurück. Er fühlte, daß der andere stärker war. Unendlich stärker.

Der Machtglanz des mal'ak Jahve kroch auch durch Sarais geschwollene Augenlider. Sie glitt zurück in die Wirklichkeit, immer noch verwirrt, immer noch unfähig, einen klaren Gedanken zu fassen. Das Licht des Boten aber erkannte sie sofort.

Sie fürchtete ihn nicht mehr. Ihre Seele hatte sie längst verloren. Der Verlust ihres Schattens bedeutete keine Gefahr mehr. Sie war ohnehin so gut wie tot.

Ihre linke Hand war taub. Als sie mühsam den Kopf hob und einen Blick darauf warf, sah sie, daß sie nur noch vier Finger besaß.

Der mal'ak Jahve begann zu schreien. Risse züngelten über die Mauern des Palais Siebensilben wie schwarze Blitze.

Mit letzter Kraft kroch Sarai auf die nahe Doppeltür zu. Der Mann mit der Sichel beachtete sie nicht. Er hatte seine Hände um eine Kette mumifizierter Hühnerkrallen geballt, die er am Hals trug, und starrte mit blinden Augen in die gleißende Doxa.

Sie erreichte die offene Tür als der Machtglanz zu voller Kraft erglühte. Heulend vor Schmerz, aber auch vor Erleichterung, schleppte sie sich ins Haus und brach im Schutz der Wand zusammen. Kraftlos und gleichgültig blieb sie liegen, wartete ab, bis alles vorüber war.

Michal spürte die Verzweiflung der Alten. Sie hatte sich nicht völlig aus seiner Seele zurückgezogen, noch nicht, und immer noch rang sie mit der Macht der Erscheinung. Michal war im Inneren nicht so leer, wie es von außen scheinen mochte. Er besaß das Wissen des Alchimisten und einen kleinen Teil von Sarais Erinnerungen, und er wußte sehr wohl, was der mal'ak Jahve war. Er erkannte auch, wonach der Mann und das Mädchen gesucht hatten. Und plötzlich begriff er, daß er die Schechina kannte. Besser als jeder andere.

Während ihn plötzlich die ganze Wahrheit überkam, spürte er, wie die Alte sich gänzlich aus seiner Seele zurückzog. Er hatte die Vision eines Dornbuschs, der in Flammen aufging, und ein Gefühl sagte ihm, daß er gerade etwas verloren hatte. Das Wichtigste auf der Welt vielleicht – oder, nein, nicht das Wichtigste. Das hatte er schon vor Tagen, vor Wochen verloren, vor dem Haus des Papiermachers, als Nadjeschda und Modja starben.

Der mal'ak Jahve verschlang Michals Schatten, noch während ihn selbst ein Ruf ereilte. Der Ruf, daß sein Auftrag beendet war. Der Ruf, zurückzukehren.

Und während Sarai erneut das Bewußtsein verlor und Michal kraftlos zu Boden sank, da entfaltete sich die Doxa ein letztesmal, und der mal'ak Jahve verglühte in seinem eigenen Glanz.

KAPITEL 11

Beim Hahnenschrei fielen die Hühnerweiber wie Harpyien über die Torwächter her. Dutzende von ihnen quollen aus den geheimen Kellern empor, immer mehr, selbst als die ersten unter Schwertstreichen fielen, eine Flut aus stählernen Krallen und Hühnerfedern, beseelt von Gewißheit, das Richtige zu tun.

Die Heerführer der Liga hatten ihre Armee nach langem Zögern geteilt. Zwei Drittel verteidigten die Mauern gegen Bethlen Gabors Siebenbürger; die Verbliebenen versuchten, dem Massaker in der Judenstadt Herr zu werden. Und obgleich der Kampf im Inneren, Christen gegen Juden, allmählich verebbte, gewann doch der Angriff des Fürsten Gabor an grausamer Härte. Niemand hatte mit einer Attacke auf das Tor von innen gerechnet, und ehe die Befehlshaber sich von dem Schrecken erholen und neue Söldner zur Verstärkung entsenden konnten, öffneten die Hühnerweiber die gewaltigen Flügel des Stadttors, und herein strömte das Heer Bethlen Gabors.

Die Hühnerfrauen erkannten, daß sie getäuscht worden waren, doch die meisten starben gleich darauf im Inferno der Schlacht, ehe sie das wahre Ausmaß des Betrugs erfassen konnten. Nunmehr hatten sie nicht allein die Männer der Liga gegen sich, sondern auch die Schwerter Siebenbürgens. Zerrieben zwischen den Fronten blieb vom stolzen Kult des Hühnerhauses nicht mehr als Dutzende von Leichen, in den Schlamm getretene Federmäntel und das Wehklagen der Betrogenen, bevor man sie erschlug.

Der Plan, den Oana und ihr Fürst in vielen Nächten ausgeheckt hatten, schritt seiner Vollendung entgegen.

Auch die Liga verlor mehr und mehr an Boden, nachdem die Feinde die Mauern durchbrochen hatten. Die Söldner wurden durch die engen Gassen nach Westen getrieben, dem Fluß und der Judenstadt entgegen.

Als sich die ersten Straßenzüge rund um das Tor und den östlichen Verteidigungswall in der Hand Siebenbürgens befanden, ritten Bethlen Gabor und sein Gefolge in die Stadt ein, unter ihnen die Prophetin Oana. Sie würdigte die Leichen der Hühnerweiber mit keinem Blick. Achtlos lenkte sie ihr Pferd über die Toten hinweg.

Doch während noch die Heerführer ihrem Fürsten Bericht erstatteten, kam es zum Aufruhr in den Reihen der Siebenbürger. Es begann als leises Murmeln, Gerüchte, die verstohlen von Ohr zu Ohr getragen wurden. Dann stieß man auf die ersten Leichenkarren, horchte auf das Stöhnen hinter den Fenstern, und Furcht packte die mächtige Armee.

»Der Schwarze Tod!« gellte es durch die Gassen und Straßen, und immer wieder: »Die Pest! Die Pest!«

Als die Nachricht an die Ohren des Fürsten drang und er bemerkte, wie seine Heerführer immer mehr Gewalt über die Soldaten verloren, da wandte er sich mit zornrotem Gesicht an seine Leibärztin.

»Oana, sag mir, was hier vorgeht!« verlangte er lauthals, so daß jeder der Umstehenden es hören konnte.

Sie blickte sich verunsichert um, sah über das Meer der Gesichter hinweg, die alle in ihre Richtung starrten, und sagte leise: »Ich habe das nicht gewußt.«

Der Fürst wollte etwas erwidern, doch da kam plötzlich Bewegung in die vorderen Reihen seiner Leute, als jene aus den weiter entfernten Straßen zurück zum Tor drängten. Soldaten schrien und stolperten durcheinander, überall entstanden Tumulte, die sich mit jedem Atemzug weiter ausbreiteten. Innerhalb weniger Augenblicke erhoben sich die zwangsrekrutierten Bauern und Tagelöhner gegen ihre Befehlshaber, setzten sich über alle Order hinweg und stürmten voller Angst zum Tor hinaus.

Fürst Bethlen Gabor und Oana hatten Mühe, ihre Pferde inmitten dieses Ansturms ruhigzuhalten. Sie standen da wie zwei Bäume in einer reißenden Flut, von der Strömung bedroht und bald schon mitgerissen. Was der Armee der Liga nicht gelungen war, hatte nun der Schwarze Tod vollbracht: Das Heer Siebenbürgens zog sich aus Prag zurück, ungeordnet, in Chaos und Aufruhr, brüllend, kreischend, in Panik verfallen.

Der Fürst und seine engste Vertraute, die ihn so maßlos enttäuscht hatte, preschten auf ihren Hengsten zum Tor, doch bevor sie es erreichen konnten, riß Bethlen Gabor an den Zügeln seines Pferdes, versperrte Oana den Weg und schrie über das Getümmel hinweg:

»Du hättest es wissen müssen! Du warst hier!«

Oana wußte, daß es keinen Sinn hatte, ihm zu erklären, daß sie Prags unterirdische Wege benutzt hatte und es dort keine Kranken gab. Sie wußte auch, daß ihre Zeit an seiner Seite vorüber war. Und sie sah, wie er sein Schwert zog und es in ihre Richtung hieb.

Im letzten Moment gelang es ihr, auszuweichen. Sie ließ sich aus dem Sattel gleiten und stürzte zu Boden.

Der Fürst zögerte einen Augenblick lang, überlegte, ob er nachsetzen sollte, dann aber gab er Oanas Pferd einen Tritt, auf daß es davongaloppierte; er selbst ritt eiligst hinterher. Oana blieb zurück, niedergesunken im Schlamm, während die fliehenden Soldaten über sie hinwegsprangen. Immer wieder streiften Stiefel ihren zierlichen Körper. Ein besonders heimtückischer Tritt – vielleicht mit Absicht geführt – traf ihren Kopf, und Oana brach zusammen.

Eine Weile lang umfing sie Dunkelheit. Dann aber, als sie die Augen aufschlug, bemerkte sie, daß man sie durch ein Tor in einen Hinterhof geschleift hatte. Sie sah sich um und suchte nach ihren Rettern.

Die drei alten Frauen umringten sie und betrachteten ihr Opfer mit flammenden Blicken. Im Hintergrund, in den Schatten der Häuser, erkannte sie die gefiederten Umrisse jener, die sie verraten hatte. Nur wenige waren übriggeblieben. Vor ihnen lag der Leichnam eines Mädchens, blutüberströmt. Die Dienerin der drei Alten mußte im Kampf gefallen sein.

Niemand sagte ein Wort.

Auch Oana schwieg. Sie wußte, daß alles Flehen sinnlos war. Keiner hörte ihr zu.

Das Triumvirat der Alten beugte sich von drei Seiten über sie.

Stahlkrallen blitzten.

Schmerzen – und Schweigen.

Als der Tod kam, wußte Oana seine Gnade zu schätzen.

Der Machtglanz des mal'ak Jahve war längst verloschen. Das Licht, das durch das offene Portal hereinfiel, war der erste Schimmer des neuen Tages. Sarai lag immer noch am Boden, Schultern und Kopf gegen die Wand gestützt. Sie schlief. Es war keine neue Bewußtlosigkeit, die sie ereilt hatte, sondern reiner, heilsamer Schlaf.

Einmal, kurz nachdem der Schrei des Boten verklungen war, hatte sie einen Blick hinaus auf den Hof geworfen. Der mal'ak Jahve war verschwunden, mochte der Teufel wissen, warum und wohin. Cassius' Leichnam lag unverändert in geronnenem Blut, und neben ihm kauerte der Sichelmann, nunmehr unbewaffnet und reglos wie eine Puppe. Er kniete am Boden und starrte blicklos zum Himmel empor.

Sarai bemerkte, daß der Mann keinen Schatten warf. Er würde ebenso zugrunde gehen wie sie selbst, früher oder später, von eigener Hand.

Die silberne Sichel lag unweit der Doppeltür am Boden, doch keiner der beiden Überlebenden machte den Versuch, danach zu greifen. Sie wollten nicht mehr kämpfen, nicht Sarai, und Michal noch viel weniger. Mit seiner Seele hatte ihn auch der Rest seines Verstandes verlassen.

Sarai schlug erneut die Augen auf, als jemand vor ihr aus dem Schatten trat.

Leander Nadeltanz schenkte ihr ein mattes Lächeln.

»Komm«, sagte er, »es ist an der Zeit, zu gehen.«

Er streckte beide Hände aus und half ihr auf die Beine. Ihre verstümmelte Hand tat weh. Der notdürftige Verband war dick verkrustet.

Nadeltanz schob sie durch die Tür ins Freie. Sie bückte sich schwerfällig, hob die Sichel auf und steckte sie in ihren Gürtel.

Ungehindert traten sie an dem knienden Mann vorüber. Er wandte den Blick nicht vom Himmel ab, zuckte nicht einmal mit den Lidern.

Durch Gänge und Säle, durch Kammern und Flure führte Nadeltanz Sarai zum Ausgang. Das Tor stand offen, die Bretterbarrikade war verschwunden. Der Ewige, der Ohne-Angst-Mann, hatte sie entfernt.

»Ich bin dir eine Erklärung schuldig«, sagte er, obgleich Sarai ihn mit keinem Wort darum bat.

Willenlos ließ sie sich von ihm über den Platz führen. Weinende Menschen irrten hilflos umher. Aus einigen Häusern qualmte es, die Feuer aber waren gelöscht. Es roch nach Asche und verbranntem Fleisch. Die Ligasöldner, die in den Gassen Wache standen, wirkten nicht weniger verstört als die Bewohner der Judenstadt. Es war der Morgen nach dem Alptraum, doch seine Nachtmahre waren hinüber in die Wachwelt gekrochen.

Nadeltanz begann seinen Bericht. Er sprach von Michal, dessen Namen er kannte, und seiner Begegnung mit dem Hühnerhaus, von dem er ebenfalls wußte. Sarai fragte nicht, woher. Cassius hatte ihr von Nadeltanz'

Macht über das Reich der Ursachen erzählt. Auf seine Art war er ein Gott. Er wußte, was er wissen *wollte.*

»Erinnerst du dich an die Legende des Palais Siebensilben?« fragte er, als wollte er ihr Gelegenheit geben, ihre Stimme wiederzufinden.

Sarai nickte schwach. Erst vor Tagen hatte sie darüber nachgedacht, als sie sich vor den Söldnern verbarg, die vor dem Palais lagerten. Es schien ihr, als seien seither Wochen vergangen.

»Es ist wahr, was man sich in der Stadt erzählt«, sagte Nadeltanz. »Die Arbeiter haben den Herrn des Palais gesucht, und sie haben ihn nirgends gefunden. Der Grund aber war nicht, daß er sich versteckt hielt. Vielmehr hat es ihn nie gegeben. Zumindest nicht so, wie die Tagelöhner ihn sich vorstellten. Jene, die das Palais planten und entwarfen, hatten den Auftrag dazu auf andere Weise erhalten. Von einer anderen Macht.«

»Von Gott?«

»Von Gott oder einer Sefira. Du ahnst jetzt, wer die Schechina war, die du gesucht hast?«

»Die Alte vom Hühnerhaus?«

Nadeltanz nickte. »Es wird so vieles über sie erzählt. *Gottes Tochter, die er der Welt zur Gemahlin gab.* Sicher ist das die schmeichelhafteste Beschreibung. Aber es gibt auch andere. Einst wurde sie selbst als Göttin verehrt, vor Jahrtausenden. Sie war die Große Mutter, und die Menschen beteten sie an, zeichneten ihr Bild auf Höhlenwände und schnitzten es in die Balken ihrer Hütten. Später wurde sie in manchen Teilen der Welt zur Baba Jaga, der Herrin des Hühnerhauses, schließlich gar zur Hexe. Stets hat sich die Schechina in ihre Rolle gefügt, war mal großherzig und edel, mal schlecht und verschlagen. Äonen lang zog sie durch die Welt und mühte sich, das Wesen der Menschen zu begreifen, jener Wesen, in deren Gesellschaft sie gegen ihren Willen verbannt war.

Jene aber, die über ihr steht, die Sefira Malchut, kennt

Vergangenheit und Zukunft, und sie wußte, daß es eines besonderen Ortes bedurfte, um die Fäden des Schicksals zusammenzuführen. Das Palais Siebensilben wurde errichtet, damit ihr dort aufeinandertrefft. Es war niemals mehr als eine Arena, eine schlichte Kulisse – für diese einzige Nacht.«

Sarai hörte schweigend zu. Sie war froh, daß es *irgendeine* Erklärung gab, ganz gleichgültig, welche.

»Die Sefira Malchut darf nie willkürlich in den Lauf der Welt eingreifen, und niemals auf Wunsch eines Menschen«, fuhr Nadeltanz fort. »Ihre Natur als waltende Hand Gottes gebot ihr, den Schattenesser nur unter einer Bedingung zurückzurufen: Die Schechina mußte sie darum bitten. Jene aber hätte dies in ihrer Inkarnation als Hexe vom Hühnerhaus nicht getan, ohne daß es ihr selbst zum Vorteil gereichte. Doch als die Schechina sich in der Seele des unglücklichen Michal einnistete, lieferte sie sich ungewollt dem mal'ak Jahve aus – mit der Zerstörung von Michals Schatten und seiner Seele wäre auch die Schechina zugrunde gegangen. Ein guter, nein, der beste Grund, die Sefira Malchut um Hilfe zu bitten. Somit war es jener endlich gestattet, das Treiben des mal'ak Jahve zu beenden, so, wie sie es von Anfang an gewollt, aber nicht gedurft hatte.

Am Ende war alles ganz einfach: Der Bote bedrohte die Seele Michals und damit die Schechina, die Schechina wiederum flehte Malchut an, zog sich aber rechtzeitig aus ihrem Sklaven zurück. Während Malchut den mal'ak Jahve zurückrief, gelang es diesem tatsächlich noch, den Schatten des Jungen zu zerstören. Die Schechina hatte also gut daran getan, ihn aufzugeben. Ich nehme an, diese Niederlage wird sie für viele Generationen schwächen und zur Untätigkeit verdammen – im guten wie im bösen.«

Sarai gab sich kaum noch Mühe, seinen verschlungenen Ausführungen zu folgen.

Nadeltanz lächelte verschmitzt. »Ich habe mir erlaubt, an einer Stelle einzugreifen. Sehr zaghaft, versteht sich. Der Fürst Siebenbürgens und seine Vertraute bekamen ebenfalls ihre Rollen zugewiesen. Als sie nach einer Möglichkeit suchten, einige Bürger Prags auf ihre Seite zu ziehen, übermittelte ich ihnen einen ... nun ja, einen Vorschlag. Es schien mir nötig, eine Verbindung zwischen ihnen und der Baba Jaga herzustellen, denn nur so konnte der arme Michal mit ihrer Hilfe in die Fänge der Schechina geraten. Ich gestehe, ich konnte der Möglichkeit des Taktierens nicht gänzlich widerstehen.«

»Dann war er nichts als Eure Puppe. Euer Geschöpf.«

»Soweit würde ich nicht gehen«, entgegnete Nadeltanz bescheiden, und Sarai drang nicht tiefer in ihn. Schließlich war auch sie selbst nichts als eine Spielfigur in dieser großangelegten Partie aus Strategie und magischer Intrige, gespielt nach den geheimnisvollen Regeln der Mystik. Sie war nicht einmal sicher, ob sie selbst freudlose Gewinnerin oder gleichgültige Verliererin war. Wer hatte gewonnen, und wer verloren? Sie ahnte, daß es auf diese Frage keine Antwort gab.

»Ich werde sterben«, sagte sie fest. Der Gedanke hatte nichts mehr, das sie zu ängstigen vermochte.

»Ja«, sagte Nadeltanz.

»Hat mich die Schechina deshalb nicht töten lassen, so wie Cassius?«

»Vielleicht«, entgegnete er vage. »Bedenke, sie ist keine durch und durch böse Kreatur. Sie mag in ihrer jetzigen Form zum Übel neigen und ihre Ziele mit Hilfe von Mitteln verfolgen, derer sie sich früher enthalten hätte, doch sie ist nicht wahrlich schlecht. Letztlich ist sie ein Teil deines Gottes, Sarai.«

»Meines Gottes!« stieß sie verächtlich hervor.

Sie waren am Rande des Platzes stehengeblieben, und nun ertönte von oben ein leises Flattern, das immer näher kam und lauter wurde. Sarai blickte auf, direkt in die aufgehende Sonne. Das Licht blendete sie. Einen Augenblick lang glaubte sie, der Bote sei zurückgekehrt, doch dann verdeckte etwas die flirrenden Strahlen, raste auf sie zu und verkrallte sich in ihrer Schulter.

»Saxonius!« entfuhr es ihr erleichtert.

Der bunte Vogel beugte sich vor und rieb seinen Schnabel an ihrer Schläfe. »Der Teufel kommt, der Teufel kommt!« kreischte er.

Sarai schüttelte sanft den Kopf. »Nicht mehr, Saxonius. Der Teufel kommt nicht mehr.«

Sie blickte in die dunklen Augen des Vogels. Er zwinkerte, und sie mußte lachen, ungeachtet ihrer Schmerzen und trotz all des Elends, das sie umgab. Sie dachte an Cassius, auch daran, wie er gestorben war, aber noch war sie unfähig, ihn zu betrauern. Sicher, der Gedanke an seinen Tod tat weh, aber es würde einige Zeit dauern, ehe sie den Verlust vollends begreifen würde. Viel mehr Zeit, als ihr blieb.

Sie wollte etwas zu Nadeltanz sagen und sah sich nach ihm um.

Er war fort. Wohin sie auch blickte, der Ewige war nirgends zu sehen. Ganz so, als hätte er sich in Luft aufgelöst.

Verwirrt wandte sie sich an ein altes Weib, das nahebei stand, rußverschmiert und aus einer Platzwunde an der Stirn blutend. Die Frau blickte starr auf Saxonius und lächelte, als flöße ihr der Vogel mit seinem schillernden Gefieder und der schrillen Stimme Hoffnung ein.

»Wohin ist der Mann gegangen, der bei mir stand?« fragte Sarai.

Sie wußte die Antwort, noch ehe die Frau den Mund aufmachte.

»Welcher Mann?«

Sarai schloß für einige Herzschläge die Augen und atmete tief durch, dann erinnerte sie das Scharren von Saxonius' Krallen daran, daß es noch etwas gab, das sie erledigen mußte.

Sie unternahm keinen zweiten Versuch, nach Nadeltanz zu fragen.

Der Mann Josef schlief, als Sarai die Speicherkammer betrat. Unten, im Hauptsaal der Synagoge, hatten sich zahllose Männer eingefunden, um in ihrer Not den Beistand des Herrn zu erflehen. Der Rabbiner, der den Gottesdienst leitete, war nicht derselbe wie in den Tagen zuvor. Jener war dem mal'ak Jahve zum Opfer gefallen und wartete irgendwo auf sein Ende – wie so viele andere, von denen Sarai nie erfahren würde. Sie wagte nicht einmal eine Vermutung, wieviele Schatten der Bote verschlungen hatte.

Josef, der Golem, war wieder in seinen magischen Schlaf gefallen. Er saß oben im Gebälk der Speicherkammer, hoch über Sarais Kopf, im Winkel zweier Balken, den Rücken angelehnt, ein Knie leicht angezogen. Es sah aus, als säße er tagträumend mit geschlossenen Augen da, ganz gelassen, ganz ohne Sorgen. Erst zweifelte sie noch, ob er wirklich schlief. Dann aber erhob sich Saxonius von ihrer Schulter, stieg flatternd durch das Netz dünner Lichtfäden zu den Balken empor und hockte sich auf Josefs Kopf. Der Golem zuckte nicht einmal. Sarai glaubte zu erkennen, daß sich seine Brust langsam hob und senkte, doch im Dämmerlicht konnte sie dessen nicht sicher sein. Trotzdem fühlte sie maßlose Erleichterung, als sie ihn so dort sitzen sah. Er sah aus, als sei er zufrieden.

Das Leid der Judenstadt war keineswegs beendet, doch Pest und Tyrannei der Liga vermochte auch ein Geschöpf des Rabbi Löw nicht zu bezwingen. Er war erwacht, als der mal'ak Jahve erstmals in Erscheinung trat, und die vergangene Nacht des Tötens und Brandschatzens mußte für ihn eine unvorstellbare Qual gewesen sein. Als aber die Soldaten die Massen in ihre Schranken wiesen und der Bote in seiner Doxa verging, da löste sich der Wachbann, und Josef durfte endlich wieder schlafen. Sarai wünschte ihm, daß für lange Zeit Ruhe in der Judenstadt einziehen würde. Sie hoffte, daß ihn das von seinem Fluch erlöste.

Saxonius wirbelte hinter ihr her, als sie die Kammer verließ und von außen den Riegel vorschob. Die Rabbiner würden dafür sorgen, daß der Dachboden wieder mit sperrigen Möbeln gefüllt und der Zugang dahinter verborgen würde.

Sie wollte gerade zurück ins Erdgeschoß gehen, als sie weiter unten auf der Treppe Schritte vernahm. Hastige Schritte. Ein Gesicht stieg aus der Dunkelheit empor.

»Ich wußte, daß ich dich hier finde!«

Kaspar und Sarai fielen sich erleichtert in die Arme. Seine Kleidung war voller Ruß, sein Gesicht schmutzig.

»Bist du verletzt?« fragte sie besorgt.

Er schüttelte den Kopf. »Nur Kratzer.« Er blickte an ihr hinab. »Um Himmels willen, was ist mit deiner Hand passiert?«

Merkwürdigerweise hatte sie die Wunde trotz der pulsierenden Schmerzstöße gänzlich vergessen. Erst als sie nun gleichfalls darauf schaute, wurde ihr die Verstümmelung von neuem bewußt. Sie verspürte keine Verzweiflung darüber, nicht einmal Ärger. Jener Teil ihrer selbst, der sich darum hätte sorgen müssen, gehörte ihr nicht mehr.

Sie berichtete mit wenigen Worten, was im Palais Siebensilben geschehen war. Allein, daß sie ihre Seele im Otzar ha-Neschamot zurücklassen mußte, verschwieg sie ihm.

Gemeinsam verließen sie die Altneu-Synagoge und gingen durch die verwüsteten Straßen der Judenstadt. Die Toten waren noch nicht bestattet, trotzdem begannen einige Familien bereits mit dem Sortieren ihrer heilgebliebenen Besitztümer. Von heute an würden Armut und Elend hier noch schlimmer wüten. Die Herrschaft der Liga konnte daran nichts ändern.

Kaspar warf gelegentlich verwunderte Blicke auf Saxonius, der auf Sarais Schulter thronte, sagte aber nichts. Erst als ihm klar wurde, daß sie immer weiter nach Osten gingen, über die Grenzen der Judenstadt hinaus, da fragte er:

»Wohin willst du?«

»Ich weiß es noch nicht«, erwiderte sie matt. »Fort von hier.«

Sein Gesicht verlor merklich an Farbe. »Ich hatte geglaubt, wir könnten …«

»Uns besser kennenlernen?«

»So ungefähr, ja.«

Sie schüttelte traurig den Kopf. »Ich muß fort aus Prag. Ich kann nicht hierbleiben.«

»Warum?«

An einer Kreuzung blieb sie stehen. »Warum? Schau dich doch um. Da hast du die Antwort.« Sie wies mit der ausgestreckten Hand fahrig in die Umgebung. Ihre Finger zeigten auf Verletzte in den Rinnsteinen; auf einen umgestürzten Pestkarren, den die Verteidiger als Barrikade quer in eine Gasse gekippt hatten; auf Mütter, die ihre schreienden Kinder nicht mehr zu beruhigen vermochten. Sie deutete auf eine Kompanie angeschlagener Söldner, die wie gerupfte Hühner umherschwankten, auf zerbrochene Schwerter und Pfützen aus getrocknetem Blut.

Schließlich ging sie wortlos weiter.

Kaspar lief hinter ihr her und holte auf. »Ich komme mit dir.«

»Nein«, sagte sie. »Ich muß allein gehen.«

Vor ihnen, am Ende der Straße, tauchte das Tor auf, das die Hühnerfrauen dem Heer Bethlen Gabors geöffnet hatten. Nach der Flucht der Siebenbürger hatte sich niemand die Mühe gemacht, es zu schließen. Die Soldaten aus Transsylvanien würden nicht zurückkehren, den meisten Ligasöldnern mußte vielmehr selbst nach Flucht zumute sein. Hunderte würden heute und in den kommenden Tagen das Weite suchen.

»Ich verstehe dich nicht«, sagte Kaspar, und es klang verzweifelt.

»Es geht nicht anders, glaub mir.« Sie blieb erneut stehen und versuchte zu lächeln; sie war nicht sicher, ob es ihr gelang. Tränen stiegen in ihr auf, doch sie hielt sie mit aller Macht zurück.

»Irgend etwas ist noch geschehen, nicht wahr?« fragte er leise, während er fest in ihre Augen blickte.

»Ja«, sagte sie kurz. »Etwas ist geschehen, aber verlange nicht von mir, daß ich dir sage, was es ist.«

Kaspar blickte an ihr hinab, starrte dann auf den Boden vor ihren Füßen. »Dein Schatten ist noch da«, stellte er fest, doch seine Stimme klang alles andere als erleichtert.

Sie schaute ebenfalls nach unten und sah, daß er recht hatte. Sie hatte noch gar nicht darauf geachtet. Es war so bedeutungslos wie alles, das sie selbst betraf.

»Ich sterbe«, sagte sie tonlos.

Er blickte sie aus großen Augen an und bemerkte, daß sie weinte. Sie wehrte sich nicht, als er sie umarmte und an sich zog.

»Was redest du da für einen Unsinn?« flüsterte er.

Da erzählte sie ihm alles, von ihrem Besuch im Schatzhaus der Seelen und dem Preis, den sie dafür gezahlt hatte.

Schließlich, nachdem sie geendet hatte, löste sie sich von ihm. »Verstehst du jetzt, warum du nicht mitgehen kannst?«

Er war verwirrt und verzweifelt, und doch gewann in diesem Augenblick sein Zorn die Oberhand. Tränen funkelten auf seinen Wangen. »Nein«, entgegnete er fest, »ich verstehe es nicht. Du weinst doch, oder? Weshalb denn, verdammt? Du weinst um dich, Sarai. Du bist dir selbst nicht gleichgültig, ganz egal, wie sehr du dir das einredest.« Leiser, fast behutsam fügte er hinzu: »Und mir erst recht nicht.«

Sie schloß die Augen und wandte sich steif von ihm ab. »Du machst es nur noch schlimmer.« Mit zügigen Schritten quälte sie sich weiter zum Tor.

»Laß mich nicht so stehen«, flehte er.

Sie biß sich auf die Unterlippe und gab keine Antwort.

»Du hast versprochen, daß du mir beim Fliegen zuschaust«, rief er.

»Das werde ich«, sagte sie leise zu sich selbst, und dann lauter, daß alle es hören konnten: »Ich werde bei dir sein, wenn du fliegst, Kaspar!«

Sie erreichte das Tor, ging durch das kurze Stück Tunnel und trat auf der anderen Seite ins Freie. Die Söldner, die mit Aufräumarbeiten beschäftigt waren, bemerkten sie erst, als sie schon draußen war. Einige machten Anstalten, ihr zu folgen, doch da entdeckten sie den Jungen im zerrissenen Gauklerkostüm, der ebenfalls durchs Tor wollte. Sie packten ihn und hielten ihn fest.

»Sarai!« schrie er verzweifelt.

Mit all ihrer verbliebenen Kraft zwang sie sich, geradeaus zu blicken. Sie konnte sich jetzt nicht umsehen. Durfte es nicht. Statt dessen rannte sie los, die Straße entlang, so schnell sie nur konnte. Der Vogel lehnte sich eng an ihre Schläfe.

Kaspar wehrte sich vergeblich, dann wurden die riesigen Torflügel zugeschlagen. Die Söldner ließen Sarai laufen, doch ihn behielten sie in der Stadt, egal, wie sehr er strampelte und trat.

Er gab erst auf, als sie mit ihren Waffen drohten.

Doch selbst da noch rief er Sarais Namen, so laut, so

schmerzvoll, daß er von den Häusern widerhallte und die Frauen erstaunt aus den Fenstern blickten, voller Neugier, voller Rührung.

Das Hühnerhaus hatte ein Ei gelegt.

Es lag nur wenige Schritte jenseits des Waldrandes, gleich hinter den ersten Baumreihen. Eine breite Schneise teilte dort Stämme und Dickicht und führte tiefer ins Waldland hinein, über Hügel und Felsen hinweg; eine Bresche, die kein Mensch hätte schlagen können. Bäume lagen entwurzelt und zersplittert da, Büsche waren aus dem Grund gerissen, Fuchsbauten aufgewühlt, Tiere achtlos zermalmt. Von hier aus mußte die Baba Jaga über die Wipfel hinweg die Stadt beobachtet haben, und als sie begriff, daß sie der Niederlage nur durch Flucht entgehen konnte, da hatte sie sich mit ihrem Haus auf dem selben Weg zurückgezogen, den sie gekommen war – mitten durch die Wälder. Ihre Spur der Vernichtung war nicht zu verkennen, und auch das Ei hätte Sarai schwerlich übersehen können. Es war etwa so groß wie ein Pferd, schien aber nach Form und Farbe ein gewöhnliches Ei zu sein: oval und von gelbstichigem Weiß. Es lag auf der Seite und war eine Handspanne breit im Boden versunken.

Sarai blieb davor stehen, Saxonius auf ihrer Schulter. Sie war außer Atem, und der Stumpf an ihrer linken Hand blutete wieder. Lange Zeit stand sie einfach nur da und betrachtete das gewaltige Ei, während der Vogel ihr leise ins Ohr gurrte.

Schließlich aber machte sie einen Schritt darauf zu. Das Hühnerhaus selbst war längst über alle Berge, und sie war neugierig, weshalb es etwas von sich zurückgelassen hatte.

Vorsichtig legte sie ihre rechte Handfläche auf die rauhe Schale. Sie war nicht wirklich heiß, aber doch warm genug, um die Morgenkälte aus Sarais Gliedern zu vertreiben. Wohlig floß die Wärme durch ihren Körper. Der Schmerz ihrer Verstümmlung ließ nach, schlagartig. Sie spürte ihn noch, empfand ihn aber nicht mehr als unangenehm. Ein merkwürdiges Kribbeln erfüllte sie vom Kopf bis zu den Zehen. Sie hatte keine Angst. Wovor auch? Sie fragte sich, ob dies der Zustand war, den Nadeltanz erreicht hatte. Nadeltanz, der Ohne-Angst-Mann. War sie jetzt die Ohne-Angst-Frau? Hatte er sie deshalb erwählt, damals im Theater? Die Vorstellung hatte etwas so Beängstigendes und zugleich Verlockendes, daß sie schauderte, noch unentschlossen, welches der beiden Gefühle überwog.

Das Ei roch bekannt und doch ungewohnt. Es war ein eigentümlicher Duft, nach Zimt und Hyazinthen. Sarai beugte sich vor und legt ein Ohr an die Schale.

Es gab nichts zu hören. Es schien, als sei das Ei völlig leer. Trotzdem verharrte sie. Sie wartete.

Die Zeit verrann. Es wurde Mittag, und die Sonne beschien die öde Schneise. Der Nachmittag kam und schließlich der Abend. Saxonius schwieg geduldig, hüpfte nur gelegentlich von einem Bein aufs andere. Und Sarai lauschte weiter.

Etwas erwachte in ihr.

Hab Geduld, sagte der Gefallene in ihrem Schatten.

Sie gab keine Antwort, preßte nur weiter das Ohr an die Schale, mit geschlossenen Augen und wachen Sinnen.

Sie träumte vom Reich der Ursachen.

Etwas knirschte. Es begann auf der anderen Seite des Rieseneis. Sarai zog den Kopf zurück, trat zwei Schritte nach hinten und sah, wie sich ein haarfeiner Riß in der Schale bildete. Er teilte das Ei in zwei Hälften. Er war nicht mehr als ein dünnes Band, keine Öffnung. Die Schale brach nicht auseinander, und doch war es eine Ankündigung von mehr.

Der Mond ging auf.

Sarai blickte erwartungsvoll auf den Haarriß. Ganz langsam, ganz allmählich wurde er breiter. Im kalten Nachtlicht schimmerte das Ei so weiß wie ein Schneeball.

Im Inneren der Schale war es finster, natürlich. Der Riß war jetzt so breit wie ihr Arm, öffnete sich immer schneller.

Saxonius erhob sich von ihrer Schulter und flog mit wildem Flügelschlag hinüber zur Öffnung. Einen Augenblick lang verharrte er auf dem zitternden Rand der Spalte. Dann blickte er Sarai ein letztesmal an und schlüpfte durch den Riß ins Innere. Einige Herzschläge lang horchte sie noch auf sein Flattern. Es klang, als fliege er rasch davon, immer weiter von ihr fort, gar nicht so, als sei er in der Schale gefangen. Was immer jenseits des Spaltes liegen mochte, der Vogel war darin verschwunden.

Der Riß war nun so breit wie Sarais Schultern. Er erbebte ein letztesmal. Dann erstarrte er, öffnete sich nicht weiter.

Langsam trat Sarai darauf zu.

Es tut nicht weh, sagte der Gefallene in ihr.

In den Ästen rauschte der Wind. Die Wintervögel erwachten für einen kurzen Moment aus ihrem Schlaf. Sie sträubten ihre Federn, streckten sich und nickten wieder ein.

Sarai zog die Sichel aus ihrem Gürtel und warf sie achtlos ins Dickicht. Sie zögerte nicht länger. Neugierig streckte sie die verstümmelte Hand durch den Riß. Der letzte Hauch von Schmerz verging. Sie schob den ganzen Arm hindurch. Dann ein Bein. Die Hüfte. Sich selbst.

Das letzte, was sie sah, bevor der Spalt sich hinter ihr schloß, war der Mond am schwarzen Nachthimmel.

Sie dachte: Zauberei ist fast wie Sterben.

Und Tod ein wenig Zauberei.

NACHWORT DES AUTORS

Die jüdische Mystik ist reich an rätselhaften Zusammenhängen, an fremden Orten und Wesen (und sie alle sind eigentlich weder Orte noch Wesen und vielleicht nicht so fremd, wie es scheint). Schechina, Malchut und die Sefirot entstammen diesem opulenten Glaubensschatz, ebenso der Golem des Rabbi Löw und das Otzar ha-Neschamot.

Der Sitz der menschlichen Seele im Schatten findet sich im abendländischen Volksglauben wieder, ihre drei Eigenschaften wurden von Aristoteles definiert – ein Standpunkt, der sich zum Teil mit jenem der Thora deckt.

Daß das Verspeisen menschlicher Körper das Wissen des Toten auf den Esser überträgt, war unter anderem eine Überzeugung der Azteken. Viele Naturvölker haben damit Kannibalismus gerechtfertigt.

Im Roman habe ich mir gelegentliche Überschneidungen der jüdischen Mystik mit anderen Mythen gestattet, etwa im Falle der Baba Jaga, der Hexe im Hühnerhaus, die sich im ungarischen und russischen Raum vermutlich aus alten Urmutter-Kulten entwickelt hat. Beim hebräischen mal'ak Jahve erlaubte ich mir, ihn mit meiner eigenen Figur des Schattenessers gleichzusetzen.

Es gibt weitere Querverbindungen und Neuschöpfungen, manche anderswo angedacht, andere frei erfunden. Letzteres etwa gilt für Leander Nadeltanz und sein Schattentheater. Experten mögen Spaß daran finden, die einzelnen Mythenstränge zu entwirren und ihren

Quellen zuzuordnen; allen übrigen aber wird das wenig geben, daher verzichte ich auf weitere Einzelheiten.

Der historische Hintergrund entspricht weitestgehend den Fakten. Nachdem das Heer der Katholischen Liga die Armee Friedrichs von der Pfalz am 8. November 1620 in der Schlacht am Weißen Berg geschlagen hatte, schlossen sich Soldaten und Söldner eine Woche lang in Böhmens Hauptstadt ein und wüteten nach Herzenslust. Niemand durfte hinein, niemand hinaus. Obgleich sie dem Namen nach ›katholische‹ Interessen vertraten, erwiesen sie sich als ebenso grausam und skrupellos wie alle anderen Sieger jener Zeit.

Bethlen Gabor, der Fürst Siebenbürgens, wurde vom ›Herzkönig‹ Friedrich zu Hilfe gerufen, um ihm im Kampf gegen Kaiser und Kirche zur Seite zu stehen. Gabor jedoch zog es vor, statt dessen Friedrichs Reich zu plündern.

Der Mihulka-Turm auf dem Prager Hradschin wurde in der Tat lange Jahre von den Alchimisten Kaiser Rudolfs II. genutzt. Der Monarch glaubte bis zuletzt, es könne gelingen, Quecksilber und Blei in Gold zu verwandeln. Nachdem er von seinem Bruder Matthias abgesetzt wurde, verließen auch die Alchimisten die Burg. Während des Dreißigjährigen Krieges machte man den Mihulka-Turm zum Pulverlager. Touristenführer, die heute mit ihren Gästen die Prager Burg besichtigen, verlegen die Alchimistenlabors gern ins sogenannte Goldmachergäßchen im Norden des Hradschin, sicher aufgrund der romantischen Szenerie. Tatsächlich aber fanden alle Experimente im Mihulka-Turm statt.

Während meiner Recherchen habe ich eine Unzahl von Büchern zu Rate gezogen. Stellvertretend will ich zwei davon nennen, die beiden wichtigsten: *Die Mystik des Judentums* von David S. Ariel und *Der Dreißigjährige Krieg* von C.V. Wedgewood, das Standardwerk zu diesem Thema.

Dank gebührt wieder einmal meinem Lektor Reinhard Rohn, besonders aber Steffi Kermer, die während eines Schneesturms mit mir den Hradschin erkundete. Ich bin nicht sicher, ob sie die anschließende Grippe ebenso gerne in Kauf nahm wie ich.

Kai Meyer, November 1995